눈
처
럼

흰

빨
강

§ 눈처럼 흰 빨강 1 §

2020년 11월 18일 초판 1쇄 인쇄
2020년 11월 25일 초판 1쇄 발행

지은이 § 문은숙
발행인 § 곽동현
기획&편집디자인 § 신연제, 이윤아
발행처 § (주)조은세상

등록 § 제2002-23호(1998년 01월 20일)
주소 § 서울특별시 동작구 동작대로1길 27, 5층
TEL § 02)587-2966
E-mail  romance@comics21c.co.kr
Blog  https://blog.naver.com/goodworld24

값 10,000원

ISBN 979-11-6591-379-3  │  ISBN 979-11-6591-378-6(set)

눈처럼

흰

빨강

VOL.1

문은숙 장편소설

GOOD    WORLD    ROMANCE    NOVEL

(주)조은세상

# 목 차

# 1
# 벌거벗은 진실

"아차."

차에서 내리려던 서우는 불현듯 혀를 차며 도로 좌석에 등을 붙였다. 그러곤 실내등을 켜고 글러브 박스에서 일회용 렌즈 케이스와 손 소독제를 꺼냈다.

'이것도 두 개밖에 안 남았네.'

렌즈 여유분을 눈여겨보며 손을 소독하고는 안경을 벗고 룸미러에 의지해 어렵게 렌즈를 꼈다. 몸으로 익혀서 익숙해지는 일이 있지만 아무리 반복해도 안 되는 일도 있다. 그녀에게는 렌즈를 끼우는 일이 그랬다.

안경이나 렌즈가 없으면 일상생활이 불가능할 정도로 시력이 나쁜 건 아니다. 하지만 아무래도 눈에 힘이 들어가면서 눈매가 일그러지는 건 감수해야 한다. 희경은 그게 영 마음에 들지 않는 모양이었다. 안경은 안경대로, 그녀의 이미지에 어울리지 않는다며 질색한다.

적어도 자신을 보러올 때는 렌즈를 해달라는 게, 아름다움을 사랑하는 섬세한 남자 최희경의 부탁이었다. 말이 '적어도'이지 하루가 멀다 하고 얼굴을 보는 사이에선 꽤 귀찮은 요구다.

다행히 서우는 일찍이 발상의 전환을 꾀했다. 어차피 얼굴이란 것은 자기 자신보다 상대에게 더 많이 비친다는 면에서 접객용 부속품에 가깝지 않나. 그렇다면 용도에 맞게, 보는 사람을 배려한다는 것도 나쁠 것 없다고. 특히 상대가 약혼자쯤 된다면 더더욱.

하물며 최희경은 탐미주의자이다. 아름다운 것에 끌리는 그의 취향은 한 해 한 해 점점 더 화려한 쪽으로 치우치고 있다. 본인부터가 퍽 화사한 스타일의 미인이라는 것도 있어 그 까다로운 편벽도 주위로부터 너그럽게 받아들여지는 편이다.

여느 남자였다면 꼴사납다는 말도 충분히 들음 직한 면면도 희경의 경우가 되면 '하여간 그 녀석, 못 말린다니까'라는 식으로 웃어넘기게 하는 묘한 힘. 타고나길 애교스러운 남자가 매력적이기까지 하면 그러한 무형의 힘도 자연스럽게 휘두르게 된다.

부작용이 하나 있다면, 워낙에 만인의 인기인이다 보니 정신 바짝 차리지 않는 이상 어리광쟁이가 되는 것도 순식간이다. 희경은… 빈말로도 알아서 자신의 고삐를 바짝 죄는 스타일은 못 되고.

"아, 힘들다."

손가락을 바들바들 떨면서 렌즈를 끼우는 데 성공한 서우가 일단 한숨 돌렸다. 그리고 이번엔 핸드백을 뒤적여 립스틱을 꺼내 들었다.

가장 최근에 희경이 해외여행에서 돌아오면서 사 온 선물. 그런 식으로 받은 립스틱이 화장대 서랍 하나를 채운다. 못해도 두 달에 한 번은 훌쩍 떠났다가 오는 그가 번번이 여행선물을 고르는 것도 귀찮은 김에 면세점에서 립스틱을 하나씩 사 오지 싶은데, 용케 겹치는 것은 하나도 없는 게 희경다웠다. 섬세하지 않으면 탐미주의자는 못 된다고 그가 언젠가 말한 것처럼.

이번 것은 C브랜드의 울트라핑크. 케이스 밑의 거창한 색 설명이 과하지 않을 정도로 분홍분홍한 심을 보며 서우는 한숨을 짓고 묵묵히 자신의 의무를 다했다.

옅은 살굿빛으로 물들어 있던 자그마한 입술을 메워나가는 깜찍한 핑크색. 맑은 피부가 그 아기자기한 포인트에 별안간 차분함을 잃은 대신 여성스러움을 물씬 뿜어내기 시작한다.

안경을 벗고 립스틱을 바른 것만으로 룸미러 속 여자는 인상이 판이하게 달라졌다. 아, 하나로 질끈 동여맸던 머리를 풀어 내린 것도 보태야겠지.

어쨌든 변신이다. 역사학도 백서우에서, 최희경의 약혼자 백서우로의.

솔직히 이쪽은 철저히 희경의 취향에 응했을 뿐 그녀의 스타일은 아니다. 다행히 어색한 기분과는 별개로, 거울 속 얼굴은 아름다웠다.

서우는 학계에선 꽤 명망 있는 영문학자인 외조부를 빼닮았다는 소릴 곧잘 듣는데, 그 외조부가 젊은 시절엔 영화배우도 한 수 접어줄 미남이었다고 한다. 소문을 증명해줄 만한 한창 시절의 사진 같은 건 접한 바 없지만, 그녀가 기억하는 가장 옛날부터 지금까지 쭉 외조부님이 남달리 근사한 분이라는 것만은 틀림없다.

서우가 자신의 얼굴에 도취하는 면모가 있다면, 어디까지나 그러한 외조부에 대한 흠모의 연장선이었다. 당당하게 밝힐 수 있는 존경과 숭배의 대상. 서우에게 인생에서 가장 중요한 남자를 꼽으라고 한다면 주저 없이 희경을 제치고 외조부, 최명신을 들 것이다.

"이렇게 닮은 김에 성도 최씨였으면 오죽 좋아?"

짧은 감상은 곧잘 하는 한탄으로 흘러갔다. 알아보니 방법이 없지도 않던데, 하며 잠시 고민에 빠졌다가 당면한 일과 생각에 얼른 머릿속을 털어냈다.

'전화를 해볼까? 아냐, 집에서 쉰댔으니까 집에 있겠지. 설마 그 사이에 또 나갔을까.'

워낙에 활발한 사람이라 한 시간 전에 확인한 소재가 살짝 불안하긴 했다. 하지만 눈치가 빠른 사람이니까 용건도 없이 또 전화를 하면 금세 이상하다고 생각할지 모른다. 그랬다가는 모처럼 세운 이벤트 계획도 순식간에 끝장이다.

'놀라겠지?'

손에 든 장미 꽃다발을 내려다보며 서우는 빙긋 웃었다. 학술조사차 5박 7일 일정으로 피렌체에 갈 거라고 했던 약혼녀가 예고도 없이 희경의 아파트를 습격하는 것이다. 피렌체라면 자기도 가본 지 오래됐다며 함께 가서 있는 듯 없는 듯 조용히 있겠다고 조르는 걸 놀러 가는 거 아니라고 매몰차게 거절한 그 약혼녀가 말이다. 하물며 꽃다발 속에는 그에게 줄 파리행 비행기표도 숨어 있다.

그녀가 약혼 2주년 기념일을 까맣게 잊은 줄로만 알고 있을 희경에게 나름 유쾌하게 한 방 먹일 생각으로 서우는 배시시 웃는 얼굴을 꽃다발에 묻었다.

엘리베이터가 지하주차장까지 내려오는 동안 2년이라는 햇수에 대해 생각했다. 약혼 기간은 2년이지만 알게 된 건 훨씬 더 거슬러 올라가야 한다. 중학교에 들어간 해였으니까 12년? 햇수만 따지면 13년이 되나 보다.

촌수를 헤아리는 게 의미 없을 정도로 먼 친척뻘 되는 서로의 집안. 그래도 각별한 친분이 있는 집안 어른들의 교류 덕에 두 사람은 꾸준히 알고 지내왔다. 운 좋게 같은 고등학교에 다녔던 적도 있고.

그러니 올해 스물여섯 살인 서우에게 희경은 반평생의 인연이라고 말해도 과장은 아니다. 그 인연은 올겨울로 예정된 결혼이란 형식을 통해서 다음 단계로 도약할 터였다.

'결혼.'

엘리베이터에 올라타면서 서우는 그 묵직한 단어를 마음속으로 되뇌어 보았다.

2년 전 희경을 예뻐해 주셨던 할머님이 노환으로 불쑥 몸져누우면서 급하게 결정된 약혼이었다. 종갓집이라는 체면을 신경 쓰는 집안이라 아무리 급해도 절차는 챙겨야 한다며 제대로 날을 받아 약혼 두 달 후로 결혼식을 잡았으나 채 한 달도 못 기다리시고 할머님께선 고인이 되셨다. 상사가 난 해에 혼사를 치러선 안 된다는 이유로 결혼식은 무산되었고, 서우는 전부터 계획했던 대로 이탈리아 유학길에 올랐다.

다음 해에도 올해는 둘의 결혼운이 좋지 않더라는 이유로 말만 분분한 가운데 여름도 저물 무렵, 희경이 차가 반파되는 큰 사고로 몇 달 가까이 입원하는 바람에 결혼 이야기도 쏙 들어갔다.

피차에 스물다섯과 스물여섯이라는 젊다 못해 어린 나이였다. 희경 위로는 형이 둘 있어서 결혼이 급할 이유가 없었고 서우 또한 학업을 우선시여겨 약혼 상태의 2년을 물처럼 덤덤히 흘려보냈다.

그러다 올해 들어 상황이 바뀌었다. 결혼 진행에 크게 나서지 않았던 서우의 외조부인 최 교수가 이대로 더 늦추는 건 곤란하지 않느냐며 입을 뗀 것이다. 진중한 분이신 만큼 외조부의 발언엔 무게가 있어서 바로 중단되었던 혼담이 재개되었고, 일사천리로 결혼 날짜까지 받아오기에 이르렀다.

그렇게 12월 초로 정해진 날짜.

희경은 순조롭게 재활훈련을 마치고 건강을 회복한 참이고 서우도 1년 반 남짓의 유학을 마치고 한국에 들어와 있었다. 당사자들은 올 게 왔다는

11

식으로 덤덤히 제시된 날짜를 수용했다.

애초에 뜨겁게 애정이 솟구쳐서 시작된 관계가 아니라 찰랑거리는 따뜻한 우정 같은 기조로 유지되어온 사이였다. 이제 와서 새삼 결혼에 대한 설렘으로 들뜨기엔 촉발제가 미미한 듯한 기분이 들지만, 한 사람의 신부가 되는 일, 그 사실 자체가 갖는 힘을 서우는 무시할 수 없었다.

무엇보다도 서우는 희경을 좋아했다. 그녀와 참 많이 다른 사람이란 걸 알면서도 후광처럼 희경을 싸고 있는 반짝반짝한 매력엔 여전히 항거할 수 없는 소녀 같은 마음을 품고 있다. 그녀는 바야흐로 첫사랑과 결혼하는 행복한 신부가 될 터였다.

'하지만 신부가 되기 전에….'

서우는 고개를 돌려 엘리베이터 안의 거울을 바라보았다. 오늘은 평소에는 잘 입지 않던 하늘하늘한 시폰 원피스도 입고 왔다. 컬러는 여리여리한 연분홍. 너무 달콤한 느낌이라 서우의 취향과는 거리가 멀지만, 이 조합은 딱 희경의 취향 저격이다.

요컨대 T.P.O의 문제였다. 시간, 장소, 상황.

오늘 밤, 그녀는 희경의 아파트에서 머물 테니까. 그리고 그것은 그들이 함께 보내는 첫 밤이 될 것이다.

여태 두 사람 사이에 아무 일도 없었다고 하면 믿어주는 사람이 얼마나 될까. 하물며 상대가 저 화려한 최희경인데.

하지만 사실이다. 거리상 떨어져 있었던 기간도 기간이지만 거기엔 서우의 의사가 컸다. 사귀기 시작한 초반에 잠깐 희경이 깊은 관계를 원한 적이 있었지만, 그녀는 망설인 끝에 거절했다. 만에 하나의 결과가 생길 수도 있는 쾌락을 좇아 덜컥 뛰어들기엔 아직 거부감이 컸던 것이다.

다행스럽게도 희경은 그녀의 두려움을 이해하고 더 이상 부담을 지우지 않았다. 시간이 흘러도 농담으로라도 재촉하는 법도 없었다. 언제나 그는 서우에게 자상했다.

서우도 자신이 믿기지 않을 만큼 운이 좋다는 걸 알고 있었다. 그렇기에 더, 막연히 희경의 신부가 될 날을 기다릴 게 아니라 지금이라도 진정한 연인이 되기 위해 자신이 움직여야 한다고 마음먹었다. 이때를 계획하면서 두 달 전부터 피임약을 챙겨 먹고 몸 구석구석을 가꾸는 등 얼마나 절차탁마했는지!

생각만으로도 발갛게 달아오른 얼굴을 손부채질로 식히자니 이윽고 엘리베이터가 27층에서 멈췄다. 복도로 나오며 서우는 크게 심호흡했다.

'괜찮아. 오늘 난 완벽해.'

코앞까지 와서 정작 발이 떨어지지 않는 것을 간신히 북돋워서 희경의 아파트 앞에 섰다. 초인종을 누르려고 들었던 손은 진정한 서프라이즈를 위해 슬쩍 내렸다. 그녀에겐 희경이 자유롭게 드나들라고 준 카드키가 있었다.

또 한 번 심호흡을 하며 자신은 완벽하다고 주문을 왼 뒤 도어록에 카드를 가져다 댔다. 명랑한 전자음과 함께 문이 열렸다는 신호를 듣고 손잡이를 당겼다.

가슴이 두방망이질 쳐서 그런가 익숙한 현관도 오늘따라 낯설어 보였다. 빠끔히 열려 있는 검은 중문을 바라보며 서우는 꿀꺽 마른침을 삼켰다.

'괜찮아, 난 완벽…해?'

가슴을 쓸어내리며 구두를 벗으려고 아래를 내려다보던 서우가 뭔가를 보고 멈칫했다.

희경은 소소하게 신발을 수집하는 벽이 있긴 해도 깔끔한 성격인지라 현관에 너저분하게 신을 몇 켤레씩 늘어놓는 일은 없다. 많아야 두 켤레 정도가 고작. 오늘도 정갈한 베이지색 보트슈즈 한 족이 나와 있었다. 그런데 그 옆으로 하이힐 한 켤레가 아무렇게나 팽개쳐져 있었다.

아찔하게 높은 굽의 핑크색 에나멜 하이힐은 마치 엉뚱한 곳에 잘못 소환된 장난감처럼도 보였다.

'연희 언니? 아니면 세영이?'

희경의 친척 중에 하이힐에 어울릴 만한 여자를 떠올려 보았지만 그들이 과연 이 시간에 희경의 집에 드나들 만한 친분이 있느냐는 전제 앞에서 고개가 갸웃거려졌다. 서우는 손목시계를 보고 밤 11시가 갓 넘은 걸 새삼 확인하며 눈을 깜박거렸다.

중문을 바라보는 눈길이 불안해진다. 서우는 돌발상황에 약했다. 올곧고 우직하지만 융통성이 없다고 외조부도 평한 것처럼. 그것은 학자를 꿈꾸는 그녀에게는 미덕이었지만 현실 생활에 있어선 약점에 가까웠다. 지금도 생각지 못한 하이힐 한 켤레 때문에 머릿속이 마비된 듯 얼얼해져 버렸다.

우선은 들고 있던 꽃다발을 옆에 있는 탁자에 두고 핸드백을 열 듯 말 듯 더듬었다. 중문이 열려 있으니 문 여는 소리가 안까지 들렸을 텐데 딱히 나와 보는 인기척이 없다는데 생각이 미쳤다. 큰 거실 외에 방이 세 개인 넓은 집이긴 했다. 특히 희경이 공들여 꾸민 시어터룸에 들어가 있다면 밖에서 굿을 해도 모를 수 있다.

그렇지만 희경이 거기 있을 거라는 생각은 하고 싶지 않았다. 암막커튼을 치고 불을 끄면 깊은 동굴처럼 어둡고 아늑해지는 그 방에 여자 손님과 단둘이? 아냐, 난 너무 불손한 생각을 하고 있어.

홰홰 머리를 내젓고, 서우는 자신의 불손을 사과할 겸 짐짓 크게 헛기침을 해서 인기척을 냈다. 폴딩 도어로 된 중문도 일부러 더 세게 밀어젖히고 그녀는 안으로 들어갔다.

슬리퍼를 끌어봤자 두꺼운 카펫이 발소리를 감쪽같이 흡수해 버린다. 그녀는 본의 아니게 소리 없는 방문객이 되어 거실에 이르렀다. 휙 한 바퀴 둘러본 그녀의 눈에 아일랜드 식탁에 놓인 술잔 두 개가 들어왔다. 내용물이 반쯤 남은 샴페인 병도.

샴페인. 오빠는 늘 샴페인이 여자들이나 마실 술이라고 했지. 오른쪽 술잔 부리에 남은 붉은 립스틱 자국을 빤히 응시하던 서우에게 문득 어떤 소리가 들렸다.

'여자 웃음소리?'

홀린 듯 소리가 들려온 방향으로 몸을 틀었다. 걸음을 옮길수록 분명해지는 소리의 근원지. 희경이 독립해서 나온 후 수십 번은 족히 드나들면서도 아직 서우가 들어가 보지 않은 곳. 침실이었다.

침실 문이 서글플 정도로 활짝 열려 있었다. 때문에 서우는 문간에서부터 어지럽게 흩어져 있는 정염의 흔적을 고스란히 눈에 담고 말았다. 애벌레가 허물을 벗듯이 남녀는 지나간 자리마다 착실하게 자신들의 의복을 남겨 놓았다.

그 끝에는 비어 있되, 몸부림친 흔적이 역력한 침대가 있었다. 여전히 얼마쯤 얼얼한 기분으로 침대를 응시하던 서우를, 쨍하니 퍼지는 여자의 웃음소리가 일깨웠다.

"아이참, 간지러워! 간지럽다니까! 아하하!"

자지러지는 웃음소리를 좇아 서우의 시선이 멈춘 곳은 침실에 딸린 욕실 문이었다. 쏴아아 물소리가 흘러나왔다.

"정말 언제 봐도 집요하다니까, 너. 이러다 내일 되면 유두가 퉁퉁 붓겠어."

"유두만? 다른 곳도 퉁퉁 붓게 해줄 참인데?"

"어머, 다른 곳 어디?"

"글쎄, 여기라거나… 아니면 여기?"

"꺄앗, 자기 너무 응큼한 거 아냐?"

질책하듯 놀리듯 새침하던 여자의 목소리는 금세 웃음으로 변했고, 거기에 남자의 웃음소리도 한데 어우러졌다. 그 웃음소리에서 서우는 그만 맥이 탁 풀렸다.

욕망으로 점철된 나지막한 남자의 목소리를 들었을 땐, 정말 저게 희경인가 하고 의심이 들었던 것도 사실. 그것은 분명 그녀가 모르는 목소리였다. 하지만 웃음소리는… 저 장난스럽고 화사한 웃음소리는 틀림없는 희경의 것이었다.

눈앞이 아찔한 것을 가누면서 서우는 떨리는 손으로 핸드백을 열었다. 도저히 욕실 문을 열어젖힐 엄두가 나지 않았다. 그 대신에 그녀가 선택한 것은 휴대전화였다.

희경에게 전화를 걸었다. 저 끔찍한 장난에 바빠서 미처 전화벨을 듣지 못한다고 해도 언젠가는 들을 테니까. 전화를 받기 위해서 그가 욕실을 나오면 그때 그녀는,

'어떡해야 하지?'

순간 그런 생각에 서우는 숨이 턱 막혔다. 휴대전화 너머로 들려오는 컬러링 음악이 이렇게 섬뜩하게 느껴지긴 처음이었다. 뒤이어 벨소리가 다소 엉뚱한 곳에서 난다는 것을 알아챘다.

"누구?"

여자가 묻는다. 서우의 착각이 아니었다. 전화벨 소리는 욕실 안에서 울

리고 있었다. 희경이 씻으면서 휴대전화를 가지고 들어간 게 분명했다.

"응, 내 공주님."

"피앙세? 또 왜?"

희경의 대답에 대꾸하는 여자도 자연스럽기 짝이 없다. 거기엔 한 조각
의 수치도, 불안도 묻어나지 않았다. 그 사실을 깨달은 순간 서우의 머리보
다 손이 먼저 움직여 전화를 끊었다.

"끊어졌어."

"걸어봐, 그럼."

"뭘, 급한 거면 다시 걸겠지. 아직 공항인가?"

"나 같으면 에스코트 받아서 비행기 뜰 때까지 놀아달라고 보챘을 텐데,
네 피앙세는 참 무던도 해."

"어른스러운 거야. 결혼은 그런 여자랑 하는 거라고."

"흥, 요조숙녀라 이거지? 그럼 난?"

"너랑은⋯ 이런 걸 하지?"

다시금 물소리에 섞여 웃음이 물결쳤다. 그 얼마 후 웃음에 스며들기 시
작한 농염한 색채로 욕실 안의 대화는 사라졌다. 그 대신 나직한 한숨과 신
음만이 간간이 불협화음을 일으켰다.

서우는 귀를 틀어막으며 비틀비틀 뒷걸음질 쳤다. 무슨 정신으로 거실
까지 나오고 현관으로 향했는지 모른다. 구두에 발을 꿰고 허겁지겁 나가
던 눈에 잊고 있던 탁자 위의 꽃다발이 들어왔다. 도둑처럼 깜짝 놀라서 꽃
다발을 챙겨 현관을 나섰다.

등 뒤에서 문이 아주 닫힌 순간, 참았던 숨을 토해내며 헉헉거렸다. 그
마저도 입을 틀어막아 소리를 죽이는 중에 돌발적으로 무릎에 힘이 풀리
며 주저앉을 뻔한 것을 벽을 짚어서 막았다. 서우는 이를 악물며 엘리베

이터 앞까지 갔다. 마침 올라오고 있던 엘리베이터를 확인하고 거푸 버튼을 눌렀다.

이윽고 그녀 앞에서 문을 열어준 엘리베이터 안으로 서우는 구르듯이 들어갔다. 문이 닫히고 완전히 혼자가 되었음에도 입을 틀어막은 손을 떼지 않았다. 마치 그걸 떼면 여태 견디고 있는 게 송두리째 무너지기라도 하는 것처럼.

그러나 그 미약한 버팀목조차 현실이 허락하지 않았다. 불현듯 엘리베이터가 멈추고 문이 열리기에 주차장이구나 하고 내리려던 그녀는 문 앞에 서서 이쪽을 보는 뜻밖의 인물을 보고 주춤했다.

상대방도 뜻밖인지 휘둥그레진 눈을 하고 서 있다가 엘리베이터 문이 도로 닫히려 하자 성큼 안으로 들어왔다.

"오랜만이네. 희경이 보고 가?"

비스듬히 앞쪽에 서서 등을 보인 채 남자가 물었다.

"네….."

가까스로 웅얼거림에 가까운 대답을 쥐어짜냈다. 생판 모르는 타인조차도 버거울 마당에 하필 엘리베이터에 탄 사람이 아는 사람이었다. 그것도 잘 아는 사람.

아니, 잘 안다고 하는 말에는 다소 어폐가 있다. 물리적인 거리상으로 상당히 가까운 사람이라고 해두자.

주태승. 그로 말하자면 희경의 절친 중 하나였다. 희경과는 고등학교 때부터 시작된 인연으로 같은 아파트 주민이기도 하다. 서우와도 학연으로 엮이는 셈이다. 그러나 빈말로도 친하게 지내는 사이는 아니었다. 친하긴커녕….

"오늘 무슨 날이야? 희경이가 좋아할 만한 차림인데."

남자가 툭 던지는 물음은 언제나처럼 딱딱하고 가칫했다. 엘리베이터라는 곤란한 공간에 둘만 타버린 상황이라 어쩔 수 없이 말 상대를 해준다는 기색이 역력했다.

"아뇨, 별로."

"일도 없이 그런 복장도 하나 보네. 슬슬 공붓벌레 노릇이 물리나 봐."

빈정거림이 여실한 대꾸에 서우는 힘든 중에도 쓴웃음을 지었다. 그녀가 익히 아는 주태승다웠다.

그는 대부분의 여자들에게 쌀쌀맞았지만 특히 서우를 싫어했다. 어째선지 초반부터 미운털이 박혀서, 그녀가 무슨 노력을 해도 좀처럼 관계가 개선되지 않았다. 노력하면 노력할수록 외려 더 기피하는 느낌에 서우도 결국 두 손 들고 원래 저렇게 괴팍한 사람이구나 하고 말았다. 나아가선 미러링하듯 그러면 딱 싫은 사람이 되었다.

피차에 싫어하는 사이니 깔끔하게 무시하면 좋을 텐데 그게 마음처럼 잘되지 않는 게 문제다. 사람을 싫어하는 것에도 에너지가 든다. 그것도 꽤 많이 사용된다는 것을 태승을 볼 때마다 서우는 절절히 깨닫곤 했다.

가까이 있을라치면 괜히 긴장되고 신경이 쓰여, 솔직히 짜증스러웠다. 머릿속이 온통 헝클어지고 가슴이 답답해 미칠 것 같은 지금도 어김없이 그런 반응은 일어났다. 그래서인가, 억누르고 있던 것에 욕지기가 추가되면서 서우는 한층 힘들어졌다.

아픈 건 참기라도 하지 속이 메슥거리는 건 미칠 노릇이었다. 억지로 참아내는 몇 초간 온몸에 기분 나쁜 땀이 돋아나는 게 느껴졌다.

'제발, 제발 좀.'

어서 엘리베이터가 지하주차장에 닿기를 바라며 서우는 초조하게 바뀌는 숫자를 응시했다. 지나치게 느리게 하강하긴 했어도, 결국 목적지에 닿았다.

"그럼….'

지하 2층에서 문이 열리자 서우는 인사를 하는 둥 마는 둥 화살처럼 뛰어나갔다. 어서 안전거리를 확보할 셈으로 빠르게 걷던 그녀는 자신이 차를 세워 놓은 곳이 어딘지 기억나지 않아 멈칫했다.

잠시 바보처럼 주위를 두리번거리며 식은땀을 흘리다가 뒤늦게 핸드백에서 스마트키를 꺼내 들었다. 시동 버튼을 누르자 신호음이 왼편 뒤쪽에서 났다. 이미 지나쳐버린 곳으로 되돌아가는 그녀를 태승이 멀거니 보고 선 게 눈에 들어왔다. 죽도록 창피한 나머지 또 욕지기가 치밀었다.

'괜찮아, 괜찮아, 차까지만 가면 다 괜찮아질 거야.'

애처로운 주문에 의지해 필사적으로 태연한 척 걸었다. 그녀의 노력은 분홍색 비틀 앞까지 다다르는 것으로 보답을 받았다.

'목표 완료. 백서우, 아주 잘했어.'

풀기라고는 한 줌도 없는 미소를 입가에 걸고 있는 제 모습이 차창에 비친 걸 보며 서우는 힘주어 차문을 열었다. 이 순간 꿈처럼 아늑해 보이는 운전석이 그녀를 반겨주었다.

서우는 나직이 한숨을 쉬었다. 안도의 한숨…. 그리고… 온몸에 힘이 탁 풀렸다.

운전석에 들어가 차문을 닫는다. 더도 말고 딱 5초면 할 수 있었을 일을 못 하고 지독한 탈력감에 사로잡혀 그대로 허물어졌다.

"서우야!"

멀리서 태승의 목소리가 들리는 듯한 기분이 들었지만, 툭 스위치가 내려가듯 사방이 캄캄해지며 감각도 마비되었다. 그나마 잔광처럼 남은 사고思考의 여분으로 아마 잘못 들은 걸 거라고 생각했다.

'서우야'라니.

주태승이 그렇게 그녀를 살갑게 부를 일, 백 년 후에도 없을 테니까.

2

각성

의외로 서우는 한숨 푹 잔 것처럼 가뿐하게 눈을 떴다. 전신 마사지를
받다가 세상모르게 든 꿀잠에 견주어도 손색없는 숙면 후의 기상이었다.

하지만 기분 좋게 기지개를 켜면서 그녀는 자신이 누워 있는 낯선 공간
을 깨닫고 정신이 번쩍 들었다. 벌떡 일어나 앉아 둘러본 곳은 생전 처음
보는 방이었다. 하물며 떡하니 침대를 차지하고 있었다는 사실에 불에 덴
듯 놀라서 침대에서 내려섰다.

다행히 복장은 거의 그대로였다. 굳이 신경 쓰이는 걸 꼽자면 원피스 뒤
쪽의 지퍼가 한 뼘 남짓 풀어져 있는 정도? 그러나 그 정도는 자면서 답답
한 나머지 제풀에 내렸을 가능성도 있다.

어쨌든 지퍼를 도로 올리며 서우는 재빨리 방 안을 훑었다. 침대 오른편
에 있는 책장에 놓인 전자시계가 새벽 2시 28분을 알리고 있었다.

정확한지 확인할 셈으로 손목을 들여다봤는데 시계가 보이지 않았다.
당황해서 두리번거리는 그녀의 눈에 침대로부터 멀지 않은 테이블 위에
놓인 일련의 낯익은 물건들이 보였다. 그녀의 핸드백과 시계, 자동차 키가
줄을 세운 듯 나란히 놓여 있었다.

얼른 가서 자동차 키를 챙기고 핸드백을 옆에 낀 채 시계를 차면서 다시금 안을 돌아보았다. 도대체 어디인지 감도 잡히지 않았다.

"희경 오빠?"

관성처럼 중얼거려본 이름엔 확신이 없다. 희경의 침실이라고 보기엔 모든 것이 너무도… 드라이했다. 주인의 개성을 보여주는 거라곤 책장에 꽂혀 있는 수십 종의 경제서적 정도? 장식으로라도 희경은 저런 책을 침실에 들여놓을 사람은 아니다.

"맞아, 그림."

무엇보다도 그림이 없었다. 언젠가 들은 이야기로는 희경의 침대 맞은편에는 쇠라의 〈서커스〉 복제품이 걸려 있다고 했다. 아침에 일어나면서 즐거운 기분으로 하루를 시작하고 싶어서 고른 그림이랬지.

이 방엔 그림은커녕 꾸밈을 위한 그 어떤 여분의 장식품도 보이지 않았다. 꽤 널찍한 방에 퀸사이즈 침대와 책장, 독서용으로 짐작되는 작은 테이블과 안락의자, 붙박이장 따위가 뚝뚝 섬처럼 떨어져 있을 뿐. 오로지 취침 전의 독서와 취침, 그 두 가지 목적에 충실한 풍경에서 주인의 성격이 어렴풋이 엿보였다.

'해야 할 일은 완벽히 하고, 할 필요 없는 일엔 눈도 돌리지 않는 사람일지도.'

그런 생각을 하면서 무심코 떠올린 누군가. 서우의 얼굴이 표가 나게 굳어졌다. 그러고 보니까 나 아까 그 사람을…?

"일어났구나."

문소리가 들린 줄도 몰랐는데 별안간 뒤쪽에서 남자 목소리가 났다. 가슴을 움켜쥘 만큼 놀랐지만 돌아보는 서우의 얼굴은 의외로 차분했다. 공교롭게도 막 그 사람을 떠올리고 있었기에 가능한 위장이었다.

짐작대로 문가에 서 있는 건 주태승. 벙긋이 열린 문 사이로 들어오는 태승의 손엔 작은 쟁반이 들려 있었다.

"깨면 물이 마시고 싶지 않을까 해서. 슬슬 갈까 하는데 그 생각이 났어."

스스럼없이 걸어온 태승이 침대 옆 협탁에 쟁반을 내려놓고는 서우를 돌아보았다.

"그런데 한발 늦었나?"

나갈 채비를 한 그녀를 보고 하는 말이었다.

서우는 대답에 앞서 괜스레 아랫입술을 빨았다. 짧은 사이 대충 무슨 일이 있었는지 추리는 했지만 그래도 이 엉뚱한 상황에 대한 당혹스러움이 가시는 건 아니었다. 입술을 자극한 탓에 불현듯 갈증도 났다. 입속이 깔깔한 사막 같았다.

"…물 마실게요. 고마워요."

어색하게 다가가는 서우에게 태승이 유리컵을 들어 건네주었다. 그녀는 차가운 유리컵을 두 손으로 감싸 쥐고 살짝 몸을 돌린 채 바닥이 드러날 때까지 입도 떼지 않고 마셨다.

다 마시고 저도 모르게 한숨을 쉬었다. 별나게 맛있는 물이었다. 그만큼 목이 말랐다는 뜻이겠지.

"더?"

태승의 질문에 서우는 의아한 눈길을 보냈다. 턱짓으로 그가 유리컵을 가리켰다.

"물 더 마실 거냐고."

"아뇨, 충분해요."

솔직히 한두 모금만 더 마시면 좋겠다 싶었지만, 한 잔 더 청할 염치가 나지 않았다. 물을 마시고 보니 다시 상황이 그녀를 압도하기 시작한 것이다.

"제가… 잠깐 의식을 잃었었나요?"

컵을 만지작거리며 그녀가 조심스레 말을 꺼내자 태승이 고개를 주억거렸다.

"혹시 내가 모르는 지병 같은 게 있나 싶어서 희경이한테 전화할까 했어."

"했어요?"

화들짝 놀라 쳐다보자 태승의 눈이 약간 커졌다. 서우가 얼른 시선을 내리깔자 그는 잠시 짬을 두고 대답했다.

"안 받더라고. 일찍 자나보다 했지."

"설마."

저도 모르게 픽 웃고, 서우는 입술을 감쳐물었다. 뜻하지 않게 들여다본 판도라의 상자가 다시 그녀의 뇌리에 단단히 똬리를 틀고 앉았다.

"그렇게 일찍 자고 그러는 사람 아니잖아요. 밤의 유흥을 워낙 좋아해야 말이지."

딴에는 가볍게 말한다고 꺼낸 말인데 그 의미가 전에 없이 그녀를 후려쳤다.

사람 좋아하고, 술 좋아하고, 음악 좋아하고, 춤 좋아하는 최희경. 평생 소원이 파티광으로 놀고먹는 거라는 그에게서 이따금 클럽에 가는 즐거움을 뺏는 건 너무 못할 짓 같았다. 그리고 말이 소원이지 희경은 현실에서 해야 하는 일을 내팽개치면서까지 치닫지는 않았다. 그는 자신의 의무를 다했고 책임을 잊지 않았다. 현실과 이상 사이에서 균형 잡는 것쯤, 간단하게 해냈다.

서우는 그런 희경의 균형감각을 믿었다. 그만큼 영리한 사람이기도 하고. 그런데 희경의 역량은 그녀의 믿음보다 더 대단했던 모양이다.

'이런 분위기가 좋은 것뿐이야. 가끔 뒷덜미가 쭈뼛하도록 전율이 일면, 살아 있다는 기분이 들거든. 엉뚱한데 한눈팔거나 하진 않아. 나 그렇게 값싼 남자 아니야.'

그와 어울려 주고픈 마음에 서우도 클럽에 몇 번 따라간 적이 있다. 그녀는 아무래도 익숙해지지 못한 대신 희경의 약속 비슷한 말을 얻었다.

서우는 그 말을 의심하지 않았다. 희경의 말처럼 그는 값싼 남자가 아니었으니까. 서우에게 그는 너무 귀해서 값을 매길 수 없는 보물이었다. 그랬는데 그 사람이….

갑자기 솟구친 격정으로 눈가가 불이 날 듯 뜨거워졌다. 서우는 컵을 가져다 놓는 척 급히 테이블 쪽으로 향했지만 이미 태승에게 이상한 낌새를 줘버린 모양이었다.

"괜찮아? 너 또 창백해졌는데."

등 뒤에서 다가오는 기척에 서우가 얼른 손을 들어 제지했다. 내처 헛기침하며 목을 틔웠다.

"잠시 욕실 좀 빌려도 될까요? 얼굴을 좀 씻고 싶어요."

"써. 고개 들어서 오른편 끝이야."

고맙다고 웅얼거리며 서우는 알려준 쪽으로 걸음을 옮겼다. 하지만 그가 알려주지 않아도 목적지를 찾는 건 간단했으리라. 희경의 침실과 구조가 똑같았으니까.

그런 이유로, 낯선 욕실에 들어가자마자 서우는 눈물을 쏟아냈다. 들어서기 무섭게 샤워부스가 보였다. 넓었다. 성인 둘이서 무슨 짓을 벌여도 괜찮을 만큼.

이를 악물며 흐느낌 소리를 죽이려고 서우는 물을 틀었다. 새삼 온몸이 부들부들 떨리기 시작하는 것을 세면대를 붙잡고 버텼다. 차라리 뭔가 토해내면 시원할 성싶은데, 미치도록 가슴만 답답할 뿐 아무것도 토해낼 수가 없었다.

뜨거운 불덩이 같은 것이 가슴에서 시작되어 몸속 어디랄 것 없이 신나게 두들기며 다녔다. 불덩이에 얻어맞은 곳이 피를 뚝뚝 흘리며 고통스레 비명을 내지를수록 불덩이는 점점 더 크게 제 몸집을 불려갔다. 피를 먹고 자라고 있다. 점점 더 역한 피 냄새를 풍기던 그것은 마침내는 끈적거리는 덩어리가 되어 몸 곳곳에 들러붙었다.

서우는 산 채로 온몸이 새카맣게 타오르는 듯한 환각에 몸부림쳤다. 답답한 목덜미를 쥐어뜯듯이 옷자락을 헤집던 중에 따끔, 하는 현실의 고통이 그녀의 환상통을 압도했다.

"아…."

목걸이 밑으로 쇄골 아래쪽에 길게 긁힌 자국이 생겼다. 서우가 멍하니 거울에 비친 그 상처를 바라보고 있노라니 송골송골 빨간 구슬방울이 천천히 맺히다가 끝내 가늘게 흘러내리며 옷 위에 붉은 얼룩으로 퍼졌다.

서우는 상처에서 눈을 떼어 자신의 손을 들여다보았다. 네일숍에서 곱게 다듬고 핑크색 큐빅으로 장식한 손톱이 욕실 조명 아래서 보석처럼 반짝거렸다. 늘 책을 보고 키보드를 두들기는 게 일인 그녀에게 이렇게 공들인 손톱은 거추장스러울 뿐이었다. 그래도 이런 날 한 번쯤은 욕심 내 보았다.

욕심낸 만큼 예뻤다. 다소 과하다 싶은 비용이 전혀 아깝지 않을 만큼. 이것을 보고 칭찬해줄 희경을 생각하면 그를 어서 만나고 싶어서 조바심이 날 정도였다.

그런데 그 눈부신 손톱을 희경에게 보여주지도 못하고 자신의 생살을 패어놓는 데 썼다. 얼마나 모질게 긁었던지 바라보는 지금도 상처에선 조금씩 피가 배어 나오고 있었다.

노력이 물거품이 된 것을 넘어 자신을 베는 칼이 되다니. 이거야말로 운명의 장난이자 배신⋯.

"아, 그러네. 나 배신당한 거네."

비로소 서우는 자신이 당한 일이 무엇인지 명확히 깨달았다. 구태여 운명이니 뭐니 하는 거창한 걸 끌어들일 것도 없다. 그냥 최희경이 백서우를 속인 거였다.

그와 몸을 섞은 누군지도 모를 여자 입에서 피앙세 운운하는 소리가 나올 지경임에도, 정작 그런 상황은 꿈에도 상상 못한 백치처럼 순진한 피앙세. 그게 백서우였다.

서우는 물에 적신 손에 비누를 쥐고 거품이 잔뜩 나도록 오래 문질렀다. 천천히 손을 씻고 이어서 고개를 숙여 얼굴도 씻었다. 목덜미를 씻어 내리며 상처의 핏자국도 씻어냈다. 아직 지혈이 안 됐는지 금세 또 발갛게 피가 올라왔다.

그것을 말끄러미 바라보는 서우의 눈동자가 천천히 기이한 빛을 머금었다.

이윽고 욕실을 나간 서우는 아직 방 안에 있던 태승을 보고 엷게 웃었다.

"욕실 잘 썼어요."

"⋯상처가 난 거야?"

찌푸린 얼굴로 태승이 물어왔다. 임시방편으로 상처에 티슈를 찢어 가볍게 얹어 놓았지만 여지없이 핏빛으로 물들어 있는 걸 본 것이다. 환히 드러난 제 살갗을 내려다보며 서우가 고개를 끄덕였다.

"그렇게 됐어요. 안 하던 짓을 하니까 이런 일도 생기네요."

그러곤 자신의 화려한 손톱을 보여줄 요량으로, 손을 들어 가볍게 팔랑거렸다. 태승의 눈에 이채가 실렸다.

"안 그래도 저런 것도 하는구나 했어."

"그렇구나. 눈에 띄죠, 좀?"

피식 웃고 서우는 핸드백을 둔 테이블 쪽으로 걸음을 옮겼다. 태승도 성큼성큼 문 있는 쪽으로 걸어갔다.

"어디 가요?"

그녀의 물음에 태승이 의아한 눈빛을 던졌다.

"약 가져오려고."

"약?"

"그 상처."

"아, 이거. 그냥 둬도 괜찮은데."

태승은 살짝 미간을 찡그리고 그대로 문을 나갔다. 서우는 핸드백을 만지작거리며 곰곰이 어떤 생각에 잠겼다.

태승이 돌아왔을 때 그녀는 안락의자에 앉아 있었다. 화장기 없이 창백한 얼굴 아래로 티슈를 떼어낸 상처가 선홍색 피를 머금고 도발적으로 불타고 있었다. 가까이서 보니 상처가 더 심했음인가, 그의 찌푸림이 심해졌다.

"줘요, 내가 할게요."

"보이겠어?"

내밀어진 그녀의 손을 무시하고 태승이 구급상자에서 소독약과 연고, 면봉 등을 꺼냈다. 소독약을 듬뿍 묻힌 솜이 상처에 와 닿는 순간 서우가 살짝 눈살을 찌푸렸다.

"이렇게 친절한 분인 줄 몰랐네."

빈정거리듯 그녀가 말을 붙여도 태승은 잠자코 하는 일에 집중했다. 평소처럼 멋쩍어하며 입을 다무는 대신 서우는 연이어 말했다.

"나 싫어하는 거 아는데. 싫어하는 사람한테도 친절을 베풀다니, 알고 보면 진짜 친절한 건가?"

면봉으로 연고를 발라주던 태승이 흘기듯 그녀의 눈을 쳐다보았지만 역시 별다른 말은 없었다. 상대할 가치도 없다고 생각하는 걸지도. 이내 빠르게 뒷정리를 하는 그에게 지치지도 않고 서우가 물었다.

"어떻게 나 집에 데려올 생각을 했어요?"

"그럼 눈앞에서 졸도한 사람을 거기 그냥 뒀어야 했나?"

마침내 태승이 언짢은 얼굴로 쏘아붙였다. 서우는 엷게 웃었다.

"거기까진 아니더라도, 보통 집에는 안 데려올 것 같아서. 근처 병원에 데려다주는 정도? 그 시간에 나가려던 거 보면 그쪽도 무슨 약속이 있지 않았어요?"

"답답해서 한 바퀴 바람이나 쐬고 오려던 것뿐이야."

"그 시간에 드라이브를요? 자유로운 영혼이네."

그녀의 시큰한 중얼거림에 기분이 상했던지 구급함을 닫는 소리가 거칠었다.

"내가 누리는 자유에 무슨 불만이라도 있나, 백서우 씨?"

"아뇨, 불만은. 그냥 궁금해서."

"궁금한 거 많아서 좋으시겠어. 하긴 학자가 되려는 사람이 호기심이 없어서야 쓰나."

시큰둥한 대꾸에 이어 돌아서는 태승의 등을 서우는 빤히 응시했다. 그녀가 다시 던진 질문은 막 두 걸음도 떼지 않은 그의 발을 붙들었다.

"여자친구 있어요?"

미간에 선명한 주름을 짓고 태승이 천천히 그녀를 돌아보았다.

"술 냄새는 안 나던데. 혹시 지금 취한 상태야?"

"알코올은 한 방울도 안 마셨어요."

술에는 취하지 않았다. 다만 다른 것에 취했을 수는 있다.

"질문에나 대답해줘요. 여자친구 있어요?"

"내가 왜 그런 질문에 대답해야 하지?"

서우는 고개를 갸웃하며 턱에 손가락을 가져다 댔다.

"대답 여하에 따라 내가 할 말이 있으니까요."

"무슨 말?"

"말했잖아요. 대답 여하에 달렸다고. 그래도 대답하기 싫다면 할 수 없고."

그러면서 안락의자에서 일어날 듯이 서우가 몸을 들썩거리자 태승이 신경질적으로 머리를 쓸어넘기며 말했다.

"없어. 자, 할 말이란 게 뭐야. 설마 누구 아는 사람을 소개시켜주겠다는 이야기라면 전혀 관심 없으니…."

"나랑 잘래요?"

툭 던진 말에 서우는 태승의 몸이 쩌저적 하며 굳어지는 소리를 들은 것만 같았다. 그의 표정을 비롯한 온몸이 그 정도로 심하게 경직된 것이다. 덩달아 그녀까지 몸이 굳는 느낌에 서우는 재빨리 눈을 내리깔았다.

"그걸 지금 농담이라고…."

태승에게서 여실히 당황한 목소리가 흘러나오자 그녀가 선수를 쳤다.

"농담하는 거 아닌데. 내가 미쳤다고 이런 걸로 그쪽한테 농담하겠어요? 아무리 친한 사이여도 할 농담이 따로 있지."

"잘 알고 있네, 백서우. 하물며 우린 친한 사이도 아니야. 빈말로도!"

태승의 어조가 강해졌다. 생각해보니 말 같지도 않은 말로 놀림을 당한 것 같아 슬슬 화가 나는 모양이다. 서우는 눈두덩을 어루만지며 맥없이 웃었지만 그러다 그가 더 불쾌해할까 봐 얼른 웃음을 감췄다.

"그래서 하는 말이에요. 우린 안 친하고, 그쪽은 나 싫어하고. 하지만 그렇다고 잘 수도 없는 건 아니잖아요? 남자는 딱히 마음이 없어도 여자 안을 수 있다고 하던데?"

힐끗 고개 들어 바라보자 이를 앙다물었는지 턱 근육이 바짝 긴장한 태승이 보였다. 눈빛은 뭐, 말할 것도 없다.

"당치 않은 일반화는 집어치워. 사람 나름이니까."

"아. 주태승 씨는 다르시다?"

"증빙 사례라도 제시하며 내 결백을 입증하란 거야?"

으르렁거리는 대꾸에 서우가 살살 손을 내저었다.

"그럴 필요까진 없어요. 신뢰가 가니까."

"그렇게 덜컥 믿는다니 오히려 황송하군."

불쾌감을 부채질한 모양이다. 하지만 서우도 할 말이 없진 않았다.

"희경 오빠랑 어울리는 친구들은, 그쪽도 잘 알죠? 그 사람들이 가끔 그쪽 지칭하면서 신부님이라고 말하는 거 들었어요. 그쪽도 알지 않아요? 오빠 말론 대놓고 면전에서도 들먹인다던데?"

태승은 가타부타 말없이 언짢은 시선으로 손에 든 구급함을 내려다보았다.

"별명치곤 독특해서 기억에 남았어요. 그쪽, 그다지 신부님이 연상되진 않는데 왜 신부님일까 싶어서 오빠에게 물었고요. 뭐랬더라, 행실이 너무 깔끔해서 신부님이라던가."

더 정확한 뉘앙스는 '행실이 눈처럼 순결해서'였지만 곧이곧대로 옮길 만큼 뻔뻔하지는 않았다. 태승은 알 만하다는 듯 나직이 신음 섞인 한숨을 내쉬고 중얼거렸다.

"뭐라고 지껄였을진 대충 알겠어. 그래서 그런 사정을 알고도 나한테 그런 황당한 소릴 했다는 거야? 왜? 뭘 떠보려고?"

"몇 년 전에 들은 이야기니까요. 그새 얼마든지 달라질 수도 있으니까 확인한 거예요. 사귀는 사람이 있다면 절대로 꺼내지 않을 말이었고…."

거기서 잠시 말을 끊고 서우가 자조했다.

"그런 지각知覺은 있어요, 아직."

"하!"

기가 찬다는 듯 태승이 웃었다.

"그 정도 지각이 있다는 분이 나한테 그런 소릴 했다고? 넌 날 뭐라고 생각하는 거야? 난 희경일 친구라고 생각하는데… 아, 희경인 그게 아니래?"

"아니긴요. 그쪽 최희경 친구 맞아요."

"그런데?"

그런데 여전히 나랑 자자는 소리가 나오냐는 듯 경멸어린 시선이 그녀에게 쏟아졌다. 서우는 눈길을 피하듯 고개를 숙였지만, 그의 시선에 부끄러움을 느껴서는 아니었다. 그저 그다음 말을 꺼내야 하는 자신이, 못내 비참하게 느껴진 까닭이었다.

"그런데… 최희경이 지금 다른 여자랑 자고 있거든요."

요란한 소리를 내며 구급함이 바닥에 떨어졌다. 서우가 시선을 들어보니 당황한 얼굴로 구급함을 주우러 허리를 굽히는 태승이 보였다.

도로 주워든 구급함을 뚫어지게—전에 없이 빠르게 눈을 깜박이며— 바라보던 태승이 주변을 둘러보다가 책장 앞으로 걸음을 옮겼다. 손닿는 곳에 있는 약간의 여유 공간에 구급함을 놓고서도 거기 그대로 머물러 있다가 이윽고 머뭇머뭇 말을 꺼냈다.

"어쩌다…. 그러고 보니 너 지금쯤 파리행 비행기에 있어야 하지 않아?"

그런 스케줄까지 태승이 알고 있다는 사실에 쓴웃음을 지은 서우는 그보다 훨씬 더 심각한 주제는 부러 가볍게 농담처럼 말로 옮겼다.

"그쪽도 알고 있었던 거네요? 오빠, 그리고 여자 만나는 거. 설마 이거 나만 모르고 다 아는 그런 이야기였나?"

하하 웃었다. 태승의 침묵은 긍정보다도 더 많은 말을 했다. 덕분에 서우는 한층 더 비참해졌다.

"말 좀 해주지. 슬쩍 눈치라도 줬으면…. 아, 하긴 그쪽은 희경 오빠 친구지."

"…어떤 일은 진실이, 해답이 되는 건 아니니까."

등을 보인 채 태승이 그런 말을 했다. 요컨대 모르는 게 약이라는 말씀? 어제까지의 자신을 생각해보면 서우도 얼마쯤 수긍할 수 있었다.

그러나 이미 알아버렸다. 진실이 가혹한 만큼 철저했던 은폐에 대한 분함은 컸다.

그 분노는 침묵으로 희경의 기만을 도와준 태승에게까지 새까만 적의를 드리웠다. 그래서 더 완벽한 상대가 아닐까, 서우는 생각했다.

맞바람 따윌 피우겠다는 게 아니다. 무엇보다도 서우는 지금 이 순간 갑자기 피해자로 곤두박질친 자신을 용납할 수가 없었다. 무지가 죄라는 걸 또 한 번 생생히 배우면서 맞닥뜨린 이 더러운 기분에서 빠져나가기 위해 무슨 짓이라도 할 셈이었다.

당장 내일이 되면 후회할지도 모르지만, 그건 내일 날이 밝은 후의 이야기이다. 날이 밝기 전에 분노로 미쳐버리면 그 내일이 무슨 소용인가?

서우는 엉덩일 들어 의자에서 일어났다. 천천히 태승에게로 걸음을 옮기며 그의 넓은 등을 응시했다.

"딱 한 번만 더 물을 거예요. 거절해도 돼요, 얼마든지. 나는 다른 선택지를 찾아서 나가면 그만이니까. 하지만 어디 사는 누군지도 모를 뜨내기보다는 그쪽이 백만 배는 더 나으니까…. 난 안전한 게 좋거든요, 늘."

곁에 이르러 아주 약간 망설이는 기분을 떨치고 서우가 그의 팔에 손을 올렸다. 돌덩이처럼 굳어진 태승의 팔에서 움칫 긴장이 전해져 왔다. 어쩌면 그것도 기분일 뿐 정작 긴장한 건 그녀인지도 몰랐다. 아니, 그녀는 확실히 긴장했다. 우습지도 않은 상황에서 별안간 웃음이 나는 것도 그래서였다.

"아, 참 별일도 다 있지."

샐샐 웃음을 흘리며 서우는 다시금 제안했다.

"아무튼 주태승 씨. 괜찮으면 나랑 잘래요?"

잔뜩 구겨진 미간에 복잡한 감정을 담아 태승이 그녀를 돌아보았다.

"내가 거절하면, 정말로 다른 선택지를 구할 셈이야?"

"네. 그러려면 서둘러야겠네요."

새벽 3시가 다 된 시각을 확인하는 서우의 양어깨를 문득 태승이 움켜쥐었다. 정신 차리라고 거칠게 흔들고 싶은 걸 겨우 참는 눈치였다.

"하룻밤만 자고 생각하면 안 되겠어? 너 지금 제정신이 아니야. 하룻밤 잔 뒤에도 그럴 마음이 든다면 그때는 어쩔 수 없겠지만…."

"그건 위험해요."

서우가 빙긋 웃었다.

"그쪽 말대로 자고 일어나면 마음이 바뀔 게 분명하거든요."

"그럼 자! 자릴 비켜줄 테니까 여기서라도 한숨 자라고."

"아뇨, 그러지 않을 거예요. 잠들기 전까지 무슨 일이 있어도 이 거추장 스러운 순결을 버리고 말 테니까."

말문이 막힌 듯 태승이 크게 숨을 들이켜고 다시 길게 토해내며 고개를 내저었다.

"잘못한 건 희경이잖아. 왜 너 자신한테 벌을 주려고 해?"

"벌? 그렇게 생각 안 하는데요, 난?"

눈을 동그랗게 뜨며 서우가 부정했다.

"내가 순결 운운한 말 때문에 그래요? 그게 뭐 대단한 거라고. 딱히 마음 이 동하지 않아서 지금까지 안 했을 뿐이에요. 거기에 무슨 고상한 의미를 둬서가 아니라."

"말은 그렇게 해도 그 상대로 생각한 건 단 한 사람이었을 거 아냐. 최희 경. 안 그래?"

"…그랬죠."

너무 당연해서 그 외의 선택지는 생각해본 적도 없다. 하지만 지금 서우 에겐 첫 상대는 누구라도 좋았다. 딱 한 명, 최희경만 빼고.

서우는 거기서 약간의 모순을 깨닫고 쓸쓸하게 웃었다.

"말은 아니라고 했는데, 의미를 두긴 했었나 봐요. 처녀성이란 것에. 절 대로 최희경에게만큼은 못 주겠다는 기분이 드는 게…. 왜, 이게 누굴 주고 말고 할 게 아닌데 말이에요. 아, 고루하다, 백서우."

나직이 자조하면서도 결심은 바뀌지 않았다. 오히려 더욱, 단단하게 굳 어졌다. 서우는 차갑게 눈을 빛내며 태승을 응시했다.

"설득 같은 거 하지 마요. 무슨 소릴 해도 안 들리니까. 자, 대답은요?"

태승은 한층 가늘어진 눈으로 그녀를 마주 볼 뿐 좀체 입을 떼지 않았 다. 충분히 기다렸다고 판단한 서우가 그의 팔을 밀쳐냈다.

"대충 이런 대답이 나올 줄 알았어요. 크게 기대한 거 아니니까 괜히 마음 쓰지 마요."

핸드백을 집어 든 그녀가 다분히 가식적인 미소를 머금었다. 위험한 딜은 끝났으니 본래의 사회적인 거리를 회복할 때였다.

"오늘 일, 비밀로 해줄 거라고 믿어요. 시쳇말로 무덤까지 가져가 주면 고맙겠어요. 그럼, 신세 졌어요."

꾸벅 인사를 건네고 서우는 문으로 걸어갔다. 이제 이 낯설지만 안락했던 공간을 벗어나 무엇이 도사리고 있을지 모를 밤거리로 나갈 거라고 생각하니 저도 모르게 바르르 몸이 떨렸다.

두려워서…. 하지만 그 두려움에 필적할 만큼 짜릿한 전율 같은 것도 흘렀다. 돌다리도 두들겨서 건널 정도로 안전지향주의를 고수해온 자신의 어디에 이런 면이 있었을까 의아하기도 했다.

뒤숭숭한 머릿속을 쓸어버리듯 서우가 핸드백 끝을 쥐어 잡으며 침실 문고리를 잡아당기는 그때, 별안간 어깨를 잡아당기는 손에 휘청 몸이 뒤로 쏠렸다. 곧장 거칠게 돌려 세워져 다시 양쪽 어깨를 붙들렸다.

살을 파고드는 억센 손가락이 아파서 찌푸린 눈길을 들자, 무섭도록 창백해져선 그녀를 노려보는 태승과 눈이 마주쳤다.

"솔직하게 말해. 내가 거절 못 할 줄 알고 이러는 거지?"

씹어뱉는 듯한 물음에 서우는 기가 막혀 웃었다.

"내가 무슨 수로 그런 걸 알아요? 그쪽 눈에 내가 말 몇 마디면 어떤 남자든 홀리는 마성의 여자로 보여요?"

누굴 중증 공주병 환자로 아나, 어이없어하던 그녀는 뒤늦게 태승이 한 말의 핵심을 파악했다. 방금 짜증스럽게 퍼부은 말의 요지는… 결국 내 제안을 수락하겠다는 건가?

찬찬히 그녀가 그의 얼굴을 살피자 태승은 꿀꺽 마른침을 삼키며 고개를 끄덕였다.

"그래, 미친 짓 한 번 하지 뭐."

"괜찮겠어요? 나 때문에 친구를 배신하는 게 될 텐데?"

"이제 와서 내 걱정을 해주는 거야? 황송해서 눈물 나겠군."

투덜거리며 그가 그녀의 팔을 잡아끌었다. 그 목적지가 침대임을 알아본 서우의 눈이 휘둥그레졌다. 분명 그녀가 초래한 상황이었지만, 바야흐로 압도적인 현실감을 갖기 시작한 일 앞에 심장이 두방망이질 치기 시작했다.

태승은 그녀를 침대에 앉히고 그 앞에서 서서 신경질적으로 머리를 쓸어넘겼다. 초조하게 바장거리던 그가 대뜸 샤워하고 오겠다고 선언했다. 얼결에 고개를 끄덕이던 서우가 무심코 떠오르는 대로 물었다.

"실은 이미 했죠?"

아까 자러 가기 전에 그녀를 들여다보러 왔다고 했을 때 그에게선 청량한 허브 냄새 같은 게 물씬 났다. 지금도 살갗에 코를 대면 잔향을 맡을 수 있을지 모른다.

불쑥 손을 뻗은 서우는 태승의 손목을 잡아당겨 자신의 짐작을 확인했다. 파랗게 핏줄이 돋은 손등에선 과연 상쾌한 허브향이 났다. 로즈마리와 베르가못, 또 그 외의 무언가….

"바디워시 냄새가 좋네요. 아니면 샤워코롱?"

"그런 거 안 써!"

퉁명스레 쏘아붙이며 태승이 손을 뿌리쳤다.

"왜요, 샤워코롱도 잘 쓰면 좋은데. 아, 스킨 냄새일 수도…."

떠오르는 대로 말하면서 올려다본 태승의 얼굴에 서우의 말끝이 흐려졌다. 어째선지 태승의 뺨이 몹시 붉다. 그녀가 물끄러미 보고 있자니 홍조는 점점 더 그 영역을 넓혀갔다.

마침내는 홱 돌아서며 그녀의 시선에서 달아났다. 태승의 뒤통수에서 널따란 어깨로 눈길을 떨어뜨리는 서우의 뺨에도 그에게서 옮은 듯한 붉은 기가 맴돌았다.

알아도 모른 체했어야 하나? 무턱대고 말은 해놓았지만 샤워를 핑계로 생각할 시간을 가지려고 한 건지도 모른다. 물론 그 시간을 그녀에게 주려한 걸 수도 있다. 이제라도 아니다 싶으면 물릴 기회를 주기 위해.

기회…. 서우는 필요치 않다고 재삼 확신했다.

하지만 태승은?

상식적인 윤리, 도덕 같은 건 내려놓기로 한 이 마당에도 자신의 필요에 태승을 이용하는 것에 대한 부담감은 남아 있었다. 그런 거 남자에겐 별반 흠도 안 되니까, 라는 핑계는 공허한 일반화요 깎아내리기일 따름이다. 적어도 주태승은 최희경과는 다른 사람이다.

희경에게 생각이 미치자 서우 안에서 뿌옇게 일어나던 번민도 그만 제풀에 힘을 잃었다.

'이런 거 저런 거 생각하다간 아무것도 못 해!'

입술을 깨물며 서우는 태승을 원망스레 쳐다보았다. 오케이까지 한 마당에 왜 저렇게 망설이는 거람. 여기서 내가 더 뭘 어쩌라고.

문득 서우는 당연하다는 듯 태승에게 리드할 책임을 떠맡겼다는 걸 깨달았다. 자신이 아무것도 모른다는 이유로.

혀를 차고 싶은 걸 꾹 참으며 서우는 손을 들어 원피스 지퍼를 내리기 시작했다. 결정적인 경험이 없는 거지 그 흐름마저 모르는 건 아니니까. 그렇다면 내가 주도하자. 태승이 더 이상 망설일 수 없도록.

부스럭대는 소리에 어깨 너머를 돌아보던 태승이 흠칫 놀라선 도로 고개를 돌렸다. 괜스레 헛기침하며 뒷목을 주무르는 모습을 보며 서우는 픽 웃었다.

"내가 다 벗을 때까지 기다릴 참이에요? 하다못해, 이 환한 불이라도 좀 어떻게 해줬으면 싶은데."

그 말을 듣고 태승이 스위치가 있는 쪽으로 걸어갔다. 하지만 스위치를 누르는 건 유보한 채 한참을 서 있었다. 부러 늑장을 부렸어도 서우가 원피스를 다 벗기에 충분한 시간이었다. 그녀는 크림색 슬립을 내려다보며 소리 죽여 심호흡했다. 그리고 막 슬립을 걷어 올리려는데 태승이 말했다.

"콘돔이 필요해. 준비해둔 게 없어서."

아, 그거. 고민할 만하지. 하지만 서우가 그 고민을 덜어줄 수 있었다.

"피임약 먹고 있으니까 괜찮아요."

"그래도….'

"내가 괜찮다는데 왜요. 설마 나한테 고백할 성병 같은 게 있다거나?"

"절대 없어!"

발끈한 태승이 그녀를 돌아보았다. 그러나 그녀의 차림을 보곤 홱 소리가 나도록 빠르게 고개를 원위치했다. 어느새 귀까지 새빨개져서는.

어쩌지? 그럴 상황이 아닌데 서우는 그가 좀 귀엽게 느껴지기 시작했다. 불쑥 놀릴 마음이 동했을 정도로.

"너무 자신하는데요?"

"자신할 만하니까 하는 거야."

"글쎄. 사람 일을 어찌 알고. 그쪽은 몰라도 예전 파트너가 숨기고 말 안 한 게 있을지도 모르고…."

"그럴 사람이ㅡ."

막 쏟아내던 말을 끊고 태승은 거칠게 스위치를 눌렀다. 침실의 메인등이 꺼진 대신 침대 헤드 위의 벽걸이 조명에 불빛이 들어왔다. 씌워놓은 갓 때문에 옅은 불빛이 은은하게 퍼지며 침실은 순간 몽환적인 공간으로 변모했다.

그러나 상대적으로 무척 어두워지기도 한 공간을 가로질러 태승이 그녀의 앞으로 와 섰다. 역시 바로 마주 보지 못하고 슬며시 간격을 벌려 침대에 앉았지만.

"능숙한 상대를 원하는 거라면 사람을 잘못 골랐어. 솔직히, 여자랑 해본 적이 없어."

태승의 고백에 서우는 눈을 깜박이다가 물었다.

"그럼 남자랑은…?"

도저히 답할 가치를 못 느낀다는 듯 험악한 눈빛이 답으로 돌아왔다. 이번에야말로 농담이라고 그녀가 말했지만 태승의 표정은 거의 풀리지 않았다. 당장이라도 집어삼킬 듯한 눈빛에 서우가 어깨를 움츠리며 먼저 시선을 피했다.

"그런 게 흠이 되나요? 아, 나더러 미안해하라고 한 말인가? 정말 사랑하는 사람이 생겼을 때 누리려고 아껴온 건데 괜히 나 때문에…."

확 다가온 손이 그녀의 턱을 잡아 그에게로 얼굴을 돌려놓았다. 여전히 험악한 눈빛으로 태승이 말했다.

"그런 감상 따위가 내게 있을 것 같아? 내키는 상대가 없었을 뿐이야. 마음이 동하지 않으면 하지 않는 남자도 세상엔 있어."

그렇구나. 이 사람은 그런 남자구나. 그래서 희경을 비롯한 친구들에게 신부님이라는 둥 야유를 받은 거겠지.

생각해보면 태승을 그렇게 놀린 희경은 나는 태승과는 다르다고 무언

중에 선언한 거나 다름없었다. 거기엔 내심 태승을 미숙하다고 여기는 자만심이 섞여 있었고. 그 미숙함이야말로 서우가 희경에게 바란 신의였건만!

쓸쓸한 웃음을 얼핏 머금고 서우가 물었다.

"그럼 나랑은 할 수 있겠어요? 마음이 안 동할 텐데…."

태승의 눈이 가늘어지며 가볍게 입술을 한 번 빨았다. 그러곤 별안간 밀어붙이듯 그녀에게 입술을 겹쳐왔다.

조급하게 포개어진 입술을 지그시 누른 채로 한동안 꼼짝도 않던 태승이 마침내 그녀의 어깨를 끌어안으며 훌쩍 들 듯이 해서 침대에 뉘었다. 그러곤 조심스레 체중을 실으며 서우의 위로 몸도 포개어 왔다.

묵직하게 침대 속으로 파묻히는 느낌에 그녀가 당혹할 겨를도 없이 그가 살짝 방향을 바꿔 엇갈리듯이 입술을 겹쳤다. 이번엔 마주 대는 것에 그치지 않고 오물오물 그녀의 입술을 맛보며 숫제 얼얼해질 지경까지 자그마한 입술을 빨아들였다.

"…후우."

얼마나 지났을까, 태승이 한숨을 쉬며 잠시 고개를 들었을 때 서우도 가까스로 입을 벌리고 부족한 숨을 색색 그러모았다. 그 모습을 지켜보던 태승이 다시금 쪽 키스를 해왔다. 그녀가 흠칫하며 입술을 다물자 금세 시치미를 떼듯 입술을 뗐지만.

팔꿈치로 상체를 버티면서 태승이 그녀를 내려다보고 있다. 몹시 어두워 어쩐지 묵향이 날 것 같다고 생각했던 까만 눈이 지금은 거의 심연처럼 보였다. 너무 많은 걸 담고 있는 눈이다…. 서우는 그와의 눈맞춤이 슬슬 불편해졌지만 어째선지 거기에서 시선을 돌릴 수가 없었다.

"벌려봐."

심연에서 솟아오른 묵직한 말.

"…뭘요?"

서우는 가슴을 들썩이며 물었다. 딱히 이명이 나는 것도 아닌데 목소리가 머릿속에서 웅웅 울리는 기분이었다.

"입술. 더 깊이 맛보고 싶어."

당혹스러웠지만 이 정도에서 당황한 내색을 하면 그보다 더한 일은 어떻게 할까 싶어 서우는 아무렇지 않은 척 애썼다. 하지만 태승이 눈도 깜박거리지 않고 보고 있다고 생각하자 입술을 벌리는 그 간단한 일이 전에 없이 힘들고 어려웠다. 의도치 않게 뜸을 들인 셈이 되어 혀끝으로 살짝 입술을 축이며 여는 듯 마는 듯 입술을 연다.

태승의 얼굴이 점점 가까워졌다. 훅 끼쳐오는 달큼한 향에 서우는 저도 모르게 마른침을 삼켰다. 그 바람에 다물어진 입술을 보고 보채듯, 질책하듯, 시선이 쏟아졌다. 그녀가 다시 입술을 여는 때를 노려 와락 그의 입술이 내려앉았다.

"음…."

어색하게 늘어져 있던 서우의 두 손이 발작적으로 시트를 쥐어뜯었다. 깜짝 놀랄 만큼 깊게 들어온 태승의 혀가 그녀의 혀에 착 달라붙듯 감겨오더니 이내 거세게 빨아올렸다. 남자의 혀라는 것이 그렇게 뜨겁고 부피가 큰 것인지 그녀는 미처 몰랐다.

생경한 침입에 얼떨떨했던 처음 얼마간이 지나자 평소엔 그 존재조차 거의 잊고 사는 혀라는 것이 이렇게나 예민한 것이었나 싶을 정도로 날 선 감각에 소스라쳤다. 거의 주객의 전도가 일어나다시피 한 입속에선 흡사 불꽃놀이처럼 여기저기서 불꽃이 일며 야단도 아니었다. 침입자는 그토록 뜨겁고도 야만적이었다.

입천장을 쓸다가 잇새를 간지럽히기도 하고 잇몸을 핥아 내릴 땐 부드럽고 말랑말랑한 젤리 같기도 한 것이 혀에 얽히며 몸을 비벼올 때엔 광포한 본색을 드러냈다. 맛난 과실이라도 되는 양 집요하게 그녀의 혀를 물고 빨았다.

내어줄 수 있는 거라고 해봤자 몇 방울의 타액…. 그것이 더 감질난다는 듯 끝을 모르며 덤벼드는 집요함에 그녀는 헐떡이며 시트를 수십, 수백 번 쥐어뜯었다.

'이런 게 진짜 키스…?'

이따금 희경과 나눈 입맞춤이 가슴 설레는 따뜻함으로 기억에 남았다면 지금의 것은 너무도 다른 나머지 같은 키스라고 부르기가 이상할 정도였다. 이 지나친 밀착, 열기….

'아…!'

어느새 서우에게 전부 전해지고 있는 태승의 무게 속에 가슴을 쿵 내려앉게 만드는 무언가를 깨닫고 그녀는 그만 아찔해졌다. 옷 너머로도 어디 하나 허술한데 없이 탄탄한 몸을 느낄 수 있었는데 이제 거기에 바위처럼 단단한 남성이 보태어졌다. 허벅지를 짓누르며 뜨겁게 맥동치는 남성을 한 번 의식하자 더는 다른 곳으로 생각을 돌리는 자체가 불가능해졌다.

서우는 바들바들 떨었지만, 그렇게 떠는 것을 몰랐다. 태승이 이상했는지 고개를 들어 그녀를 살펴보다가 묘한 미소를 머금으며 한숨을 몰아쉬었다.

"서우야."

부르는 소리에 서우는 언제 감았는지도 모를 눈을 떴다. 태승이 한 손으로 그녀의 뺨을 쓰다듬으며 다른 손으론 그녀의 손을 붙잡아 그의 중심으로 이끌었다. 팽팽해진 바지 앞섶을 당장이라도 찢어버릴 것처럼 성이 난 남성을 그는 그녀가 손바닥 가득 느끼게 했다.

"나는 걱정할 거 없어."

중얼거리는 태승의 목소리가 탁하고 거칠었다.

"오히려 네가 걱정이야. 이제라도 달아나고 싶지 않아?"

사실을 말하자면, 그랬다. 서우는 자신이 초래한 일의 두려움에 스멀스멀 잠식되는 중이었다. 분노와 질투로 미치기 일보 직전이었던 격렬한 여자는 잠시 숨어버리고 창고방에서 조마조마한 마음으로 어른들의 대화를 엿듣던 열세 살 아이가 불쑥 겉으로 나왔다. 네 뜻을 말해보란 소리에 푹 고개 숙이고 한없이 부끄러움만 타던 유약하고 겁 많은 그 아이가.

그때 그녀는 제대로 된 말은 단 한마디도 하지 못했다. 그러나 줄리아가 누구보다 먼저 아이의 마음의 소리를 알아듣고 구원의 손길을 내밀어 주었다. 줄리아는 늘 그랬다. 그 뒤로도 쭉.

하지만 눈앞에 있는 사람은 줄리아가 아니다. 누구도 그녀를 대신할 수는 없다. 주태승은 더더욱.

"그만둘래? 솔직히 말해도 괜찮아. 아직 시작도 안 했으니까."

나직이 말하며 그녀를 바라보는 태승의 눈가에 미묘한 웃음이 어른거렸다. 말과 달리 그의 중심을 잡게 한 손에 힘을 넣어 더 꽉 그 존재를 아로새긴 건 또 어떻고. 명백한 과시였고, 위협이었다.

'테스트? 이것도?'

그의 의도가 무엇이든, 한 가지는 확실했다. 지금이 돌이킬 수 있는 마지막 기회라는 것.

서우가 슬며시 시선을 피하며 입술을 깨무는 중에도 끊임없이 신경은 아래로 쏠렸다. 내가 할 수 있을까? 이런 걸… 받아들이는 게 정말 가능해? 물리적으로 도저히 그럴 만한 공간이, 안 되지 않아?

저도 모르게 도주에 합당한 근거를 쌓기 시작하는데 그녀의 망설임을 읽었는지 태승이 부드럽게 부추겼다.

"생각 잘해. 다른 건 몰라도 네가 얼마나 희경일 사랑하는지는 아니까. 그래서 판을 깨지도 못하고 도망친 거잖아?"

최희경…. 태승이 소환한 그 이름이 다시 판을 뒤흔들었다. 때도 모르고 튀어나왔던 겁쟁이 아이의 머리채를 끌어내리고 분노에 삼켜진 여자가 파랗게 눈을 뜬 것이다.

"고마워요, 덕분에 정신이 번쩍 드네."

서우는 싱긋 웃고 태승의 뒤통수를 붙잡아 제게로 끌어당겼다. 금방이라도 입술이 맞닿을 듯한 거리에서 그녀가 도발적으로 속삭였다.

"그만두지도, 달아나지도 않을 거예요. 그러니까 이제 그 '시작'이란 걸 해보면 어때요? 감질나게 굴지 말고."

태승의 까만 눈이 가볍게 물결치나 싶더니 이윽고 가늘게 휘어졌다.

"그렇다면, 사양 않고. …시작할게."

한없이 불순한 데도 이상하리만치 밝은 목소리. 대화의 끝이자, 다른 방식으로 전개된 대화의 포문을 열어준 태승의 말은 그 독특한 어조가 어쩐지 기억에 남아 그 뒤로도 문득문득 떠오를 터였다.

하지만 당장엔 깊게 생각할 틈 따윈 없었다.

머릿속이 마비되는 건 순식간. 그리고 그 마비가 풀리는 때는….

## 3
## 눈먼 여신

지극히 어렵다, 라는 뜻으로 지난하다는 말이 있다. 알아도 평소엔 거의 쓸 일이 없었던 그 말이 둘의 첫 경험을 위해 준비되어 있었다는 제멋대로의 생각을 해본다.

한 시간은 족히 잡아먹었다. 그것도 간신히 삽입을 마친 것까지가 그 정도. 그마저도 서우가 지친 나머지 자긴 어떻게 되든 상관없으니 사정 봐주지 말고 해보라고 다그치지 않았다면 반나절이 걸렸을지도 모른다.

태승의 마음 같아선 그보다 더 긴 시간을 들여서라도 억지스럽지 않게 안고 싶었다. 결국 서우의 보채는 소리에 떠밀려 완력을 쓰고 만 것이 못내 입맛이 썼다.

그러한 불만족의 앙금은 힐긋 들여다본 서우의 얼굴에 가슴 저 밑으로 가라앉았다. 아직도 고통스러운지 가늘게 숨을 몰아쉬는 입술 위로 수려한 미간에 희미하게 찌푸림이 걸려 있다. 그 고통을 안겨준 당사자라는 자격으로 그녀를 가득 포옹하여 등을 쓸어 만져주는 현실이 새삼 의아하고 신기했다.

"아아…."

얼굴을 좀 더 자세히 보려고 태승이 살짝 머리를 든다는 게 등을 타고 내려가 일종의 진동이 되었던 모양이다. 서우가 입술을 깨물며 신음하는 것을 따라 맥없이 그의 등에 걸쳐 있던 손에 발작적으로 힘이 들어왔다. 꿈틀거리는 근육 속으로 작은 손톱이 알알이 박히는 기묘한 자극에 움찔하며 태승은 그녀를 다독거렸다.

"그대로 있을게. 움직이지 않을 테니까."

안심시켰다. 어떠한 계산도 없는 진심이었다. 긴 시간 끝에 겨우 문 안쪽으로 들어가 현관에 주저앉은 셈일지도 모르나 더 욕심내는 건 무리라고, 서우의 몸과 그의 본능이 이구동성으로 말하고 있었다.

그래도 충분했다. 예상과는 달라도, 달라서 좋은 점도 있었다. 태승에겐 이렇게 마음껏 그녀를 쓰다듬을 수 있는 시간이 그랬다. 무어라 해도 자신은 그녀 안에 몸을 묻고 있었다.

"…하지만, 이런 게 아니잖아요. 섹스란 거."

그러나 서우의 생각은 다른 모양이었다.

"쾌락은 어디 있죠? 나는 모르겠는데. 그쪽은 느껴져요?"

가라앉은 목소리에 살며시 가시가 돋아났다. 그녀는 투자 대비 형편없는 결과에 노염이 나는 듯했다.

"처음이잖아. 누구든 처음이란 건 어리벙벙한 거고 특히 이런 일에서 여자가 처음부터 뭔가를 느낀다는 건… 아무래도 어렵지."

태승은 활자로 익힌 지식을 제법 아는 듯이 늘어놓는 자신이 그렇게 어색할 수가 없었다. 서우의 언짢은 눈매에 쩔쩔매느라 식은땀이 다 날 정도로.

"여자가 불리하다는 것쯤 모르지 않아요. 그래서 물었어요, 남자는요? 지금 뭔가 느끼고 있어요? 즐거워요, 이런 게?"

"…나쁘지 않아."

솔직함과 분별, 그 어느 선상에서 태승은 모호한 대답을 꺼냈다. 어떻게 받아들였는지 서우는 눈살을 찌푸리며 입술을 깨물었다. 그리고 이내 쏘아붙였다.

"나는 괜찮으니까 내키는 대로 해봐요. 제대로 된 섹스, 피스톤운동이니 뭐니 하는 그런 거 실컷… 처음이라곤 해도 남자는 왜 예습 같은 거 한다면서요. 동영상 같은 걸로."

평소의 그녀였다면 도저히 할 수 없는 말을 툭툭 꺼내느라 얼굴이 발간 홍시처럼 물든 것을 아는지 모르는지 서우는 끝끝내 강한 체했다. 태승이 한숨을 내쉬었다.

"그것도 상대의 사정을 봐가면서 하는 거지. 넌 지금도 충분히 포화상태로 보이거든? 여기서 더 했다간 네 몸이…."

"버틸 수 있으니까 넘겨짚지 말아요!"

서우는 오기를 부렸다. 뿐더러 그 오기로 태승을 도발했다.

"이렇게 어설프게 물러날 거예요? 진짜 내가 사람을 잘못 골랐다고 후회하게 만들 참이에요?"

노림수가 빤한 어설픈 도발이었으나 알면서도 넘어가게 되는 경우가 종종 있는 법. 시시한 공격에 태승의 이성은 코웃음 칠망정 감정은, 육신은, 눈에 띌 정도로 동요했다.

"…후회스러워?"

나직한 물음에 서우가 피식 웃었다.

"어떨 거라고 생각해요, 주태승 씨?"

태승의 머릿속에서 순간 무언가가 파삭하며 깨졌다. 그의 입가에 나른한 미소가 걸렸다.

"판단은 좀 더 유보하는 게 좋아."

독해서 더 탐스러운 서우의 입술 위로 고개를 기울이며 그는 궁금해했다. 과연 이 밤의 행운은 어디까지 그를 끌어갈지.

"아…. 아아, 으음… 으흐."

팔 안에서 들려오는 가느다란 신음에 새삼 뒷덜미가 쭈뼛하도록 소름이 돋았다. 누군가의 신음이 이토록 뇌쇄적인 음악처럼 들릴 수 있다는 게 여전히 거짓말 같고 믿기지가 않았다. 그렇게 의심하면서도 번번이 홍분이 배가되어 아래로 뻗치는 욕정의 연쇄는 어느새 그도 즐기고 있었다.

"아아앗…."

거의 한계라고 여겼던 좁은 공간이 한층 더 부풀어 오른 남성으로 인해 억지로 그 한계치를 늘렸다. 그 아슬아슬한 신축성의 대가로 서우는 한껏 미간을 찡그리며 길게 숨을 토했다. 꼿꼿하게 긴장한 그녀의 아랫배가 속절없이 떨리는 게 맞닿은 살갗으로 생생히 전해졌다.

잠시 서우를 바라보며 숨이 좀 잦아들기를 기다려 태승은 남성을 슬쩍 뽑아냈다. 빈틈없이 맞물린 마개를 억지로 뽑아내는 듯한 압박감에 그녀는 물론 태승까지 희미한 신음을 흘렸다.

여운이 가라앉기 전에 다시 푹 밀어 넣는다. 그새를 못 참고 아물어 들어가던 점막을 이 우악한 침입자는 모질게 갈라내며 더 빠르고, 깊게 파고들었다. 서우의 고개가 홱 젖혀지며 가슴이 크게 들썩거렸지만, 소리만큼은 입술을 깨물어 삼키는 데 그쳤다.

아쉽고, 안타깝고. 하지만 소리가 없는 만큼 시각적인 자극이 강렬해졌다. 솔직히 무엇 하나 자극이 안 되는 게 없는 중에도 서우의 입술은 더 특별해서, 태승의 즉각적인 반응을 불러일으켰다.

그냥 바라볼 땐 다소 얇은 듯 보이던 담홍색 입술이 사실은 깨물어 삼키고 싶도록 도톰한 볼륨을 가지고 있다는 걸 알게 된 지금은, 멍하니 바라보는 시간조차 사치스러운 낭비로 느껴졌다. 하물며 저 귀한 걸 그녀는 모질게 짓씹으며 잇자국마저 내고 있었다.

소리를 내지 않을 거라면, 내게 줘.

헐레벌떡 달려들어 주인의 학대로부터 보물을 앗아냈다. 처음 입술을 마주 댄 순간부터 알았던 것처럼, 완벽한 입술에 그는 또 브레이크가 풀려 정신없이 빠져들었다.

격정은 눈 깜짝할 새에 아래로 흘러내려 허리의 들썩임이 점차 빨라졌다. 겨우 운신이 가능할 정도로 빽빽한 그녀의 안이 조바심치는 남성에 떠밀려 어렵사리 젖어들었다. 그래도 여전히 미진한 것을 태승은 더 기다리지 못하고 그녀의 다리를 양팔에 꿰어 넓게 벌리며 체중을 실어 몸을 묻었다. 뿌리까지 전부 집어삼켜 서로의 치골이 맞닿을 때까지.

"으응…!"

아찔할 정도로 깊어진 결합에, 가늘게 경련하는 그녀의 목구멍 깊은 곳에서부터 신음이 흘러나왔다. 교성과는 다르다고 태승의 본능이 말했다. 빈말로도 서우가 쾌락을 느낀다고는 보이지 않는다.

아니 쾌락 비슷한 게 한 방울이라도 있기는 할까?

씁쓸하지만 지금의 행위는 태승에게도 오롯한 쾌락과는 거리가 멀었다. 그러나 고통으로 얼룩덜룩할망정 태승에게 이것은 쾌락이었다. 마시면 마실수록 갈증이 심해지는 악마의 과실이었다.

반면 쾌락은 어디에 있느냐며 앙칼지게 묻던 서우는….

고행을 즐기는 것도 아닐 텐데 아프다는 말 한마디를 하지 않는다. 한사코 이를 앙다물고 입술을 짓씹는 것에서 태승은 그녀의 버거움을 짐작만

한다. 정말 아플 때 그녀는 소리를 내지 않는다. 세 번째로 몸을 섞으면서 쌓인 경험을 토대로 한 것이니 신빙성은 상당히 높다.

물론 변수는 있다. 어설프게 물러나지 말라고 제 입으로 한 말이 있으니 악을 써서 지키는 데 불과한지도 모른다. 게다가 상대가 태승이라서 죽어도 어리광 따위는 부리지 않겠다는 각오일지도⋯.

이해는 할 수 있다. 하지만 그 울적한 가정에 저도 모르게 난폭한 기분이 고개를 치켜드는 건 태승도 어쩔 수 없다.

'언제까지 그렇게 참기만 할 수 있을까?'

맞닿은 치골을 은근하게 문지르면서 클리토리스를 자극하려는 노력이 효과를 발했는지 서우의 표정이 아주 조금은 편안해진 것처럼 보였다. 거기서 더 배려하여 물씬 녹아내릴 때까지 기다리는 것은, 다음 기회에. 태승에겐 시간이 별로 없었다.

이미 상당한 시간이 흘렀다. 여행을 빌미로 한 외박이었던 터라 그녀를 찾는 전화는 없었지만 거기에도 한계가 있을 터. 태승은 서우가 멀쩡하게 일어나 그의 아파트를 떠나는 모습을 볼 생각은 없었다.

이내 격렬하게 살 부딪는 소리로 침대 위가 아득해졌다.


서우가 깊게 잠들 만하면 깨워서 몸을 섞기를 거듭한 끝에 결국 그녀는 오후가 깊도록 수마에 사로잡힌 신세가 됐다. 시간의 흐름을 의식하지 못하게 시계는 중간에 태승이 치워버렸다.

한 번은 볼일을 보러 욕실에 다녀오던 그녀가 몇 시쯤 됐느냐고 졸린 목소리로 물었지만, 목마르지 않으냐며 물을 건네주곤 어영부영 다시 침대로 끌어들여 질문을 잊게 했다.

급기야 그녀는 정오를 코앞에 두고도 비몽사몽간에 태승에게 안겼다.

얼마나 녹초가 됐던지 섹스를 하는 도중에 잠들어 그의 거친 포옹에도 깨어날 기미가 없었다.

비로소 태승은 안심하고 침실을 나왔다. 주방으로 가서 한껏 들이켠 물은 새삼 깜짝 놀랄 만큼 맛있었다. 매일 별생각 없이 마시던 물에 무슨 마법이 일어난 건지 모르겠다.

허기가 질만도 한데 배가 고프다는 생각은 들지 않았다. 심지어 밤을 꼬박 새웠지만 졸음도 감감무소식이다. 카페인의 도움 없이도 머리가 이렇게 맑을 수 있다니. 지금 상태 같아선 어디 한 군데가 별안간 부러져도 아픔조차 못 느낄 것 같다. 실로 반은 초인이 된 듯한 고양감에 휩싸인 자신을 의식하며 거실에 맞닿아 있는 욕실로 향했다.

세면대 거울을 들여다보자 스스로도 낯설 만큼 눈빛이 번쩍거리는 주태승이 이쪽을 보고 있었다. 이래서야 꼭 약을 한 놈 같다고 실소를 지으며 턱을 쓸어 만졌다. 밤사이 돋은 수염이 까칠해서 면도 생각이 절실해졌다.

하긴, 절실한 건 면도만이 아니었다. 땀으로 목욕을 한 셈이나 다름없는 몸을 씻는 게 최우선이겠으나….

'서우 냄새가 나.'

팔을 들어 코를 묻자 살에 밴 다른 이의 냄새를 어렵잖게 붙잡을 수 있었다. 뭐라 뭐라 하는 거추장스러운 꽃향기 같은 걸 다 걷어낸 자리에 가만히 숨어 있는 그녀의 살 냄새를 떠올리며 태승은 몇 번이고 깊게 숨을 들이켰다.

단지 그것만으로도 단전에 힘이 쏠리며 완벽하게 발기했다. 하기야 이놈은 몇 조각 상상이며 목소리만으로도 부지런히 곤두서는 쉬운 녀석이었다.

빈 수레가 요란한 법이라고 정작 필요할 때 맥을 못 출지 모른다는 불길한 상상도 한 적 있지만 쓸데없는 걱정이었다. 데뷔 무대치고 그만하면 나름대로….

'관둬, 꼴사나워.'

무려 자화자찬씩이나 할 여유가 생긴 자신의 대담함에 태승은 혀를 찼다. 샴페인을 따고 자시고 할 때가 따로 있지.

지나치게 업되어 있음을 자각하며 태승은 얼굴에 물을 끼얹었다. 역시 샤워부터 해치우기로 했다. 약간 차갑다 싶을 정도의 미온수에 몸을 맡기며 몸에 남은 서우의 흔적이 씻겨 내려가는 아쉬움마저 씻어냈다.

지난밤의 일은 눈먼 행운이 굴러들어온 것에 불과했다. 노력으로 얻은 게 아닌 일에 기뻐하는 것만큼 부질없는 게 있을까.

마침 거기 그 자리에서 서우와 마주치게 해준 우연의 힘을 생각하면 오히려 모골이 송연해야 마땅하다. 그리하여 그녀는 그가 아닌 다른 누군가의 팔에 안겨 잠들었을지도 모른다. 하물며 그것은 최희경이었을 수도 있다.

"제길."

불쾌한 상상에 이를 갈며 태승은 타일 벽에 이마를 기댔다.

희경이 인형놀이 하듯 서우를 대하는 건 주변에서 모르는 사람이 없다. 그 유명한 최희경의 '공주님'이시니까. 백서우에 한정하여 희경은 '기사'라는 페르소나를 쓴다.

중세의 기사도. 고결한 공주님과의 플라토닉한 로맨스.

서우를 두고도 욕구를 풀 여자는 따로 찾는 것에 대한 희경의 변辯은 그랬다. 소모품은 얼마든지 바꿀 수 있지만 공주님은 유일하다고.

상식적으로 이해할 수 없는 뻔뻔한 괴변에 가깝지만, 태승은 그 괴변이

성립된 과정을 알기에 떳떳이 비판할 수 있는 입장이 아니다.

여하튼 재주 많고 혈기왕성한 그 팔방미인이 서우를 아낀다는 건 잘 알고 있다. 그런 이유로 결혼 후 그녀가 성에 눈을 뜨면 결혼 전의 난봉꾼 행각은 씻은 듯이 접고 신부에게만 충실한 가정적인 남편으로 변모했을 수도 있다.

진심으로 사랑하는 여자를 원하는 만큼 품을 수 있는데 다른 데 한눈 파는 얼뜨기 같은 놈이 과연 있기는 할까? 있다면 그 남자는 여자를 정말 사랑하는 게 아닐 것이다. 진짜 사랑하는 건 여자가 아니라 본인의 페니스겠지.

과연 최희경은 어땠을까? 기왕이면 후자였을 거라고 생각하는 것이 태승에게는 마음 편한 일이겠지만 역시 모르는 일이다. 닥쳐 보지 않으면 알 수 없는.

하지만 이젠 그 결과를 마냥 두고 볼 일은 없어졌다. 경로가 바뀐 것이다. 확고하게.

태승은 샤워기 레버를 내리다가 문득 간밤에 서우가 그더러 냄새가 좋다고 한 말이 떠올라 멈칫했다. 쓴 거라고 해봤자 비누. 그러고 보니 며칠 전에 비누가 바뀌었던 것도 같고?

집안일을 챙겨주는 하우스헬퍼의 혜안에 감탄하며 반투명한 레몬색 바를 이리저리 살펴본 그는 다시 거품을 내어 온몸을 꼼꼼히 씻었다. 머리까지 새로 감았더니 과연 청량한 향기가 은은하게 전신을 감돌았다.

혼자만 상쾌한 기분을 누려선 안 되겠지. 태승은 이런저런 준비를 해 침실로 돌아갔다.

깨어나면 갈증을 느낄 그녀를 위해 타온 차가운 꿀물을 한쪽에 치워놓고 따뜻한 물에 적신 수건으로 서우의 몸을 닦아주었다. 용이한 난이도의 팔, 다리를 거쳐 조심스레 목덜미와 가슴을 훔쳐내고 있을 때 그녀가 몸을 뒤채다 얼핏 눈을 떴다. 잠에 취해 몽롱한 눈과 마주한 태승은 나쁜 짓을 하던 것처럼 얼굴이 달아올랐다.

"…흐음. …더?"

하물며 서우가 나른하게 중얼거리며 스르륵 다리를 열어주자 온몸이 타는 것처럼 뜨거워졌다. 급기야 하반신의 쉬운 녀석이 대뜸 고개를 들며 '지금?' 하고 물었다.

"아, 아니야, 그저 몸을 닦아주려고…."

어째선지 변명조가 되어 더듬거리는 태승을 두고 서우는 깨어날 때처럼 덧없이 잠들어버렸다. 잠결에 허락한 눈부신 육신을 그의 눈앞에 고문하듯 던져놓고.

잠든 그녀를 안는 것도, 그 모습을 눈요기 삼아 욕구를 해결하는 것도 내키지 않았다. 태승은 억지로 초점을 흩트려 가며 서둘러서 그녀의 몸을 마저 닦았다. 시트를 갈고 다시 누이고 싶었는데 그것은 단념했다.

가운 안의 녀석은 도망치듯 방을 나올 때까지도 퉁퉁 부어올라 성을 내고 있었다. 이렇게까지 제어가 안 되다니. 기막힌 한편 머리를 식힐 필요를 느꼈다.

태승은 서재로 향했다. 아침의 일과를 오늘은 아예 건너뛴 참이었다. 서재 한쪽 벽을 차지한 세 대의 모니터가 나란히 놓인 책상에 다가가며 가볍게 마우스를 건드리자 화면 보호 상태이던 모니터에 일제히 주식 그래프가 떠올랐다. 오후 4시가 넘었으니 장은 이미 마감되었겠지만 흐름이라도 볼 셈으로 의자에 다가앉았다.

"손절 시기는 꼼짝없이 놓쳤고… 어?"

지난밤에 있었던 그리스발 여객선 테러로 적잖이 쥐고 있던 선박주가 위태롭게 되었다. 길게 바라봐서 손해는 안 볼 주株인 건 알지만 그러한 가치 지향 투자는 아직 태승의 지향점이 아니었다. 길어야 하루 두세 시간 정도의 단타매매로 최대의 수익을 노리는 입장에선 유동성이 최우선. 약간의 손해를 감수하더라도 바로 장이 시작되면 정리하고 다른 주로 갈아탈 생각이었는데….

"이건 또 뜻밖인데."

오히려 마지막으로 확인했던 종가에서 10퍼센트가량 상승했다. 무슨 호재가 있었기에 하고 관련 정보를 검색하는 태승의 눈이 반짝거렸다.

흔한 단타 투자자 중 한 명. 그렇게만 말하면 조금 부족한 수식어가 될지도 모른다. 지난 일 년 동안의 수익률을 두고 난다 긴다 하는 주식투자자들의 열을 세울 수 있다면 태승은 소리소문없이 상위권에서도 저 앞쪽에 가서 서 있을 조용한 우등생이었다.

그 스스로는 운이 좋았다고 생각한다. 재물운이라는 게 있다면 확실히 그에게 썩 박하지 않은 건 사실이었다.

불과 몇 년 전 입영 일자를 기다리던 두어 달 동안 시간 때우기용으로 시작한 초단타매매에서 뜻하지 않은 대박을 터뜨렸을 땐, 초심자의 행운이겠거니 하고 이익의 절반으로 눈여겨본 주식들을 샀다. 말 그대로 군대에 있는 동안 묻어둘 셈이었다. 쉽게 얻은 돈이니 쉽게 잃어도 개의치 않겠다는 생각이었지만 그 주식들이 제대 무렵 평균 30퍼센트를 웃도는 수익을 남겨주었으니 행운도 만만히 볼 게 아니었다.

그쯤 되자 보다 진지해져도 되지 않을까 하는 욕심이 생겼다. 일단은 경제학도로서 돈이 굴러가는 세계에 실전 감각을 쌓는 훈련의 일환으로. 기왕지사 논문 테마도 그쪽으로 잡았으니 명분은 충분했다. 하지만 속을 들여다보면 독립자금을 확보하겠다는 목표가 있었다.

심도 있게 공부를 하며 위험인자는 최대한 피해 가는 만큼 갓 시작했을 무렵의 대박에 가까운 호재와는 멀어졌다. 그럼에도 목표에 다가가는 속도는 꾸준히 갱신되었다. 속설대로 돈이 돈을 버는 메커니즘은 훌륭하게 작동했던 것이다.

하여 대학원 졸업 무렵을 내심의 기한으로 잡고 있었던 것이 1년 정도 당겨질 성싶다. 요즘은 확 줄어든 목표치에 슬슬 조바심이 이는 것을 평정심을 유지하자며 마음을 다잡는 중이었다.

그러던 차에 간밤에는 싱싱해 보이던 달걀이 거의 깨진 것이나 다름없이 되어 적잖이 언짢아졌다. 모 선박주는 감이 좋아서 꽤 많이 쥐고 있었던 황금알이었으니 더 그랬다.

이런 날도 있는 거겠지. 재빨리 체념하고 씁쓸한 기분을 풀 겸 바람이나 쐬고 오자고 아파트를 나선 것이었는데, 내려온 엘리베이터 안에 서우가 있었다.

백서우. 깨져버린 황금알보다 더 태승에게 술 생각을 간절히 불러일으킨 존재.

아무래도 오늘 밤은 폭음을 하지 싶은 예감에 차를 두고 갈까 고민하며 걸어가다가 마지막으로 한 번 더 볼 셈으로 돌아본 것이 그의 모든 계획을 망쳐놓았다.

"이것도 눈먼 행운인가? 아, 그래…. 행운의 여신은 눈이 멀었다고 들은 것도 같아."

피식 웃으며 태승은 모니터로부터 물러나 앉았다. 나른하게 머리를 뒤로 젖히며 하얀 천장을 올려다보는 그의 눈에 부유하는 빛의 일렁거림. 모니터에서 반사된 빛뿐만 아니라 그의 내면에서 새어나오는 강렬한 광채의 난무였다.

눈먼 여신. 눈먼 여신….

소리 없이 입술만 움직여 중얼거리는 단어 몇 마디가 착 감기듯 혀에 달라붙었다. 절로 하늘거리며 피어오르는 일련의 심상은 불쑥 그를 수년 전의 겨울로 데려간다.

'저기, 선배님?'

지금보다 앳된 얼굴의 서우가 그를 선배라고 부르던 무렵. 그해 겨울 유행했던 눈병 때문에 한쪽엔 투박한 안대를 걸고 있었으니 그때는 반만 눈먼 여신이었을까.

'괜찮다면 좀 도와주실 수 있을까 하고….'

두툼한 흰 파카 소매 밖으로 빨갛게 언 손을 마주 비비며 초조한 듯 말을 건네 오는 그녀의 주위로 사락사락 눈이 내리고 있었다. 불과 조금 전까지 미친 듯이 강풍이 불고 있었다고는 믿기지 않는 회고 조용한 세계에, 안대를 하지 않은 쪽 눈이 발갛게 충혈된 소녀의 모습은 어딘가 사람이 아닌 듯한 신비로움이 있었다.

아직 그녀의 이름도, 무엇도 몰랐던 때.

태승은 한 조각 예감의 언저리조차 스치지 못한 채 무심한 선의로 무슨 일이냐고 물었다. 그녀가 지나온 길을 가리키며 늘어놓는 말에 선뜻 고개를 끄덕이며 함께 발을 떼어놓았고.

나란히 걸어가는 동안 눈발이 거짓말처럼 굵어져서 옆구리에 끼고 있던 우산을 펼칠까 말까 고민했다. 그러면서 힐긋 쳐다본 옆 소녀의 얼굴에 잠시 시선을 빼앗겼다.

말끔한 윤곽도 남달랐지만 그 순간 그의 시선을 사로잡은 것은 소녀의 속눈썹. 긴 속눈썹 위에 흰 눈 조각이 내려앉아 있었다. 그만한 걸 제 눈썹 위에 얹고도 전혀 모르는 게 믿기지 않을 만큼 커다란 눈송이였다.

태승이 속으로 어어, 하는 사이 눈송이는 녹아내리며 이슬이 되었다. 그제야 뭔가 이상했는지 소녀는 눈을 빠르게 깜박거리다 손을 들어 눈가로 가져왔지만 바로 직전에 아차 싶은 듯 도로 내렸다. 아직 만지면 안 돼, 라고 다짐하는 소리가 얌전히 감쳐무는 입술을 통해 들리는 것 같았다.

그 덕분에 사라진 눈은 한동안 소녀의 눈썹에 이슬로 맺혀 반짝임을 이어갔다. 그렇게나 길고 촘촘한 눈썹이었다.

그때는 몰랐다. 그 짧은 순간의 편린이 두고두고 뿌리내릴 어떠한 '관념'이 될 줄은.

*괜찮은 여자 소개해줄게. 취향을 말해봐.*

*그런 거 없어.*

*없을 리가. 빼지 말고 솔직히 말해. 역시 얼굴? 아니면 가슴? 다리나 발만 보는 묘한 놈도 가끔 있지. 설마 엉덩이냐?*

*누굴 발정 난 짐승 취급이야.*

*짐승이면 좀 어때서. 수컷이 그런 맛도 있어야지. 여자는 뭐 다른 줄 알아?*

*일 없어.*

*아, 딴에는 더 고상한 기준이 있는 필이네? 대놓고 추구해도 짐승 소리는 안 들을 만한 포인트를 간직한 눈이야. 어딜까, 내가 맞춰봐? 눈? 아니면 손?*

*…굳이 골라야 한다면, 눈썹이려나.*

*눈썹? 눈썹이라면 이거?*

*그 아래.*

*속눈썹이라. 확실히 소수파로군. 그래서 속눈썹이 뭐?*

*길고 빽빽해서 겨울에…*

*겨울에 뭐? 뭔데?*

*관둬. 그냥 헛소리야.*

*헛소리 아니잖아, 왜 말을 하다 말아!*

유도신문에 끌려들어가 저도 모르게 주절거리다가 누구 앞에서 그 말을 하는지 뒤늦게 깨닫고 그만둔 일이 있다. 자신의 주책없음에 혀를 차는 한편으로 그는 비로소 제 안에 서 있는 한 선연한 지침의 존재에도 눈을 떴다.

그랬구나. 그랬던 거였어.

느낌이 나쁘지 않은 여자라면 종종 있었다. 때론 외로움에, 때론 괴로움에 떠밀려 그러한 상대에게 마음을 열어볼까 고민한 적도 없지 않았다. 그리고 실행에 옮겨본 적도 있으나, 애초에 미적지근했던 의지는 아주 하잘것없는 계기로 거짓말처럼 사그라져버렸다.

잠시 자리를 비웠다가 돌아온 여자의 속눈썹이 아주 살짝 비뚤어져 있다거나 하는, 너무도 시시한 계기로.

그만큼 절박하지 않은 탓이겠거니 스스로는 변명했지만, 사정을 깨닫고 돌아보면 태승에게 '나쁘지 않은 느낌'의 기준은 어디까지나 상대의 속눈썹이었던 것이다. 막연히 자신은 옆얼굴이 운치 있는 사람에게 끌리나 보다 했던 것도 아주 틀린 건 아니었다.

"아니, 아니야. 아주 틀린 게 아니라⋯."

검지를 세워 아랫입술을 두드리던 태승이 벌떡 자리에서 일어났다. 서재를 나가며 확인해보니 들어온 지 한 시간은 족히 흘렀다. 문은 활짝 열어두고 있었으나 딴생각에 빠져 바깥에 주의를 기울이는 것을 깜빡하고 있었다. 설마 하고 생각하면서도 침실로 돌아가는 그의 발걸음에 조바심이 묻어났다.

"아."

다행히도 침실로 통하는 거실 테이블에 가져다 놓은 서우의 가방이 그대로 있었다. 옆에 둔 휴대전화에서 파란 불이 반짝이는 것을 보고 그는 잠시 걸음을 멈췄다.

고민은 길지 않다. 들어서 확인해보니 잠금 해제에는 지문인식이 필요했다. 일단 가지고 침실로 향했다.

서우는 그가 마지막으로 나가면서 본 모습 거의 그대로였다. 반듯하게 누운 채로 고개가 조금 더 왼편으로 기울어져 있는 정도? 조심스레 머리맡에 앉아 내려다보는 태승의 눈에 희미한 일렁거림이 번졌다.

아주 옆모습은 아니지만 갸웃하게 기울인 얼굴에서 그 선을 읽어낼 수 있다. 소녀티를 벗으면서 한층 그 우아한 선이 돋보이는 단정한 윤곽. 비칠 듯 맑은 피부는 늘 어떤 감촉일까 궁금증을 불러일으켰다. 곧잘 아무렇지 않게 그녀의 뺨을 토닥거리곤 하는 희경을 그는 얼마나 질시했던가.

비로소 처음 만져보는 것처럼 서우의 뺨을 감싸는 손이 떨렸다. 새삼 한숨이 나오도록 아름다운 감촉이었다. 얇은 솜털에 감싸인 보들보들한 뺨과 목덜미의 촉촉한 살결. 태승의 큰 손에 와 닿는 조금은 다른 느낌들이 모두 저항할 수 없을 만큼 매력적이라 저도 모르게 목을 울리며 신음했다.

어느새 서우에게로 기울어져가던 고개를 얼핏 멈추게 한 건 왼손에 쥐고 있던 휴대전화였다. 메시지가 와 있다. 화급한 용건이라면 전화를 걸어오겠지만, 그전이라도 확인할 필요가 있었다.

서우에겐 연로한 외조부모가 계시고, 그녀가 그 둘을 끔찍하게 아끼는 건 비밀도 아니다. 게다가 들은 이야기로는 외조모 쪽이 최근 병환 중이라고 했다.

하지만 그녀의 손을 들어 지문인식을 하면서 내심 떠올린 쪽이 정답이었다. 휴대폰을 비행모드로 해두고 확인한 메시지는⋯ 모두 희경에게서 온 거였다.

[부온조르노, 세뇨리따! 햇빛 쨍쨍한 피렌체의 아침을 맛보고 계신가? 아니면 아직도 침대 속? 도착했다는 연락이 없어서 계속 휴대폰을 힐금거리고 있는 남자를 기억해줘. 메시지 보는 대로 꼭 콜!]

첫 메시지는 오후 2시 조금 넘어서 온 것. 한국과 피렌체 사이의 시차가 7시간 차이인 걸 고려하면 아침이 되기만 별렀다 보낸 느낌이다.

두 번째 메시지는 오후 4시 1분. 조바심이 심해졌다.

[정말 아직 자는 거야? 내가 권한 약 약발이 좀 셌나? 공주님이 푹 자는 건 기쁘지만 오빠는 점심 먹은 게 얹힐 것 같아. 호텔 프런트에 전화해서 확인해달라고 하고 싶은 걸 호들갑 떤다고 할까 봐 참고 있어. 아픈 건 아니지? 아프지 마, 공주님.]

그리고 바로 몇 분 전에,

[무소식이 희소식? 휴대폰 가져간 거 맞아?]

웃음기가 사라진 짤막한 메시지가 와 있었다.

이거야 원. 생존보고라도 해줘야 하나, 잠시 고민했지만 고개를 절레절레 흔들며 무시하는 쪽으로 마음을 굳혔다.

무음모드로 해놓은 휴대폰을 뒤집어서 협탁에 놓으며 짧은 한숨을 토하긴 했지만, 다시 서우에게 향한 얼굴엔 고뇌의 흔적 같은 건 없었다.

'네가 지금 내 침대에 있는데, 다른 게 다 무슨 소용이야?'

늘 미래에 대한 계획으로 머리가 터질 듯 꽉 차 있는 주태승에겐 어울리지 않는 사고방식이었지만 이 순간만큼은 그 이상 옳은 일은 생각할 수 없었다. 조심스럽게 시트를 들어 서우의 곁에 눕는 것도 극히 자연스러운 흐름이었다. 언제까지고 자는 모습을 바라볼 수 있을 것 같았다. 단지 보는 것뿐인데 태어나서 해본 중에 가장 재미있는 일이 될 것 같았다.

잠깐. 두 번째로 재미있는 일로 정정하자.

단연코 왕좌를 차지할 자격이 있는 일을 떠올리며 태승은 달뜬 한숨을 내쉬었다. 그렇게 도로 몸속 깊은 곳에서부터 지펴지는 불을 그는 살며시 서우의 뺨에 입을 맞추는 것으로 갈음했다.

이건 지나치게 좋은 꿈이라서 결코 꿈일 리가 없다.

믿기지 않기에 도리어 가능한 현실.

가만히 숨만 쉬어도 하릴없이 바수어져 흩어지는 시간의 존재가 다만 야속할 뿐….

머리 아픈 생각은 다 내려놓고, 순수하게 '행복'만을 골라먹으려고 했다. 그러한 철부지 같은 욕심을 채우며 그도 모르게 깃든 방심. 행복에 겨워 거의 자각할 새도 없이 잠이 들었고, 깨어났을 땐 혼자였다.

# 4
# LukeRed

"어머? 오늘 돌아오는 거였어요?"

별채로 들어선 서우를 본 도우미 아주머니가 동그랗게 눈을 치떴다. 아, 이분이 오는 날이었지. 뒤늦은 떠올림으로 서우는 파리한 얼굴에 억지로 미소를 지었다.

"네, 좀 일찍 왔어요."

수요일이면 외조부모님 두 분이 함께 병원에 가는 것만 생각했던 패착이다. 보통 밖에서 저녁까지 드시고 오는 터라 귀가하실 무렵이면 날이 어둡다. 서우는 기척만 내지 않으면 다음 날까지 너끈히 숨어 지낼 수 있을 거라고 계산했다.

그러나 수요일과 토요일은 가사도우미가 오는 날이기도 했다. 그것이 지난 몇 년 동안의 규칙이었는데.

"어쩌나, 난 그것도 모르고 대청소랍시고 싹 치우고 있었는데. 어르신도 그러라고 하셔서."

"해주시면 고맙죠. 제가 좀 어질러놨죠?"

서우는 지끈거리는 머리를 간신히 가누면서 웃는 낯을 유지했다.

"순 책이지 뭐. 박사 아가씨 어지르는 건 진짜 어지르는 거에 댈 것도 못 돼요. 애교지, 애교."

나름 업계 베테랑이라는 도우미 아주머니가 손사래를 치며 호탕하게 웃었다. 언젠가 지나가는 말로 박사 과정 밟고 사학과 교수가 되는 게 목표라고 했던 말을 기억하고 그 후 서우를 박사 아가씨라고 불러주는 유쾌한 분이었다. 아직 박사 과정은 시작도 안 했다고 고쳐 말해도 언젠가 될 거 아니냐며 한결같이 박사 아가씨다.

"근데 몸이 좀 안 좋아요? 얼굴이 해쓱한 게."

"멀미를 좀 했나 봐요. 한숨 자면 괜찮아지겠죠."

"비행기 오래 타는 게 보통 일이 아니지. 아 참, 시트도 내가 싹 벗겨놨는데. 잠깐 있어 봐요, 내가 얼른 가서 갈아줄게."

"그 정돈 제가 할 수 있어요. 맡기시고 일 보세요."

"그럴래요, 그럼?"

썩 미덥지 않은 눈으로 서우를 보내준 뒤에서 아주머니가 뭐 따뜻한 마실 거라도 준비해 줄까 하고 물었다. 서우는 미소하며 고개를 내젓고 한 걸음 한 걸음 집중하며 이층으로 향했다.

계단을 올라가 아주머니의 시야에서 벗어나기 무섭게 서우는 벽을 짚으며 가쁜 숨을 몰아쉬었다. 눈앞이 어질어질하고 자꾸만 욕지기가 치밀어 올라 딱 죽을 맛이었다. 빈속에 수면유도제 두 알을 먹고 차 안에서 잠을 청했더니 지독한 두통으로 깬 걸 시작으로 해서 시간이 가면서 영락없는 몸살 증상이 덮쳐왔다.

병원에 가서 주사도 맞고 약도 먹었지만 아직 이렇다 할 효과가 없다. 도리어 멀쩡하던 위마저 지끈지끈 아파 왔다. 그런 와중에도 이가 시리도록 시원한 레모네이드가 마시고 싶어서 갈증이 났다.

이를테면 가전家傳 만능상비약. 줄리아는 누구든 몸이 좀 안 좋다 싶으면 레모네이드를 한가득 만들었다. 보통은 차갑게, 때론 따뜻하게, 때론 알코올을 약간 더해서, 가끔은 꿀을 잔뜩 퍼부어서 만든 레모네이드를 기어코 다 비울 즈음엔 병마도 지긋지긋한 듯이 떠나버리는 것이다.

반평생의 세뇌는 이렇게 정신없는 순간에 그 빛을 발했다. 서우는 허위허위 이층 거실에 놓인 미니냉장고 앞으로 가 문을 열었다. 레모네이드는 아니어도 레몬맛 탄산수가 보여서 얼른 꺼내 목을 적셨다.

"이게 아닌데…."

어설프게 레몬맛이 나서 더 화가 나는 음료를 그래도 소중한 듯 손에 쥐고 침실로 향했다.

시트가 벗겨져 휑한 침대일망정 그렇게 아늑하게 보일 수가 없었다. 새 시트를 대충 펼치는 시늉만 하고 쓰러지다시피 누웠다. 옷을 벗긴커녕 슬리퍼를 벗을 새도 없이 혼곤한 잠 속으로 끌려들어갔다. 잠결에 푹 내쉬는 유난히 깊은 한숨소리만이 한동안 방 안에 어른거렸다.


"…박사 아가씨, 박사 아가씨? 서우 학생 자나?"

지긋한 노크 소리에 이어 도우미 아주머니가 서우를 찾는 목소리가 들리는 것 같았지만 그저 생각뿐, 서우가 할 수 있는 일은 없었다. 잠깐 현실의 틈새를 내다보고 다시 무겁게 잠의 뻘로 잠겨들 따름이다.

"옷도 안 갈아입고…. 서우 학생, 이봐요, 에그, 무슨 열이 이렇게 높아?"

답이 없자 안을 들여다본 아주머니가 아무렇게나 널브러져 자고 있는 서우를 보고 방에 들어왔다. 이불을 챙겨주려던 아주머니는 엎드려 자고 있는 서우의 발갛게 익은 뺨이 신경 쓰여 슬쩍 손을 댔다가 고열에 깜짝 놀랐다.

"서우 학생, 잠깐 일어나 봐요, 내 목소리 들려?"

"…고맙습니다. 전 괜찮으니까 가서도 돼요, 연락은 줄리아… 아니 역시 할아버지께… 주말 잘 보내시고요."

"주말은 무슨, 오늘 토요일 아니야. 수요일이에요, 학생. 어이구, 역시 열이 너무 높은데 구급차라도 불러야 하나?"

"그냥 몸살이에요, 토요일까진 나을 테니까 구급차는 그때 봐서…. 참, 물리치료학과 다닌다는 아드님은 요즘 어때요? 슬슬 국가고시 일정도 뜰 때죠?"

"몰라요, 애가 말을 안 하니. 좀 붙잡고 물어볼라치면 안마니 뭐니 하면서 혼을 쏙 빼놓기만 하고."

"혼이 빠질 정도면 솜씨 좋은 건 확실하네요. 부러워요, 제 손은 뭐 하나 변변하게 하는 게 없어서…."

잠에 취해 중얼중얼 대답한 게 효과가 없지 않아서 서우도 조금은 정신이 돌아왔고 걱정스런 표정을 하고 있는 아주머니를 마주 볼 여력이 생겼다.

"저 정말 괜찮아요. 오기 전에 병원도 들렀다 왔는걸요. 마음 놓고 가서도 돼요."

"에그, 거울 좀 보여줄까? 괜찮다는 사람 안색이 어떤지?"

"푹 자면 다 좋아질 거예요."

빙그레 웃으며 장담한 그녀가 베개에 얼굴을 묻다가 문득 생각난 것에 억지로 턱을 들었다. 할아버지께는 자기 봤다는 말을 하지 말아 달라는 부탁을 해야 했다.

"환자는 한 명도 너무 많잖아요. 하룻밤 푹 자고 멀쩡한 모습으로 뵐 거니까, 아주머닌 오늘 저 못 보신 거예요."

"그러다 더 나빠지면 어쩌려고 그래요."

"그렇지 않을 거예요. 지금만 해도 어제보다는 한결 나은 걸요."

"여행 가서 내내 아팠던 모양이네."

마음씨 착한 아주머니가 혀를 차는 걸 들으며 서우는 힘에 부쳐 머리를 내려놓았다. 걱정이고 뭐고 다 귀찮으니 이제 그만 가주었으면 하는데, 불쑥 꺼낸 아주머니의 말이 또 서우의 눈을 부릅뜨게 했다.

"안 그래도 막내 도련님이 연락이 안 된다고 걱정해서 올라와 본 거였는데."

"희경 오빠랑 통화하셨어요?"

맥이라곤 없던 서우의 목소리가 단단해졌다. 희경의 본가에서 오래도록 일한 것이 계기가 되어 이 집에도 드나들게 된 분이다. 꼬꼬마 시절의 희경을 잘 알기에 도련님, 도련님하고 말하는 양이 각별했다.

"좀 전에요. 말하는 걸로 봐선 당장 올 분위기던데? 어디 교외 골프장인가 봐요. 톨게이트 타야 한다고 그러는 게."

"네⋯."

희경이 보내온 메시지에 아무 일 없이 출국한 척 답을 하긴 했었다. 오늘 아침만 해도 약간 몸이 좋지 않다며 연락 제꺽제꺽 못 해도 이해 바란다는 메시지를 남겼고. 통화는 하지 않았다. 아직 서우는 그와 아무렇지 않은 목소리로 전화할 자신이 없었다.

그것과는 별개로 골프 이야기에 살짝 돋아나는 가시를 의식했다.

발이 넓은 희경은 여러 소모임에 얼굴을 들이밀고 있지만 그중에서도 각별하다 싶은 모임이 두엇 있었다.

특히 초등학교 시절 학생회 멤버였던 인연으로 꾸려진 '스타아니스'란 모임. 그 생김새 때문에 한자로 '팔각八角'―평소의 지칭은 거의 이쪽으로 굳어졌다—이라고도 하는 향신료의 이름을 가져온 데서 알 수 있듯이 멤버의 숫자는 여덟이다. 성비는 남자 다섯에 여자 셋.

언젠가 멤버 중 누군가의 생일에 커플 동반으로 파티를 한다며 희경이 데려가 준 적이 있는데, 거기서 확인한 다른 일곱 멤버를 보며 잘도 이렇게 비슷한 사람들이 만나 학생회를 꾸렸구나 감탄한 바 있다.

잘 놀고 세상 돌아가는 이치를 빠삭하게 꿰면서도 학업에선 두각을 드러내고, 수준급으로 다루는 악기 한둘은 물론 저마다 열광하는 스포츠 종목 하나쯤은 있고, 또 그만큼 몸을 쓰는 것도 탁월하고 등등. 한 개인이 지닐 수 있는 자질이 골고루 특출을 향해 반짝이는, 최희경 같은 인간이 거기엔 일곱이 더 있었던 것이다.

각자의 학업 때문에 스케줄을 맞추는 게 힘든 만큼 지난 몇 년간 그들은 두 달이나 석 달에 한 번씩 라운딩 약속을 잡아서 만나는 것으로 모임의 명맥을 유지하고 있었다. 다행히 여덟 명 모두 골프를 싫어한다는 공통점이 있었다나. 싫어하지만 언제고 익혀야 하기에 놀이로 만들었다고 희경은 우쭐한 얼굴로 말했었다.

이윽고 그들이 골프에 질렸을 무렵. 대개가 진정한 사회인이 되었을 즈음에 그들의 호기심을 충족시킬 만한 분모는 뭐가 될까?

서우는 전혀 짐작할 수 없었다. 그 연장선에서 잘 안다고 생각했던 희경에게조차 말로 설명할 수 없는 거리감을 느꼈다.

그래서 '팔각' 속의 최희경에겐 굳이 알은체하지 않는다. 아무리 가까운 사이라고 해도 들춰보지 않는 개인의 영역은 존재하는 게 적당한 긴장감을 준다는 그럴싸한 논리를 내세우며. 하여 이따금씩 친구들과 놀 작정으로 며칠씩 훌쩍 바다 건너로 떠나는 약혼자를 잘 다녀오라고 웃으며 보내주는 서우를 희경은 '내 공주님은 고상하다'고 칭송했다.

고상해서도, 하물며 무심해서도 아니다. 그저 서우가 백 번 죽었다 깨어나도 줄 수 없는 것을 희경이 팔각을 통해서 얻고 있는 것을 알기에 고요히 침묵할 뿐이었다.

결코 희경이 그녀와 팔각을 한데 놓고 비교할 명분을 줄 이유가 없다. 이지理智의 지침은 명쾌하다.

다만 감정이 때때로 엇나가는 것은 어쩔 수 없다. 서우는 억지로 몸을 일으켜 앉았다.

"오빠에겐 제가 연락할게요. 염려 말고 가보세요."

"그래요, 그럼. 아, 가기 전에 죽이라도 한 솥 끓여다 줄까? 금방 되는데."

"봐서요. 오빠한테 부탁할 수도 있으니까."

"아, 그게 그런가? 내가 주책없이 굴었네. 그럼 또 봐요, 박사 아가씨. 몸조리 잘하고."

무슨 생각을 했는지 싱글거리며 자리를 비켜주는 아주머니를 보내고 서우는 파리한 얼굴에 한숨을 실었다. 다시 그대로 쓰러져 눕고 싶은 것을 휴대폰을 찾느라 겨우겨우 돌아다녔다. 그리고 생각을 가다듬어 빠르게 메시지를 작성했다.

[연락 없어서 걱정했어요? 나 몸살이에요. 열이 38도 가까이 돼. 공항에서 바로 병원 가서 주사 맞고 약 먹고 여태 잤어도 여전히 정신을 못 차리겠어요. 목소리도 안 나와서 전화도 못 해요. 혹시 오는 중이라면 오지 마요, 보여줄 만한 꼴이 못 돼. 조금 살 만해지면 얼른 와달라고 조를 테니까. 나 예쁠 때 봐요, 우리.]

다 작성한 메시지를 보내기만 하면 되는데 잠시 망설였다. 뒤의 문장을 지워버리고 어서 와서 곁에 있어 달라고 보채는 말을 적어 보내면 그는 어떻게 반응할까?

이내 서우는 코웃음 치고, 메시지를 보냈다. 결과가 빤한 일을 두고 왜 도박을 하려고 한담?

얼마 헤아리지도 않아서 메시지 알림음으로 휴대폰이 분주해졌다. 눈물 표시 이모티콘이 금세 화면에 가득 찼다.

[왜 아파, 우리 공주님! 오빠 속상하게!]

텍스트로 흘러넘치는 감정의 홍수를 서우는 그 어느 때보다 냉담한 눈으로 쳐다보았다. 뭐라고 호들갑을 떨든….

"결국 안 올 거면서."

지겨운 듯 휴대폰을 뒤집어 밀쳐놓고 그녀는 주섬주섬 옷을 벗었다. 정신을 좀 차렸으니 아까처럼 엉망인 꼴로 잠들 수야 없다. 어디에 머물든 사람은 깔끔해야 한다. 누가 있든 없든 똑같이.

가까스로 샤워를 마치고 돌아와 잠옷으로 갈아입었다. 하얀 면 잠옷은 서우가 이 집에 들어올 때부터 한결같은 스타일의 발목 길이의 통 원피스이다. 소매며 아랫단에 줄리아가 정성스럽게 뜬 레이스를 덧대어 잠옷이라고 생각할 수 없을 만큼 예쁜 옷을, 어린 마음에 드레스라고 생각하며 기쁘게 춤을 춘 기억이 아직도 남아 있다.

'여자아이는 누구든 예쁜 옷을 입을 권리가 있어.'

할아버지가 늘 신변을 정돈하는 단정함을 가르쳤다면 줄리아는 그렇게 고운 것에 대한 선망을 가르쳤다. 피가 되고 살이 된 교훈은 그 외에도 수도 없지만 아무래도 처음 배운 게 가장 또렷이 남는 법이다.

그런 이유로 아직 열이 쩔쩔 끓는 몸을 이끌고 시트를 반듯이 정돈한 침대에 공주님 잠옷을 입고 누웠다. 이제 사람 행색은 갖췄다는 생각에 기분이 꽤 상쾌해져서 그런지 정체 모를 심연으로 빨려 들어가는 듯한 잠도 그리 불쾌하진 않았다.

익숙한 세계에 속해 있다는 안도감이 가장 큰 이유이리라. 홀로 지내는 별채일망정 할아버지와 줄리아의 손길이 닿지 않은 구석이 없는 이곳은 튼튼한 성채의 한 부분이다.

서우가 늘 믿어온 대로 성채는 견고했다.

아직은.


얼마나 시간이 흘렀을까, 다시 인기척이 났다. 잠이 깊은 건지 도저히 눈을 뜰 수 없을 것 같았는데 노크에 섞여 들려온 최 교수의 부드러운 부름에는 이기지 못할 것이 없었다.

"…할아버지, 저 깼어요."

눈을 비비고 일어나 앉아 잠옷 매무새를 다듬고서 대꾸하자 비로소 최 교수가 문을 빠끔 열고 안을 들여다보았다.

"불을 켜도 되겠니?"

조심스런 질문에 서우는 빙그레 웃으며 네, 하고 답했다. 그녀가 열세 살 먹은 검은 머리 짐승일 때에도 최 교수는 지금처럼 숙녀 대접을 해주었다.

"왔으면 왔다고 말이라도 해줄 것이지, 이렇게 몰래 숨어 있기니."

야단치는 말일지언정 은테안경 너머의 두 눈은 따뜻했다. 서우는 한숨부터 푹 쉬고 고개 숙여 사과했다.

"컨디션이 별로 안 좋아서요. 좀 거동할 만하면 인사드려야지 했어요. 괜히 신경 쓰실까 봐."

"네가 아프다고 언제 사람 애먹이는 애였니. 한사코 말을 안 하는 게 문제라면 문제지."

다가온 최 교수가 그녀의 이마에 손을 얹어 열을 재보더니 가만히 고개를 주억거렸다. 얼른 제 이마를 만져본 서우도 속으로 한시름 놨다. 그새 약효가 돌았는지 열은 많이 내렸다.

"줄리아는요? 오늘 치료 잘 받고 오셨어요?"

화제도 돌릴 겸 재빨리 묻자 최 교수가 말했다.

"다행히 오늘 그 사람 컨디션은 괜찮구나. 차에선 좋아하는 노래도 종종 부르고. 식욕도 좋아서 저녁도 잘 먹었어. 그 바람에 조금 늦었다."

"좋은 소식이네요. 지금은 뭐 하고 계세요?"

"음, 옷 갈아입고… 손님이랑 이야기 중인 걸 보고 왔구나."

"손님? 할머니 친구분이 오셨어요?"

줄리아는 사교적이고 친화력이 좋아서 친구가 많았지만 남편의 연구에 방해된다며 집에 손님을 초대하는 경우는 거의 없었다. 하지만 아프게 되면서부터 바깥 활동이 줄어든 그녀를 보러 친구분들이 종종 집을 찾곤 했다. 오늘도 그런 경우겠거니 짐작한 그녀에게 최 교수는 다소 뜸을 들이며 고개를 갸웃해 보였다.

"사실은 널 찾아온 손님인데…."

"…저를요? 아!"

희경이 온 거구나! 이번에야말로 와, 역시 내가 걱정된 거야, 며칠이나 못 봤으니까!

놀랍고 기쁜 마음에 그의 목소리도 듣기 싫었던 괴로운 기분 따위 단박에 날아가 버렸다. 무슨 일이 있었는지는 상관없었다. 그가 정말 그녀를 만나러 온 거라면 날아가서 곧장 그에게 안길 수 있을 듯한 기분이었다.

들뜬 마음에 헐레벌떡 침대에서 내려서다가 치렁치렁한 잠옷 자락을 밟고 비틀거리는 서우를 최 교수가 얼른 붙잡아주며 혀를 찼다.

"원 누군 줄 알고 이리 허둥대. 아무리 희경이가 좋다고 희경이 친구까

74

지 그리 반가워?"

"…네?"

뜻밖의 말에 서우가 어리둥절해 있는 것을, 최 교수는 오해한 채로 말을 이었다.

"대문 앞에 서 있는 게 낯이 익어 내다보니 꾸벅 인사를 하는데 틀림없이 아는 얼굴이야. 오랜만에 봐서 이름이 가물거렸는데 말을 섞어보고 기억이 났지. 저 주가朱家에 안 어울리는 변변한 아이인 건 여전하더구나."

서우는 가만히 시선을 떨어뜨리며 호흡을 골랐다. 저 주가 운운하는 말씀, 설마….

"너 아프단 말에 들여다보러 왔대. 마침 이 근처에 있다가 희경이 부탁받고 온 모양이더라. 제 놈이 직접 올 염은 않고. 그놈은 다 좋은데 그게 참…."

평소엔 싹싹하고 서글서글한 희경을 '우리 희경이' 하면서 아끼던 최 교수도 못마땅한지 고개를 내젓다가 서우를 보고 얼른 말을 흐렸다.

"사람이 어디 완인이 있겠니. 흠 하나쯤 있어야 사람답지. 그래, 넌 그러고 건너갈 참이냐?"

"아, 저는…."

지금 와 있는 사람이 주태승이냐고는 차마 묻지도 못했다. 하물며 그를 보러 본채로 갈 엄두 따위는 나지도 않았다. 서우는 이 황당한 상황에 식은땀이 다 났다.

"열이 오르니? 얼굴빛이 부쩍 안 좋아졌구나."

바보처럼 속내를 다 드러내고 있는 모양인데 수습할 방법이 없다. 정말로 확 열이 올라서 서우는 이마를 짚으며 한숨을 쉬었다. 최 교수도 손을 대보곤 혀를 찼다.

"서 있어서 그러나 본데 다시 누워야겠다. 손님은 적당히 보낼 테니 누워 있거라. 해열제는 있니? 없으면 챙겨다 주고."

"병원에서 받아온 약 있어요. 할아버지? 지금 줄리아가 손님을 맞이하고 있는 거예요?"

"음, 오늘은 괜찮아 보여서."

대답을 하면서 최 교수도 걱정이 되는지 본채가 있는 쪽을 돌아보았다. 서우는 말할 것도 없었다. 줄리아가 앓고 있는 병에 관해선 희경도 아직 자세히 몰랐다. 더욱이 그 친구에게 먼저 알려지게 할 수는….

"제가 가서 볼게요. 일부러 와줬는데 얼굴은 비춰야죠."

"힘든데 군이 그럴 것까지야."

"그 정돈 괜찮아요."

최 교수의 팔을 두드려 안심시키고 서우는 급한 대로 카디건을 꺼내 어깨에 걸쳤다. 나가기 전에 힐긋 들여다본 화장대 거울에 눈은 퀭하고 뺨은 불을 지핀 것 같은 영락없는 병자가 있어서 쓴웃음을 지었다. 다시 생각해 보니 희경이 오지 않은 게 천만다행이었다. 그녀는 푹 안경을 눌러쓰고 방을 나섰다.

본채로 들어가자 줄리아의 명랑한 웃음소리가 현관까지 전해졌다. 서우는 덜컥 내려앉는 심장을 누르듯 카디건을 조이며 걸음을 빨리하면서도 높다란 줄리아의 목소리에 잔뜩 귀를 기울였다.

a lot of, lots of sugar & lemon…. 설탕에 레몬? 대체 둘이 앉아서 무슨 이야기를 하는 거야?

서우 일행이 거실에 들어서자 태승이 벌떡 소파에서 일어나면서 줄리아의 말도 끊어졌다. 중앙의 안락의자에서 천천히 고개를 돌린 줄리아가 서우를 보곤 반색을 하며 두 팔을 벌렸다.

"오, 마이 프린세스! 이리 오렴!"

좀 전까지 태승을 상대로 유창하게 영어로만 이야기하던 것에 비해 자연스럽게 흘러나온 한국어. 서우는 일단 안심하면서 줄리아에게 가 함빡 포옹을 했다. 젊은 시절의 금발이 거의 잿빛이 된 육십 초반의 여인은 아직도 보석처럼 맑은 푸른 눈으로 서우를 들여다보며 아픈 손녀를 근심했다.

"야위었어, 그새! 가서 통 못 먹었니? 많이 아프면 억지로 올 것 없이 거기서 쉬었어야지."

"가벼운 몸살이에요. 돌아오는 비행기 안 냉방이 강해서 좀 춥더라고요. 약 먹고 잤더니 이젠 한결 나아요, 줄리아. 제 일은 걱정 마세요."

"프린세스, 너는 아플 때 솔직하지 않아, 늘…."

따스한 손으로 뺨을 토닥여주며 하는 말에 저도 모르게 뭉클해지는 것을 서우는 꾹 참아 넘겼다. 곁으로 다가온 최 교수가 서우는 손님이랑 이야기해야 하니까 우리는 그만 들어가자며 줄리아를 부축해 일으켰다. 그러자고 고개를 끄덕인 줄리아가 몇 걸음 걷다가 불현듯 뒤를 돌아보았다.

"오, 아직 알려줘야 할 게 있는데. 루크! 다음에 또 들러요, 내가 맛있는 쿠키 구워 놓고 기다릴 테니까."

손을 흔들며 웃는 줄리아에게 태승이 웃으며 그러겠다고 인사하는 모습을 서우는 멀거니 지켜보았다. 그렇게 노부부가 거실에서 아주 모습을 감춘 후에야 서우가 운을 뗐다.

"루크?"

"내 영어 이름."

"아아…. 난 또 누구랑 착각하신 줄 알고. 어른들에겐 꽤 싹싹하네요."

"싹싹하지 않아야 할 이유가 있나?"

그야 당신이 평소엔 그렇지 않으니까—. 라고 하려던 말은 빤히 그녀의 옷을 쳐다보는 태승의 시선에 어딘가로 사라져 버렸다.

"뭘 그렇게 신기하게 쳐다봐요?"

"…집에서 드레스를 입는구나 하고. 그래서 프린세스인가?"

"그건 그냥 할머니가 부르는 애칭이에요, 이건 드레스가 아니라 잠옷이고!"

언짢아서 부정했는데 그게 더 모양새가 이상했다. 드레스라고 착각한 '잠옷'을 태승은 더 흥미롭게 쳐다본 것이다.

"그런 게 잠옷이라니 중세시대 공주님이 부럽지 않겠는걸? 과연 이름이 사람 따라가는구나. 프린세스 소피아."

라임을 맞추듯 낭랑하게 외는 이름에 서우는 미간을 찡그렸다. 이거 지금 놀리는 거지? 기분이 확 상했지만 그걸 꼬투리로 말을 계속 이어가는 건 내키지 않아서 못 들은 체했다.

"여긴 어떻게 왔어요? 정말로 희경 오빠가 연락한 건 아닐 테고."

"연락한 거 맞아. 내가 연락한 거지만."

"그쪽이요? 그쪽이 오빠한테 왜요?"

"왜긴. 네가 연락이 안 되니까."

태승의 태연한 대답에 서우는 잠시 숨을 고르며 가슴을 진정시켰다.

"나랑 연락이 안 돼서 오빠한테 전화를 걸었다고 하는 거예요, 지금?"

"말 그대로야."

"…제정신이에요?"

기가 막혀서 이쪽은 언성마저 불안해지는데 태승은 피식 웃는 게 전부였다.

"당연히. 완벽하게 제정신이고말고."

"제정신이라는 사람이 별안간 그렇게 안 하던 짓을 해요?"

"안 하던 짓 뭐? 나 희경이 친구야. 친구한테 짬 내서 전화하는 게 왜 이상하지?"

내용 자체는 맞는 말이었다. 그러나 반박할 말이 떠오르지 않는 것과 별개로 서우는 불안해서 가슴이 펄떡펄떡 뛰었다.

"…그럴 수 있다고 쳐요. 그런데 무슨 이야기를 하다가 내 이야기가 화제가 됐죠? 내가 아프다는 건 어떻게 들었냔 말이에요."

"용의주도하게 캐묻기라도 했을까 봐? 걱정하지 마. 희경이 그 떠버리가 알아서 주절주절 푸념한 거니까. 너 목소리가 왜 그러냐는 한마디에 장구한 한탄을 늘어놓으셨어, 네 희경 오빠가."

태승은 빈정거리는 기색을 전혀 감추지 않고 이죽거렸다. 확실히 더없이 최희경다운 행적인지라 서우는 애꿎은 입술을 감쳐물었다.

바지에 양손을 찔러 넣은 그와 단단히 팔짱을 끼고 있는 그녀 사이에서 한동안 침묵이 보이지 않는 몸뚱이를 뒤틀어댔다. 다시 운을 뗀 건 침묵과 함께 제게로 쏟아지는 시선을 견디지 못한 서우였다.

"그럼 그런가 보다 하지 여기까진 왜 와요? 오빠가 가보라고 했다는 말도 안 되는 핑계는 말고요."

혹시 침실에 들릴까 봐 가뜩이나 낮은 목소리를 더 낮추며 그녀가 따지는 말에 태승은 어깨를 으쓱했다.

"아프다는데 그런가 보다 하고 말아? 나 때문일지 모르는데?"

"쓸데없는…."

"혹 극단적인 짓을 저지르진 않았나 걱정도 되고."

불필요한 배려에 코웃음 치던 그녀가 그 말을 듣고 멈칫했다. 내가 무슨 극단적인 짓을 할까 봐 걱정했다는 거지, 이 남잔?

언뜻 떠오르지 않던 것이 남자의 눈을 빤히 바라보고 있자니 하나둘 떠올랐다. 그거야말로 심각하게 코웃음 칠 일이라 서우는 실소를 지었다.

"내가 미쳤어요? 왜 그런 짓을 하겠어요? 내가 뭐가 모자라서?"

"노엽고, 서글퍼서? 후회스럽기도 하고. 사람은 격정이 치받치면 뭐든 할 수 있는 법이야."

"아뇨, 나는 막말로 눈이 회까닥 뒤집어져도 그런 짓은 안 해요. 그렇게 열정적인 캐릭터, 아니라고요."

태승이 빙그레 웃었다.

"넌 본인이 무척 냉철하고 이성적인 줄 알지?"

그럼 아니란 말이야? 서우는 맞받아치기에 앞서 한 호흡 시간을 벌었다.

확실히 냉철하다고도, 이성적이라고도 할 수 없는 일에 저 남자를 끌어들였다. 그렇다고 뭐 대단한 빌미라도 쥔 듯이 태승이 거들먹거리는 꼴을 볼 생각은 없었다.

"그랬으면 하고 바라긴 해요. 그런데 그게 왜요?"

태승이 의도하는 방향이 뭔지 몰라도 그쪽으로는 가지 않겠다. 이야기의 주도권은 오직 서우가 틀어쥐어야 한다.

"무슨 시답잖은 상상의 나래를 폈든 그건 그쪽 자유니까 상관없는데, 그걸로 이렇게 오버페이스로 나오면 곤란하죠. 이 생뚱맞은 과잉친절…. 주태승 씨야말로 이성은 잠시 어디 맡겨놓고 왔어요?"

나긋하게 쏘아붙이며 서우는 걸음을 떼어놓았다. 거실을 가로질러 현관으로 나가는 복도에 서며 태승을 고갯짓으로 불렀다.

"그만 가세요. 배웅할 테니까."

태승이 버티면 어쩌나 내심 두려운 마음도 있었는데 의외로 순순히 그가 걸음을 옮겼다. 얼른 먼저 현관 쪽으로 걸어가는 서우의 뒤로 태승의 발소리가 따라왔다. 조바심이 나서 종종걸음 치는 이쪽과 달리 속 터지게 느긋하게 들려 은근히 부아가 났다.

현관에 놓인 낯선 구두 앞에서 이제 거의 다 끝났다고 안도하며 돌아보는 그녀의 뒤에서 태승이 신기한 듯 중얼거리는 소리가 났다.

"겨우살이 장식이 있네. 이 계절에."

그의 시선을 좇아 위를 올려다본 서우가 아, 하고 눈을 빛냈다.

"줄리아가 해놓은 장식이에요. 해마다 크리스마스 시즌에 장식하면 다음 시즌이 돌아올 때까지 그대로 두거든요. 줄리아에겐 저게 벽사부적 비슷한 건가 봐요."

"그럼 그것도 아직 유효할까?"

무슨 말인지 몰라 서우가 쳐다보는데 태승이 천천히 겨우살이로부터 그녀에게 눈을 돌리며 말했다.

"왜 그런 말이 있잖아. 남자는 겨우살이 아래로 데려간 여자에게 키스할 수 있다는…."

말하면서 성큼 다가서는 태승 때문에 서우가 움찔하며 뒤로 물러났지만, 그녀의 반응은 그보다 꼭 반 박자가 늦었다. 더욱이 작심하며 뻗어온 손이 확 뒤통수를 잡아당기는 것에는 미처 반응할 새도 없이 끌려갔다.

아차 하는 사이 가까워져 오는 태승의 얼굴. 질끈 눈을 감아버리는 그녀에게 순간 각오한 바로 그 감각이 몰아쳤다.

격렬하게 맞부딪힌 입술. 그 자체는 마냥 연하고 말캉말캉한 푸딩 같은 것이 뜨거운 열기와 세찬 자력을 품고 그녀에게 쏟아져 내리며 정체를 알 수 없는 위험한 무엇이 되어간다. 제대로 거부하는 시늉조차 못 하고 휘말린 그녀의 입술도 익히 알던 먹고 말하는 도구가 아닌 생경한 존재로서 들썩거리기 시작했다. 급기야 아득한 나머지 어뜩어뜩 현기증마저 덮쳐왔다.

아, 내가 왜 이러지? 금방이라도 녹아버릴 것처럼 부드럽고, 촉촉하게 휘감기며 전에 없는 단맛마저 머금어가는 이 달콤한 것이 정말 자신의 입술일까? 아니다. 아무래도 아닌 것만 같다. 아니어야 한다!

서우는 가까스로 눈을 뜨며 그녀를 알 수 없는 곳으로 몰아가고 있는 문제의 인물을 노려보았다. 어느새 벽으로 밀어붙인 그녀를 품 안에 가두고 키스에 정신이 팔린 태승을 있는 힘껏 노려보았지만,

'아.'

순간 눈에 들어온 풍경에 그만 가슴이 덜컥하며 맥이 탁 풀렸다.

남자치고는 희고 고운 피부가 엷은 장밋빛으로 물들어서는 그녀에게 열중하고 있는 모습….

이런 얼굴로 키스하는구나, 이 사람.

그보다 더한 짓도 서슴없이 몇 번이나 한 사이에, 키스하는 얼굴을 정면에서 본 것만으로 속절없이 가슴이 떨렸다. 정작 더한 짓을 할 때는 떨림 같은 건 몰랐다. 느낄 새가 없었다. 그런데 지금은.

"후우…."

때마침 태승이 얼굴의 각도를 바꾸며 맞물린 입술을 떼는 찰나에 가늘게 실눈을 떴다. 이미 크게 뜨여 있던 서우의 눈빛을 마주한 그의 눈이 휘둥그레 흔들렸다.

낭패인 건 매한가지인 그녀가 한 발 먼저 움직여 그를 와락 떼밀었다. 방심했던지 휘청거릴 정도로 크게 떠밀린 그가 이내 중심을 잡고 다시 쳐다보는 순간, 서우가 팔을 휘둘렀다.

찰싹, 하는 소리와 함께 그의 고개가 돌아갔다. 손바닥이 얼얼할 정도로 제대로 맞았다는 느낌이 들었다.

'정말 때려버렸어!'

생전 처음 사람을 때려본 손을, 감추듯 등 뒤로 숨기는 서우의 시야에서 태승이 꼼짝도 않고 굳어 있었다. 심장이 터질 것 같은 몇 초가 흘러갔다.

"이거…."

불쑥 그렇게 중얼거리며 태승이 천천히 고개를 돌렸다. 한창 달아올랐던 얼굴에 붉은 손자국이 또렷한 얼룩으로 번져 있었다.

"좀 아프네. 이렇게 손이 매서운 거, 희경이도 아나?"

입꼬리가 약간 들린 태승의 얼굴은 어쩐지 즐거운 것처럼도 보였다. 우묵하게 깊은 그 눈빛으로부터 달아나듯 서우는 크게 한 걸음 물러나며 단호하게 현관문을 가리켰다.

"사과하지 않겠어요, 그러니까 그쪽도 사과하지 마요. 가요, 어서!"

"무섭네, 프린세스."

농담하듯 중얼거리는 입술과 달리 빤히 응시하는 남자의 눈빛은 다른 말을 하고 있었다. 저도 모르게 카디건을 여미며 더 물러날 자리를 찾고 싶어지는 것을 서우는 마른침을 삼키며 참았다. 만약 그녀가 혼자 있었다면… 하는 생각에 오싹 뒷덜미가 서늘할 정도였다.

다행히도 그런 일은 없었다. 서우는 현관문을 가리키는 손가락에 힘을 실어 더욱 매섭게 쏘아보는 것으로 그의 눈에 맞섰다.

이윽고 태승이 눈길을 살짝 내리깔며 두 손을 들었다. 어울리지 않게 장난스러운 항복의 제스처를 취하며 몸을 돌렸다. 그는 느긋하게 구두를 신고 현관문의 손잡이를 쥐더니 그녀를 돌아보며 물었다.

"배웅은 여기까지만인가?"

앞마당에 나와 주지 않을 거냐는 도발적인 질문에 서우는 미동도 없이 무시하는 것으로 대답했다. 피식 웃으며 이쪽을 쳐다보는 그의 눈은 여전히 같은 말을 하고 있었다.

어둡고, 위태롭다.

서우는 똑바로 마주 보면서도 한사코 외면했다. 결국 현관문을 열고 태승은 밖으로 나갔다.

"챠오. 부오나 놋떼."

안녕. 잘 자고. 천천히 닫히는 문 사이로 흘러온 감미로운 작별 인사. 그럴 리 없다는 걸 알면서도 일순 문밖에 있는 이가 희경인가 싶은 착각이 일었다.

찰칵 문이 닫히고 얼마 후 포석을 밟고 걸어가는 구두 소리가 났다. 뚜벅뚜벅, 유난히 선명한 그 소리는 나는 이제 물러가니 안심하라고 다독이는 것처럼도 들렸다.

이윽고 마당에 있는 울타리 문이 여닫히는 희미한 삐걱거림이 들렸다. 갔다, 정말로.

비로소 꽉 쥐고 있던 손을 펴는 서우의 몸에 한줄기 허탈이 흘렀다. 축축하게 젖은 손을 망연히 바라보다 고개를 든 그녀는 잠시 생각 끝에 도로 거실로 돌아갔다.

아직 집이 보이는 어딘가에 태승이 서 있을 것만 같아 바로 별채로 갈 마음이 들지 않았다. 무심결에 줄리아가 앉아 있던 안락의자로 가서 웅크려 앉았다. 비로소 조금 포근해지던 마음이 맞은편의 태승이 앉아 있던 자리를 보고 불편하게 뒤틀렸다.

집에 찾아오다니. 정말 무슨 생각을 한 거야, 그 남잔. 듣기론 할아버지가 집 앞에 서 있는 그를 발견하고 말을 건 것 같긴 했지만, 그때 할아버지가 거기 없었다면 초인종이라도 누를 작정이었을까? 희경이 자기 대신 보냈다는 그 얄팍한 핑계를 가지고?

속내 모를 남자에 대한 언짢음은 잠시 희경에게 그 초점을 맞췄다. 저 주태승조차도 아프다는 소식에 한달음에 달려온 곳을 당신은….

서우는 얼른 머리를 내저어 원망을 떨쳤다. 이해하기로 한 일을 두고 이렇게 두고두고 곱씹는 건 어른스럽지 못하다. 할아버지 말씀처럼 사람은 누구나 흠이 있는 법, 희경의 그 정도 흠은 차라리 귀엽다.

"귀엽지. 진짜 흠에는… 댈 것도 아니야."

너무 아파서 아프다는 감조차 둔해져 버린 줄 알았던 고통이 다시 새록새록 떠올라 서우를 사로잡았다. 이 사실을 의연하게 마주 볼 방법을 어서 빨리 찾아야 했다. 격렬한 배신감에 치를 떨며 막 나가는 건 한 번으로 족했다. 돌이켜보면 결국, 화풀이는커녕 또 다른 고통으로 고통을 덮은 것에 불과했다.

'후회는 하지 않아.'

그때 난 무어라도 해야 했었다. 미치지 않으려면.

오기가 아니라 진심으로 그렇게 생각했다.

다만 그 상대가 주태승이었다는 것이… 과연 옳은 일이었나 하는 의문이 살짝 머리를 들고 있다. 현관 앞에서 나눈 키스, 그리고 그 눈빛….

새삼 생각해도 마치 주술에 걸렸다가 풀려난 것처럼 얼떨떨했다.

"아직 여기 있었니?"

퍼뜩 귀에 닿은 익숙한 음성에 서우는 흠칫하며 머리를 들었다. 돌아보니 잠옷 차림의 최 교수가 거실 문가에 서 있었다.

"네, 잠깐 생각 좀 한다는 게. 건너가야죠."

"뭐 좀 먹고 가지 그러니. 냉장고에 보면 스튜 끓여놓은 게 있을 거야. 줄리아가 모처럼 솜씨 발휘를 했단다."

"그럼 생각이 없어도 꼭 먹어야겠네요. 한 그릇 데워서 가져갈게요."

"약도 챙겨 먹고."

상냥한 당부에 고개를 끄덕이고 주방 쪽으로 걸어가는 등 뒤에서 할아버지가 문득 생각났다는 듯 말했다.

"참, 손님이 꽃을 가져왔던데."

"…꽃이요?"

할아버지의 시선이 닿는 곳을 본 서우는 피아노 뒤쪽의 협탁에 사뿐히 누워 있는 자주색 뭉치를 발견했다. 모른 체할 수 없어 그리로 걸음을 옮겨 풍성한 꽃다발을 안아 들었다.

"네가 좋아하는 꽃이지?"

"네."

곤란한 마음을 감추듯 꽃 위로 고개를 숙여 향기를 맡는 척했다. 척에 불과해도 폐부가 시원해지도록 고운 향기가 밀려들어 오는 건 어쩔 수 없다. 화사한 향기만큼이나 눈이 시리도록 어여쁜 핑크 로즈였다.

"요즘 젊은이들은 센스가 좋아. 나는 그 나이에…."

무언가 한심한 생각을 했는지 최 교수는 쓴웃음을 지으며 손사래를 치고 그 길로 서재로 향했다. 주방으로 간 서우는 스튜를 데우는 동안 꽃다발을 정리해 두 화병에 나누어 꽂았다. 줄리아의 침실에 하나, 거실에 하나. 다소 빽빽하게 꽂았음에도 남는 꽃 몇 송이를 당혹스러워하며 바라보았다.

결국 남은 꽃은 스튜 그릇을 담은 쟁반에 함께 올려 별채로 가져갔다. 그리고 손에 잡히는 대로 꺼내 든 맥주잔에 아무렇게나 꽂아 식탁에 두었다.

몇 송이 장미는 스튜를 먹는 내내 시야 한구석에서 쿡쿡 신경을 건드렸다. 끝내 끙하고 신음하며 서우는 반절도 못 먹은 스튜 그릇을 들고 방으로 돌아왔다.

스튜는 여전히 간이 좀 짰다. 요즘 줄리아가 만드는 음식은 많이 싱겁거나 짜거나 둘 중 하나였다. 그나마도 그녀가 만든 음식을 먹을 수 있다는 사실에 감사하고 있지만.

"미리 좀 배워놓을걸."

영양가 없는 후회로 아쉬워하는데, 문득 메신저 알림음이 들렸다. 휴대폰은 멀찍이 침대 옆에 있었지만 보지 않아도 희경이란 느낌이 왔다. 서우는 무시하고 식사를 마저 했다.

빈 그릇을 치우고 돌아와 들여다본 휴대폰 메신저에 희경의 메시지가 여러 통 와 있었다. 그중 하나는 음성 메시지. 곧잘 하는 대로 세레나데랍시고 한바탕 솜씨 발휘를 했을지도 모르겠다. 확인했다는 흔적만 남기고 열어보진 않았다.

기다리던 메시지도 있었다. 생존보고에 가까운 친구 선비의 소식. 바닥난 기를 충전하고 오겠다며 덜컥 한 달 일정을 잡아 네팔로 떠난 친구는, 안나푸르나 트레킹 전 마지막 소식이 될 거라는 말과 함께 지금 머무는 롯지를 배경으로 찍은 사진을 보내왔다.

[여기 거머리들은 얕보면 큰일나는 모양이야. 이 우산이 거머리 습격 대비용 방패라는 거 아니니. 한두 마리 잡아서 기념품으로 챙겨갈까 봐. 혹시 필요하면 말해, 백설! 널 위해 꼭 통통하게 살려서 데려갈게!]

거머리 공격을 막기 위해 샀다는 커다란 까만 우산을 쓰고 덧니를 활짝 드러내고 웃는 얼굴에선 사진 너머로도 강렬한 에너지가 뿜어져 나왔다.

"아, 선비야. 나도 널 따라갈 걸 그랬어."

해보나 마나 한 소리를 중얼대본다. 그냥 산도 질색인데 히말라야라니, 라고 학을 떼던 마음은 변함없으니 한탄을 위한 한탄이었다.

그리고 또 눈에 밟히는 메시지가 하나 있었는데….

[아프다며?]

등록되지 않은 사용자에게서 온 메시지. 그 사용자의 이름도 낯설었다. LukeRed. 우연일까 하고 넘기기엔 루크라는 이름을 오늘 밤 들은 참이다. 게다가 Red. 혹시 주태승의 그 주가 붉을 주朱를 쓰나?

메시지는 그것 하나뿐이라 확신할 수는 없었다. 서우는 착잡한 눈빛으로 메시지와 메시지 주인을 바라보다가 삭제 처리하는 것으로 눈에서 치워버리고 샤워하러 갔다.

그즈음엔 슬슬 약이 도는지 졸음이 쏟아져 침대로 들어갔다. 묵직하게 머리를 조여 오는, 썩 유쾌하지 않은 잠에 막 굴복하려는 찰나 머리맡 협탁에서 휴대폰이 울렸다.

메시지 알림음. 또 희경인가?

아니…. 어쩐지 아닐 거라는 느낌이 왔다. 때문에 서우는 억지로 무거운 눈꺼풀을 들어 휴대전화에 손을 뻗었다.

[두고 간 게 있어. 그걸 전해주러 간 거였는데 깜빡했군. 언제든 좋을 때 연락해.]

…LukeRed의 메시지. 이걸로 주태승인 게 확실해졌다.

이 사람에게 내 번호를 준 적이 있었던가 하는 의문은 두고 온 게 뭐지? 라는 의문에 자리를 내어줬다. 아무래도 떠오르는 게 없었다. 이 머리론 생각날 것도 안 나지. 서우는 한숨을 쉬며 휴대폰을 밀쳐두었다.

그 존재로부터 등을 돌리듯이 반대편으로 돌아누웠다. 다시 그녀를 한 입에 집어삼킬 듯이 덤벼드는 수마와 빙글빙글 춤을 춘다. 쑤욱 어딘가로 빨려드는 감각으로 어지러운 가운데 불쑥 엉뚱한 사실 하나가 머릿속을 돌아다녔다.

LukeRed. LukeRed. 어쩐지 익숙한 조합이지 않나?

아. 그러고 보니 나랑 비슷해.

서우의 SNS 아이디는 소피아화이트라는 뜻에서 'SophiaWH'. 영어 이름 소피아와 백서우의 백白에서 화이트였다.

거기서 알았을까? 아니 그전에 이미 아는 느낌이었지. 프린세스 소피아, 라고 무척 익숙한 듯이 불렀어. 그녀의 영어 이름. 역시 말해준 기억이 없는데.

…그는 또 무엇을 아는 걸까?

5

얽히다

휴식 이틀째의 오후.

서우는 느긋하게 욕조에 몸을 담그며 몸 상태를 꼼꼼히 점검했다. 여기도, 여기도, 여기도 오케이. 이쪽은, 음, 그래도 좀 나른한가. 아무래도 처음 쓴 근육들에 한해선 아직 미세한 불편감이 남아 있었다. 이럴 게 아니라 한 번 나가서 마사지를 받아야겠다고 결심했다.

심하게 어깨가 뭉쳤다 싶을 때 찾곤 하는 그녀의 단골 마사지숍은 오직 VIP의 소개로만 고객들을 늘려 가는 다분히 폐쇄적인 가게였다. 대학 졸업논문에 머리를 싸매느라 피로가 누적됐던 서우를 최 교수가 숍에 데리고 간 게 계기가 되어 그녀도 고객의 한 명으로 이름을 올릴 수 있었다.

신원이 확실한 고객들, 최고 실력의 마사지사, 거기에 합리적인 가격. 틈틈이 가서 관리를 받을 수 있다면 더할 나위 없겠지만, 마사지사의 수는 정해져 있고 기다리는 고객은 많은 곳이었다.

그렇기에 큰 기대 없이 전화를 걸어 예약 가능한 일정을 물어보자 마침 예약 취소된 게 있다며 당장 한 시간 후는 어떠냐고 말했다. 일주일도 너끈히 각오했던 입장에서 놓칠 수 없는 기회였다. 그 시간까지 가겠노라 말하고 전화를 끊자, 그때부터 나갈 생각에 분주해졌다.

예정에 없던 외출이고, 얼른 거기만 다녀올 생각에 가볍게 차려입었다. 화장도 하는 듯 마는 듯 선크림 정도로 마무리하고 모자를 쓸까 고민하며 거울을 들여다보던 서우는 비로소 뭔가 허전한 걸 깨닫고 목덜미를 더듬었다.

"…목걸이!"

텅 빈 목 주위에 순간 아연해하며 드레스룸 바닥을 훑었다. 이어서 욕실까지 뛰어갔지만 이미 나쁜 예감이 머릿속을 잠식하고 있었다. 그래도 혹시 몰라 침실도 샅샅이 뒤졌다.

잃어버렸다. 인정하지 않을 수 없는 사실 앞에서 서우는 멍하니 주저앉았다.

마지막으로 목걸이를 본 게 확실한 곳은 태승의 아파트. 욕실에서 세수하면서 목에 걸린 핑크 다이아 펜던트를 본 기억이 뚜렷했다. 그 후 목걸이를 흘린 기억도, 다시 찬 기억도 없지만 거기가 분명했다.

태승이 말한 두고 간 물건의 정체, 그게 목걸이라는 걸 이제야 깨닫다니.

자그마치 약혼예물이었다. 손가락에 뭔가 답답하게 끼는 걸 못 견디는 그녀를 배려해 희경이 골라준. 목걸이와 한 쌍으로 제작된 약혼반지는 희경이 왼손에 차고 있다.

그런 의미가 있어서 여태 한 번도 몸에서 떼어놓고 지낸 적이 없었는데 지난 며칠간 서우는 그것이 없어졌다는 사실조차 모르고 있었다.

믿기지 않는 한편으로 내가 그만큼 화가 많이 나 있구나 하고 자각했다. 목걸이가 아무리 값비싼 거라고 해도 희경에 대한 각별한 마음이 아니라면 의미가 없는 물건이다.

서우는 그 부재조차 망각한 자신의 상태를 사뭇 냉담한 심정으로 관조했다.

희경의 외도. 극복할 수 있을까, 내가?

새삼 의문 한 방울을 보태지 않아도 평정심 같은 건 이미 엉망이 되어 찾아볼 수 없다. 보기도 겁나는 날카로운 유빙이 여기저기 떠다니는 성난 바다가 지금도 그녀 안에선 출렁거리고 있었다.

그렇다 한들 목걸이는 되찾아야겠지. 그것이 태승의 손에 있다는 건 또 하나의 불안요소 밖에는 되지 않으니까.

서우는 한숨을 쉬고 일어나 모자 대신 큼지막한 선글라스를 찾아 쓰는 것으로 외출 준비를 마쳤다. 본채에 들렀더니 오전에 외출한 최 교수 대신 줄리아를 돌보고 있던 간병인이 줄리아가 잠들었다고 알려주었다. 자는 얼굴이라도 볼 겸 슬쩍 들어가 줄리아의 이마에 입술을 댔다.

"행운을 빌어줘요, 줄리아. 저 오늘 그게 좀 필요해요."

기도하는 심정으로 잠든 줄리아의 손등에 또 한 번 키스하고 방을 나섰다. 서우에겐 수호천사나 다름없는 분이니 기실 진지한 기도나 다름없었다.

"아, 슬슬 더워지는구나."

교통량 많은 도로는 한낮의 태양 볕에 이글거리며 아지랑이를 피워 올리고 있었다. 별로 더위를 타지 않는 체질이라 폭염 어쩌고 하는 일기예보도 건성으로 보아 넘겼지만 눈에 보이는 아찔한 더위의 증명엔 여느 사람처럼 한숨부터 나왔다.

신호대기를 받고 과연 어느 정도인가 싶어 차창을 슥 내려보았다가 훅 끼쳐오는 열풍에 얼른 도로 올렸다. 과연 어제가 대서大暑라더니 귀신같이 찾아온 폭염.

올해는 이 숨 막히는 더위가 언제까지 갈까? 톡톡 핸들을 두드리며 멍하니 생각하던 서우가 별안간 휴대폰을 손에 들었다.

[목걸이 찾으러 갈게요. 언제가 괜찮겠어요?]

목걸이에 집중한 나머지 메시지를 보낸 뒤에야 아차 하며 빠르게 덧붙일 말을 작성했다.

[편한 시간과 장소를 말해주면]

[아파트로 오겠다는 이야기?]

그러나 태승의 답장이 한발 빨랐다. 일단 목걸이가 태승에게 있다는 사실을 확인한 것에 안도하며 서우는 발개진 얼굴로 쓰다 만 메시지를 마무리했다.

[편한 시간과 장소를 말해주면 거기로 갈게요.]

[난 아파트도 상관없는데.]

돌아온 답이 어쩐지 능글맞았다. 기분 탓인가? 아니, 확실히 그런 의미라고 생각하며 서우는 입술을 꾹 다물었다. 그럴수록 냉정해지자고 다짐해 봐도 괜히 부아가 나서 머릿속이 들끓었다. 한 번 잤다고 날 쉽게 보는 모양인데 오산이란 걸 아셔야지!

[닥치고 시간이랑 장소나 말]

분풀이하듯 거칠게 쏘아붙이려던 대답은, 안타깝게도 빵빵거리는 뒤차의 클랙슨 소리에 중단되었다. 어느새 신호대기가 끝나고 출발할 때였다. 얼른 휴대폰에서 손을 떼고 운전을 하면서도 시선은 자꾸만 그쪽으로 돌아갔다.

"이러면 안 돼. 운전할 땐 운전만!"

최 교수의 착실한 손녀는 마음을 다잡고 성실하게 운전하려고 했다. 하지만 그녀의 무응답에 대한 재촉인지, 연달아 메시지 오는 소리로 귓가가 간지러웠다. 서우는 기회를 봐서 편의점 옆에 차를 대고 정차했다.

[급하지 않나 보네. 이거 꽤 중요한 거 아니었나?]

[뭐 내가 말하기 전까진 찾는 분위기도 아닌 것 같던데. 진짜 아무래도 좋다는 뜻? 그럼 희경이한테 줘도 되나?]

[방금 건 농담이야. 설마 희경이한테 주기야 하겠어. 하지만 주라고 하면 줄 수는 있어. 마침 점심 약속도 있고.]

[가지고 갈 테니 올래?]

눈살을 찌푸리며 서우는 곰곰이 정보를 취합했다. 요컨대 희경과의 점심 약속 자리에 오겠냐는 말이다. 사람의 뻔뻔함에 대해—특히 주태승이란 인간의 도덕성에 대해—숙고하는 한편으로, 피식 가학에 가까운 웃음을 지었다.

셋이서 함께 한 식사 자리. 얼마나 우스꽝스러운 광경인가. 배신한 남자, 배신한 여자, 배신한 친구. 맞물리는 배신의 연쇄 고리가 환상적이기도 하지. 거기서 끝까지 태연할 자신만 있다면 한 번 맞닥뜨려 보고 싶지 않은 것도 아니었다.

어떨까….

서우는 결국 고개를 저었다.

자신이 없었다. 그런 기만적인 오찬을 감당할 자신도, 그 음침한 기억을 안고 갈 자신도.

[호의로 한 말이라면, 고맙지만 사양이에요. 호의가 아니라면, 그런 수작 재미없으니까 집어치워요. 아무튼 지금은 못 본다는 걸로 알겠어요. 나는 오늘 언제든 괜찮으니까 비는 시간에 연락해요. 아 참, 아파트로는 안 가요.]

공손과 무례의 어느 언저리를 줄타기하면서 쓴 메시지를 보낸 후 서우는 잠시 핸들에 이마를 대고 한숨을 쉬었다. 다시 출발하기에 앞서 휴대폰은 무음으로 해뒀다.

마사지숍 근처의 주차장에 차를 세우고 약간 촉박한 시간을 의식하며 뛰었다. 다행히 5분 남짓한 여유를 두고 숍에 들어갔다.

접수대가 비어 있었지만 차임벨 소리를 듣고 젊은 여자가 나와서 서우를 맞이했다. 숍에서 수련 과정을 밟고 있는 쌍둥이 자매의 한쪽. 머리끈 색으로 일란성 자매를 구분할 수 있는데, 오늘은 빨간 끈을 묶었으니 동생이다.

"홍연 씨? 오랜만이에요."

인사를 건네는 서우에게 말수 적은 여자는 꾸벅 고개를 숙여 재차 인사했다. 갈아입을 가운과 탈의실 사물함 열쇠를 건네받던 서우는 상대방 얼굴을 보고 별생각 없이 물었다.

"어디 아팠어요? 좀 말라보이네."

둘 다 365일 다이어트 중이라고 언니가 우스갯소리로 한 말이 떠올라 근황 토크 겸 한 말이었는데 홍연은 세차게 도리질을 하며 고개를 푹 숙였다. 기분이 별로 좋지 않은 건가? 서우는 약간 갸우뚱하면서 잠자코 탈의실로 향했다.

옷을 갈아입고 대기실로 나오자 예정 시간이 얼추 됐다. 하지만 서우의 담당 마사지사인 심 부인이 나오는 기적은 없고 대신 홍연이 차를 좀 드시겠느냐고 물었다.

"괜찮아요, 목마르지 않아요."

고개를 젓고 벽걸이 시계로 시각을 확인하는 서우에게 홍연이 쭈뼛거리며 말을 했다.

"선생님, 조금 시간이 걸리실 거예요. 지금 맡고 계신 고객님이 계셔서…. 거의 끝날 때 됐으니까 조금만 더 기다리시면…."

"아, 그래요?"

바로 전 타임 손님인가? 철저히 예약제로 운영하면서 아무리 바쁜 날에도 일과 휴식의 시간 분배는 확실히 하며 일하는 줄 알았는데 아닌 경우도 있나 보다. 아무리 그래도 손님을 보내고 바로 자신을 맡는 건 무리가 아닐까 싶어 조금 더 늦어지지 않을까 짐작해보는데 홍연이 안경을 벗어 옷자락으로 닦으며 중얼거렸다.

"제 고객님이었는데 제가 워낙 서툴러서…. 선생님께도, 고객님께도 폐를 끼치고 말았네요."

아하, 수련생 대신 문제를 수습하러 스승이 긴급 투입된 거군. 얼추 상황은 파악했다.

"홍연 씨 손끝 여물다고 선생님도 칭찬하시던데요 뭘. 가끔 흐린 날도 있고 그런 거죠."

무겁지 않게 위로의 말을 건네며 여자를 쳐다본 서우는 상대의 퀭한 얼굴에 적잖이 놀랐다. 고도근시용 안경을 쓰는 터라 안경을 벗으면 인상이 다른 거야 알고 있었지만 오늘은 그런 문제가 아니었다.

'운 것 같은데. 저 얼굴.'

몇 방울 훌쩍거린 정도가 아니라 화장실 같은 데 숨어서 소리 죽여 펑펑 울고 그래도 눈물이 그치지 않는 것을 억지로 그치고 나온 듯한 퉁퉁한 얼굴이었다. 지금도 눈두덩을 건드리면 눈물이 후드득 쏟아질 것만 같다.

'어, 잠깐만, 단순히 그게 아니라….'

이쪽으로 보이는 오른쪽 뺨이 다소 얼룩덜룩한 것이 왼쪽 뺨과는 다르다. 상황이 상황이다 보니 설마 맞았나? 하는 생각이 언뜻 떠올랐다.

아무려면 그렇게까지 할까 하는 부정은 그리 큰 힘을 쓰지 못하고 수그러졌다. 언짢음을 그런 식으로 표현하는 사람들이 실제로 있다. 특히 자신보다 약자라고 여겨지는 상대에게 손을 드는 저열함은 교양의 문제를 넘어 사람 품성의 문제.

'그러고 보니 나도⋯.'

동일 선상에 놓이는 건 다소 억울하지만 태승에게 손찌검한 일이 불쑥 떠올라 얼굴이 화끈거렸다. 저도 모르게 찡그린 낯으로 한숨을 쉬는데 시선이 하필 홍연에게 머물러 있던 게 오해를 산 모양이다.

홍연이 얼른 동글동글한 안경 너머로 숨긴 했지만 목덜미가 눈에 띄게 붉어지는 게 부끄러운 광경을 보였다고 생각하는 눈치였다. 피차에 어색한 상황. 급한 김에 서우가 화제를 돌렸다.

"그나저나 청연 씨가 안 보이네요. 마사지 중인가요?"

"언니는 휴가받아서 여행 갔어요."

"휴가받아서 갈 정도의 여행이라면, 아, 혹시 둘이서 번갈아 간다는 그 여행?"

서우가 흥미를 보이며 알은체하자 홍연의 목소리도 부쩍 밝아졌다.

"네, 이번엔 꽤 멀리 갔어요. 여름휴가까지 다 써서."

"어디로 갔는데요?"

"북유럽, 아니 동유럽이랬나? 음, 아무튼 시원한 나라로 갔어요. 스웨덴, 핀란드⋯."

"어머, 핀란드. 나도 가보고 싶다고 생각만 하고 아직인데. 실은 나 핀란드인 친척이 있거든요."

"우와, 핀란드인 친척이라니 신기해요."

홍연의 동그란 안경을 향해 서우는 나도 신기하다고 웃음 짓고 좀 더 여행 이야기를 청해 들었다.

비슷한 또래임에 비해 사회 경험은 서우보다 월등히 많은 쌍둥이 자매의 유일한 취미는 패키지여행이었다. 줄곧 소원하던 해외여행을 실행에 옮긴 건 요 몇 년 사이의 일.

서로 겹치지 않게 다른 나라를 다녀오면서 반쪽에게 들려줄 이야깃거리를 잔뜩 들고 온다. 그렇게 이야기를 듣고 사진을 보는 걸로 가지 않은 한쪽도 여행을 간 기분을 낼 수 있단다. 본인들 말론 그게 쌍둥이의 파워라는데 농인지 진담인지 여간해선 알 수 없다.

하지만 자기가 간 곳, 상대방이 간 곳 가리지 않고 즐겁게 여행지 이야기를 하는 모습을 보면—나아가 상대가 간 곳을 자신이 갔다고 우길 때도 있다—그들 안에서 여행지가 한데 섞인다는 말도 퍽 그럴싸해 보인다. 자연스러운 기억의 공유. 단순히 육신의 쌍둥이를 넘어선 소울메이트에 가까운 영혼의 파동이 있기에 가능한.

최 교수와 줄리아에게도 그 비슷한 무언가가 있다. 그들은 쌍둥이는 아니지만, 과거 십 년 가까운 세월을 서울과 핀란드라는 먼 곳에 떨어져 있으면서도 결코 소실되지 않은 관계의 핵엔 서로를 알아본 영혼이 있었음이 분명하다.

그런 둘을 보고 자란 서우가 희경과의 관계에 있어 궁극적으로 바라는 지향점도 거기에 있었으나….

"아, 오래 기다리셨죠. 죄송해요, 나 물 한 잔만 마시고 나올게요. 5분만, 응?"

"전 시간 여유 있어요. 천천히 하세요."

이윽고 대기실에 모습을 보인 심 부인이 양해를 구하는 것을 서우가 천천히 하라고 안심시켰다. 심 부인은 향유 냄새 물씬 나는 손끝으로 톡 서우의 어깨를 건드리며 웃었다.

"우리 학자 선생님 손녀분은 언제 봐도 의젓해서 좋더라. 풍기는 기도만 봐선 딱 행세하는 집 맏며느릿감인데."

입버릇 같은 말에 서우는 말없이 웃고 만다.

심 부인이 자리를 뜬 얼마 후 탈의실에서 블랙 트레이닝복 차림의 여자 손님이 나와 서우의 앞을 지나쳐갔다. 어느 틈엔가 사라지고 없는 홍연을 대신해 서우가 문제의 손님인 성싶은 인물을 힐긋 쳐다봤는데 마침 이쪽을 보던 여자의 선글라스와 정면으로 눈이 마주쳤다. 여자가 멈칫했지만 서우는 우연인 척 무릎 위의 잡지로 눈길을 돌렸다.

"백서우 씨?"

그런데 여자의 입에서 자기 이름이 흘러나왔다. 서우는 다시 고개를 돌렸고 여자가 슬쩍 선글라스를 내리며 눈을 보이자 그 드러난 눈과 얼굴 아랫부분을 조합해 누군가를 떠올려냈다.

유지은. 희경의 팔각 멤버 중 한 명이었다.

"아, 오랜만이에요."

일어나서 인사하려는 서우를 그러지 말라는 듯 손짓하며 다가온 지은이 대뜸 손을 내밀었다. 악수? 그러고 보니 전에도 악수했던가 하며 내민 손을 지은이 붙잡아 힘차게 흔들었다.

"여기서 다 보네요. 하긴 희경이가 소개해준 곳이니까 그쪽도 당연히 알겠다. 얼마 만이더라? 2년은 못 된 것 같은데."

"재작년 크리스마스 즈음에 한 번 뵀죠."

"크리스마스…. 아, 송년 콘서트 같은 데서 본 기억난다. 그때 하얀 코트 입고. 맞죠? 눈의 천사 같다고 말한 것 같은데, 아닌가?"

지은이 손가락을 튕기며 하는 말에 서우도 어렴풋이 기억이 났다. 눈의 천사. 그런 말도 나왔는지는 잘 모르겠지만 샤넬 화보 운운하던 썩 달갑잖은 농담은 제법 선명하게 기억했다. 희경의 부모님도 오시는 자리라서 단정하게 차려입고 간 그녀를 보고 육십 년대 샤넬 화보에서 튀어나온 것 같다며 웃던 목소리를 말이다.

'브왈라! 여기 완벽한 숙녀의 귀감이 있노라. 고대로 포장해서 우리 영감님께 보내주면 끔찍이도 기뻐하시겠네.'

어떻게 해석해야 좋을지 모를 말에 서우는 표정이 굳었건만, 희경은 재미난 농담이라도 들은 양 지은과 함께 웃고 있었다. 뒤늦게 서우의 기색을 알아차리곤 귀엣말로 지은의 아버지를 언급하며 오해를 풀어주긴 했다.

음악 공부를 하겠다고 해서 유학을 보내놨더니 여봐란듯이 고스족이 되어버린 딸 때문에 지은의 아버지가 골치깨나 썩는다는 이야기였다. 검사 출신으로 정계에 뛰어들어 지금은 모 도시의 시장으로 재직 중인 그분은 차차기 대통령감으로도 곧잘 언급되는 인물인 터라 가족 관리 역시 상당히 공을 들이는 모양인데, 뒤늦게 찾아온 막내딸의 반항기만은 어쩔 줄을 몰라 한다고.

엄한 부모 밑에서 숨죽이고 살다가 유학 가서 180도 달라진 자녀들, 또 그 자녀들 때문에 속 끓이는 부모 이야기는 드문 것도 아니다. 그것이 서우도 곧잘 매스컴으로 접한 정치인 일가의 이야기가 되니, 아닌 게 아니라 우습기도 했다. 그러나 역시 희경처럼 유쾌하게 웃어넘기지 못한 건 비단 지은이 희경의 친구라서만은 아니었다.

그때 지은이 특히 조롱했던 진주목걸이 때문이었다. 희경의 부모님께 초대받았다는 말에 줄리아가 하고 가라며 빌려준 진주목걸이 세트. 어머니 유품이라며 줄리아도 특별한 날에만 꺼내서 차곤 하는 귀걸이와 목걸이를 두고 지은은 누가 좀 저 샤넬스러운 보석 좀 지구상에서 없애달라며 요란하게 넌더리를 냈던 것이다. 물론 농담이라며 수습하긴 했지만, 서우

안에 남은 앙금까지 걷어가진 못했다.

화장기 없이 말간 지은의 해사한 얼굴을 대하는 지금도 그러한 앙금의 기포가 살며시 보글거렸다.

"방학이라서 들어오셨나 봐요."

"네, 방학이니까. 겸사겸사 팔각 모임도 나가고, 선도 보고."

"선이요?"

돌연한 말에 서우의 눈이 동그래졌다. 지은은 자기도 어처구니없다는 듯 눈알을 굴렸다.

"어쩌겠어요. 돈줄을 쥐고 흔드는 영감님 소원이시라는데. 다행히 내 미모만 보고 고생길로 투신할 넋 나간 남자가 아직은 없네요."

의미심장하게 찡긋 윙크를 하는 양이 크게 고생스럽게 여기는 사람처럼은 보이지 않았다. 어쩌면 그것도 정치가 딸의 처세술인지는 모르겠으나.

"가기 전에 언제 한 번 식사라도 해요. 해보는 말이 아니라 진짜루! 희경이 보고도 말할 테니까. 알겠죠?"

약속이 있는지 시간에 쫓기는 모습으로 지은은 서둘러 대기실을 나갔다. 차오(ciao), 하고 손을 흔드는 모습이 사라지는 것을 지켜보고 자리에 앉으며 서우는 엷은 한숨을 쉬었다.

한바탕 작은 폭풍이 불고 간 느낌이라고 해야 하나. 좋은 의미든 나쁜 의미든 존재감 하나는 확실한 사람이었다.

이윽고 심 부인이 휴식을 마치고 돌아왔다. 마사지를 막 시작하며 가볍게 근황 이야기를 나누는 동안 서우는 좀 전에 보낸 손님에 대해 물을까 하다가 그만두었다. 어차피 일의 전모를 제대로 아는 것도 아니고 막연한 짐작뿐이다. 지은이 문제의 손님인지 아닌지도 확실치 않다.

'뭔가 착오가 있겠지. 악인이란 느낌까진 없었어.'

상념을 떨치고 오로지 심 부인의 손길에만 집중했다. 자각하고 있던 피로는 물론, 있는 줄도 몰랐던 구석구석의 피로까지 심 부인의 손길에 슬금슬금 뒷덜미를 붙잡혀 끌려나오는 중이었다. 끙끙거리는 신음이 절로 터져 나왔지만 아픈 것조차 시원했다.

30분 조금 넘는 전신마사지의 결과 몸의 피로는 물론 정신적인 피로까지 상당 부분 해소되었다. 그 때문에 차에 돌아와 그사이 와 있던 휴대폰 메시지를 보아도 상쾌한 기분은 여전했다.

[일단 가지고 나왔어. 맵 찍어줄 테니까 확인하고 마음 변하면 와. 앞으로 두 시간 정도는 거기 있을 거야.]

런치 타임에 초대하려는 태승의 노력이 눈물겨웠다. 어차피 떠보는 거겠지 하면서도 첨부한 지도를 열어보곤 꽤 가까운 곳이라 눈썹을 치켜올렸다. 어쩐지 상호도 익숙한 것이 당장은 기억 안 나도 가보면 언젠가 들른 곳일지도 몰랐다.

"20분이면 가겠고."

도로만 한산하다면 15분 내외? 그가 메시지를 남긴 시각을 확인하고 서우는 시간 계산을 해봤다. 근처에서 차라도 마시다가 가면 딱 끝자락에 도착할 수 있을 것 같은데. 그러면 희경과 마주칠 일 없이 태승을 만나 물건을 받아올 수 있다는 계산이 섰다.

길게 고민하지 않고 바로 움직였다. 하지만 적당히 골라 들어간 카페에서 이북을 읽으며 대기하다가 '맹점'이라는 단어를 보고 아차 했다.

그녀가 한 계산의 맹점은 그들이 과연 점심만 먹고 헤어질 것이냐 하는 점이다. 이제라도 그 점을 확인해야 했다.

[점심 먹고, 그 후 스케줄은요?]

약간의 간격을 두고 태승의 답변이 왔다.

[희경이가 놀자는데.]

봐, 이렇다니까. 서우는 미간을 찡그리며 빠르게 메시지를 보냈다.

[먼저 보내고 잠깐 따로 나와요. 물건만 받아 갈 테니까.]

[아…. 이 근처에 있나 보지? 어디 카페 같은 데서 대기 중이야?]

서우는 작게 앓는 소리를 내며 고쳐 앉았다. 척하면 척인 사람, 역시 싫다. 언젠가 희경도 태승을 두고 야생동물처럼 감이 날카롭다고 칭찬한 바가 있지만 그녀에겐 그게 칭찬으로 들리지 않았다. 사람이 적당히 수더분한 맛도 있어야지.

그녀는 평생 학자로 살아온 외할아버지를 둘러싼 특유의 차분한 분위기를 좋아했다. 그것과는 조금 다르지만 희경에게서 묻어나는 느긋한 분위기도 좋아했다. 분명히 다른 자질이지만 그들의 곁에 있으면 마음이 평온해지며 안정감이 깃드는 건 많이 비슷했다.

'주태승에겐 기대할 수 없는 미덕이지.'

예민하고 까칠하고 무슨 생각을 하는지 도통 모를 남자. 그에겐 어둠에서 숨을 죽이고 먹잇감을 기다리는 맹수를 연상시키게 하는 면이 있다.

'한마디로, 음침해.'

설사 편견으로 똘똘 뭉친 단언일지언정, 서우에겐 그렇게 보인다는 게 중요하다. 결국 누구나 자신에게 보이는 대로 사람을 판단하는 거 아닌가?

희경은 그런 사람조차도 꺼리지 않고 곁에 둔다. 잘 맞지 않는 사람에겐 확실히 선을 긋는 서우의 눈으로 보면 '저 사람은 저렇고 이 사람은 이런 거지. 각자 나름대로 사귈 만한 재미가 있어.'라고 넉넉히 수용하는 희경은 포용력의 화신이었다.

그런 면 또한 서우가 희경에게 품은 호의의 한 요소이지만 역시 자신의 일이 되면 포용 같은 건 다른 세상의 일. 그녀는 불편하고 싫은 사람까지 자신의 바운더리에 넣으려고 기를 쓰며 살 생각은 없다.

그 바운더리는 은근히 좁아서 스물여섯 살이 된 현재, 기껏해야 몇 사람이 안을 활보하고 있을 따름이다. 일찍이 최 교수가 그녀에게 연구자의 길을 제시한 것도 외손녀의 그런 기질이 한몫했으리라.

요컨대 바운더리 바깥의 인물임이 분명한 태승과 아직도 풀어야 할 매듭이 한 뭉텅이라는 사실에 잠시 진저리를 내보고 서우는 순순히 백기를 들었다.

[그래요, 대기 중이에요. 그러니까 잠깐 얼굴 좀 볼까요?]

엄밀히 말해선 순진한 얼굴로 백기를 드는 시늉에 가깝다. 좀 넘어와 주면 좋겠는데.

[비밀 접선이야? 희경인 허수아비 역이고?]

"좋을 대로 생각하세요."

이죽거리면서 서우는 백치미를 뽐내는 답을 보냈다.

[이럴 때 본드걸 한번 해보죠. 재밌겠네요.]

[007이라니 너무 구닥다리야.]

"아는 스파이물이 달리 없는 걸 어쩌라고."

영화 좀 보고 살았어야 한다고 후회할 자리는 아니다. 서우는 짜증을 누르며 태승의 결정을 기다렸다.

[15분 후에 이 가게 뒷문 쪽으로 와. 희경이 먼저 내보내고 나는 전화 핑계로 뒤처질 테니까.]

[15분 후. 알겠어요.]

좋아, 접선 사인이 떨어졌다. 서우는 뒷문이 어딘지 몰라 헤맬 가능성을 생각해 여유 있게 자리에서 일어났다.

그리고 찾아 나선 가게는… 상호를 봤을 때 익숙하게 느껴졌던 건 방문 여부와 관계없는 기시감으로 밝혀졌다. 3층짜리 꼬마 빌딩 전부가 퓨전 레스토랑 전용으로 서 있는 건물. 특히 3층은 야외 테라스의 테이블에서 거리를 내려다보며 식사할 수 있도록 아기자기하게 꾸며져 있다.

'딱 봐도 저 테라스, 희경 오빠 취향인 게….'

그런 생각을 하며 올려다보던 서우의 눈이 누군가를 발견하고 휘둥그레 커졌다. 비록 선글라스 렌즈를 통해서였을망정, 상대도 그녀를 알아본 게 분명했다. 못 박힌 듯 그녀에게 고정된 태승의 시선이 그 증거였다.

주태승이 테라스 테이블에 앉아 있다는 건?

서우의 시선은 번개처럼 그 맞은편에 앉은 이에게 향했다. 희경의 뒷모습을 알아보는 건 너무도 쉽다. 아, 그런데 희경이 누군가의 어깨에 손을 올리고 있다. 여자? 포니테일에 민소매를 입은 뒷모습이 언뜻 봐도 탄탄하고 날씬했다.

저도 모르게 여자의 얼굴이 궁금해져 한 발 나아가던 것을 문득 희경의 머리가 옆으로 천천히 돌아가는 것을 보고 화들짝 놀라 그쳤다. 노골적인 태승의 시선 때문이었을까, 어깨 너머를 확인하려는 듯 희경의 상체도 같은 방향으로 돌기 시작했다.

생각이고 뭐고 할 새도 없이 서우는 뒤돌아서 걸었다. 마침 근처에 출입문을 열어놓고 영업 중인 화장품 가게로 들어가는 손님들 꽁무니에 붙어 얼른 안으로 몸을 숨겼다.

무슨 죄라도 지은 듯 쿵쿵거리는 가슴을 누르며 가게 안을 한 바퀴 돌다가 퍼뜩 떠오른 대로 시간을 확인해봤다. 약속한 15분에서 겨우 1분이 모자랐을 따름이다.

'분명히 일어날 생각도 안 하고 있었어!'

흘깃 본 것에 불과하지만 그 테이블에 파장 분위기 같은 건 전혀 없었다고 맹세라도 할 수 있다. 대체 뭐 하자는 거지? 서우는 떨리는 손으로 휴대폰을 들었다.

[왠지 내가 우롱을 당했다는 생각이 드는데, 이거 내 피해망상인가요?]

뭐라도 좋으니 납득 가능한 변명이 오기를 기도했다. 그러나 돌아온 대답은 그녀가 이를 갈게 만들었다.

[꾀어낸 건 맞는데 우롱은 아니야.]

[신종 인내력 테스트예요? 이런 게 재밌어요?]

[보여주고 싶은 게 있었어. 아니, 네가 봐야 한다고 생각했어.]

[그러니까 뭘요?]

[희경이 옆자리의 여자. 아마 네가 그날 본 여자일 거야.]

그날이면 설마…?

머릿속이 하얘져서 서우는 답을 할 수가 없었다. 잠시 후 날아든 덤덤한 텍스트 한 줄이 그녀의 가슴을 후벼 팠다.

[아, 본 게 아니라 목소릴 들은 거였지?]

서우는 발작적으로 휴대폰을 종료하고 가방에 쑤셔 박았다. 정신없는 가운데 화장품 가게를 나오면서 뭔가 손에 잡히는 대로 립스틱 같은 걸 사서 계산도 했다.

거리로 나와 무작정 걷다 보니 정신을 차렸을 땐 차를 세워둔 주차장에서 한참 반대편으로 와 있었다. 어차피 이 상태로 운전은 무리라고 냉정히 속삭이는 목소리에 귀 기울이며 서우는 맥없이 큰길가로 나갔다. 아직 낮인데도 빈 택시가 별로 없어서 족히 몇 분을 버린 후에야 겨우 택시를 탔다.

"어디로 모실까요?"

우연인지 줄리아처럼 곱게 흰머리가 진 여자 택시기사님을 만났다. 상냥한 음성에, 성북동 집 주소를 말하려던 혀가 얼어붙었다.

이렇게 도망치듯, 패배자 같은 몰골로 집에 돌아가고 싶지 않았다. 줄리아에게 행운을 빌어달라고 말하지 않았다면 모를까….

"손님?"

멍하니 넋을 놓고 있는 서우를 기사가 돌아보며 물었다. 서우는 어설프게 추린 정신을 붙들고 더듬거리며 목적지를 댔다.

"어, 어, 그러니까… 한강으로 가주세요. 한강, 네, 한강 둔치가 좋겠어요."

기사는 다소 이상하다는 눈초리를 짓긴 했지만, 잠자코 차를 출발시켰다. 충동적으로 댄 목적지에 서우조차 쓴웃음을 지으며 차창 밖을 내다보았다. 갈 곳이 이렇게 없다니….

이토록 가난한 걸 왜 여태 몰랐을까.

희미하게 눈가에 번져가는 이슬을 의식하며 서우는 가만히 눈을 감았다.


그래도 강을 보러 간 건 차선쯤은 되는 해결책이었다. 날이 저물도록 강변에 앉아 흘러가는 강물을 보는 것으로 서우는 얼마쯤 충격에서 회복했다. 번번이 정신을 못 차리도록 큰 충격을 받는 자신을 못마땅하게 여기는 생각까지 든 걸 보면 이기적인 유전자가 슬슬 고개를 드는 모양이었다.

오후의 일을 다시 생각해볼 여유도 생겼다. 태승이 말한 대로 희경의 옆에 있던 여자가 정말 그때의 여자랑 동일인물일까? 그건 아직은 그가 내세운 가정일 뿐이다. 그리고 아직 이 판에서 그는 '신용이 가지 않는 제보자'에 지나지 않았다.

'그 사람이 하는 말이 참일 거라고 판단할 이유가 없어.'

신뢰를 운운하기엔 한없이 얄팍한 관계. 아무리 절박하다고 해도 희경에 대해 아는 만큼의 십분의 일—솔직히 십분의 일도 너무 후한데—도 모르는 남자를 아군으로 여기는 만용은 경계함이 옳다.

설사 태승이 사실상의 아군이라고 해도 마찬가지다. 그가 왜 희경이 아니라 서우를 돕지? 한 번 잤다고? 서우는 절레절레 고개를 저었다. 선의에는 대가가 따른다. 모르는 사람이 주는 사탕이 그러하듯.

서우는 당장 자신이 해야 할 일을 두 가지로 추렸다.

그 하나, 가방을 열어 휴대폰을 꺼낼 것.

전원을 켜자 몇 개의 메시지가 연달아 날아들었다. 태반은 희경에게서 온 것이다. 별 내용 없는 걱정들로 채워진 메시지를 대충 훑어보고 서우는 곧장 희경에게 전화를 걸었다.

—공주님! 전화기도 꺼놓고 하루 종일 어디 갔던 거야?

호들갑스런 목소리에 잠시 멀찍이 떼어놨던 휴대폰을 가져와 그녀가 웃음을 섞어 대답했다.

"하루 종일은 아니네요, 뭘. 아침에도 메시지 보냈잖아."

—아침? 언제 아침? 오늘 아침이 있긴 했었어? 하물며 이렇게 멀쩡하게 말할 수 있으면서! 딱 10분만 더 늦었으면 오빠 네 목소리도 잊어버렸을 거야.

"픽이나. 아무튼 걱정시켰다면 미안해요. 고의가 아니었어."

—아니어야지. 암, 내가 아는 공주님은 이런 걸로 사람 마음 확인하는 못된 버릇은 없다고.

볼멘소리로 토라졌다는 티를 풀풀 내는 목소리를 들으니 저도 모르게 달래주고 싶어서 입이 근질거렸다. 관성이었다. 미워 죽겠는데도 여전히 사랑스럽게 들리는 목소리에, 목덜미가 간질거리는 지독한 관성.

"아무래도 몸이 여기저기 결려서 마사지 받으러 갔거든요. 받고 나와서 차에서 한숨 잔다는 게 어느새 이 시간인 거 있죠. 휴대폰 전원이 꺼진 것도 몰랐어."

—어쩐지! 숍에선 멀쩡히 나갔다는 애가 어딜 갔나 했어.

서우가 고개를 갸웃했다.

"어떻게 알았어요? 내가 거기 간 거."

—응? 아, 지은이한테 들었어. 지금 팔각 애들 몇이랑 같이 있거든. 공중정원에 모여 있어.

공중정원이라면 팔각 멤버 중 한 명이 소일거리 삼아 운영한다는 바였다. 위치도 좋고 분위기도 괜찮아서 희경이 몇 번 데리고 가줬는데 정작 사장님을 본 건 딱 한 번. 그나마도 희경이 얼굴 좀 비추라고 전화를 걸어서 들른 거였다. 그야말로 한량다운 소일거리인 건 둘째 치고 팔각 멤버들의 아지트 노릇은 톡톡히 하고 있다.

—컨디션 괜찮으면 올래?

"그 정도는 아니에요."

가볍게 거절하고 서우는 살짝 입술을 훔쳤다.

"그럼 오늘은 내내 그 사람들하고 같이 있었어요?"

—아냐, 점심은 아까 좀 느지막이 태승이랑 먹고… 태승이도 여기까지 왔다가 나간 지 얼마 안 됐어. 걔가 술은 강한데 유흥엔 약해.

슬쩍 홍보는 말에 서우가 피식 웃었다.

"사람이 다 오빠처럼 뭐든 잘할 수야 없죠."

—에이, 유흥을 즐기는데 뭐 대단한 재능이 필요한가? 그저 잠시 자신을 내려두고 분위기에 휩쓸리면 되는 걸 가지고. 걔는 그 내려두기가 안 돼.

말술을 마셔도 안 취하는 거랑 같은 맥락이라고.

"들키면 안 되는 게 많은가 보지."

―일리 있다. 용의주도한 주태승. 너 걔 싫어하지? 너무 싫어하지 마, 알고 보면 불쌍한 자식이야.

푸우, 희경이 한숨을 쉬는 소리에 서우는 시계를 들여다보았다. 겨우 밤 8시 언저린데 어째 그는 취기가 오른 사람처럼 굴고 있다. 바니까 술을 마시는 건 알겠는데, 이렇게 빨리 취했다는 건 그만큼 그가 편한 환경에 있다는 반증이었다.

희경의 주량은 매우 유동적이라서 어디에서 누구랑 마시느냐에 따라 술을 견디는 정도가 달랐다. 대체로 편한 사람이랑 마실 땐 빨리 취했다. 이 사람이랑 있으니까 안심해도 돼, 하고 은연중에 어리광을 부리는 느낌이다.

평소보다 조금 더 수다스러워지고 웃음을 남발하는 그의 주사도 꽤 귀여워서 서우는 좋아했다. 지금은 그런 귀여운 모습을 친구들에게 보여주고 있는 거겠지.

'그리고 어쩌면…?'

며칠 전 밤을 함께 보낸 사람에게도 보여주고 있을지도.

그 여자가 팔각 멤버일지도 모른다는 생각은 통화 중에 우연히 떠올랐지만, 마냥 억지스러운 짐작은 아닐 거란 감이 들었다. 신용이 가지 않는 제보자일지언정 태승의 추측에는 나름의 이유가 있었을 것이다. 그 연장선에서 태승이 보여주려 한 여자가 서우에게 생판 낯선 여자는 아니었지 싶다.

"오빠? 계속 거기 있을 거예요?"

―음? 왜? 아직 시간 이른데. 아, 오빠 보고 싶어? 보러 갈까, 공주님?

그 말이 나오길 유도한 건 맞는데 정작 그가 그렇게 묻자 싫어졌다. 그 야말로 별안간 확 역정이 났다.

이렇게 나라면 끔뻑 죽는 것처럼 굴면서 뒤에선 그런 짓을 하고 지낸 거야? 연애의 대상 따로, 욕망의 대상 따로. 하물며 당신 친구들이 알 정도로 화려하게 흘러가면서?

울컥 치밀어 오른 것을 참느라 잠시 호흡을 고르고 대답했다.

"보고 싶지만 좀 더 참을게요. 말 고거 했다고 나 목이 가칠가칠하네. 집에 가서 약 먹고 쉬어야겠어요."

—아직도 아파서 어떡해, 공주님. 안 되겠다, 내가 용한 한의원 알아놓을 테니까 무조건 가서 보약 한 첩 짓자. 서울 시내에서 제일 잘하는 데로 가는 거야!

"마음만 받을게요, 마음만."

어르고 달래가며 어렵사리 전화를 끊었다. 어느새 사위는 캄캄해져서 강은 가로등 불빛에 찰랑거리고 있었다. 서우는 한동안 얄팍한 빛으로 화장한 어둠을 굽어보다가 이윽고 몸을 일으켰다.

반시간 조금 지났을 무렵 그녀는 주차장에 방치됐던 자신의 핑크색 비틀에 몸을 실었다. 그리고 누군가에게 메시지를 보낸 뒤 답을 기다리지 않고 바로 출발했다.

차는 희경의 아파트에서 걸어서 5분 거리의 한 건물 주차장에서 멈췄다. 지갑만 꺼내 들고 차에서 내린 그녀가 향한 곳은 주차장 맞은편에 있는 빌딩의 지하. 계단으로 걸어 내려가서 왼편에 처음 온 사람은 놓치기 쉬운 〈Manierismo〉라고 적힌 작은 간판이 보였다.

마니에리스모. 여기도 희경 때문에 알게 된 곳. 문을 열고 들어서면 보이는 그림이 인상적인 바였다.

"흠."

이번에도 들어서서 한쪽 벽을 가득 채운 그림 앞에서 멈춰 섰다. 조르조 바사리의 〈불카누스의 대장간〉. 복제품치고는 퀄리티가 높다. 선글라스를 쓴 탓인가 더욱 드라마틱하게 보이는 그림에서 어렵사리 눈길을 떼려는 순간, 툭 어깨를 붙잡는 손이 있었다.

소리만 안 질렀다 뿐이지 몹시 놀라서 돌아본 곳에 태승이 서 있었다. 그녀를 보고 그가 눈살을 찌푸렸다.

"선글라스? 이 밤에?"

"…안경을 따로 안 챙겨 나왔어요."

외출이 이렇게 길어질 줄 누가 알았나. 태승도 그녀를 위아래로 훑어보더니 시비조로 말했다.

"안 들어가고 여태 방황한 모양이군."

"원인제공에 상당한 기여를 했다는 생각은 안 해요?"

"몰랐지. 누가 이 정도로 새가슴일 줄."

뻔뻔한 조소에 서우는 기가 막혀 고개를 내저었다. 여전히 어깨에 얹어진 손을 귀찮은 듯 털어내고 안으로 들어가려는 것을 태승의 다음 말이 슬쩍 붙들었다.

"바사리던가? 화제(畫題, 그림의 제목)는 기억 안 나는데."

"불카누스의 대장간이에요."

남이 모르는 걸 가르쳐주고 싶어 하는 건 학자의 고질이다. 태승이 고개를 끄덕이며 그림 하단의 웅크린 남자를 응시했다.

"이쪽이 불카누스고 이쪽은 아테네, 아, 로마식으로는 미네르바지? 멋모르고 처음엔 비너스치곤 묘하다 했었는데."

서우가 태승을 힐긋 쳐다보았다.

"전에 와봤나 봐요. 괜히 열심히 설명했네."

"오늘 처음 온 거 맞는데?"

"그럼 그림은…."

서우는 잠시 말을 멈췄다가 떠보듯 물었다.

"혹시 그림 실제로 봤어요? 어디서?"

"어디긴. 미술관에서 봤지."

"그러니까 어디 미술관?"

"우피치?"

마치 확인하듯 그녀를 돌아보는 태승과 눈이 마주쳤다. 선글라스를 쓰고 있어도 모종의 관심을 머금은 그녀의 눈빛은 감춰지지 않았다.

"피렌체 간 적 있나 봐요."

"갔는데 그게 왜? 피렌체는 너만 갈 수 있는데 아니잖아."

묘하게 방어적으로 나오는 태승의 모습에 서우가 어깨를 으쓱했다.

"그냥 그렇다고요. 우피치 미술관은 나도 자주 갔고. 거기 좋죠?"

태승은 말없이 그림을 돌아보며 고개를 끄덕였다. 서우도 잠시 그림 속 아름다운 여신을 응시했다. 미네르바. 투구를 쓴 비너스는 아마 세상 어디에도 없겠지. 하지만 그건 그것대로 꽤 요염할 것 같다는 생각이 들었다.

"보고 싶네."

무심코 그렇게 중얼거리는 옆에서 태승이 물었다.

"투구를 쓴 비너스?"

"의외로 근사할 것 같아서."

동조의 뜻인지 태승은 확실히 알아볼 정도로 고개를 주억거렸다. 조금은 낯선 느낌으로 서우는 태승의 옆얼굴을 눈에 담았다. 우연히 생각의 흐름이 비슷하게 흘러간 건가?

이윽고 안으로 자리를 옮겨 적당한 구석 자리를 골라 앉았다. 몇 되지 않는 손님도 저마다 동떨어진 섬처럼 떨어져 있어 남의 귀를 염려하는 수고에선 벗어났다. 그래도 주문한 음료가 나올 때까진 벽에 걸린 여러 복제품 따위를 구경하는 것으로 침묵을 지켰다.

"주문하신 진토닉과 위스키 하이볼입니다. 진토닉은….."

서우가 손을 들어 자신의 주문임을 알리고 술잔이 테이블에 놓이기 무섭게 들어 올려 입술을 축였다. 차갑고 쌉싸래한 술맛 뒤로 살짝 감도는 레몬향이 상쾌했다. 이 맛을 온전히 보려고 목이 마른 것도 참고 있던 그녀는 부리에서 입술을 떼지 않고 마지막 한 방울까지 쭉 들이켰다.

"후우."

흡족한 한숨과 함께 잔을 내려놓는 그녀를 태승이 휘둥그레 쳐다보고 있다.

"한 잔 더 필요할 것 같은데. 주문해줘?"

"그럴 필요까진 없고요."

손을 내젓고 서우는 아직 그대로인 태승의 하이볼 잔을 쳐다보며 어서 들라고 손짓했다. 그는 형식적으로 입술만 축이고 도로 내려놓았다. 얼음이 달그락거리는 술잔의 내용물은 거의 줄지 않았다.

"술 강하다고 들었는데."

"마셔야 할 때는 마셔."

지금은 아니고? 서우는 눈썹을 치켜올렸지만 구태여 더 권하진 않았다.

"그럼 바로 본론으로 들어가서, 목걸이를 주실래요?"

태승은 의자에 깊게 등을 묻으며 긴 다리를 꼬았다.

"지금은 없는데."

테이블 옆으로 삐져나온 슬리퍼를 까딱거리며, 마치 농담이라도 하듯

"안 가지고 왔어." 한다. 믿기지 않는 말에 서우가 빤히 바라보자니 태승은 두 손을 들며 "정말로."라고 거듭 맹세했다. 서우가 실소를 터뜨렸다.

"그럼 여길 왜 나온 거예요?"

"네가 오라며?"

"그래서 그냥 몸만 왔어요? 머리가 어떻게 된 거 아냐?"

얄밉도록 뻔뻔한 얼굴에 서우의 언성이 높아졌다. 이제 와서 농담이라 며 목걸이를 내밀어도 짜증이 넘실댈 판에, 여전히 태연하기 짝이 없는 상 대의 태도는 정말로 목걸이 같은 건 가지고 나오지 않았다는 확신이 들게 했다. 그것도 실수로 깜박하거나 한 게 아니다.

'일부러 안 가지고 나온 거야!'

"대체 뭐 하자는 거지? 난 그쪽 머릿속이 상상도 안 가니까 그쪽이 말해 봐요. 이렇게까지 나 엿 먹이는 이유가 뭐예요?"

피식 태승이 웃었다.

"그런 말도 할 줄 아는구나. 수위는 약한데 네 입에서 나오니까 꽤 신랄 하게 들리네. 재미있어."

"재미있어요? 그거 좋겠네요, 어느 한쪽이라도 즐거워서. 그래서 대답 은요? 설마 그쪽 재미를 위해 날 골탕 먹인다가 대답인가요?"

자꾸 높아지려는 언성을 의식적으로 낮춘 대신 말이 다다다 빨라졌다. 태승은 술잔의 부리를 손가락 끝으로 둥글게 쓸어 만지며 묘한 미소를 지 을 뿐 선뜻 입을 떼지 않았다. 인내와 끈기. 줄리아가 삶을 살아가는 중요 한 미덕이라고 가르친 두 덕목이 서우의 내면에서 폭발적으로 빛을 발하 는 순간이었다.

"생각을 해봤는데…."

태승이 느릿느릿 말을 꺼냈다.

"이대론 아무래도 내 손해가 커. 나는 적절한 보상을 받아야겠어."

손해? 보상? 이건 또 무슨 거창한 헛소리야? 어안이 벙벙한 표정으로 쳐다보자 그가 차분히 부연했다.

"약간의 죄책감과 안쓰러움에 휘말려서 지조를 내버린 건 물론 내가 감당할 몫이야. 아주 비싸긴 해도 몰랐던 약점 하나를 발견한 수업료라고 칠 생각이야. 하지만 변절은 다른 이야기지. 그거 알아? 남자들 사이에선 친구 여자를 건드리는 것만큼 끔찍한 터부는 없어. 백서우, 네가 나를 단박에 상종 못 할 쓰레기로 전락시켜준 거라고."

"그거야 들켰을 때의 이야기고…."

"들키지만 않으면 무슨 일을 해도 상관없다고? 그거 너한테도 해당되는 이야기야?"

역지사지하라는 지적에 그만 서우는 뜨끔하며 입을 다물었다. 선비의 얼굴이 괜히 눈앞에서 어른거리다 사라졌다. 절대로 친구 애인을 건드려선 안 된다는 불문율은 남자들 세계에만 있는 게 아니다!

"친구를 배신하는 게 될 거라는 건 그날 밤에도 알았잖아요. 이제 와서 내 탓을 하는 건 억지스러워요. 의사 능력 없는 사람을 내가 억지로 범한 것도 아니고."

하지만 서우라고 할 말이 없는 건 아니다. 그녀의 꼿꼿한 변명에 태승이 엷게 웃었다.

"말하자면 자업자득이다? 오롯한 나의?"

서우는 잠시 눈살을 찌푸렸다가 되는 대로 내뱉었다.

"운이 나빴다고 생각하세요. 그날 나랑 마주친 거부터가 가벼운 횡액이었다고."

"안 그래도 그 운이란 거에는 감사하고 있어. 하지만 너도 조금 더 책임

116

감을 보여주면 좋겠는데."

쿡쿡 웃으며 말하는 그를 서우는 당최 이해할 수 없는 눈빛으로 쏘아보았다.

"내가 뭘 어떤 식으로 책임져야 하는 거죠?"

"기왕 전락한 거, 고래 싸움에 등 터진 새우 꼴은 모면해야겠어. 당하고는 못 사는 성격이라서."

"더 분명하게 말해요. 내가 뭘 어쩔까요?"

술잔 위에서 맴돌던 손가락이 멈추고, 태승의 낮은 목소리가 그녀의 고막을 두드렸다.

"아파트로 와. 하룻밤 더 내 상대를 해줘야겠어."

# 6
# 오만한 요구

하룻밤을 더 상대하라니….

멍하니 태승을 쳐다보던 눈길을 거둔 서우가 물컵으로 손을 뻗었다. 큼 지막한 얼음 한 조각이 들어 있는 냉수가 그녀의 목을 시원하게 적셔주며 아지랑이가 들어찬 것 같던 머릿속도 한바탕 씻어주었다.

"그러니까 지금… 한 번 더 그 짓을 하자고 말하는 거예요?"

과격한 언사가 불쾌했던지 태승이 희미하게 눈살을 찌푸렸다. 그리고 축이는 시늉만 했던 하이볼을 벌컥벌컥 들이켰다. 찰그락 유리컵을 내려 놓는 소리가 거칠게 들린 건 서우의 기분 탓만은 아니었다.

"제대로 들었네. 따로 설명할 필요도 없겠어."

"아뇨, 필요한데요, 설명."

"오, 그래? 어떤 걸 설명해줄까?"

과장되게 놀란 표정을 지으며 태승이 상체를 기울여왔다. 아직 충분하 게 벌려진 간격에도 불구하고 서우는 살짝 움찔했다.

선이 가늘고 흔히들 꽃미남이라고 하는 해사한 인상도 한몫해서 중성적 인 이미지가 강한 희경과 달리 태승은 어느 면으로 보나 남성호르몬의 지

배력이 강하게 느껴지는 남자였다. 외할아버지인 최 교수도 굳이 나누자면 희경 쪽에 가까운 온화한 인상. 다시 말해 딱 이차성징이 있을 무렵부터 익숙하게 알고 지내온 두 남자와는 과가 다른 태승이 아무래도 서우는 불편했다.

그런 태승도 고교 시절, 나아가 대학교 초년생 무렵엔 희경과 크게 다를 것 없이 곧잘 소년티가 묻어나는 사람이었지만…. 돌이켜보면 군대를 경계로 둘의 분위기가 확연히 나뉘었던 것 같다.

일찌감치 군대를 다녀온 희경에 비해 태승의 입영 시기는 다소 늦었던 것으로 기억한다. 서우와 희경이 약혼하고 얼마 안 있어서였지, 아마?

그 후 서우도 피렌체에서 유학 생활을 하느라 한국에 거의 없었기에, 얼굴을 다시 보기까지 2년쯤 걸렸던 것 같다. 이윽고 셋이 마주한 자리에서 두 친구의 격차가 두드러진 게 내심 인상적이었다.

한쪽은 여전히 유쾌한 한량 기질이 살아 있는 소년 같은 웃음을 머금고 있었던 반면 다른 쪽은 몰라보게 벌크업된 체격에 한층 날이 선 기운을 아무렇게나 두르고 있었다. 신부님 소리를 들을 정도로 금욕적인 행동거지는 여전함에도 불구하고 문뜩문뜩 태승에게선 오만한 눈빛이 드러났다.

서우는 희경의 변함없음에 안도하고 낯설어진 태승에게 더욱 경원의 눈초리를 던졌다. 희경은 친구의 변모에 해병대 물이 확실히 다르긴 하다며 상찬하기 바빴지만 서우는 태승을 보며 언젠가 읽은 책이 떠올랐다. 다시 야생에 눈을 떠 숲으로 돌아간 썰매 개의 이야기…. 작가가 잭 런던이었던가? 어차피 생리적으로 안 맞는 사람이라며 그 이상은 깊게 생각하지 않았으나.

그렇게 얽히는 일을 최소한으로 줄여가며 살아온 결과, 아직도 서우는 태승이 낯설었다. 그래서 익숙하지 않은 그의 공간으로 들어가는 순간 돌발적인 긴장에 사로잡히곤 하는 것이다.

주태승과 말을 나누려면 거리가 더 필요하다. 이렇게 두 사람이 마주 앉는 테이블 같은 거 말고 최후의 만찬 그림에나 나올 법한 긴 테이블을 사이에 두고 있으면 좋으련만.

"내가 가장 이해가 안 되는 건요, 어째서 그게 그쪽에게 '보상'이 되느냐 하는 점이에요. 혹시 보상의 개념을 잘못 알고 있는 거 아니에요?"

서우는 손톱만 한 거리라도 더 확보해볼 요량으로 의자 등받이에 한껏 등을 밀어붙이며 딱딱거렸다. 그래 봤자 무심히 턱을 괴며 씩 웃는 태승의 한 방에 무너졌다.

"공연한 염려를 하는군. 하지만 누군가가 내 사고 능력을 의심하는 것도 나름 신선해서 좋네."

공연한 짓 맞다고 서우도 바로 반성했다. 고등학교 2학년 늦가을에 전학생으로 들어와서 졸업생 대표를 맡기까지, 순전히 뛰어난 머리 하나로 난다 긴다 하는 실력자들을 압도했던 인물 앞에서 개념 운운은 우스꽝스럽다.

"뭐 공부 머리랑 다르게 실생활에선 바보가 되는 사람도 없진 않으니까요."

제법 적절한 반격에 태승도 그렇긴 하다며 맞장구쳤다.

"당장 내 눈앞에도 한 명 있고."

나? 서우가 정색을 하고 쳐다보자 태승이 희미한 웃음을 끌어올렸다.

"눈치가 빠르길 하나 육감이 날카롭길 하나. 한 마리 동물로 쳤을 때 생존 능력이 한참 미숙한 거 맞지."

"신랄한 지적, 눈물 나게 고맙군요."

서우는 싸늘하게 웃고 다시금 항변에 나섰다.

"하지만 아주 강한 믿음은 때론 본능이 발하는 일체의 경고를 무시하기도 해요. 나는 희경 오빠를 믿었어요."

"맹신이었지."

그는 단 한마디로 서우의 항변을 부정했다.

서우는 주먹을 움켜쥐며 따져 물었다.

"연인 사이에 믿은 쪽이 잘못이라는 논리가 가당키나 해요? 양비론을 들먹일 데가 따로 있지. 희경 오빠 일이 아니라면 나도 충분히 눈치며 육감 같은 거 쓰고 살아요. 그쪽이 몰라서 그렇지!"

"그래? 그럼 말해 봐, 네 육감이 나에 대해 뭐라고 하는데?"

자못 재미있는 말이라도 들은 양 태승의 눈이 춤을 췄다. 그 깔보는 듯한 눈빛에 위장에 고인 진토닉이 확 끓어오르기라도 한 듯 서우 안에서 불길이 일었다.

"'이 사람 투명하지 않아. 속내를 모르겠어. 아무래도 음험해.'라고 하네요."

입에서 나오는 대로 지껄였지만 과장은 없었다. 자신이 한 말에 새삼 공감하며 속으로 고개를 주억거리기 바빴다.

"하하하!"

태승이 크고 짧게 너털웃음을 터뜨렸다. 이어서 순순히 자신의 실수를 인정했다.

"그러게, 너도 육감이 없지는 않구나. 내가 오해했어. 미안해. 사과받아 줄래?"

"그, 그러죠."

그라는 사람을 안 이래 처음 본 파안대소에 서우가 떨떠름하게 대답하자 태승이 벌떡 일어나더니 다짜고짜 카운터로 가 바텐더에게 무언가 말하고 돌아왔다.

"말로만 하는 사과 재미없지. 같은 걸로 한 잔 더 시켰어."

"그럴 것까진 없는데."

"겸사겸사 나도 한 잔 더 마시고."

"술 생각 별로 없는 거 아니었어요?"

"생겼어. 덕분에."

그게 반가운 일인지 아닌지도 서우는 잘 모르겠다. 하도 화나게 해서 모욕에 가까운 말을 해줬더니, 이상하게 유쾌해진 남자. 역시나 서우에겐 낯선 타입이었다.

그 낯선 인물이 다시금 느긋하게 턱을 받치고 그녀를 쳐다보며 말했다.

"다른 건 몰라도 하룻밤 더 보내자는 건 말 그대로야. 한 번은 내가 네 수단이 되어 줬으니 그 반대도 있어야 공평하지 않겠어? 그럼 최소한 일회용 젓가락처럼 한 번 쓰고 팽개쳐졌던 기분만은 가실 것 같아."

서우는 미간을 찡그렸지만 젓가락의 비유가 매우 적절하다는 것만은 인정했다. 잠시 테이블 모서리를 노려보던 그녀가 물었다.

"오히려 그 바람에 환멸만 더 강해진다면요? 미친개한테 한 번 물리는 건 실수지만, 한 번 더 물라고 팔뚝을 내미는 건…."

푸흡 하며 태승이 웃음을 삼키느라 묘한 소리를 냈다. 그가 어깨를 들썩이며 웃음을 누그러뜨리는 꼴을 서우가 멍하니 보고 있자니, 주문했던 술이 나와서 자리의 긴장이 흩어졌다.

둘 다 퍽 서두르며 술잔을 들어 입으로 가져가선, 경쟁하듯 다 비울 때까지 말이 없었다. 일단 승리자가 된 태승이 서우가 잔을 다 비우기를 기다려 입을 열었다.

"환멸이든 뭐든 내가 감당할 몫이야. 그리고 그 미친개 운운은 머릿속에서 지워버려."

태승의 찌푸린 시선이 서우의 선글라스 언저리를 떠돌다 툭 떨어졌다.

"농담으로도 어울리지 않아. …너 같은 미인에겐."

그날 밤 긴 하루 끝에 샤워를 마친 서우는 수건으로 머리를 말리다 말고 거울과 눈싸움에 빠져들었다. 욕실 거울을 아주 믿는 건 바보짓이지만 욕실 거울처럼 자신을 찬찬히 들여다보기 좋은 것도 없다.

'못 봐줄 정도는 아니긴 하지.'

언뜻 봐선 알아보기 힘들 정도로 곱슬기가 있는 짙은 밤색의 머리카락은 별다른 관리 없이도 결이 좋고 풍성하다. 풍성함을 넘어 숱이 너무 많아 이따금 한 번씩 숱을 쳐줘야 하는 거추장스러움도 있지만, 등을 절반쯤 덮게 기른 지금은 늘어뜨린 머리채가 찰랑거리는 멋을 충분히 자각하고 있다. 비단 희경이 그녀의 소담한 머리카락을 예찬해서가 아니라.

깨끗하고 투명한 살결은 환한 안색의 일등공신. 내심 자부심을 갖고 꾸준히 가꾸는 그녀의 뷰티포인트이다. 가끔 몸이 안 좋으면 귀신같이 큰 뾰루지가 하나 올라와서 속을 썩여도 며칠 지나면 무슨 일이 있었냐 싶게 없어지는 건강한 피부인 것도 좋았다.

"없네…."

그러고 보니 이번엔 얼굴이 너무 잠잠한 거 아닌가 싶어 혹 어떤 조짐이 보이진 않나 바짝 거울에 다가가 살폈지만 의심스러운 곳은 눈에 띄지 않았다. 마사지를 받고 와서 그런지 더 말갛게 윤이 나는 것만 확인한 그녀가 갸우뚱하며 뺨을 쓰다듬었다.

"나 정작 큰일에는 강한 타입인가?"

골똘히 거울 속 자신을 응시하는 눈가에 그늘이 진다. 눈에 띄게 긴 속눈썹 탓이다. 숱이 많고 별나게 길던 아잇적 속눈썹이 커서도 여전해서 짓궂은 애들에게 송아지나 타조라고 놀림을 당하곤 했던 그녀의 콤플렉스이다. 틈 닿는 대로 서툰 손길로 삐뚤빼뚤 속눈썹을 자르기도 하던 걸 줄리아에게 들킨 뒤로 그만둔 바 있다.

'프린세스, 이 고운 속눈썹에 감싸인 네 검은 눈동자가 얼마나 영롱한 보석 같은데. 보석을 지키려고 애써 발돋움해서 키가 커진 애들을 싹둑싹둑 잘라버릴 참이니?'

말을 액면 그대로 믿은 건 아니지만, 그대로도 정말 예쁘다고 말해주는 줄리아의 간곡한 마음이 기뻤기에 서툰 노력에서도 손을 뗐다.

솔직히 줄리아의 시각으로 서우를 보면 안 예쁜 곳을 찾기가 힘들었다. 끝이 살짝 휘어진 코도 줄리아의 말에 의하면 '귀족적'이고 왼쪽 콧볼의 까만 점은 앙증맞고, 윗입술이 조금 더 도톰한 작은 입술도 줄리아에 의하면 새치름한 멋이 있단다. 하다 하다 평범한 계란형의 얼굴을 두고도 매혹적인 하트 모양이라고 하시는 분이니 말 다 했지.

콩깍지라고 생각한다. 흔히들 그녀더러 외조부를 쏙 빼닮았다고 말하지만, 어디까지나 다운그레이드된 버전임을 스스로 자각하고 있다.

하지만 뒤늦을망정 누군가 꾸준히 예쁘다 예쁘다 소리를 해주는 말을 들으며 자란 건 서우에게 긍정적인 영향을 미쳤다. 그녀는 보다 좋은 표정, 좋은 자세를 유지하려는 노력에 익숙해졌고 그것이 실제로 좋은 결과로 돌아왔다고 생각한다.

"넌 볼 때마다 예뻐지네."

인사치레에 불과했을 희경의 말에도 자극을 받아 다음에 만날 때도 꼭, 하며 의욕을 불태우곤 했다.

사진으로 보면 그 변화는 더 드라마틱하다. 줄리아와 할아버지 사이에 앉아 한없이 어색한 표정으로 렌즈 너머를 쳐다보던 열세 살의 소녀를 지금 그녀 옆으로 데려다 놓으면 누구든 한마음으로 같은 걸 떠올릴 것이다.

미운 오리 새끼와 백조.

아름다워졌다.

어디까지나 상대적인 의미로. 결코 자신이 누구나 인정할 만한 미인이 아님은 알고 있다. 꾸미기 나름에 따라 미인이라는 말도 종종 듣지만 오늘처럼 전혀 신경 쓰지 않은 날은 해당 사항이 없다.

누군가를 만날 계산을 전혀 하지 않았던 외출. 옷도 얼굴도 한없이 내추럴했는데.

"미인이라니."

욕실 안에 울리는 말에 괜스레 겸연쩍어 뺨을 붉혔다. 태승이 그 말을 했을 때도 어른스럽지 못하게 당황해선 얼어 있었던 게 떠올랐다.

발갛게 물든 눈가를 매만지며 혹시 그가 눈치챘을까 궁금해한다. 바의 조명도 썩 밝지 않았고 그녀는 선글라스도 쓰고 있었으니 어지간해선 들키지 않았을 것 같은데.

이내 한숨을 쉬며 서우는 잠옷으로 갈아입고 욕실을 나갔다. 씻고 와서 읽으려고 꺼내뒀던 책엔 눈길도 안 주고 침대로 뛰어들었다.

스탠드를 끄고 어둠이 내려앉자 말똥거리는 눈을 떠서 천장을 올려다보았다.

'다시 그 사람과 밤을….'

저도 모르게 아래로 향한 손이 둔덕에 이르렀을 때 퍼뜩 놀라 멈췄지만, 덕분에 그녀의 주의는 완벽하게 그리로 쏠리고 말았다. 오므린 다리 사이로 미묘한 열기가 모여드는 게 실재인지 망상인지 모르겠다. 천천히 다리를 비비적거리며 내내 외면하고 있던 그 밤을 돌이켜본다.

그 밤을 한 단어로 표현하자면 '고통'.

두 단어로 표현하자면 '지독한 고통'.

세 단어로 표현하자면 '몸서리치게 지독한 고통'.

그런 식으로 어느 장면을 잘라본들 쓰디쓴 아픔이 덕지덕지 묻어났지만, 그 순도를 따졌을 때 후반으로 갈수록 점점 흐릿해진 것은 사실이다.

그날 가슴이 너무 아팠던 나머지 그것을 문득문득 압도하는 신체의 아픔은 차라리 상쾌하기까지 했다. 그래서 투정하지 않았다. 이를 악물고 자신을 괴롭히는 상대의 육체에 절박하게 매달렸다.

더, 더 거칠게. 사정 봐주지 말고 마구 범해줘. 그러다 정말 날 찢어도 좋아. 부서져 버리고 싶어, 이대로.

세상에 하나뿐인 줄 알았던 귀하고 예쁜 스노볼이 아무런 예고도 없이 눈앞에서 깨어져 버렸다. 그 잔해를 끌어모아 쑤셔 넣은 가슴에선 심장이 뛸 때마다 파편이 살을 찌르고 뼈를 긁었다. 다시 가슴을 벌려 잔해를 쏟아내지 못하는 대신 그녀는 다른 치명상을 입는 쪽을 택했다.

태승의 말처럼 그렇게 자기파괴에 가까운 복수는 벌에 지나지 않았다. 그에게 뭐라고 그럴싸하게 지껄였건, 자학을 하고 있다는 건 처음부터 끝까지 알고 있었다.

하지만 아무도 다치게 하지 않으면서 무언가를 파괴하고 싶을 때 자신에게 칼끝을 겨누는 것 말고 무슨 답이 있는가? 서우에게 흐르는 나쁜 피가 주위의 들썩거림에 오랜 잠에서 깨기 일보 직전이었다. 다른 방도를 생각할 여력도, 여유도 없었다.

결과적으론 위태로웠던 순간을 무사히 넘겼다. 때문에 유감스러운 마음은 있을망정 일 자체는 며칠이 지난 지금도 전혀 후회하지 않았다.

약간의 유감도 뭐, 시간이 지나면 자연히 사그라질 테고….

라고 편할 대로 생각하고 있었으나 엉뚱하게 나오는 태승 때문에 다시 끄집어내어 들춰보게 되었다.

유감. 말 그대로 약간의 껄끄러움.

솔직히 횟수가 점점 쌓이면서 나중엔 지친 걸 넘어 반쯤 정신이 마비가 됐던 거라고 변명하고 싶다. 마비, 혹은 마취라고 해도 무방하다. 자신을 제어할 수 없을 정도로 뭔가에 취해본 적이 없는 서우로서는 생각의 범위에 한계가 있다.

아마도 한계에 다다랐던지 더 이상은 그녀의 감각이 받아들이길 거부한 고통 너머로 비죽이 얼굴을 들이민… 너무도 엉뚱한 것.

부지불식간에 아랫배 깊숙한 곳을 장난스럽게 비틀어 쥐며 몽글몽글 일어나던 약간의 간지러움이, 냅다 머릿속까지 치고 올라와 훅하고 뜨거운 숨을 불어넣었었다.

어… 이건 대체, 뭐지?

느릿느릿 주목하려는 순간 태승이 그녀의 목덜미를 깨물면서 큰 신음을 연발하는 바람에 주의가 흩어졌다. 비단 신음만이 아니라 그는 숫제 그녀를 압사시킬 것처럼 온몸으로 짓누른 채로 몇 번이고 잘게 몸을 떨었다.

이번에야말로 쾌락이었느냐고 그에게 묻는 목소리는 서우 자신이 듣기에도 형편없이 가라앉아 있었다. 대답 없이 그녀의 머리를 당겨 입 맞추는 태승의 손에 실린 힘에 뒤늦게 그녀도 가늘게 몸을 떨었다. 어쩌면 이 남자는 지치지도 않을까, 설마 세상 남자들이 다 이런 건 아니겠지….

순진을 넘어 어리숙한 의심을 던지며 더는 버티지 못하고 혼절하듯 잠이 들었다. 그 후로도 잠결에 몇 번이고 몸을 섞었으나 기계적으로 눈을 뜨고 태승에게 흔들렸을 뿐, 뭔가 느낄 만한 힘이 남아 있지 않았다. 하다

못해 아픔조차도.

태승이 멋지게 기력을 바닥내준 덕분에, 서우는 꿈조차 없이 깊은 잠을 자고 깨어났다. 그 때문인지 서둘러 아파트를 빠져나오기 무섭게 전날 밤의 일들이 다 꿈만 같이 여겨졌다. 온몸에 남은 근육통이 그녀의 현실도피에 브레이크를 걸었지만, 그날 밤 일을 대충 뭉뚱그려 한 덩이로 만드는 것까지 막지는 못했다.

주태승과 잤다. 아프고 힘들었다. 끝.

그 이상의 무언가를 남길 마음은 추호도 없는데, 생각이란 녀석은 의지와는 따로 놀 때가 있다는 게 문제였다. 아주 잠깐 피어올라 주인을 어리둥절하게 했던 생경한 감각에 대한 의문이 한사코 사고의 언저리를 떠돈다.

더욱이 태승의 제안과 대면한 지금, 그것은 소수파 진영에 서서 찬성을 외치며 점차 볼륨을 높여가고 있다.

'확인해볼 기회잖아. 단순한 착각인지 아닌지.'

'한 번 더 한다고 뭐가 달라져? 어차피 같은 주태승인데.'

'그러니까. 한 번 했는데 두 번이 대수야?'

서우는 쓰게 웃으며 옆으로 돌아누웠다.

고작 그런 걸 확인하겠다고 태승과 다시 잘 생각은 없다. 그녀는 분명한 도덕률을 세우고 사는 어엿한 성인이다. 일탈은 한 번으로 족했다.

태승은 다른 보상으로 만족해야 할 것이다.


[아니, 다른 보상은 필요 없어. 내가 원하는 건 그대로야. 생각해볼 시간을 준 건 여전히 유효하니까 다시 생각해.]

서우는 태승의 메시지를 빤히 바라보았다. 저절로 액정이 흐려지다 아

128

에 화면이 꺼질 때까지.

바(bar)에서 그녀는 확고한 거부 의사를 밝혔다.

*안 될 말이에요.*

*되게끔 해. 생각해볼 시간이 필요하다면, 사흘 줄게.*

*사흘을 주든 삼백 일을 주든 내 결정은 똑같을 걸요. 난 이제 더 이상 그쪽이랑 잘 이유가 없어요.*

*나한텐 있어.*

*처음엔 없었잖아요. 없다가 생긴 거니까, 도로 없어질지도 모르죠. 그쪽이야말로 생각할 시간을 갖는 게 좋겠어요.*

*생각이야 해볼게. 돈 드는 것도 아니고.*

느긋하게 웃는 입가와 달리 선이 날카로운 눈은 경고를 하고 있었다. 어설픈 몇 마디 말로 그를 설복시킬 수 있을 거란 기대는 일찌감치 버리라고.

물론 그 자리에서 태승이 제안을 철회할 거란 기대 같은 건 하지 않았다. 서우는 생각할 시간을 벌었고, 그 시간이 흐른 후에 처음부터 정해진 답을 내놓을 심산이었다. 도중에 틈틈이 난색을 보이며 부정적인 흐름을 굳히는 작업도 하고.

태승이 전혀 상대해주지 않아도 상관없었다. 그저 그의 뇌리에 '무리한 요구'라는 암시를 심어주는 정도로도 좋았다.

사실 그런 정지작업 없이도 태승이 가장 잘 알 터였다. 두 번은 없을 일, 없어야 하는 일을 그가 막무가내로 밀어붙였다는 것쯤.

그러한 억지는 아무래도 주태승답지 않아서 서우는 다른 방향으로 의문의 나래를 펴보기도 했다.

'노리는 게 따로 있나? 음… 그렇다고 한들 그 남자가 노릴 만한 게 뭔지

짐작도 안 가는데.'

아는 것 같아도 잘 모르는 사람이란 걸 새삼 실감하며 서우는 한숨을 쉬고 메시지를 작성했다.

[생각할게요, 그러니까 그쪽도 생각해봐요. 달리 보상이 될 만한 것. 생각하는 자체는 문제될 게 없잖아요? 누구 말처럼 돈 드는 것도 아니고.]

[의미 없어. 꿩 대신 닭도 경우 나름이지.]

[그러니 더 심사숙고할 시간을 가져야죠.]

[원하는 게 확실한데 다른 게 눈에 들어오겠어? 정해진 답을 왜 외면하란 건데?]

바늘 하나 들어갈 구석 없는 철벽 앞에서 서우는 애꿎은 입술만 잘근거렸다. 시간에 쫓겨 어쩔 수 없이 써 보낸 말은 암만 봐도 수준 미달이었다.

[원하는 걸 다 가질 수 있는 사람은 세상에 없어요.]

다시 봐도 한심한 말에 미간을 문지르고 있자니 약간의 간격을 두고 태승의 답이 돌아왔다.

[맞아. 우리만 봐도 한쪽이 뜻을 이루면 다른 한쪽은 뜻이 꺾이는 게 될 테니까.]

거기에 그녀가 무언가 대꾸하기도 전에 태승의 말이 이어졌다.

[결국 내가 이길 거야. 지는 게임엔 취미 없거든.]

[게임이요? 이게?]

[뜻이 다른 두 사람이 힘겨루기를 하고 있는 상황을 그럼 뭐라고 부를까? 더 적합한 표현이 있다면 말해봐. 따를게.]

겨우 찾아낸 시빗거리가 그렇게 또 서우의 말문을 막히게 했다. 간밤에 잠을 설친 탓에 머리가 제대로 안 돌아가는 거라고 변명을 해보지만 그런 사정 따위 태승이 알 리 없다. 호된 패배감에 젖어 푸념의 몇 마디를 돌려

보냈다.

[그것까지 포함해서 생각해 볼게요. 아무튼 그쪽도 머리를 좀 식혀 봐요.]

[나는 됐어. 내 이성은 지금도 충분히 냉정해.]

[그거, 부럽네요. 그럼 나는 실컷 생각을 해야 해서.]

소통 끝을 알리는 성의 없는 맺음말이었으나, 모르는 건지 모르는 체하는 건지 태승의 대꾸가 이어졌다.

[막 요리학원 가려고 나서던 참이야. 요리수업 받고, 헬스장 가서 땀 좀 빼고 학원에서 만든 걸로 배 채우면 오후가 대충 일단락될 것 같은데. 너는?]

요리수업 소리에 동그래진 눈을 깜박거리던 서우가 머뭇거리다 보낸 답은, 한층 진일보한 무성의였다.

[공부해요.]

[자리를 털고 일어나기 무섭게 면학이라니 훌륭하긴 한데, 운동 같은 건안 해? 요즘은 등산도 거의 안 간다며.]

등산 이야기…. 딱히 운동에 취미가 없어 숨쉬기 말고는 전혀 관심 없는 서우도 외조부인 최 교수가 등산에 데리고 다니는 것만큼은 사양하지 못했다. 산은 정말 싫지만 할아버지의 뜻이라면야! 하지만 그러한 극기의 결심도 줄리아의 병환 때문에 흐지부지된 지 꽤 오래.

이것도 희경이 날랐겠지? 서우는 미간의 주름을 꾹꾹 누르며 자판을 두드렸다.

[생각 중이에요. 우선은 여름이나 보낸 다음에.]

[아직 여름 가려면 멀었는데. 아무튼 알겠어. 방해하지 않을 테니 다시학업으로 돌아가십시오, 프린세스.]

서우는 어이없어하며 그 호칭에 대해 한마디 하려다가 간신히 그만두고 휴대폰을 밀쳐놓았다. 한두 번 못 들은 체했더니 당연한 듯 들먹거린다. 다음에도 또 그러면 그건 줄리아 전용이라고 따끔하게 한마디 해줘야지, 다짐하면서 읽다 만 책을 집어 들었다.

그러나 가름끈을 젖혀 책을 펼친 지 얼마 안 되어 불쑥 뭔가를 되새김질하며 갸웃했다.

"요리수업?"

사람은 겉보기만 봐선 모른다고 이해하고 넘어가려고 해도 자꾸만 그 말이 떠올라 애를 먹었다. 하물며 곁들여 떠오르는 영상은 어쩌면 그리도 안 어울리는지.

"으으, 백서우, 정신 차리고 공부하자."

머리를 세차게 흔들어 잡념을 털고 책의 글귀에 집중해본다. 다행히 롤모델이자 우상인 이탈리아 경제사학자 카를로 M. 치폴라는 어렵잖게 서우를 책 속 세상으로 끌어들였다. 벌써 몇 번을 읽었는지 기억도 안 나는 책이 여전히 재미있어서 그녀는 반짝반짝 눈을 빛냈다.

하지만 그 즐거운 한때를 눈치 없이 방해하는 전화가 걸려왔다. 별 전화 아니면 무시하려고 더듬거리다 휴대폰을 손에 쥔 서우가 이내 튕기듯 반듯하게 고쳐 앉으며 전화를 받았다.

"네, 어머니. 서우예요. 잘 지내셨어요?"

―그래, 막내야. 나야 잘 지내지. 아팠다면서? 몸은 괜찮고?

서우를 스스럼없이 막내라고 부르는 서글서글한 목소리의 주인은 다름 아닌 희경의 모친 송 여사였다.

인정 많고 마음 씀씀이가 시원스러운 그녀는 긍정의 힘이란 말이 유행하기 훨씬 전부터 특유의 쾌활한 감화력으로 일가를 이끌어왔다. 만석꾼이라는 허명도 옛말이요, 쇠락 일로의 종갓집 맏며느리로 와서 억척스레 농사지어 식솔을 거두고, 돌다리를 두들기다 못해 일일이 뜯어보는 조심성 많은 남편을 고무하여 사업을 일으키는 데도 일조했다. 힘들고 어려운 순간이 닥쳐도 껄껄 웃으며 이 고비만 넘기면 다 잘될 거라고 부군의 등을 떠밀어준 이 화통한 마나님을, 부군인 최명환 회장은 우리 집 재복신이라며 애지중지할 정도다.

실물을 보면 '이 사람이?'라고 묻고 싶을 정도로 자그마한 체구에 웃는 얼굴이 다정스러운 노부인. 자식 교육에는 몹시 엄한 구석이 있어서 호랑이 엄마로 통했지만 쉰 다 되어 낳은 늦둥이인 막내 희경에게만큼은 회초리 한 번 든 적 없을 정도로 물렀다. 손주나 다름없는 나이 차이도 차이려니와 별나게 애교 넘치는 희경의 처신도 호랑이 엄마의 이빨을 뽑는데 한몫한 것이리라.

그렇게 귀여워하는 막둥이에 대한 사랑은 그 짝으로 점찍어 놓은 서우에게도 아낌없이 흘러왔다. 철철이 옷이며 가방을 사주려 하는 것은 기본이요, 좋은 곳이 있으면 데려가고 맛있는 것이 생기면 불러들여 먹이려 하고. 또래의 손자 손녀들이 샘을 내서 요즘 여자들은 그렇게 시어머니 될 사람이 자꾸 보자는 거 반기지 않는다고 거듭거듭 주입을 해서 근래엔 좀 뜸해진 편이다.

"몸살이 좀 있었는데 깨끗이 나았어요. 공연히 걱정시켜 드렸나 봐요."

―여름 타는 건 아니고? 희경이한테 한의원 알려주긴 했는데 역시 내가 데리고 가야지 싶어서. 우리 가족은 봄가을로 약 지어 먹거든. 희경이 갠 한약 냄새 싫다고 도망 다니더니 네가 아프니까 얼른 달려와 어딘지 알려달라고 보채더구나.

"네에…. 오빠도 참, 별거 아니랬는데."

웃으며 흉보듯 하는 말씀에 서우는 씁쓸한 웃음을 깨물었다. 송 여사가 말했다.

—차라리 잘됐지 뭐니. 희경이가 한의원 가자고 하면 아무 말 말고 잠자코 따라가는 척하고 나한테 슬쩍 연락하렴. 우연인 척 따라가서 이참에 너희 둘 다 보약 좀 챙겨 먹이게.

"오빠가 알면 또 자기 바보 만들었다고 토라지겠는데요."

—토라지면 좀 어때. 보약 먹으면 지가 좋지 내가 좋나?

알 바 아니라는 듯 껄껄 웃는 웃음소리가 변함없이 호탕했다. 여기서 서우가 저도 한약은 좀, 하고 몸을 사리는 건 아무 의미 없는 반항이다.

—참 그건 그렇고, 다음 주 월요일이 희경이 생일이구나.

"네, 그러고 보니 이즈음이었죠."

서우는 의자에서 일어나 탁상달력을 보러 갔다. 양력 생일은 외우고 있지만 송 여사가 챙기는 것은 음력 생일이다. 희경은 그래서 생일을 두 번 챙겼다. 하루는 낳아주신 부모님을 위해 봉사하는 날이요, 다른 하루는 자신이 즐기는 날이다.

부모님을 위한 봉사라는 게 의외로 댄스파티이다. 말로만 생일파티라고 할 게 아니라 제대로 춤추고 놀자, 라고 주창한 사람은 다름 아닌 송 여사. 평소엔 깔끔한 개량한복으로 지내는 노부인이 사실은 가슴 속에 무도회를 동경하는 소녀 같은 마음을 가지고 있다는 게 재미있다. 그것도 별채에 그럴 용도로 꾸민 볼룸(ballroom)을 따로 둘 정도로 본격적이었다.

—월요일은 아무래도 그러니까 그 전날인 일요일에 모이자고 했는데 너는 시간 괜찮겠니?

"그럼요. 전처럼 저녁 6시까지 준비해서 가면 될까요?"

—그것도 좋고, 한 시간 더 빨리 와서 내 말벗이 돼줘도 좋고. 얼굴 본 지

오래돼서 서우 예쁜 얼굴도 가물가물하구나.

"네, 어머니. 곱게 단장하고 일찍 찾아뵐게요."

빈말이 아니라 정말 보고 싶어 하는 기색이 물씬 묻어나는 말씀에 서우는 가슴 속이 몽글거렸다. 누군가 그녀를 소중히 여기며 그리운 마음을 품어준다는 것은 행복하고 감사한 일이다.

―실은 데이트도 할 겸 예쁜 드레스도 사주고 싶었는데 희경이 이 녀석이 펄쩍 뛰지 뭐니. 엄마가 골라주는 드레스는 촌스럽다며 늙은 어미 가슴에 못이나 박고. 얘, 정말 내가 골라주는 옷은 촌스럽니?

"전혀요. 어머니, 이번에 갈 때 전에 사주신 하늘색 드레스 입고 갈 테니까 한번 보세요. 아마 파티장에서 제가 제일 예쁠 걸요?"

―호호호, 그래. 그 옷 정말 잘 어울렸지? 하지만 기왕이면 새 옷을 입어야지. 희경이한테 너 예쁜 꼬까옷 사주라고 용돈 듬뿍 쥐어줬단다. 이번엔 걔한테 한번 골라달라고 해보렴. 어디, 그 날라리 녀석 안목이 어떤지 한번 봐야겠다.

자못 벼르듯이 말하는 소리에 서우는 잘게 웃음을 흘렸다.

통화를 끝내고 휴대폰 스케줄러를 확인하자 희경의 음력 생일이 이미 입력되어 있었다. 전이었다면 송 여사의 전화가 오기 전에 기억하고 먼저 전화를 드렸을 것이다. 무도회를 동경하는 소녀의 마음을 가진 건 송 여사만이 아니니까. 드레스를 골라두고, 며칠 전부터 줄리아와 함께 춤 연습을 하는 등 이미 축제 분위기였을 텐데.

"후우…."

지금은 소식을 듣고도 시큰둥하게 목덜미를 쓰다듬는 게 고작이다. 마음 써준 송 여사에게는 미안하게도. 그런 중에 문득 허전한 목덜미에 생각이 미쳤다.

"아, 목걸이!"

의욕이 없는 건 어쩔 수 없지만, 목걸이가 없는 건 달랐다. 한여름에 목을 촘촘히 덮는 디자인의 드레스를 입을 수도 없는 노릇. 결국 그 전에 목걸이를 찾아야 한다는 소린데.

서우는 터벅터벅 걸어가 안락의자에 몸을 구겨 앉았다. 머리를 감싸 쥐고 생각해봤지만 그런다고 뾰족한 수가 떠오르진 않았다. 그렇다면….

"책이나 읽자."

다시 치폴라를 읽었다. 한동안 치폴라 주간이 이어지겠구나 하는 막연한 예감 속에.


―공주님, 내일 4시까지 집으로 갈게.

그날 밤 자장가를 불러주겠다며 전화한 희경이 마지막으로 내놓은 달콤한 약속. 서우에겐 또 하루, 잠 못 이루는 밤이 보태졌다.

7
상처

"공주님."

희경은 흘러넘칠 듯 커다란 장미 꽃다발과 함께 왔다. 핑크 장미가 모자랐는지 흰 장미가 삼분의 일가량 차지한 꽃다발을 서우가 넘겨받을 때, 그는 뺨에 쪽 입 맞추며 부드럽게 웃었다.

"보고 싶어서 눈병 나는 줄 알았어. 봐, 나 진짜 눈 좀 빨개졌지?"

자세히 보라는 듯 쌍꺼풀이 또렷한 큰 눈을 깜박거리며 그녀에게 고개를 기울여왔다. 다정한 미소가 그의 밝은 갈색 눈동자에도 가득했다.

웃을 줄 아는 남자였다. 단순히 기분 좋게 주위를 밝히는 정도를 넘어 곁에 있는 이의 가슴에 온기를 불어넣어 안심시키고, 고무시키는 마술적인 힘마저 지닌 그런 웃음. 희경이 가진 산뜻한 외모는 바로 그런 웃음의 힘으로 극대화됐다. 그와의 사이에 '배신'이라는 어두운 차단막을 드리운 지금조차도 서우는 그가 눈이 부셨다.

'공연한 걱정이었네.'

아파트에서 그런 일이 있고서 처음 대면하는 자리였다. 아예 몰랐던 때처럼은 못해도 최대한 덤덤하게 대할 작정으로 희경이 찾아오기 몇 분

전까지도 마인드컨트롤을 하느라 급급했는데, 막상 맞닥뜨리자 결과는 의외였다.

분노의 광기는커녕 허탈할 정도로 그를 보는 심정이 평온했다. 애쓰지 않아도 그의 사랑스러운 웃음을 대하여 벙긋 마주 웃을 수 있었다.

우습게도 저번 날 아파트에서 알게 된 부정不淨한 희경과 지금의 눈부신 희경이 전혀 다른 사람인 것처럼만 느껴졌다. 당연히 그날 아파트에 있었던 백서우와 지금의 자신도 같은 사람으로 느껴지지 않았다.

"좀 빨갛긴 한데 이거 어제 술 먹고 달려서 그런 거 아니에요? 솔직히 말해봐요. 어제 몇 시에 집에 들어갔어요?"

"어… 그렇게 늦게 안 들어갔는데. 왜? 나한테서 술 냄새나?"

하아 하고 얼른 고개 돌려 입 냄새를 확인해보는 그를 새침하게 흘겨보는 척하며 묻는다.

"그걸 일일이 확인해봐야 알아요? 늦게 들어간 거 맞네. 설마 해 뜨는 거 보고 들어갔다거나!"

"아냐, 아냐, 해는 아직 안 떴었어! 으음, 씻고 자려고 보니까 해가 뜨더라. 하지만 여름 해는 빨리 뜨잖아."

"아아, 여름 해는 빨리 뜨는 걸 내가 몰랐네? 나 진짜 이런 남자랑 결혼해도 괜찮은지 몰라."

짐짓 크게 한숨을 쉬며 돌아서는 서우를 따라오며 희경이 어설픈 변명을 늘어놓았다.

"아직 방학 기분 내는 거야. 아직 7월이잖아, 응? 8월 되면 정신 차리고 공부든 뭐든 할게. 약속, 맹세! 나 놀 땐 들입다 놀지만 공부할 땐 공부하는 베짱이인 거 너도 알면서."

그러니까 결국 본질은 베짱이라는 고백. 서우는 고개를 설레설레 저으

138

며 어깨너머로 희경을 돌아보았다.

"알죠, 위급하다 싶으면 실력 발휘하는 거. 근데 오빠는 놀고 공부하는 그 배분이 너~~무 공평한 거 알아요?"

"나도 균형 감각이란 게 있으니까. 공평하게 둘 다 해나갈 수 있으면 좋은 거 아냐?"

"오빠 재능이 받쳐주는 동안엔 별문제 없겠죠. 하지만 나중엔 후회할지도 몰라요. 어중간하게 논 것도, 어중간하게 키운 재능도. 사람의 황금기는 영원하지 않고, 재능을 갈고닦아 최고치를 갱신할 수 있는 시간은 그보다 더 짧은 게 보편적이죠."

"요즘은 백세시대야, 내 황금기는 이제 막 시작되었는걸!"

아무래도 황금기에 대한 두 사람의 견해가 다른 모양이지만 굳이 그것을 물고 늘어지지는 않았다.

확실히 서우와 달리 희경은 인생을 길게 내다보는 경향이 있다. 일흔을 훌쩍 넘긴 연세에도 젊은 사람처럼 총기도 여전하고 정정하신 부모님과 병치레 없는 형제자매들을 보고 자란 유전자의 강인함인지도 몰랐다.

그에 반해 서우는 한차례 암 수술을 이겨내고도 늘 혈압에 주의를 기울여야 하는 최 교수와 잔병치레는 있어도 큰 병은 모르고 살던 줄리아가 뜻밖의 병으로 시나브로 스러져가는 모습을 지켜보며 살고 있다. 장수는 그것을 지탱할 만한 건강이 뒷받침되어야 복이 되는 법. 백세시대란 말은 그녀에게 크게 와 닿지 않았다.

게다가 세상을 뜬 어머니와의 나이 차도 이제 열세 살에 불과하다. 마흔도 못 채우고 세상을 등진 사람의 황금기는 과연 언제였을까? 서우는 불현듯 그런 의문에 휩싸여 본채의 현관에 들어섰다.

"두 분이 함께 외출하셨댔지?"

"네."

"요즘엔 줄리아가 제일 행복하겠어. 숙부께서 은퇴한 덕분에 데이트 나갈 일도 자주 생기고. 오랫동안 책한테 양보했던 연인을 비로소 되찾은 기분 아닐까?"

희경이 속 모르는 소리를 하는 것을 한 귀로 흘려들으면서도 서우 또한 약간은 동조하는 기분이 되었다.

물론 줄리아는 책에 질투나 느낄 옹졸한 사람은 아니다. 그녀의 사랑은 바다 같아서 할아버지가 사랑하는 모든 것을 함께 포용하여 사랑할 줄 알았다. 하지만 사랑하는 사람을 다른 것과 나누지 않고 오로지 홀로 독점하는 기쁨 또한 때로는 누리고 싶었으리라. 여자니까. 아니 사람이라면 누구나 사랑하는 상대에게 그런 마음을 조금은 품지 않을까?

'적어도 나는.'

뒤따라오는 희경을 의식하며 서우는 꽃다발에 코를 묻었다. 아름다운 장미 향기에 끌리듯이 저이에게 끌렸고, 장미를 꺾어 곁에 두고 싶은 마음으로 저이 또한 곁에 두고 싶었다. 그 해사한 모습도, 미소도, 향기도 오로지 내게만 보였으면 하는 욕심은 더할 수 없이 이기적이어서 어쩐지 더 애달파지는 것이다. 그만큼 사랑하니까, 라고 확인하며 연심은 공고해지고.

그 일련의 과정에 다른 데 한눈팔 틈은 없었다. 내내 충실했고, 그 충실함에 지루함을 느껴본 일도 없었다. 으레 희경도 그럴 것이라고 믿었다. 그를 향해 크게 뜨여 있던 그녀의 눈은 대체 뭘 보고 있었던 걸까?

"어? 장미다. 아직 싱싱하네."

거실을 힐끗 들여다본 희경이 말한 것처럼 서우의 눈에도 아직 싱싱한 장미로 가득한 화병이 보였다. 며칠이 지났음에도 처음 받았을 때보다 더 탐스럽게 꽃송이가 벌어져 지금이야말로 절정이니 날 좀 봐달라고 태승이 가져온 장미가 부르짖고 있었다.

여유분 화병이 달리 없다는 게 기억나, 대신 쓸 만한 컵이 있을까 주방으로 향한 서우는 거기서 또 식탁 위에 놓인 풍성한 장미꽃병과 마주쳤다. 어째서? 저건 틀림없이 안방 침실에 가져다 두지 않았나?

꽃이 만개하면서 향이 점점 진해지는 나머지 지난밤에 최 교수가 주방에 가져다 둔 사정을 모르는 서우가 다소 당황해 있는 옆에서 희경이 시무룩한 목소리를 내었다.

"여기도 장미가! 어쩐지 내 꽃보다 더 좋아 보이네. 어디서 샀어? 서우네가 산 거 아냐?"

"지나치는 길에 사서 딱히 상호는 기억 안 나요."

그냥 자신이 산 걸로 둘러대며 서우는 짧은 고민 끝에 박힌 돌을 파낼 결심을 했다. 그녀가 화병을 싱크대로 가져가 꽃을 뽑아내는 걸 본 희경이 손을 저으며 참견했다.

"아직 싱싱해 보이는데 왜. 내 건 드라이플라워로 말려도 돼. 오기 전에 꽃 사도 되냐고 안 물어본 내 실수지 뭐."

"괜찮아요. 이건 별 의미도 없는걸요. 아, 거실에 있는 화병도 가져다줄래요?"

그녀의 부탁에 희경이 재빨리 주방을 나갔다. 말로는 사양했지만 제 선물이 뒤로 밀리지 않아서 안심하는 눈치였다.

되돌아온 희경은 식탁 의자에 앉아서 그녀가 꽃꽂이하는 것을 지켜보다가 그새 눈에 띄었던지 목걸이는 어쨌느냐고 물었다.

"세척 맡겼어요. 줄리아 거 맡기는 김에 같이."

"아, 이런 것도 세척이 필요하구나. 은이 아니니까 괜찮을 줄 알았는데. 나도 한번 해야 하나?"

준비해둔 대답을 희경은 의심 없이 믿는 눈치다. 끼고 있던 약혼반지를 뽑아 들어 찬찬히 살펴보던 그는 누군가의 메시지를 받고 그때부터 쭉 채팅에 전념했다. 빙글빙글 개구쟁이처럼 웃는 입매가 심상찮아 서우가 몇 번이고 쳐다보노라니 마침내는 그가 키득거리며 그녀에게 보고했다.

"재밌는 소식 알려줄까? 음, 네가 관심을 가질 주제가 아니긴 한데 그래도 좀 재밌을 거야. 들을래?"

"해봐요."

"세린이 알지? 왜 우리 팔각 멤버 중에…."

"눈꼬리에 점 있는 섹시하게 생긴 여자? 홍세린이잖아요."

서우가 정확하게 짚었던지 희경이 손가락을 튕겼다. 이어서 그가 목소리를 낮춰 엄청난 특종이라도 이야기하듯 속닥거렸다.

"우리끼리는 걔보고 마성의 여자라고 하거든. 썩 대단한 미인도 아닌데 주위에 남자가 끊이질 않아. 본인도 골치 아파서 굿 좀 해야겠다고 인정할 정도니 말 다했지."

"그런 사람이 간혹 있죠."

"근데 굿이니 뭐니 하는 소리도 말뿐이고 당사자는 꽤 즐기는 모양이더라고. 보는 눈도 높아서 남자들 레벨도 상당하고 말이야."

"맺고 끊음만 확실하다면야 어떻게 살든 자기 마음이니까…."

덤덤히 중얼거리면서도 조금 심사가 어지러워지는 것을 서우는 꽃을 고르는 손을 빨리하는 것으로 덮어본다. 그런 걸 알 리 없는 희경이 여전히 들떠서 재잘댔다.

"또 하나, 곧 죽어도 자기가 먼저 대시하는 일은 없다고 당당하게 선언하던 녀석이거든. 근데 걔가 지금 자기한테 눈길도 안 주는 남자한테 꽂혔다는 거 아냐. 몸이 제대로 달아서 나한테 어떻게든 다리 좀 놓으라고 며칠

째 들볶고 있다니까?"

"오빠가 다리를?"

그 말에서 상대 남자가 희경도 잘 아는 사람일 거란 추측이 가능했다. 희경의 교우관계라면 거의 망라하고 있는 서우가 머리를 굴려보았지만 딱히 누구라고 번득이는 사람은 없었다. 다들 고만고만하게 잘나서 누가 돼도 이상할 건 없고.

"누군지 몰라도 임자 있는 사람이면 패스해요. 엉뚱하게 원망 살라."

"그건 상도덕이지! 걘 그런 걱정 전혀 없는 놈이야. 오히려 다른 걱정은 있어. 처음부터 너무 센 애를 붙여줘도 되나 싶은 게."

"처음?"

힐긋 고개를 든 서우의 눈과 희경의 장난기 넘치는 눈이 마주쳤다. 그러자 마치 어떤 계시처럼 그녀의 뇌리에 이름 하나가 떠올랐다.

"설마 주태승…?"

희경이 또 한 번 손가락을 요란하게 튕기며 "정답!" 하고 외쳤다. 서우는 얼얼한 표정으로 "왜?" 하고 중얼거렸다.

"왜라니, 태승이가 들으면 섭섭하게. 걔가 인기가 없어서 솔로인 게 아냐. 은근히 노리는 여자가 얼마나 많았는데. 대놓고 작업한 여자는 없게? 그런 거 다 무시하고 꿋꿋이 솔로니까 신부님인 거지."

경건하게 성호를 긋는 시늉까지 한 희경이 진지한 얼굴로 이번엔 제대로 좀 푸시해줄까 생각 중이라고 밝혔다.

"세린이가 쌓인 내공이 있어서 쉽게 물리치진 못할 거야. 여자가 리드하는 게 의외로 태승이한텐 어울릴 것 같다는 생각도 들고."

그 사람이 과연 여자에게 리드를 맡길까? 회의적인 생각을 품어보면서 서우는 물었다.

"생각만 하는 게 아니라 이미 실행 단계로 넘어간 것 같은데요? 둘이서 뭔가 꾸미는 게 있는 눈친 게."

"역시 우리 공주님은 못 속여. 실은 이미 만남의 장을 조성했지."

희경이 뒷주머니에서 꺼낸 지갑을 펼쳐 무언가를 빼 들었다. 그의 손에서 팔랑거리는 종잇조각을 유심히 쳐다보며 서우가 말했다.

"무슨 티켓 같은데. 영화표는 아닌 것 같고… 독주회?"

"피아노 독주회 티켓이야. 지은이한테 강매 당한 걸 이렇게 써먹는다, 내가."

유학을 갔어도 모교인 음대 지인들과 돈독한 친분을 자랑하는 팔각 멤버 유지은에게 코가 꿰여, 희경은 곧잘 이런저런 음악회 티켓을 뭉텅이로 떠안아 오곤 했다. 덕분에 서우도 그와 함께, 혹은 가족 동반으로 종종 연주회 나들이를 갔다. 이번에도 한국에 들어와 있는 지은에게 쏠쏠한 지갑 노릇을 해주었구나 하며 서우는 약간의 회의를 드러냈다.

"설마 공짜표 주고 가보라고 해서 현장에서 마주치게 할 셈은 아니죠? 그건 너무 우연에 기대는 건데."

"당연하지. 우연이란 놈이 끼어들 자리가 없게 아예 내가 데려갈 거야. 태승이도 그러기로 했어."

"간대요? 흐응, 그런 데 취미가 있었나."

"가지 않을 수 없게 내가 미리 밑밥 좀 깔았지. 그러니까 서우야, 같이 가자."

별안간 그녀까지 포함된 꿍꿍이에 서우의 눈이 동그래졌다. 그냥 해본 말인가? 하며 쳐다봤지만 가자고 설득하는 희경의 태도는 꽤 절실했다.

"둘이 간 자리에 덜렁 세린이가 나타나면 짜놓은 각본 냄새가 풀풀 나잖아. 좋은 일 하는 셈 치고, 응?"

"나도… 나도 가는 걸로 말을 해놓은 거예요? 벌써?"

서우는 당황스러운 나머지 말을 다 더듬었다.

"했다니까?"

희경이 천연덕스럽게 눈을 깜박이며 대꾸했다. 서우가 우두커니 꽃을 내려다보고 있자 그가 달래듯이 웃었다.

"불편해서 그래? 하긴 걔 까다로운 성격이야 어디 갔겠냐마는, 그래도 전만큼은 아니야. 제법 둥글둥글해진 게 관록이 붙었다고 해야 하나. 아! 그리고 태승인 진짜 싫은 사람이면 상대도 안 해. 코앞에 있어도 투명인간 취급하는 게 얼마나 살벌한데. 너한테 데면데면한 정도는 댈 것도 아니야."

태승이 서우에게 떨떠름하게 구는 것, 희경도 모르지 않았다. 간신히 무례를 면할 정도로만 알은체하는 것에 희경이 기왕에 조금만 더 호의를 베풀라며 태승에게 농처럼 지적한 일도 있지만 도리어 그 뒤로 더 찬바람이 쌩쌩 돌아서 희경도 두 손 들었더랬다.

―아무래도 저 경건한 녀석을 네가 시험에 들게 하는 모양이야.

언젠가 희경이 위로랍시고 한 말이 별안간 선명하게 떠올라 서우는 세차게 머리를 흔들었다. 그러는 중에도 희경의 말은 계속 됐다.

"오늘만 해도 그래. 너 가는 자린 거 알아도 걘 별말 없었다고."

"정확하게 뭐라고 했는데요?"

"뭐라긴. 걔가 여자친구나 데리고 가라기에 당연히 서우도 간다, 그랬지."

"그랬더니?"

"그러냐? 하고 말던데."

그러냐? 하고 말았다고…. 생각이 많아진 서우의 눈길이 장미 위를 떠돌았다. 일견 아무렇지 않은 척 장미를 손질하고는 있으나.

"아!"

작은 탄성을 내며 서우는 오른손을 들었다. 희미하게 따끔거리는 오른손의 검지를 들여다보노라니 잠시 후 빨간 핏방울이 맺히기 시작했다.

"왜 그래? 가시에 찔렸어?"

"조금."

"얼른 씻어! 장미 가시가 얼마나 위험한데. 누구였더라, 아무튼 장미 가시에 찔려서 죽은 사람도 있댔어!"

호들갑스럽게 외치며 희경이 상체를 뒤로 젖혔다. 피라면 질색을 하는 사람이었다. 자기 피, 남의 피 가리지 않고.

돌아선 서우가 싱크대로 가서 상처 위로 물을 틀고 있자니 등 뒤에서 희경이 주방을 나가는 소리가 들렸다. 멈췄나 하고 들여다보자 또 슬금슬금 맺히는 피. 그 아롱진 붉은 구슬을 감상하다가 다시 물속으로 밀어 넣으며 중얼거렸다.

"라이너 마리아 릴케. 들장미 가시에 찔린 게 패혈증으로 도졌댔지 아마?"

그렇다고 최희경이 죽은 시인의 환생일 가능성은 거의 없을 테고. 일찍이 그에게 피에 무슨 트라우마 같은 게 있느냐고 물어본 일도 있다. 희경의 대답은 단순했다. 아름답지 않아서.

어린애 같은 말이었지만 희경이라면 그럴 수 있다고 생각했다. 아름답지 않으니까 적극적으로 외면하며 살아왔고, 앞으로도 그렇게 살아갈 사람. 딴에는 현실의 추한 부분에 기어코 익숙해져야만 하는 게 어른이라는 정의도 없다.

"멈췄어, 피?"

어느새 돌아왔는지 목소리가 들려 힐긋 돌아보자 구급상자를 손에 들고 이쪽을 불안스레 쳐다보는 희경이 서 있었다. 서우가 손가락을 확인한 후 고개를 끄덕이자 얼른 옆으로 다가온 희경이 조리대에 구급상자를 벌려놓고 자리로 돌아가 앉았다.

상처 치료는 꼼꼼히. 다만 내 눈이 닿지 않는 곳에서. 그런 속내가 들려오는 듯해서 서우는 피식 웃었다.

하지만 이 정도라도 해주는 게 어딘가. 걱정하는 마음은 있는 것이다. 차마 두 눈으로 보지는 못하는 심약한 부분도 그녀는 싫다고 생각한 적 없다. 나는 할 수 있으니까, 내가 그의 몫만큼 보완하면 된다고 그렇게 생각해왔다.

"가시 달린 장미를 팔다니, 직무 태만이야! 내가 거길 다시 가나 봐라."

애꿎은 꽃집에 분을 내는 소리를 흘려들으며 서우는 상처에 연고를 발랐다. 그 위로 밴드를 동이면서 물었다.

"아까 오늘이라고 말했잖아요. 설마 그 티켓 날짜가 오늘인 건 아니죠?"

순간 등 뒤가 조용해졌다. 서우가 천천히 돌아보면서 "오늘?" 하고 재차 확인했다. 희경이 어색한 미소와 함께 눈을 깜박거렸다.

"오늘… 다른 일정 없잖아? 나가서 저녁 먹고 가면 딱 시간도 맞고. 어디 따로 가고 싶은데 있었어?"

"파티 드레스 보러 갈 줄 알았는데."

"그건 끝나고 가도 충분해. 너 쇼핑 금방금방 하잖아."

서우는 고개를 끄덕였지만 그래도 한마디 꼭 하고 싶었다.

"며칠 만에 보는 건데. 오늘 하루 정도는 나한테만 내줘도 좋잖아요. 꼭 그렇게 다른 이벤트가 필요했어요?"

"아니 이건 나 좋자는 이벤트가 아니라 친구들을 위해서잖아. 걔들이 잘 되면…."

변명을 늘어놓던 희경은 서우의 표정을 보고 뭔가 느꼈는지 금방 전술을 바꾸어 납작 엎드렸다.

"미안, 미안해, 공주님! 내가 생각이 짧았어. 다음엔 만사 제쳐놓고 너한테 집중할게."

"억지로 그러라는 거 아니에요. 순수하게 궁금해서 그래. 오빠는 나랑만 있으면 재미없어요?"

"아냐, 재미없긴! 그런 오해는 하지 마, 나 진짜 너랑 있는 거 좋아해."

자못 억울한 듯 희경이 두 손을 내저으며 항변했다. 진심으로 보였기에 서우는 안심했고, 이내 그렇게 안심하는 자신에 쓸쓸함을 느꼈다. 이제 와서 이런 것을 고민하다니 뭔가 너무 늦고도 빠른 기분이다.

"난 오빠 정말 좋아하는데. 아무것도 안 하고 옆에만 있어도 좋을 정도로."

"나도 똑같아, 서우야."

어느새 앞으로 다가온 희경이 다정한 손짓으로 그녀를 감싸 안았다. 토닥토닥 그녀의 등을 두드려주는 그에게서 장미처럼 좋은 향기가 났다. 이 늘씬한 품이 주는 안온함을 서우는 참 좋아했다.

"요즘 이래저래 너한테 소홀했던 거 알아. 방학이기도 하고… 솔직히 말하자면 결혼 전의 마지막 여름을 즐기자, 뭐 그런 심리도 조금은 있었어."

"총각파티… 같은 거네요?"

"이야기하자면 그렇게 되나?"

쿡쿡 웃는 그와 달리 그녀의 머릿속은 순간 확 싸늘해졌다. 그러니까 그녀가 목도한 일탈 또한 결혼 전 마지막 여름을 불태울 섬씽에 지나지 않았다?

"그리고 어차피 우리는 결혼할 거니까."

그녀의 얼굴을 들여다보며 희경이 말했다.

"신혼여행 동안 지금 소홀했던 것까지 모두 더해서 빠져 죽을 만큼 사랑해줄게. 그땐 내 또 다른 면을 보게 될걸?"

찡긋 윙크하고 뺨에 입 맞춰주는 그에게서 전에는 잘 몰랐던 희미한 색향 같은 게 풍겼다. 어디까지나 잔잔하게 출렁거리다가 가벼이 가라앉는 정도에 지나지 않았다. 그러니 자신의 무지를 탓할 것만도 아니라고 서우는 생각했다.

그의 열정은—그녀에게 그런 걸 품고 있다는 전제하에—아직은 무색무취에 가까웠다. 한없이 느긋했다. 그건 어차피 그녀와 결혼할 거란 믿음 때문일까?

'어차피 말이지.'

세상 따분하게 들리는 말의 저주 앞에 그만 온몸의 맥이 탁 풀리는 서우였다.


아무래도 태승에게 이상한 눈치를 주게 되진 않을까 걱정했던 건 기우로 밝혀졌다. 그럴 만도 한 게, H아트센터 로비에서 팔각 멤버를 대체 몇이나 만났는지. 정작 티켓을 강매한 지은만 빼고 한국에 있는 멤버들은 총출동한 것 같은 날이었다.

다들 일행이 있어서 뿔뿔이 흩어지고 혼자 왔다는 세린만 그들 일행과 함께 남게 된 것도 자연스러웠다. 마침 좌석도 얼마 떨어지지 않았고, 그 사이의 좌석들도 시작 직전까지 비어 있고 해서—빈 좌석의 주인들? 스무 장 가까이 구입해 서랍에 넣어둔 티켓에 발이 달려 도망가지 않는 이상 나타날 리가 없었다—세린이 당겨 앉음으로써 어물쩍 일행이 되었음이다.

독주회는 신인의 귀국 무대치고는 성황이었다. 머릿속이 시끄럽던 서우도 초중반이 지날 무렵부터는 피아니스트의 실력에 매료되어 감상을 즐겼다. 가느다란 몸 어디에서 그런 힘이 나오는지 박력 넘치는 쇼팽이라는 독특한 포인트도 좋았다.

"어땠어?"

"팬이 될 것 같아요. 이름 기억해 두려고요."

연주회가 끝나고 로비로 나오면서 서우는 형식적으로 챙겨두었던 브로셔를 찬찬히 들여다보았다. 머리를 맞대고 같은 페이지를 들여다보며 희경도 동의했다.

"맞아. 나도 매번 기부만 하다가 모처럼 제대로 된 구매를 한 느낌이야. 어이, 세린! 간만에 귀 좀 트이지 않았어?"

약간 뒤에서 걸어오고 있던 선명한 파란색 원피스를 입은 여자를 향해 묻자 그녀도 보란듯이 엄지를 들어 보였다. 희경의 눈길은 그 옆에 서 있는 태승에게 옮겨갔다.

"감상은? 시간 낭비니 뭐니 할 것 같으면 아예 말도 하지 말고."

어깨를 으쓱하며 태승이 머리를 살짝 뒤로 젖혔다. 약간 나른해 보이는 그 눈매가 희경의 팔꿈치 즈음에 머물렀다. 시선 끝에선 희경에게 팔짱을 낀 서우의 소맷자락에서 흘러내린 하얀 리본 매듭이 한들거리고 있었다.

"괜찮았어. 대체로 쇼팽 추종자들은 평타는 치는 것 같아."

"듣고 보니 그럴싸하네. 어느 정도 실력이 뒷받침되어야 쇼팽도 노림직하지. 일종의 거름망인가?"

하하 웃고서 시각을 확인한 희경이 말했다.

"딱 저녁 먹을 시간이네. 저녁들 아직이지? 이대로 헤어지는 것도 뭣한데 같이 움직일래? 아, 세린, 너 일정 있어? 워낙 인기인이시라 함부로 권

할 수가 있어야지."

"없어. 나 솔로 된 지 꽤 됐다니까?"

"그새 또 누가 나타났을지 아나. 들이대는 남자 진짜 없어?"

"있어도 없어."

세린이 툴툴대며 밉지 않게 흘겨보는 양이 뭐랄까, 애교가 있었다. 하지만 치명적인 매력까지는 잘 모르겠다. 남자가 보기엔 어떨까 하고 힐끗 태승에게 눈길을 던진 서우는 기다렸다는 듯이 마주치는 시선에 뜨끔해서 고개를 돌렸다.

"그럼 같이 저녁 먹으러 간다는 걸로 안다."

"글쎄, 너희들 데이트하는 데 나 혼자 중뿔나게 끼는 것도 좀 그러네. 서우 씨도 둘이서 먹는 게 좋을 테고."

"아, 전 괜찮아요. 우리끼리야 늘 그 이야기가 그 이야긴 걸요."

짜놓은 각본대로 서우가 이해심 넘치는 천사 역할을 하자 "그래도….."라고 세린은 주저하면서 태승을 힐끗거렸다. 희경의 재촉이 태승에게 날아들었다.

"너도 다른 예정 없지? 고독한 미식가 흉내는 다른 날에 내고 오늘은 합류해. 인원동원에 동참해준 것도 보답할 겸 이쪽에서 대접할 테니까."

"별로. 억지로 끌려나온 것도 아니고 나름대로 들을 만했으니까. 나는 빠지는 게 좋겠어."

스윽 고개를 젓는 태승의 시선이 서우 편에 머물렀다 떠나는 것을 희경은 보았다. 서우를 의식하는구나 싶어 희경은 슬쩍 팔꿈치로 그녀의 옆구리를 건드렸다. 그의 의도는 알아챘지만 서우는 짐짓 모른 체했다.

똑똑 고이는 어색한 침묵의 순간 몇 초. 마음이 급해졌는지 세린이 끼어들었다.

"태승 씨 빠지면 진짜 내 모양새가 이상하지. 역시 커플 데이트엔 끼는 건 좀 그렇죠?"

붙임성 있게 걸어온 말에 태승이 웃는 듯 마는 듯 입꼬리를 올렸다가 내린다. 세린은 내친김에 적극적으로 말을 붙였다.

"근데 기껏 차리고 나와서 이대로 들어가자니 서운하네요. 밥 혼자 먹는 것도 정말 싫은데. 태승 씬 진짜 고독한 미식가 체질이에요? 사람들 옆에 있으면 싫고?"

"체질까지야. 그냥 누가 있으면 있는 대로 없으면 없는 대로 먹는 거죠."

"아, 그럼 조금 안면이 있는 여자 사람이랑 요 근처 맛집 탐방을 하는 데 관심이 있으실지 모르겠네."

대놓고 훅 치고 들어가는 언사에 희경이 입술을 깨물며 웃음을 참는 눈치였다. 서우도 세린의 대담한 어프로치에 내심 감탄하며 브로셔를 팔락거렸다. 어쨌든 이 자리의 모두가 태승의 대답에 촉각을 곤두세우고 있었다.

"맛집이 궁금하긴 한데 잘 모르는 사람이랑 밥 먹는 취미는 없어서."

그리고 태승은 산뜻하리만치 재빨리 거절했다. 좀 더 들이대 볼 법도 한데 세린은 "아, 네⋯." 하고 움츠러들었다. 지켜보던 희경이 크게 혀를 차며 끼어들었다.

"얘가 이렇게 낯을 가린다니까. 야, 주태승. 세린이 정도면 그래도 안면은 꽤 있는 편이잖아, 오며 가며 본 게 얼만데."

"안면은 말 그대로 안면이지. 그게 그 사람을 안다는 뜻은 아니잖아."

"그렇게 하나하나 따져서야 어디 사람을 알 기회가 있긴 하고? 잔말 말고 따라와. 너 낯가리지 않게 내가 꼭 붙어 있어 주마."

우격다짐인 희경이 기가 찼던지 눈살을 찌푸린 태승이 서우를 슬쩍 턱짓으로 가리키며 물었다.

"왜 그렇게 사람을 못 끼워서 안달이야? 오늘 약혼자랑 모처럼 데이트하는 거 아니었어?"

내 말이 그 말이에요!

순간 서우는 마음속으로 부르짖다가, 그만 얼굴이 화끈 달아올랐다. 다른 사람도 아니고 저 남자에게 동정을 받게 될 줄이야.

부끄러움은 이내 희경에 대한 원망으로 번졌다. 모태솔로라는 저 남자도 아는 걸 왜 희경이 모르는 걸까? 역시 어차피 결혼할 게 뻔한, 잡은 물고기라서?

짜증나고 열없고. 거기에 자포자기식의 기분이 더해져 서우는 태승을 바라보며 짐짓 환하게 웃었다.

"데이트야 늘 하는 건데요, 뭐. 이 멤버는 신선해서 재미있을 것 같은데 괜찮으면 함께 가요. 저도 덕분에 견문도 넓힐 겸."

"봐! 서우도 이렇게 말하잖아. 태승이 넌 우리 공주님을 몰라도 너무 모른다니까."

희경은 기특하다는 듯 답삭 서우의 어깨를 끌어안고선 쪽쪽 머리에 입을 맞추었다. 평소라면 기쁘게만 여겼을 그런 행동이 오늘 서우에게는 어쩐지 어린애를 길들이는 것처럼 느껴져 떨떠름했다. 속내와 달리 얼굴로 드러난 그녀의 표정은 도리어 눈부시게 밝았다.

"너 공주님 애지중지하는 건 너무 잘 아니까 그런 건 좀 안 보이는 데서 하지? 혼자가 되니까 알겠어. 세상은 솔로에겐 지옥이야!"

세린의 규탄에 희경은 웃음을 터뜨리며 더 보란 듯이 서우에게 키스를 남발했다. 보다 못한 서우가 머리 망가진다며 밀쳐내고서야 겨우 그만두었지만, 어깨를 안은 팔은 그대로 둔 채 희경이 태승의 결심을 재촉했다.

"다들 이 정도로 권하는데 설마 아직도 그냥 간다는 소릴 하는 건 아니겠지?"

"…갈게."

항복 선언을 하듯 나직한 대답에 이어 태승이 서우를 쳐다봤다.

"대신 저녁 메뉴라도 서우 씨한테 고르게 하자. 너한텐 안 미안한데 여전히 서우 씨한텐 좀 미안해서."

"그건 얼마든지 찬성. 세린이 너도 괜찮지?"

"나야 뭐든 잘 먹으니까."

졸지에 넘겨받은 메뉴 선정이란 임무. 서우는 주변을 돌아보며 고민에 잠긴 척했지만, 평소에 맛집 같은 걸 크게 의식하지 않고 살아온 이상 즉각적인 출력은 쉽지 않다.

"음… 이탈리아 요리가 좋으려나."

가장 만만한 카드를 꺼내 들자 얼른 희경이 그것을 넘겨받았다.

"이탈리아 요리 당첨!"

"아, 나 이 근처에 파스타 잘하는 집 아는데."

세린의 순발력 넘치는 토스에 희경의 고개가 돌아갔다.

"로제파스타 잘해? 우리 공주님이 로제파스타라면 끔벅 죽는데."

"그런 건 기본이지. 가자, 먹고 실망하지는 않을 거야."

서우가 말을 꺼낸 지 30초도 안 되어 결정된 일이다. 팔각 멤버들의 혀를 내두를 정도의 단합력, 실행력은 단둘로도 가능하다는 것을 서우가 깨달은 순간이었다.


과연 음식은 세린의 장담이 무색하지 않게 맛있었다. 식당 분위기도 너무 잰 체하는 느낌 없이 아늑한 게 커플은 물론 가족 단위의 손님에게도 안

154

성맞춤인 곳이지 싶었다. 실제로 돌아보면 손님들 연령대가 퍽 다양한 게 눈에 띄었다.

'조만간 다시 와야겠어.'

그때는 줄리아와 할아버지도 함께 와야지, 하고 다짐하며 서우는 제대로 맛을 음미할 수 없는 애석함을 달랬다.

그랬다. 음식도 맛있고 분위기도 좋은 곳이었지만 서우에겐 녹록하지 않은 식사시간이었다. 희경의 계획을 듣고 막연히 생각했던 불안요소가 역시 그녀의 발목을 잡은 것이다. 하필 테이블 배치도 태승과 마주 앉는 형상이 되어버렸고.

길어야 두 시간. 인내와 끈기를 되뇌며 무난히 버텼지만, 식사의 끝이 다가오면서 어째 분위기가 2차를 가는 쪽으로 흘러갔다. 같은 건물 스카이 라운지에 괜찮은 바(bar)가 있다며 잠깐 입가심이라도 하지 않겠냐는 세린의 제안에 희경은 두말할 것 없이 대찬성. 좋다 싫다 딱히 밝히진 않아도 태승 역시 같이 이동할 것 같은 느낌이었다.

서우는, 일단 바까지 가서 잠깐 앉아만 있다가 일어나는 쪽으로 결심을 굳혔다. 하지만 그건 지나치게 낙관적인 전망이었다.

"여기까지 와서 그냥 간다고요? 말도 안 돼, 그런 경우는 없지. 애, 희경, 뭐라고 말 좀 해!"

바 안쪽의 원형 테이블을 둘러싼 소파에 자리를 잡고 메뉴를 고르기에 앞서 서우가 돌아갈 의사를 비치자 세린이 당치도 않은 소릴 들었다는 표정으로 친구를 다그쳤다. 희경은 시각을 확인하더니, 아직 초저녁이라며 자리를 좁혀 서우를 더 안쪽으로 몰아넣었다.

"가서 또 책 붙들려고 이러는 거야. 내가 그 말 했나? 애, 수학여행에도 벽돌만 한 역사책을 챙겨간 용자다? 그때 가져간 게 로마사였나?"

"로마사라면 시오노 나나미? 나도 그 여자 책 읽어봤어."

희경이 흉을 보는 것도, 세린이 교양을 뽐내는 것도 그러려니 하며 체념의 미소를 짓는 서우 건너편에서 태승이 불쑥 중얼거렸다.

"『로마제국쇠망사』. 에드워드 기번이 쓴 거."

일시에 세 사람의 시선을 한몸에 모았으면서도 태승은 시선에 아랑곳없이 메뉴판을 뒤적였다. 이내 희경이 고개를 주억거렸다.

"그러고 보니까 그런 제목이었던 것 같아."

"당사자가 제일 정확하겠지. 그래서 서우 씨, 그때 가져간 책이…?"

세린의 물음에 서우가 웃는 듯 마는 듯 턱짓으로 태승을 가리켰다.

"그거요. 『로마제국쇠망사』."

그 당장에 휴대폰으로 검색을 해본 세린이 울상을 지었다.

"벽돌이라고 했으니 이건가? 으으, 이거 페이지가 대체 얼마야. 이걸 수학여행에 가져간 거예요? 진짜로?"

"한창 재미있는 대목을 읽고 있었거든요."

"그래서 그 며칠을 못 참고 가져갔다고? 와, 이런 사람이 역사학자가 되는 거구나."

"그런 거지. 우리랑은 떡잎부터가 달라."

세린의 탄식에 희경도 얼른 한몫 거들었다. 대신 애정 넘치는 미소를 담뿍 던지는 것도 잊지 않았다.

"또 그게 내 사랑스런 피앙세의 매력이고."

"아, 예. 그렇군요. 알아 모시겠습니다."

영혼 없는 코멘트에 이어 닭살 돋는다는 시늉을 한 세린이 태승을 돌아보며 말을 걸었다.

"태승 씨 기억력이 상당한 모양이네요. 머리 좋다는 건 희경이가 입 아프게 이야기해서 알고 있었지만."

"그럭저럭 사는 데 지장 없을 정도죠."

겸손으로도, 거만으로도 들리는 대답이 꼭 주태승답다고 서우는 시큰둥하게 생각했다. 그리고 힐긋 눈길을 들어 쳐다본 곳.

옆 사람과의 간격 조절이 유동적인 자리로 옮겨온 지금, 세린은 꽤 아슬아슬할 정도로 태승에게 바짝 붙어 앉아 말을 거는 중이었다. 테이블에 팔꿈치를 얹고 상체를 내민 탓에 세린의 볼륨이 상당한 가슴이 도드라지는 것에서 서우는 눈길을 돌렸다. 무심코 제 가슴을 눈에 담고 약간의 회의에 빠진 것이 이내 어처구니없어졌다.

'뭐하니, 백서우? 느닷없이 왜 제 무덤을 파고 있어.'

공연한 생각을 떨칠 겸 희경이 들여다보고 있던 메뉴판에 관심을 보였다. "그래, 잘 생각했어. 너도 마실 거 골라봐." 하며 희경이 그녀에게 메뉴판을 밀어줬다.

"술맛은 잘 모르겠어요. 그냥 난 진토닉이나 한 잔…."

"오늘은 진토닉 금지. 안 먹어본 걸로 골라, 안 먹어본 걸로."

"으음."

별 의욕 없는 신음을 흘리며 서우는 메뉴판을 팔락팔락 넘겼다. 코팅이 된 빳빳한 종이가 불빛을 반사하며 몇몇 글씨는 잘 안 보이기에 슬며시 눈을 찌푸리며 고개를 숙이는 순간 따끔, 하고 손끝에 전기 같은 게 흘렀다.

정전기인가 하고 내려다본 서우의 시야에 엄지손가락 지문 위로 가늘게 실금 같은 게 생긴 게 보였다. 그것이 잠시 후 벙긋이 벌어지며 새빨간 구슬이 방울방울 배어 나왔다.

"어우, 피!"

소스라친 희경이 외면하며 큰소리를 내는 와중에 덜컥거리며 테이블이

흔들렸다. 벌떡 일어난 태승이 테이블 너머로 손을 뻗으면서 테이블 자체가 밀린 거였다.

뻗어온 태승의 손이 서우의 손을 움켜쥐고 있었다. 어느 틈에 빼 들었는지 모를 손수건을 사이에 두고.

"아, 괜찮…은데."

뒤늦은 사양의 말이 싱겁게 테이블 위로 떨어졌다. 서우가 당혹감에 젖어 태승의 손을 보고 있자니 그가 천천히 손을 떼고 뒤로 물러났다.

"꽉 누르지 그래요. 피, 꽤 나는 것 같은데."

"네, 고맙습니다."

도리 없이 그의 손수건으로 상처를 압박하며 서우는 인사했다. 그리고 상처를 핑계로 자리에서 일어났다.

"나 화장실 좀."

"다녀와. 아, 연고 같은 거 있냐고 카운터에 물어볼까?"

"밴드 가지고 있어요."

희경의 말을 뒤로하고 서우는 가방을 챙겨 급히 화장실로 향했다. 달아나기 바빠서 그녀가 일어서고 얼마 안 되어 태승도 자리에서 일어난 것까지는 까맣게 몰랐다.

"나도 잠깐 다녀올게."

"왜? 아, 너 바지가…."

서두르다가 그랬는지 물컵이 넘어져서 태승 쪽 테이블 위엔 물이 흥건했다. 그 바람에 바지까지 적신 걸 보고 희경이 눈살을 찌푸렸다.

"우와, 태승이 오줌 쌌대요. 역사적인 순간인데 사진으로 남겨야 하나?"

"재미없다, 최희경. 응?"

세린의 야유가 아니더라도 시답잖은 농담인 건 희경 본인이 알고 제풀에 수그러졌다. 얼른 다녀오라고 손짓해서 태승을 보내곤 문제의 메뉴판을 보며 희경이 투덜거렸다.

"우리 공주님 안 그래도 아까 손가락 다쳤는데 또 다쳤어. 오늘 나랑 만나면 안 되는 날이었나?"

"시끄럽고, 너 그게 뭐냐, 최희경? 으악, 피! 아주 소파 위로 날아오르겠더라?"

"아, 몰라. 나 블러드포비아인 거 알잖아."

"그놈의 혈액공포증은 우선순위도 없니?"

"점점 더 싫어지는 걸 어쩌라고 나더러."

"주태승 하는 거 못 봤어? 그게 바로 네 역할이었거든?"

세린의 구박에 희경도 할 말이 없는지 입술을 빨았다. 뭉텅 뽑아 든 티슈로 건성건성 테이블을 훔치던 그가 이윽고 찾아낸 핑계를 내세웠다.

"걔가 반사신경이 빠른 거야. 운동신경이 좋다고, 주태승이."

"너는 나쁘고? 하다못해 골프도 우리 중에서 제일 잘 치는 주제에."

다시 할 말이 없어질 뻔한 순간을 희경은 "나도 좋은데 걔가 나보다 더 좋은 거지." 하고 우겨댔다.

"뭐 하긴 운동 잘할 것 같이 보이긴 하더라. 몸이 좋은 게. 그 몸에 그 분위기…. 아, 막 물오른 남자는 섹시하다니까."

세린은 태승의 겉모습으로 미루어 희경이 없는 말을 하는 건 아니라고 생각하는 눈치다. 그렇게 모면은 했으나 약간의 찝찝함은 남았다. 물론 태승도 운동신경이 좋은 편이긴 한데 그렇다고 발군이라고 말할 것까진….

그러나 아까는 확실히 빨랐다. 아마도 생활력이 강한 게 그런 식으로도 발현이 되나, 생각해보는 희경이다.

한편 화장실 쪽에선.

같은 입구를 두고 남녀로 나뉘어 있는 화장실에서 서우가 오늘 두 번째로 다친 손가락을 물로 씻는 중이었다. 피가 많이 나던 것에 비해 지혈은 금방 됐다. 화장실로 오면서 손수건으로 죽어라 누르고 있던 게 도움이 된 것 같다.

대신 그녀에겐 피에 얼룩진 손수건이 남았다. 핏물을 뺄 겸 찬물에 애벌 빨래를 해볼까 했지만 다친 곳이 욱신거리며 빠끔히 상처가 벌어지는 바람에 관뒀다. 다치지 않은 손으로 움켜쥔 손수건을 흐르는 물에 내맡긴 채 그녀는 멍하니 조금 전 상황을 돌이켜봤다.

상처는 둘째 치고 별안간 덤벼오는 태승 때문에 얼마나 놀랐는지 모른다. 정말이지 꼭 덤벼드는 것처럼 보였다. 비단 자의식과잉이 아니라, 오늘 태승에게서 받은 느낌이 불온했던 까닭이다.

거의 괜찮았는데 가끔, 열에 한두 번 정도? 아무튼 그런 빈도로 그의 눈빛에 덜컥 놀랄 때가 있었다.

찌르듯이 응시해오는 음울한 시선….

때로는 지나치게 반짝였고, 어쩔 땐 바닥 없는 구멍처럼 퀭한 어둠뿐이었다. 꼭 미친 사람이 저러지 않을까, 무심코 생각하곤 진저리를 내며 외면한 적도 있다.

지금도 그 눈빛을 떠올리자 가슴 언저리가 답답해졌다. 서우는 가벼이 눈을 감고 호흡을 고르며 이유 모를 수선거림을 잠재우려 했다. 한 번, 두 번, 거듭된 심호흡에 조금 기분이 편해지는 것도 같았는데―.

'음?'

언제부터 물소리가 그쳤지? 뿐더러 싸늘하게 왼손을 적시던 차가운 물의 감촉도 사라졌다.

저도 모르게 수도꼭지 레버를 건드렸나 싶어 눈을 뜨고 수전을 바라본 서우는 확실히 잠그는 쪽으로 돌아가 있는 레버를 의아스레 쳐다보았다. 내가 그랬나? 언제….

세면대 거울 속에 비치는 검은 실루엣을 깨달은 건 그때였다.

"…!"

너무 놀라 입술만 벙긋거리며 비틀거리는 그녀를 태승이 단단한 팔로 붙들어 세웠다.

"무슨 생각에 그리 골똘해서 사람이 오는 것도 몰라?"

엷게 웃음 짓는 태승의 기름한 눈을 거울 속으로 쏘아보며 그녀는 대답을 짓씹었다.

"여기 여자화장실이에요. 남녀공용으로 착각한 거라면."

"아닌 거 알아. 보니까 사람이 달리 없는 것 같아서."

"그렇다고 여길 들어와요? 누가 언제 들어올 줄 알고. 나가요, 어서!"

서우가 출구를 가리키며 내뻗은 손을 태승이 태연하게 움켜잡았다. 당연히 그녀는 벗어나려고 힘을 썼지만 거머쥔 손목을 당겨서 이리저리 그녀의 손을 살펴보는 태승의 행동은 자유롭기 짝이 없었다.

"피가 멎었네. 다행이야."

"확인해줘서 고마운데, 손은 좀 놔줄래요?"

"검지는 왜 이래? 다친 거야?"

"그쪽이 상관할 바 아니잖아요."

"다쳤어? 어쩌다?"

이죽거리든 말든 들은 체도 안 하고 태승은 질문을 반복했다. 소득 없는 실랑이보다 대답을 해주는 게 낫겠다고 서우는 빠르게 체념했다.

"장미 손질하다 가시에 찔렸어요. 됐어요?"

"장미? 동족상잔이네."

"네, 동족상….."

건성으로 맞장구치던 서우의 입술이 멈칫했다. 뭔가 방금 굉장히 엉뚱한 말을 듣지 않았나?

그런 뜻을 담아 태승을 올려다봤으나 그는 무슨 일이 있었냐 싶게 차분했다. 그 뻔뻔한 일면에 그만 서우가 픽 웃고 말았다.

"기막혀. 이 상황에 농담할 정신이 다 있고."

그녀의 투덜거림에 그도 묘한 미소를 머금긴 했다. 이어서 확인할 건 다 했다는 듯 손을 놔주자 실없는 농담 덕에 긴장이 풀린 그녀가 꽤 누그러진 목소리로 말했다.

"사람 놀라게 한 건, 이 손수건에 대한 값으로 칠 테니까 어서 나가요. 대체 화장실은 왜 따라와서."

"나도 용무가 있어서 온 건데."

태승이 손 닦는 페이퍼타올 몇 장을 뽑아 바지를 두드리는 모습을 무심코 내려다보던 서우는 왠지 유난히 도도록해 보이는 바지 앞섶을 보곤 황급히 고개를 돌렸다.

"아까 일어날 때 물컵이 쓰러졌나 봐. 오줌싸개니 뭐니 놀릴 생각은 꿈도 꾸지 마."

"그쪽이 말하기 전까진 생각도 안 했어요. 대체 누가 그따위 몰지각한 소리를 한다고….."

"희경이. 대번에 그러던데?"

"아."

몰지각한 약혼자 덕분에 서우의 얼굴만 발갛게 물들었다. 대신 사과라도 해야 하나 우물쭈물하는데 태승이 중얼거렸다.

"걘 그 정도면 블러드포비아 중증 아냐? 다친 사람이 부모 형제여도 그럴까 몰라."

"크게 다를 건… 없을걸요. 부모님이 워낙 곱게 키워서."

"그런 소리가 통하는 건 부모 품 안의 자식일 때지. 스물일곱이나 되어서 곱게 큰 탓을 하면 누가 믿어?"

거기서 태승이 잠시 말을 끊고 서우를 쏘아보았다.

"아, 맞다. 네가 믿어주는 거지? 천군만마가 따로 없군."

거만한 빈정거림에 서우도 지지 않고 맞섰다.

"그 정도 흠 없는 사람이 세상에 어디 있어요? 오빠가 그래서 누가 피해를 보는 것도 아니고. 애교라고 봐 넘기지 못할 것도 없죠."

"그럼 그건 애교라고 하고. 그런데 진짜 흠은?"

별안간 치켜들어진 주제에 서우는 꿀 먹은 벙어리가 되었다. 태승은 페이퍼타올을 구겨서 휴지통에 던져 넣고선 이쪽을 돌아보았다.

"오늘도 사이좋은 환상의 잉꼬 커플이시던데. 사정을 아는 나마저도 가끔은 날 의심했다니까. 여자란 건 참 무서워."

성큼 그녀의 앞으로 다가서며 태승이 싱긋 웃었다.

"아니지, 무서운 건 백서운가? 피앙세의 부정을 알고도 알기 전과 마찬가지로 방긋방긋 그늘 한 점 없이 웃을 줄 아는…. 하물며 그 일 겪고 처음 만난 피앙세가 뚜쟁이질 하는 걸 열심히 내조하고 있네? 너 진짜 정체가 뭐야, 백서우? 며칠 전에 내가 본 그 여자랑 동일인물 맞아?"

웃으며 그녀를 들여다보는 태승의 눈빛에, 서우의 뒷덜미가 부르르 떨렸다. 사람의 눈이 이렇게 혼탁하면서도 번쩍번쩍 빛날 수 있는 거구나. 그 새카만 암흑을 채운 건 틀림없이 광기의 조각이었다. 서우는 이 순간 그것을 확신했다.

"나, 나도 여러 가지로 생각이 많아요."

그녀는 목을 가다듬어 억지로 목소릴 틔웠다. 또 한 걸음 다가오는 태승을 의식해 한 발 물러나며.

"하지만 결론을 내릴 때까지 평정을 유지하려고 애쓰고 있어요. 어른이라면, 그래야 하는 거잖아요. 아니면 내가 못 견디고 미쳐 날뛰는 걸 기대했어요?"

다시 한 걸음. 힐긋 등 뒤의 공간을 확인해보는 서우에게서 눈길을 떼지 않으며 태승이 살짝 고개를 저었다.

"그랬으면 절망적이었겠지. 차라리 실망이 나아. 낫고말고."

절망… 그리고 실망? 알아듣기 난해한 말에 눈살을 찌푸리며 마른침을 삼킨 서우가 여전히 다가오는 걸 그치지 않는 태승에게 경고했다.

"이야기는 됐으니까 나가요, 좀! 이러다 누가 들어오면 그쪽 진짜 치한으로 몰릴…"

그 말을 다 맺기도 전에 또각또각 하이힐 소리로 짐작되는 소리가 손에 잡힐 듯 들려왔다. 이 바는 화장실과 영업공간 사이에 여러 개의 화분과 큼지막한 수족관을 놓아서 여유 공간을 넓게 확보하고 있었다. 그런데도 이토록 분명하게 들리는 발소리라면, 틀림없이 화장실로 오는 손님일 것이다.

"나가요, 당장!"

목소리를 낮춰 서우가 재촉하고 태승도 반쯤 몸을 돌렸지만, 느닷없이 "서우 씨~." 하고 들려오는 비음 섞인 부름에 둘 다 얼어붙었다.

"서우 씨~. 손은 좀 괜찮…. 어? 없네."

화장실로 들어선 세린은 텅 빈 세면대 앞을 보고 어리둥절하니 눈을 깜박거렸다. 그때 화장실 저 안쪽 칸에서 대답하는 목소리가 있었다.

"세린 씨에요? 저 여기 있어요."

"아, 난 또. 희경이가 카운터에서 연고 받아왔거든요. 바르라고 가져왔는데."

"나가서 바를게요. 지금 제가 좀 받기가 그러네요."

"그렇긴 하겠다. 내가 좀 기다릴까요?"

"아뇨, 안 그러시는 편이….."

문득 절박해지는 서우의 목소리에 세린은 슬쩍 웃으며 안쪽 칸으로 시선을 던졌다.

"뭐야, 설마 큰 거? 괜찮아요, 여자끼린데 뭐. 여자라고 방귀 안 뀌고 똥 안 싸고 사나? 뭣 하면 내가 망봐줄 수도 있고."

"아뇨, 마음만 고맙게 받을게요. 그러니까….."

더한층 초조한 기색으로 돌아온 대답에 세린은 짓궂게 웃으면서도 고개를 끄덕였다.

"오케이, 나갈 테니까 편하게 일 봐요. 연고는 여기, 페이퍼타올 함 위에 올려놓고 갈게요."

"고마워요, 세린 씨."

인사하는 목소리가 거의 신음에 가깝다. 세린은 정말 급한 모양이네 하고 걸음을 재촉해 화장실에서 나갔다.

하이힐 소리가 멀어지자 간신히 서우가 참았던 숨을 토해냈다. 하지만 그녀의 위태로운 상황은 별로 나아진 게 없었다. 여전히 닿을 듯 말 듯 바짝 붙어선 태승이 그녀의 앞을 산처럼 가로막고 있었다.

"비켜요."

날 선 요구에도 태승은 그녀의 목덜미에 기울이고 있는 고개를 들 생각을 하지 않았다. 입술만 닿지 않았을 뿐 그의 축축하고 뜨거운 숨결이 그녀의 여린 피부를 흠뻑 희롱하는 중이었다. 교묘하게 그녀와 닿지 않을 정도의 거리를 지키고 있음에도 불구하고 그의 전신이 그녀에게 쏠려, 아찔한 열기를 발산하고 있었다.

숨이 막히는데도 혹시 그에게 닿을까 봐 숨조차 크게 쉬지 못하며 서우는 눈 돌릴 곳을 찾아 헤맸다. 순간 허리께를 스치는 뜨거운 느낌에 아래를 내려다본 그녀의 얼굴이 창백해졌다. 육안으로 봐도 확연히 들린 그의 바지 앞섶이 의미하는 바는 하나뿐이었다.

"제대로 미쳤군요, 당신. 셋을 세겠어요. 그전에 나가지 않으면 진짜 소리 지르겠어요. 하나…."

둘을 말하기에 앞서 태승이 고개를 들었다. 아직도 그 눈이었다. 그녀를 겁나게 하고 오싹하게 만든, 심연을 퍼 올린 듯 깊은 눈.

"아니, 넌 못해. 그런 모험을 할 만큼 백서우는 순진하지 않아."

"…뭐라고요?"

"하지만 걱정 마. 이런 곳에서 널 어쩔 생각은 없어. 그럴 수야 없지…."

만졌다. 천천히 그녀의 뺨을 쓸어내리는 남자의 단단한 손끝을 타고 불길이 일어나는 것만 같아서 서우는 거세게 머리를 내저었다.

"내일 갈게요, 아파트로 갈 테니까 이야기는 그때 해요."

"몇 시?"

"10시. 아니 12시, 정오에."

비로소 태승이 몸을 틀어 그녀가 나갈 공간을 내어주었다. 거의 감옥을 탈옥하는 기분으로 뛰쳐나가는 그녀의 뒤로 나직하고, 축축한 중얼거림이 따라왔다.

"기다릴게, 서우야."

8
정오의 정사

　이튿날은 오전 9시에 이미 31도를 넘어섰다. 올여름의 기나긴 폭염이 시작되는 날이었다.

　그녀는 정확히 정오에 태승의 집 초인종을 눌렀다. 태승은 인터폰에 비친 서우의 모습을 눈에 담으며 혀로 입술을 축였다.

　정오를 기다리며 반시간 조금 안 되는 동안 태승은 물을 두 잔이나 마셨는데도 여전히 갈증이 달라붙어 떨어지질 않았다. 기분 탓이란 걸 알아도 뭔가 마시고 싶은 욕구는 강렬했다. 그는 일단 문을 열어주고 주방으로 향했다.

　얼음을 가득 채운 컵에 따른 물을 마시면서 현관으로 향하자 그제야 중문을 열고 들어서던 서우를 볼 수 있었다. 일부러 제법 늑장을 부렸는데 그녀 또한 그랬던 걸까.

　인터폰으로 미리 봐둔 보람도 없이 바로 앞에 선 서우의 모습에 태승은 시선을 빼앗겼다.

　더위를 의식한 듯 앞머리 없이 깔끔하게 빗어 넘긴 머리와 포니테일 덕분에 우아한 두상과 목선이 여과 없이 드러났다. 보는 이가 눈부실까 봐

흰 바탕에 억지로 체크무늬를 입힌 듯한 리넨 원피스는 잘 다려진 게 건드리면 사각사각 소리가 날 것 같았다. 결정적으로 꼿꼿이 심이 선 눈으로 이쪽을 바라보는 긴장 어린 서우의 작은 얼굴에 태승은 멀미 비슷한 감각마저 느꼈다.

"밖에 덥지? 뭐 마실 거라도 줄까?"

다행히 손에 들고 있던 컵을 소재로 태승은 말을 꺼낼 수 있었다. 됐다는 듯 손을 젓던 서우가 이내 마음을 바꿨는지 물이면 충분하다고 대답했다.

"물이라. 이거라도?"

들고 있던 컵을 내밀자 서우가 말없이 빤히 그를 응시했다. 시답잖은 말엔 반응하지 않기로 모종의 결심 같은 걸 하고 온 모양이었다.

"농담이야. 어깨에 너무 힘이 들어간 것 같아서. 따라오든지 들어가서 앉아 있든지 마음대로 해."

주방으로 걸음을 옮기기 시작한 얼마 후 뒤에서 가볍게 슬리퍼 끄는 소리와 함께 서우가 따라왔다. 어쩐지 자학에 가까운 농담이 나오는 걸 태승은 막을 수가 없었다.

"그냥 들어가려니까 불안했나 보지? 내가 물에 뭐라도 탈까 봐 걱정됐어?"

빠르게 옆으로 다가온 그녀가 그를 올려다보며 딱딱하게 말했다.

"그 비슷한 생각도 안 했어요. 아무려면 희경 오빠가 그렇게 형편없는 사람을 절친이라고 여기겠어요?"

농담의 결과는 참혹했다. 본전도 잃고, 가슴엔 그에게만 보이는 깊은 균열이 생겼다. 어설프게 희경을 따라 한 벌이라고 여겨도 쓰디쓴 건 여전했다.

"그저 넌 모든 기준이 희경이로구나."

"지나친 일반화인데요? 그쪽이 어디까지나 희경 오빠 쪽 사람이니까 오빠를 예로 들었을 뿐이에요."

"내가 최희경 쪽 사람이라고?"

태승이 눈살을 찌푸리며 확인하자 서우가 고개를 갸웃했다.

"지금 내가 마주하고 있는 사람이 최희경 친구 주태승인 줄 알고 있는데. 아닌가요?"

그 말을 부정하려면 별도의 수식어를 대야 할 것이다. 그녀도 납득 가능한. 태승은 아직 꺼낼 수 있는 말이 없었다. 다시 말라버린 입술을 축이며 들어선 주방의 냉장고 문을 벌컥 여는 것에서 답답한 심사가 배어나왔다.

생수를 꺼내고 컵을 챙기며 "얼음은?" 하고 묻자 그녀가 고개를 저었다. 절반 좀 넘게 물을 따르고 레몬즙 한 방울을 떨어뜨리는데 어느새 곁으로 온 서우가 뭘 넣는 거냐고 물었다.

"레몬즙. 무심코 나 마시는 대로 넣어버렸어. 싫으면 다시 따라줄게."

"괜찮아요. 레몬, 좋아해요."

빈말이 아닌지 컵을 가져가 물을 마셔본 그녀의 표정이 나쁘지 않았다. 또 한 번 제 몫의 컵을 채우며 태승이 물었다.

"레모네이드도 좋아한다며? 줄리아가 그러던데."

그녀는 동그래진 눈을 그에게 던졌다가 이내 짐작이 간 얼굴로 고개를 주억거렸다.

"좋아하죠. 줄리아가 해준 건 다… 거의 다 좋아하지만요."

"방금 머릿속에서 탈락된 게 뭔데?"

"흠. 뭐 특별히 비밀도 아니니까 말해줄게요. 청어는 아무래도 입에 맞지가 않더라고요. 할아버지 말씀으론 꾸준히 먹으면 극복이 된다고는 하는데."

"극복해야 할 정도로 힘든 요린가? 어떤 맛인지 궁금하네."

"맛은 한 번 봐요. 그쪽 입맛엔 맞을지도 모르죠."

그렇게 되면 참 부러울 거란 듯이 그녀가 한숨을 폭 내쉬었다. 그 나긋한 한숨소리가 스위치였던지, 말의 내용에서 그녀의 발그스름한 입술로 태승의 주의가 옮겨가는 건 순식간이었다.

꿀꺽꿀꺽 물을 들이켜는 울대를 통해 자그마한 입술에 대한 갈망도 얼마간 눌러 앉혔다. 시원스레 물을 넘기는 그에게 자극받은 건지 서우도 컵을 기울여 바닥을 비우도록 입술을 떼지 않았다.

"더?"

"아뇨, 지금 딱 좋아요."

그녀는 거절했지만 그는 아직도 갈증이 났다. 이러다 배 속에서 물이 출렁거리는 소리가 나겠다 싶어 억지로 얼음 한 덩일 입에 넣고 굴리는 중에도 여전히, 지독하게 목이 탔다.

"잘 마셨어요."

서우는 꽤 익숙한 동작으로 싱크대에 빈 컵을 가져다 넣었다. 싱크대야 주방을 둘러보면 보인다지만, 이때 태승의 머리엔 그녀의 익숙함에 대한 근거로 떠오르는 게 오직 하나였다. 희경의 집엘 자주 드나든 거겠지. 맞아, 카드키까지 가지고 있었을 정도니….

우드득, 그가 얼음을 깨무는 소리에 그녀가 힐긋 이쪽을 보았다. 얼음을 깨무는 상상을 했던지 살짝 찡그린 표정마저 태승을 충동질했다.

어김없이 아랫도리에 반응이 오기 시작한 걸 자각한 그가 식탁 의자를 빼내어 적당히 걸터앉았다. 불과 며칠 전까지만 해도 의지로 틀림없이 자제할 수 있었다는 사실이 믿기지 않을 정도로 고삐가 풀려버렸다.

곤혹스럽긴 하지만 이해 못 할 일은 아니었다. 무엇이든 지나치게 억누르면 그에 대한 반동도 거센 법이다.

그러다, 폭주해버릴 수도 있는 거고.

"여기서 이야기해요?"

앉을 생각은 하지 않고 침착하게 묻는 그녀를 바라보며 태승은 잘게 부서진 얼음을 삼켰다. 식도를 타고 내려가는 차가운 기운에도 불구하고 머릿속에선 열기를 머금은 구름이 점점 하중을 늘려 갔다. 충충한 어둠. 눈앞의 그녀가 환한 만큼 구름의 성장은 빠르다.

"내 제안에 대한 대답이야? 아직 생각할 시간은 하루 더 남았는데."

"하루 더 생각한들 답은 달라지지 않아요."

"그래? 좋아, 말해 봐. 어쩌기로 했어?"

"역시 안 되겠어요. 그런 일은 딱 한 번이어야 의미가 있는 거예요. 두 번이 되면 나 스스로도 떳떳할 수 없고."

가볍게 고개를 젓는 그녀의 귓불에서 작은 진주귀걸이가 달랑거렸다. 어처구니없게도 태승은 그 자그마한 액세서리에도 날카로운 질투를 느꼈다.

"한 번은 실수로 빚은 일탈이지만 두 번째는 바람이 된다, 뭐 그런 논리야?"

하찮은 액세서리일망정 서우가 직접 골라 제 몸의 일부분을 내어준 것이다. 고르면서 들인 수고와 귀에 장식하고 지그시 바라보았을 시간. 그리하여 당당하게 그녀의 소유물로서 존재하는 의의. 지금 이 순간 진주귀걸이는 태승의 온 생애보다도 무겁다.

"비슷해요."

서우는 내리깐 눈으로 식탁을 응시하며 모서리의 뭉툭한 부분을 쓰다듬었다.

"뭐든 한 번 해선 버릇이 되지 않죠. 물론 고작 두 번 가지고 버릇이 될까 봐 걱정하는 게 우습긴 하지만 이런 일은 조심성이 지나쳐서 나쁠 게 없다고 생각해요. 나나 그쪽이나 피차에 처음 해본 일이에요. 엉뚱한 버릇이라도 생기면 두고두고 난감하지 않겠어요?"

"뭐가 난감할까? 난 잘 모르겠는데."

그의 물음에 서우는 답을 내놓기 전에 거듭 숙고하는 것처럼 보였다. 입술을 잘근거리는 것으로 부족한지 귀걸이를 만지작거리는 것을 보며 태승은 또 한 조각 얼음을 머금었다.

"흔적이라고 할까요."

"흔적?"

"어떤 일은 단 한 번이라고 해도 의식 어딘가에 깊은 각인이 남죠. 무의식이든 어디든 말이에요. 나는 그게 그런 일이라고 생각해요. 고작 섹스에 뭐 그리 깊은 의미를 부여하느냐고 하면 할 말 없지만."

눈길을 든 서우가 태승의 의견을 구했다.

"내가 너무 깊게 생각하는 건가요?"

"너무 얕은 것보다야 낫겠지."

"그럼 얼마쯤 내 의견에 동의한다는 뜻인가요?"

거기에 대해선 고개만 갸웃하며 이렇다 할 대답을 하지 않았다. 답답한 듯 서우가 다그쳐 말했다.

"조금이라도 그런 가능성이 있다고 생각한다면 그에 따른 위험도 생각해봐요. 그쪽, 인생에 있어서 퍽 중요한 일의 지침을 너무 즉흥적으로 돌려놓고 있는지도 몰라요. 지금은 아주 약간 비틀린데 불과할지 몰라도 나중에 가면 그 차이가 깜짝 놀랄 만큼 커질 테니까."

"그러니까 잔말 말고 비틀어진 지침이나 본래대로 돌려놓을 생각을 해라, 뭐 그런 이야기야?"

아주 약간 턱끝을 당기는 것으로 서우는 제 의사를 표시했다. 네, 그거예요. 이제 좀 말귀를 알아먹겠어요? 라고 말하는 듯한 침착한 눈빛에 태승은 픽 웃으며 컵 안의 얼음을 달그락거렸다.

"날 설득할 레퍼토리는 그게 단가? 아니면 제대로 된 한 방이 아직 남아 있어?"

그가 묻자 명백한 실망의 뜻이 서우의 눈에 드러났다. 크림색 핸드백에 가볍게 얹혀졌던 손이 꽉 주먹 쥐어지기도 했다. 태승은 천천히 의자에서 일어나면서 바지 주머니에서 목걸이를 꺼냈다.

"이걸 돌려받을 생각이 있긴 한 거야?"

목걸이를 손가락에 걸어 가볍게 흔들자 핑크 다이아 펜던트가 오락가락 진자운동을 했다. 그걸 눈에 담는 서우의 눈이 맹렬하게 반짝거렸다.

아아, 너는 이걸 그토록 갈구하는구나.

다행스러운 맘, 언짢은 맘이 팽팽한 시소를 이루는 것을 자각하며 목걸이를 홀쩍 낚아채어 손안에 움켜쥐었다. 이쪽으로 뻗어오던 그녀의 손이 하릴없이 허공중에 멈췄다.

태승은 그대로 걸음을 옮겨 그녀를 지나쳐 주방을 나갔다. 성큼성큼 걸어가는 그를 마지못해 따라오던 그녀도 그가 욕실 문을 열고 들어가는 걸 보자 발을 멈췄다. 하지만 일부러 활짝 열어둔 문 너머로 그가 그녀를 돌아보자, 그녀의 눈에 한 조각 불안이 서성였다.

공연히 시간을 끄는 짓 같은 건 하지 않았다. 태승은 변기 덮개를 들어 올리고 거기 빠끔히 드러난 구멍 위에서 다시금 목걸이가 춤을 추게 했다.

헉하고 크게 숨을 들이켜는 서우를 바라보며 태승은 물었다.

"내가 바란 보상이 지나쳤나? 그럼 진짜 지나친 게 뭔지 보여줄게."

"그만둬요! 그게 그렇게 쉽게 물에 흘러내려 갈 것 같아요?"

아주 약간 팔을 내리기 무섭게 서우가 욕실 안으로 뛰어 들어왔다. 놀고 있던 손으로 태승은 아주 간단하게 그녀를 저지했다.

"안 내려가도 상관없어. 내 기분만 풀리면 그만이야. 고상한 백서우 씬이 귀한 게 내 변기 안에서 나뒹굴던 모습을 결코 잊지 못할 거야. 네 표현을 빌리자면 '흔적'이 되겠군."

"…치졸한 인간 같으니!"

이를 갈고 노려보면서 그녀가 뱉어낸 말에 태승은 그만 웃음을 터뜨렸다. 이런 순간에조차 할 수 있는 욕이 저런 수준이라니. 고상하다는 단어가 정말이지 모자라지 않았다.

그의 웃음이 더욱 화를 돋웠던지 얼굴이 빨개진 서우가 핸드백을 동원해 그를 때리며 퍼부어댔다.

"이게 무슨 심술이야, 대체! 나하고 무슨 원수가 진 것도 없으면서 어쩜 이렇게 기다렸던 것처럼 몽니를 부린담? 이 새디스트, 악한! 그동안 괴롭히고 싶어서 어떻게 참았대? 나 싫어하는 줄은 진작부터 알았지만 아무리 그래도 친구의 여자인데… 잠깐, 당신 혹시?"

별안간 우뚝 굳어진 그녀가 찬찬히 태승을 살펴보았다. 위아래로 쓸어내린 심상찮은 눈빛이 다시 눈으로 돌아왔을 때, 그녀가 조심스레 물었다.

"설마 희경 오빠 좋아하는 거야? 말은 아니라고 해도 여태 여자를 안 만난 것도 그렇고…."

너무도 격하게 빗나간 추측에 태승은 화가 나기보다 허탈했다. 이렇게 끔찍한 소리는 생애를 통틀어 처음이었다!

"하하, 내가 희경일? 내가 말이야?"

어이가 없어 쏟아낸 웃음에도 이쪽을 보는 서우의 눈엔 여전히 의혹이 서성댔다. 진심으로 그런 의심을 한 것이다. 맙소사. 그녀는 대체 그에 대해서 아는 게 뭔지.

미끼로 내걸었던 목걸이를 감아채며 태승은 벼락같이 그녀의 허리 또한 낚아챘다. 확 품으로 당겨온 가느다란 몸에 고개를 숙이는 짧은 찰나, 다분히 괴로운 빛이 그의 눈에서 새어나왔다.

"싫어…!"

라고 말하는 예쁜 입술을 덮어 누르곤 짓뭉개듯 거칠게 입술을 비벼댔다. 앙탈이 만만치 않았다. 죽어도 굴복하지 않겠다는 양 그녀는 언제까지고 바르작거리며 몸부림을 쳤다.

공허하고 쓰디쓴 키스. 힘으로 빼앗아 유린하는 것쯤 못할 바가 아니었다. 그러나 이건 아니라고, 이런 건 아니라고 태승의 머릿속 어딘가에서 속삭였다.

도덕률 따위의 허울 좋은 고상함의 발로가 아니다. 백서우에게 이 이상은 위험하다는, 저열한 야성의 경고였다. 마이너스 마일리지라면 이미 충분했다. 거기서 더 나아간다면….

"어때, 뭐 좀 느낀 거 있어?"

덤벼들 때 그랬듯 홀쩍 고개를 들며 태승이 물었다. 독기가 바짝 오른 눈이 그를 노려보았다.

"뭘 느꼈어야 하는데? 이 지독한 행패에서?"

완연히 짧아진 말끝만큼이나 염증으로 똘똘 뭉친 그녀의 말에선 날것 내음이 났다. 그러나 그 날것의 번득거림조차 백서우라는 인물의 테두리를 벗어나진 못했다. 아아, 그녀의 우아함은 어떻게 이토록 단단할까.

175

"내 성적 취향에 대한 증빙? 내 몸이 네게 열려 있는 걸 모르겠어? 툭 까놓고 말해서 발정난 짐승처럼 안달난 게 나는 느껴지는데, 너한텐 전혀 안 보인단 말이야?"

그녀는 약간 눈을 가늘게 떴을 뿐, 완고하게 다물린 입술을 쉬 열지 않았다. 태승은 꼿꼿이 버티고 선 그녀를 한층 더 옥죄어 안았다. 사각거리며 짓눌리는 리넨 원피스 너머로 터질 듯이 부풀어 오른 남성을 노골적으로 밀어붙였다. 엉덩이를 뒤로 빼려는 부질없는 몸부림이 태승의 손에 전해졌다. 그는 엷게 웃었다.

"지금 이게 가식일까? 그도 아니면 연기?"

"…남자들 물건이란 건 변덕스럽기가 뭣 같다던데? 제풀에 일어섰다가 정작 소용 있을 땐 꿈쩍도 안 하기도 하고."

그녀 딴엔 도도하게 말하는 성싶지만 태승의 눈엔 수치스러워하는 기색이 역력히 읽혔다. 그러한 반전의 면모는 발긋하게 뺨에 피어오르는 홍조와 더불어 그의 가슴에 사무쳤다.

"어디서 주워들은 건 많은데 정작 확신은 없지? 그럴 땐 차라리 침묵하는 게 좋아."

태승의 충고에 서우의 뺨을 적신 홍조는 금세 귓불까지 빨갛게 퍼져갔다. 정말 누구에게도 보여주기 싫은 희귀한 풍경을 만끽하며 태승은 나직이 속삭였다.

"둘 사이의 일에 타인을 끌어들일 필요도 없어. 내게 집중해. 방어벽을 세우려 애쓰는 십분의 일만이라도 감각을 일깨워서 나, 주태승을 보고 느끼라고. 찬찬히."

날이 선 그녀의 눈에서 언제까지고 눈길을 돌리지 않고 차분히 마주 응시했다. 얼어붙은 수면 아래의 물이 조금씩 풀리다 마침내 뒤덮은 얼음마저 금이 가고 녹아내리는 것처럼, 그녀의 눈빛에 서린 냉기도 어느 순간을 기점으로 조금씩 옅어졌다. 마침내 그녀가 긴 한숨을 내쉬었다.

"알았어요, 그쪽 여자한테 제대로 반응하는 거 인정할게요. 내가 오해했어요."

한 수 접으면서 깍듯한 예의마저 회복한 것이 도리어 태승은 아쉬웠다. 그리고 극히 제한적인 영역에 머문 그녀의 이해도.

"하지만 오해의 여지를 준 건 그쪽 탓도 있어요. 목걸이로 부린 수작만 해도, 너무 지나치잖아요? 어떤 의미가 있는 목걸인지 모르는 것도 아니고. 그걸 그쪽은 눈엣가시라도 되는 양 치워버리려고 했다고요."

태승이 눈살을 약간 찌푸리자 그녀는 얼버무리며 뒷말을 부연했다.

"내 눈엔 그렇게 보였다는 뜻이에요. 내 눈엔."

입술을 가볍게 축여낸 태승이 그녀를 힐책했다.

"책만 들입다 팔 게 아니라 감각을 키우는 훈련도 해야겠어, 프린세스."

이번엔 그녀의 미간에 또렷한 줄이 섰다.

"그 프린세스란 말 좀. 그건 줄리아만 쓸 수 있는 애칭이에요. 다른 사람에게 그렇게 불리는 거 싫어요."

"희경이 늘 너를 공주님이라고 부르는 건?"

"의미가 달라요, 그 둘은."

난해한 말이었다. 깊게 파고드는 건 본능적으로 내키지 않고. 태승은 무심코 희경의 이름을 꺼낸 것도 후회하고 있었다. 지금은 온전히 그녀의 주의를 그에게 돌려야 할 때였다.

"알겠어. 겹치지 않도록 별도의 호칭을 궁리해볼게."

"그럴 필요가 있나요? 이렇게 개인적으로 만날 일이 앞으로 얼마나 될 거라고."

우회적으로 다시 만날 뜻이 없다고 밝히는 말에 태승은 서늘하게 웃었다.

"그건 오늘 너 하기에 달렸지. 하지만 영 생각이 없다는 데야…."

"'오늘'에 달렸다는 말 믿어도 돼요?"

그의 말을 끊으며 서우는 확인하듯 물었다. 눈빛이 달라졌다. 태승의 예민한 신경이 그것을 알아챘다.

"이미 말했잖아? 원하는 건 하룻밤의 보상이라고."

서우는 짧게 한숨을 쉬고 그에게 그만 팔을 풀어달라고 당당하게 요구했다. 그도 무력시위에서 깔끔히 물러날 때임을 받아들였다.

"이렇게 해요."

적당한 거리를 회복한 서우가 핸드백에서 휴대폰을 꺼내 들었다. 몇 가지 조작을 한데 이어 그것을 그에게 보였다. 녹음기 어플을 구동하기 전인 것을 확인하고 태승이 고개를 들자 그녀가 말했다.

"이걸로 거래는 끝이라고 확실히 한마디 해줘요. 줄 것도 받을 것도, 더 이상은 없다고."

태승은 숨을 들이쉬며 잠시 그녀의 말을 곱씹었다.

"약간 고치는 게 좋겠어. 줄 거 주고, 받을 거 받았다고."

"줄 거 주고, 받을 거 받았다?"

"같은 의미야. 그래도 그편이 더 부드럽지 않아?"

서우는 눈을 깜박거리며 다소 황당하다는 듯 말했다.

"뉘앙스에 그렇게 신경 쓰는 사람인 줄 몰랐네요. 철저한 이과형 인간인 줄 알았는데."

"나에 대해서 아는 것보다 모르는 게 훨씬 많을걸."

"하긴."

순순히 납득한 그녀가 그럼 그걸로 하자고 결정하고는 어플을 구동시켰다. 태승은 주어진 대사를 읊조렸다.

"줄 거 주고, 받을 거 받았어. 오늘 거래는 끝이야."

"잠깐만요…."

녹음된 목소리를 확인하는 서우의 표정이 밝지 않았다.

"왜 그래? 원하는 말은 다 해줬잖아."

"뭔가 느낌이 달라서…. '오늘'이란 말을 빼고 다시 한번 말해줄래요?"

"그게 제일 중요한 거 아니었나? 정작 충동적인 게 누군지 모르겠군."

태승의 힐난에 대꾸할 말이 마땅찮은지 서우가 입술만 잘근잘근 깨물었다. 괜히 생각할 여유를 허락하는 건 어리석은 짓이다. 설득이 통하지 않을 때의 제2안을 이미 계산하고 찾아온 여자였다. 다시 태승이 저돌적으로 밀어붙일 때였다.

"내게 안길 각오도 하고 온 거 맞지? 지금부터라도…."

다가서며 어깨를 붙잡는 손을 그녀는 거부하지 않았다.

"외박은 곤란하니까요. 지난번엔 예외적인 경우였고. 아, 그리고 저녁 6시까지는 돌아가야 해요. 줄리아에게 음식을 배우는 날이라."

"6시? 그럼 5시에는 나가야 한다는 소리잖아. 당치도 않아. 하룻밤을 반나절로 퉁칠 셈이야?"

"시간이 중요한가요? 밀도가 중요하지."

제법 호기롭게 말하는 서우를 대하여 태승은 웃음을 터뜨렸다. 밀도. 밀도라. 그 얼마나 편리한 구실인가. 하물며 그녀가 직접 쥐어준 구실이었다.

"날 시험할 셈이로군. 교활해."

일부러 언짢은 체하며 그녀의 등에 손을 둘러 원피스 지퍼를 내리기 시작했다. 원피스 아래엔 원피스보다 더 새하얀 슬립이 그를 기다리고 있었다.

"씻을래? 아니면 바로 침대로?"

바르르 떨리는 몸에 비해 대답하는 그녀의 목소리만큼은 당당했다.

"씻을게요. 기왕 욕실이니까."

조금이라도 더 시간을 깎았다는 의기양양함이었을까? 그렇다면 그녀는 크게 실망하리라.

"좋아, 백 줄래?"

건네받은 가방과 개켜놓은 원피스, 그리고 목걸이까지 욕실 밖 복도에 내어놓고 태승은 다시 욕실 안을 돌아보았다. 등 뒤로 문을 닫는 그를 보는 그녀의 눈이 크게 벌어졌다.

"시간이 아까우니 함께 씻자고."

"아뇨, 그건, 곤란해요, 나는 그럴 생각은…."

뒤늦게 패착을 깨닫고 손을 내젓는 서우에게 곧장 다가서며 샤워기 레버를 올렸다. 다소 차가운 온도로 맞춰진 물벼락에 소스라쳐 놀라는 그녀를 태승은 너무도 쉽사리 품에 안고 입술을 겹쳤다. 가로막힌 입술 사이로 그녀가 무어라 웅얼대는 소리를 힘차게 입술을 빨아들이며 묵살했다.

센 물살이 금세 둘을 차갑게 적셨지만, 겹쳐진 서로의 몸에선 외려 열이 피어올랐다. 마침내는 차가운 물줄기가 시원하게 느껴질 정도로 피차에 열 덩어리가 되어버렸다.

샤워를 빙자한 농탕질. 어느새 거품투성이의 벌거숭이가 되어 태승의 품 안에서 허덕거리는 그녀는 자신이 희경의 아파트에서 목도한 것과 다를 바 없는 유희 속으로 거꾸러진 것까진 모르는 것 같았다. 거기까지 생각이 미칠 틈을 그가 내어주지 않았음이다.

비누거품을 바르며 정성스럽게 온몸을 쓸어내려 가던 그의 손이 다리

사이로 미끄러지자 그녀의 입에서 아찔한 한숨소리가 흘러나왔다. 하지만 쉽게 허락하지 않는다. 얼른 몸을 비틀며 그의 손을 다른 곳으로 인도하는 손길.

태승은 그녀의 등을 훑어 올라간 손을 뻗어 레버를 조절해 물 온도를 높였다. 한결 뜨거워진 물이 그녀를 덮은 거품을 씻어 내려가는 동안 열기가 답답한 듯 그녀의 숨이 빨라졌다. 그러한 때를 노려 그는 다시 그녀의 깊숙한 곳으로 파고들었다.

"거긴 내가···."

안 되겠다 싶었던지 순간 수줍은 눈빛으로 그를 올려다보며 그녀가 속삭였다. 아름다운 눈길에 태승은 홀린 듯 고개를 기울여 입술을 훔쳤다. 그대로 그를 밀어내는 작은 손을 움켜쥐고 함께 부드러운 살 속을 헤쳤다. 여린 속살은 이미 무르녹을 것처럼 뜨거웠다.

점점 거칠어지는 태승의 숨소리가 욕실 공기를 더욱 농밀하게 물들였다. 침대로 가기 전의 충실한 전희, 애초의 의도는 그것이었으나 계획이고 뭐고 안중에서 사라졌다. 급기야는···.

와락 벽으로 밀어붙인 그녀에게 태승은 괴로울 정도로 곤두선 분신을 들이밀었다. 손가락 한둘은 여유롭게 머금어주던 공간이 사실은 기만에 지나지 않았다는 것처럼, 꼭 아물어져 있는 내부에 살짝 당황했지만 물러설 생각은 없었다. 억지스럽게나마 비집어 연 문 안으로, 그는 주저 없이 완력을 쏟아부었다.

"아, ···아으으."

힘에 굴복하여 주름진 속살이 조금씩 넓혀졌다. 그토록 굳게 다물려 있던 게 믿기지 않을 만큼 촉촉하고 나긋나긋한 점막이 찰싹 달라붙듯이 그를 휘감아왔다. 부드러운 포옹은 금세 세찬 조임으로 돌변해 그를 숨 가쁘게 했다. 거기에 그녀의 신음 섞인 뜨거운 숨결은 불붙은 욕정에 기름을 끼얹는 격이었다.

"힘 빼, 힘을 빼, 서우야. 아프게 하고 싶지 않아."

점점 더 안달을 내며 태승이야말로 요령부득으로 마구 힘을 썼다. 키 차이 때문에 엉겁결에 까치발로 바동거리던 그녀의 발이 한순간 허공중에 떴다. 동시에 와르르 성벽이 무너진 것처럼 그의 분신이 쑤욱 빨려 들어갔다.

"흐윽!"

외마디 비명 같은 그녀의 신음소리를 들으며 태승은 부르르 몸을 떨었다. 격렬하게 펌프질하는 심장이 내보내는 절절 끓는 뜨거운 피. 그중 가장 뜨거운 피가 그녀 안에서 고동치고 있었다.

다시 여기에.

돌아왔다, 완벽하게. 하루하루가 백 년의 고행 같던 며칠을 흘려보낸 뒤에야.

그녀를 뒤덮은 태승의 등 근육이 만족스럽게 꿈틀댔다.

그것이 시작이었다.


"으… 으읏, 으으응."

넓게 벌려져 그의 팔꿈치에 꿰어진 그녀의 다리가 간헐적으로 경련을 했다. 상아탑의 학자를 지향하는 사람답지 않게 퍽 탄탄한 몸을 가진 서우였지만, 체력이 거의 바닥난 지금은—세 시간 남짓 걸렸나?—온몸의 맥이 풀어져 인형처럼 태승에게 흔들리는 게 고작이었다.

반면 신음소리는 한결 솔직해졌다. 욕실에서의 일이 있고 침대로 들어온 후, 한사코 입술을 짓씹으며 소리 내는 것을 거부하던 노력이 차츰 허물

182

어져 가는 것을 보는 건 유쾌한 일이었다.

간신히 초점을 유지하고 있는 눈이 풀어지는 것도 시간문제. 어디까지 왔을까, 확인해볼 셈으로 등을 굽히며 눈을 맞추려 한 게 그녀에게서 또 한번 자지러지는 신음을 끌어냈다.

"아흐… 너무 깊어요, 웃!"

반쯤 쉬어진 목소리로 호소하며 그녀가 힘없이 그의 가슴을 두드렸다. 허리가 눈에 띄게 휘어지며 진저리치는 그녀를 태승은 신기하다는 듯 들여다보았다. 몇 번을 보아도 판단이 서질 않아, 이번엔 자세를 바꾸는 대신 곧이곧대로 물었다.

"아파? 아니면 좋아서 그래?"

"당연히….

짜증을 담아 그를 쏘아보던 예쁜 눈이 순간 가볍게 뒤흔들렸다. 어떤 의민지 태승은 직감했다. 아, 모르는구나. 본인도. 당연히 아프다고 생각해 온 게 실은 아픈 거랑은 미묘하게 다르다는 걸 깨달았을까? 그도 아니면 아픈 건 맞는데 거기에 불순물이 섞여 있다던가.

"좀 더 생각해봐. 시간, 충분히 줄게."

태승은 엷게 웃고 덥석 그녀의 입술을 훔쳤다. 그대로 그녀의 머리 양옆에 멀찍이 손을 짚은 채 잠시 중단되었던 피스톤 운동을 재개했다.

맥은 없을망정 여전히 유연한 몸이 그가 깊게 꿰뚫을 때마다 물고기처럼 펄떡거렸다. 그는 힘을 아끼지 않았다. 페이스 조절 같은 건 욕실에서부터 이미 내던졌다. 번번이 이것이 지상에서의 마지막 섹스라도 되는 것처럼 격렬하게 그녀를 갈구했다. 그래도 지치지 않았다. 도리어 횟수를 거듭할수록 팔팔해져서 직전의 섹스와 겨루는 기분마저 생겨났다.

점점 파리하게 시들어지는 서우의 모습은 문제가 아니었다. 말했다시피 그녀가 지쳐갈수록 돌아오는 반응은 솔직해졌다.

뿐더러 그를 머금은 그녀의 안은 여전히 뜨겁고, 촉촉했다. 서로의 체액을 듬뿍 머금어 드나드는 것이 비교적 수월해진 지금도 쫀득하게 조이며 달라붙어오는 점막은 잠시 방심하면 그대로 사정해버릴 만큼 위험했다.

'돌겠군. 빌어먹게도 좋아. 평생 이 짓만 하래도 얼마든지 하겠어.'

스스로도 이렇게까지 정욕이 강한 인간인 줄은 몰랐다. 오히려 이쪽 욕구는 덤덤한 편이라 다행이라고 생각하기까지 했다. 금욕은, 그에게 별반 인내를 요구하지 않는 자연스러운 일이었다.

다른 섹스 따윈 모른다. 그러나 그녀와의 섹스는, 그가 여태 이뤄놓은 모든 것을 무너뜨릴 만큼 강렬했다. 이런 걸 다른 여자에게서도 느낄 수 있을 거라는 의심 같은 건 손톱만큼도 들지 않았다. 그녀만이 가능하다고 본능적으로 확신했다.

백서우만이.

지난 수년간 한 조각 자학처럼 그녀를 가슴에 품어온 것엔, 어쩌면 이토록 완벽하게 들어맞는 짝이라는 예감 같은 게 들어 있었을지도 모르겠다. 울적한 망상 속에서 기백 번은 족히 그로 인해 흐드러졌던 비너스.

정작 망상은 현실 앞에서 맥없이 무너졌다. 어느 쪽이 비현실인지 모를 정도로 아찔한 현실 앞에서.

"아, 아앗, 하아웅."

탐식하던 입술을 잠시 풀어주자 그녀는 머리를 흠칫거리며 애절한 신음을 연발했다. 기어코 눈의 초점마저 흐릿하게 뭉개져가는 순간을 태승은 게걸스럽게 눈에 담았다. 덩달아 숨이 가빠져 또 한동안 머릿속이 텅 빌 정도로 거세게 박아댔다.

"윽…."

정신을 차린 건, 별안간 터무니없을 정도로 강하게 조이는 감각 때문이었다. 뻐근하게 아플 정도의 조임은 흡사 깨물림에 가까웠다. 임박한 사정감에 이를 악물며 참는 태승의 눈에 느릿느릿 몸부림치는 그녀가 비쳤다.

신음조차 없이 발간 석류 속 같은 입술을 뻐끔거리며 헐떡거리는 그녀가 실은 오들오들 떨고 있는 게 뒤늦게 그에게도 전해졌다. 희미하게, 그러다 문득 강하게. 다시 좀 더 약하게. 또 강하게…. 몇 번이고 잔물결처럼 퍼져 나가는 떨림으로 그녀의 전신이 요동치고 있었다.

등줄기가 오싹할 정도로 아름다웠다. 태승은 꿀꺽 마른침을 삼키며 그녀를 불렀다.

"서우야?"

"아아…."

대답이라기보다는 무심코 이름에 반응한 듯이 보였다.

"아파? 아니면 좋아?"

정신이 어딘가 다른 곳을 거닐고 있는 듯한 사람에게 몇 번이고 같은 말을 물었다. 도리질하면서 팔로 눈을 가린 그녀가 가까스로 우물거렸다.

"몰라…. 몰라요, 아무것도, 아아, 모르겠어…."

"아직도? 그럼 더 해보는 수밖에 없네."

"그러든지…."

그렇게 속삭이고, 비너스는 가벼이 정신을 잃었다.

완벽한 대답이었다.


5시를 넘긴 시각. 일찍이 그때엔 떠나겠다고 선언했던 시각에도 서우는 신음하고 있었다.

장소는 침실에 딸린 욕실. 씻는 걸 거들어주겠다고 들어간 태승은 어느새 씻는 건 딴전으로 하고 세면대에 엎드린 그녀를 안는 데 여념이 없었다.

다리에 힘이 들어가지 않는지, 그녀는 세면대를 잡고 버티는데도 몇 번이고 휘청거리며 주저앉으려 했다. 아무려나 태승은 단단히 엉덩이를 틀어쥐고 끊임없이 허리를 밀어붙였다.

반복되는 포옹에 슬슬 안이 말라가는 걸 보고, 준비해뒀던 젤을 아낌없이 썼더니 들락날락할 때마다 결합부에서 맑은 액이 뚝뚝 떨어졌다. 더러는 그녀의 허벅지로도 거품 지어 흘러내린다. 묘하게 퇴폐적인 광경이 질퍽질퍽한 젖은 소리와 더불어 그를 간질간질 자극했다. 크게 출렁이는 충동에 그녀 안의 분신이 새삼 더 단단해지며 깊숙이 틀어박혔다.

"으윽…."

또 한 번 아찔하게 조여 오는 느낌에 태승은 신음을 깨물며 사정감을 참았다. 이 벼락같은 황홀을 외면하려면 무언가 다른 생각할 거리가 필요했다.

"하아, 하아…."

신음조차 힘에 부친 듯 가쁜 숨을 내뱉는 그녀의 얼굴 쪽으로 시선을 옮겼다. 제멋대로 흐트러져 가녀린 등과 크림색 세면대 위에서 출렁거리는 그녀의 머리카락조차 한숨이 나오도록 요염했다. 고개를 숙여 흠뻑 들여마시는 머리카락 냄새는 왜 또 그리 좋은지.

'못 보내겠어. 짐작은 했지만, 제대로 엿 같군.'

바야흐로 하던 짓을 멈추고 서우를 돌려보내야 한다는 생각만으로도 울컥 짜증이 치밀어 올랐다. 이른바 밀도의 문제. 그녀가 자신이 내뱉은 말의 덫에 걸리는 걸 볼 요량으로 스스로도 미쳤다 싶을 만큼 행위를 반복했으나….

그 뻔히 보이는 덫에 걸린 건 태승 역시 마찬가지였다. 그토록 했는데도 충분치 않았다. 아무리 먹어도 포만감을 느끼지 못하는 걸 보고 밑 빠진 위라고 하던가? 그 엇비슷하게 그의 쾌락중추 어딘가에도 심각한 구멍이 있는지 몰랐다.

물리지도 않고, 지치지도 않고. 그저 닥쳐오는 데드라인에 바짝바짝 성이 나 욕구만 더 뻗쳐올랐다. 도로 그녀를 침대로 데려가 재갈을 물리고 결박하는 상상에 머릿속이 어지럽다.

안 될 줄 알아도 상상엔 고삐가 없다. 그 탈출구라도 찾는 양 날것 그대로의 욕망을 서우에게 쏟아부었다.

"흐아앗…."

확실히 검증을 마친 몇 군데의 포인트를 번갈아 공략하며 무섭게 치대는 서슬에 축 늘어져 헉헉대던 그녀도 잔등을 떨며 머리를 뒤로 젖혔다. 땀으로 말갛게 씻은 흰 얼굴이 발하는 아련한 광채 속에 짙고 긴 속눈썹이 파들파들 떨리는 게 거울에 비쳤다. 홀린 듯 태승은 그녀의 턱을 움켜쥐고 그 눈썹에, 코에, 뺨에, 입술에, 입술을 포갰다.

깊은 키스가 아니어도 수십, 수백 번쯤 반복되면 몽롱하게 취하는 걸까. 한참 만에 도리질로 그의 입술을 피한 그녀가 꺼질 듯한 목소리로 말했다.

"다시… 올게요. 그러니까, 오늘은, 그만…해요. 나, 나 정말 가봐야 해요."

"다시 오겠다고?"

내내 기다렸던 말에 태승은 절로 벙긋 벌어지려는 입술을 짓씹으며 이맛살을 찌푸렸다.

"휴대폰을 가져와야 하나? 이런 일엔 기록이 필요한 거라고 누가 가르쳐 줬는데."

"내가 한 말은, 지켜요. …그렇게 살라고 배웠으니까."

"그럼 나는 그 반대로 살라고 배웠을까?"

거듭되는 빈정거림에 희미한 원망이 밴 서우의 눈빛이 그에게 머물렀다. 하지만 곧 한숨을 내쉬며 그녀가 한발 물러섰다.

"신뢰를 쌓는 게 먼저겠네요, 우린. 내가 어떻게 할까요? 정말로 휴대폰에 대고 약속하라면 하고."

태승은 미소하며 가볍게 고개를 저었다.

"우선은, 바래다주게 해줘."


집까지 돌아가는 반시간 남짓 동안 서우는 세상모르고 새근새근 잤다. 저택 대문 앞에서 차를 세우고 여유 시간이 좀 있는 걸 확인한 태승은 깨우지 않고 그런 그녀를 바라보았다.

자신의 차 옆자리에 서우가 앉아 있는 풍경. 여러 번 상상해봤지만 그게 어떤 기분인지 오늘에야 비로소 알았다. 게다가 잠을 자고 있다. 경계심 따윈 내던진 채로. 그렇게 되도록 몰아붙인 게 그일망정 그 다디단 과실을 맛보는데 가책은 없었다.

'충분히 기다렸어. 어쩌면 너무도 오래.'

울적한 생각은 잠시 미뤄두고 서우를 눈에 담는 것에 집중했다. 불과 좀 전에 그녀를 씻기고 옷을 입혀준 일이 벌써 아득한 옛일만 같았다. 하물며 그녀가 거의 기진할 정도로 몸을 섞은 일은…. 그게 정말 있었던 일은 맞나?

어처구니없는 의심을 품으며 태승은 저도 모르게 몸을 뒤척였다. 아직도 희미한 열기를 머금은 아랫도리를 의식하며 의혹을 씻으려는 제 모양 새가 스스로도 우스웠다.

반쯤 얼이 빠진 건 알겠는데 적당히 하자. 이제 겨우 한발 떼었을 뿐, 갈 길이 아직도 멀다는 것을 태승은 떠올렸다.

그는 시계를 들여다보고 주머니를 뒤적여 뭔가를 꺼냈다. 그리고 그것을 서우의 손에 쥐어주는 것을 빌미로 그녀의 손에 꽉 깍지를 끼웠다. 흠칫하며 서우가 눈을 떴다.

"어… 다 왔네요."

졸음에 겨운 눈으로도 집 대문을 알아보고 안심하던 그녀가 뒤늦게 그에게 붙잡힌 손을 깨닫고 미간을 찡그렸다.

"놔요, 이 손."

"정말 놓을까? 후회할 텐데."

"후회 같은 거 안 해요."

당치 않다는 듯 코웃음 치던 그녀는 그만 하품이 나서 고개를 모로 틀었다. 그 잠시 후 휘둥그레진 눈으로 그를 돌아보았다.

"혹시 지금 내 손에 있는 거?"

태승은 피식 웃고 천천히 깍지를 풀었다. 아쉬움 가득한 손길이 마침내 거두어지자 서우의 손바닥엔 핑크 다이아 목걸이만이 남았다.

"내 신뢰의 표시라고 해두지."

서우는 말없이 목걸이에서 그의 얼굴로 시선을 옮겼다.

"파티에선 걸어야 할 테니까. 안 그래?"

"고맙다는 말은 기대하지 마요."

그녀는 퉁명하게 말했다. 태승이 기다린 말은 그 뒤였다.

"물론, 약속은 지켜요."

"그러는 게 좋을 거야. 내친김에 날짜까지 정해둘까?"

"뭐가 그렇게 급해요? 그렇게나 해대고선…."

질렸다는 듯 고개를 저으며 앞유리 너머를 바라보던 서우가 별안간 똑바로 고쳐 앉으며 꿀꺽 마른침을 삼켰다. 그 시선을 따라 돌아본 태승의 눈에 길 앞쪽으로 걸어오는 노부부의 모습이 비쳤다. 서우의 외할아버지와 외할머니. 특히 줄리아가 그들을 알아보고선 벌써부터 손을 흔들고 있었다.

"내릴게요. 이야기는 나중에 해요."

급하게 안전벨트를 풀고 내리려는 그녀를 보며 태승도 안전벨트를 풀었다.

"인사는 드려야지, 나도."

"그럴 필요…. 하아, 인사만 하고 가요. 적당히 둘러댈 테니까."

차량 밖에 있는 이들을 의식한 듯 밝은 얼굴을 하고 그녀는 짜증을 냈다. 덕분에 태승은 슬그머니 웃음을 깨물며 차에서 내렸다.

간단한 인사가 오간 데 이어, 막 산책을 하고 오는 길이라며 줄리아가 명랑한 목소리로 말했다.

"낮잠을 오래 자서 그런가 소화가 안 되던 게 덕분에 싹 내려갔어. 우리 프린세스가 요리하는 날이니까 잘 먹어야 할 거 아냐. 준비운동 잘했지?"

"잘하셨어요. 겸사겸사 할아버지랑 데이트는 즐거우셨어요?"

"두말하면 입 아프지."

유쾌하게 손사래 친 줄리아의 시선이 태승에게 가서 머물렀다.

"그런데 이 멋진 청년은…."

"희경 오빠 친구예요. 며칠 전에 집에도 놀러 와서 얼굴 보셨는데. 기억, 나시죠?"

"장미 꽃다발을 들고 왔었어. 당신이 곱다고 칭찬했지."

서우도 그렇고 외조부인 최 교수도 어쩐지 줄리아를 대하는 태도가 무척 조심스럽다고 태승은 생각했다. 약간의 의아한 기분은 고운 치아를 드러내며 그에게 방긋 웃는 줄리아의 미소에 가볍게 휘발됐다.

"알죠, 꽃하고 잘 어울리는 남자라고 생각했어요. 보세요, 당신. 눈매가 참 아름답지 않아요?"

노부인의 엉뚱한 말에 최 교수는 물론 서우의 눈길까지 태승의 눈으로 모여든다. 적잖이 무딘 신경을 가졌다고 자부하는 태승이었지만 이때만큼은 슬쩍 진땀을 흘렸다.

"기름한 눈매에 은은히 맺힌 속 쌍꺼풀이 새초롬하니 곱죠? 동양인만이 가질 수 있는 우아한 눈이에요. 당신 눈에 반한 뒤로 오랜만에 가슴 설레는 눈을 만났어요."

"용케 같은 세대가 아니라 다행이군. 하마터면 대단한 연적이 생길 뻔했어."

덤덤해서 더 다정한 멋이 있는 최 교수의 말에 줄리아는 소녀처럼 웃으며 팔짱 낀 남편의 팔을 쓰다듬었다. 노부부의 눈길이 사이좋게 서로에게 쏠린 것에 안심하며 태승이 고개를 돌리자 복잡한 눈빛으로 이쪽을 보고 있는 서우와 눈이 마주쳤다. 얼른 고개를 돌려버리긴 했지만 무슨 생각을 한 걸까, 궁금해지는 눈빛이었다.

"참, 이 청년이 문병을 와줬었지? 그럼 오늘은 답례로 저녁식사에 초대했나 보구나, 프린세스. 미리 말을 해주지. 늘 먹던 것뿐이라 어쩌나?"

줄리아의 엉뚱한 오해에 서우가 급히 고개를 저었다.

"아뇨, 모임에서 만났는데 마침 제 차가 고장나서 차를 얻어 타게 됐어요."

"오! 차가 고장나다니? 위험하지 않았어?"

"엔진오일 갈 때가 좀 지났었나 봐요. 카센터 간 김에 여기저기 봐달라고 맡겼어요. 염려하지 마세요."

서우의 능숙한 거짓말을 물끄러미 지켜보고 있던 태승에게 다시 줄리아의 관심이 향했다. 어쨌거나 여기까지 왔는데 저녁식사를 같이하지 않겠냐는 초대였다.

"다 모여 봤자 셋뿐이라 아무래도 식탁이 적적해요. 난 손님맞이를 좋아하는데 요즘엔 통 와주는 사람도 없고! 대접할 게 변변찮긴 하지만 그래도 괜찮다면 함께 하지 않을래요? 오늘은 우리 프린세스가 메인 요리사를 할 거예요. 솔직히 나보다 요리 솜씨가 훌륭하답니다."

"칭찬이 지나쳐요, 줄리아. 그리고 태승 씬 다른 약속이 있다고 들었어요. 그랬죠? 내일 밀라노 가기 전에 처리할 게 이것저것 있다면서요."

줄리아가 말할 때만 해도 태승은 거절할 생각이었다. 오후 내내 무던히 시달린 서우도 이제 좀 긴장을 풀고 쉬어야 할 거라고. 하지만 서우의 지나치게 절박한 눈빛이, 태승 안에 뾰족한 가시를 돋게 했다.

"밀라노에 가나? 무슨 일로?"

최 교수가 관심을 보이며 물어오기에 얼른 태승이 대답했다.

"아버지 출장에 동행하게 됐습니다."

"부군께서 어패럴 쪽 사업도 하신다고 했지. 슬슬 비즈니스 현장에 데리고 다니시는 모양이군."

"그 정도 비중은 없습니다. 그저 제가 이탈리아어를 좀 하니까 통역으로 쓸 계산이겠죠."

"아, 이탈리아어를 한다고."

"조금 취미로 하는 수준입니다."

"글쎄, 부군께서 비즈니스 통역으로 데려가는 걸 보면 그건 겸손의 말 같군. 공사 구분이 투철하다는 평판이던데."

가벼운 언급이었지만 최 교수의 지식은 훨씬 방대하지 싶어서 태승은 진땀이 났다. 서우도 있는 앞에서 아버지 이야기를 하자니 말 그대로 발가 벗겨지는 기분이었다. 어쩐지 오른쪽 옆구리도 지끈거려서 살짝 누르고 있자니, 고맙게도 줄리아가 대화에 끼어들었다.

"그러니까 밀라노는 내일 간다는 거죠? 처리할 일이 있어도 저녁은 먹어 야 할 테고. 혹시 선약이 있나요?"

태승은 고개를 저으면서 옆얼굴에 애타게 달라붙는 서우의 시선을 의식 했다. 그는 시계를 확인하며,

"아직 시간 여유가 있긴 한데⋯."

짐짓 고민하는 척했다. 줄리아가 어느 정도 여유냐고 묻자 "한 시간 반 정도?"라고 태연히 중얼거렸다.

"한 시간 반이면 충분해요! 프린세스, 우리가 좀 서둘러야겠구나. 자자, 같이 가요, 어서."

줄리아가 서우의 등을 두드려 걸음을 재촉한데 이어 태승의 팔을 잡고 대문 쪽으로 인도했다. 태승은 조금 주저하며 낯을 흐렸다.

"빈손으로 왔는데 이러면 죄송해서⋯."

"그럼 다음에 또 꽃 사들고 와요, 예쁜 청년. 우리 집 여자들은 모두 꽃을 좋아한답니다."

들떠서 웃음 짓는 노부인 너머로 입술을 뾰족하게 내밀고 있는 서우의 옆얼굴이 보였다. 불쾌하게 만들어버렸네. 약간의 안타까움에 발이 묵직 한 기분도 잠시. 대문을 넘어서는 순간 태승은 전신이 거뜬해지며 활력이 돌았다.

한 시간 반이나 더 그녀를 볼 수 있는 것이다. 하물며 직접 해주는 음식을 먹을 수 있다니.

평생 챙긴 적 없는 생일이 모조리 찾아온 것만 같은 날이었다.

## 9
# 월인재에서

파티 날은 빠르게 닥쳐왔다.

저녁 6시가 다가오는 시각. 새로 마련한 이브닝드레스를 두고 서우는 마지막까지 고민했다. 다소 탁한 빛깔의 인디언핑크색 드레스는 희경이 마음에 쏙 든다며 골라준 것이다.

그러나 말끔히 차려입고 전신거울로 자신을 이리저리 살펴보는 서우의 표정은 도통 밝아지지 않았다.

"나한테 맞는 색깔이 아니야."

마침내 인정하고 말았다. 이 사실을 받아들이는 데 며칠이나 걸렸다는 게 더 씁쓸했다. 옷을 선물 받은 날 돌아와서 바로 줄리아에게 선뵀을 때가 떠올랐다.

'으음…. 디자인은 예쁜데 다른 색은 없었니?'

'왜요? 안 어울려요?'

'그렇진 않아. 하지만 색이 좀, 칙칙하다 싶어서. 내 눈이 침침한 탓인가?'

'집 안에서 봐서 그럴 거예요. 백화점에서 입어봤을 땐 괜찮았어요.'

'그렇다면 됐지.'

줄리아는 노안을 탓하며 더는 옷에 대한 불만을 내보이지 않았으나, 반응이 썩 좋지 않은 것만은 분명했다. 서우는 옷을 드레스룸에 걸어놓고 파티 당일이 될 때까지 생각하지 않았다. 그리고 이제 입어본 결과, 줄리아의 심미안에 새삼 무릎을 꿇었다.

결정을 내려야 했다. 이 어울리지 않는 드레스를 입고 가든가, 이제라도 다른 옷을 찾아내든가.

그녀는 옷장 앞으로 갔다. 뭔가 눈에 들어오는 게 없을까 하며 안을 훑어보는데 번쩍 꽂히는 드레스가 하나 있었다.

"맞아, 이거라면 희경 오빠도 본 적 없어."

언젠가 서우가 자선 바자회에서 산 블랙 드레스를 줄리아가 칵테일 드레스로 재탄생시킨 옷이었다. 목둘레와 치맛단을 장식한 화려한 은색 레이스는 줄리아가 유감없이 솜씨를 발휘한 결과다. 언뜻 봐선 기성품으로 착각하고도 남을 정교한 레이스에 줄리아는 자그마치 열흘 가까이 투자했다.

오늘 같은 날 입기에 부족함이 없다. 서우는 곧장 입고 있던 옷을 벗고 블랙 드레스로 갈아입었다. 다시 거울 앞에선 그녀의 표정이 비로소 밝아졌다.

세련된 동시에 클래식한 멋도 있다. 핑크 다이아 목걸이도 검은 옷이 받쳐주자 한결 눈에 띄었다. 다만 옷이 바뀌자 머리가 겉돌아서 얼른 긴 머리를 정돈해 올림머리를 했다.

신고 갈 구두는 물론 구색이 맞는 클러치도 다시 골라야 했다. 검은색 뮬과 메탈 느낌이 도는 은색 클러치를 조합해봤다. 무난하긴 한데 애써 문제는 풀고 검산은 하지 않은 듯 찝찝한 기분이었다.

이유는 하나, 줄리아에게 최종 점검을 못 받는 데 있었다. 작년이었다면

서우와 함께 갔을 줄리아가 오늘은 곁에 없다. 춤추는 걸 그렇게 좋아하는 사람이 모처럼의 댄스파티를 놓쳤다는 걸 알면 얼마나 안타까워할까. 때로는 무지가 유일무이한 약이 된다는 사실에 서우는 씁쓸한 미소를 머금었다.

"와우! 아름다우십니다, 공주님!"

데리러 온 희경은 그녀를 보기 무섭게 손뼉을 치며 감탄했다. 그가 사준 옷이 아니란 것도 모르는 눈치에, 서우는 부러 이러는 건가 의아해했다.

"언짢아요, 오빠? 사준 옷을 안 입어서?"

"응? 이게 내가 사준 거 아냐? 아… 아니다, 분명히 분홍색 드레스였지?"

이마를 찰싹 치는 품새가 정말 몰랐었나 보다. 이어서 왜 그 옷이 아니냐고 찡얼거리는 그를 달래느라 의아한 기분은 잠시 뒷전으로 했다.

"솜씨가 녹슬었을까 봐 입고 춤 연습 좀 한다는 게 패착이었어요. 실수로 와인을 쏟았지 뭐예요."

"그런 연습은 나랑 했어야지. 엉뚱한 사람이랑 연습한 벌이야."

"줄리아에게 그 말 전해줄게요."

"으아아, 그건 안 돼!"

허둥거리며 손을 내저은 희경이 새삼스레 주위를 돌아보며 물었다.

"근데 줄리아는 정말 안 가는 거야? 엄청 속상해하실 텐데."

"어쩔 수 없죠. 친구분이 위독하시다는데."

줄리아는 아픈 친구 때문에 지방에 내려가서 파티에 불참. 그런 명목이었다. 이제는 입에 침도 안 바르고 거짓말하는 게 눈 깜박이는 것만큼이나 쉬워졌지 싶어 서우는 조금 울적했다. 사정 모르는 희경은 그녀를 위로하듯이 등을 토닥거리며 차로 데려갔다.

"줄리아 친구라면 아직 한창나이실 텐데 안타깝네."

"한창나이라곤 해도 대부분 지병 한둘은 갖게 되는 무렵이죠. 오빠 부모님만 해도."

"그렇긴 해. 엄마는 허리디스크에, 아빠는 고지혈증, 올 들어선 통풍까지 생기셨고. 맞다, 엄마 곧 있으면 수술도 해!"

안전벨트를 매다 말고 희경이 외친 말에 서우는 눈이 동그래졌다.

"수술이라니, 어디가 많이 안 좋으세요?"

"저번 건강검진 때도 한 소리 들었대. 이러다 펑 하고 터지면 위험하다고."

"심각한 건 아닌데… 펑 하고 터져요? 대체 뭐기에?"

"더 이상 물러날 곳이 없어지신 모양이야. 주사 맞는 것도 그렇게 싫어하는 분이 마침내 디스크 시술을, 크흑."

심각한 표정으로 미간을 누르는 희경과 달리 서우는 가슴을 쓸어내리며 설핏 웃었다.

"놀랐잖아요. 하늘이 무너진 표정을 해서 난 또 큰일난 건가 했네."

"큰일 맞지! 마취주사가 아주 어마어마하대!"

"그게 아프다고는 들었어요. 그런데 하게 되면 입원도 하나요? 아니면 당일에 퇴원?"

"입원할 거라던데. 체력만 되면 2박 3일로 퇴원하기도 한다는데 아무래도 연세가 있으니까 넉넉히 일주일 잡을 건가 봐. 열흘까지 갈 수도 있고."

"그래서 언제쯤?"

"아직 거기까진 못 들었어. 일단은 세부에서 돌아온 뒤겠지. 엄마도 나이가 드시나, 이번 여행 엄청 기대하고 있더라고."

"시술 일정 정해지면 말해줘요. 모르고 지나가지 않게."

"당장 나부터 모르고 지나갈지도 모르는걸. 장담은 못해."

어머니 수술 일정을 아들이 모르면 누가 아나. 그러나 희경은 그럴 수 있었다. 아들을 극진히 보호하는 송 여사를 떠올리면 그 가능성은 더욱 커졌다.

"그러니까 오빠가 주의의 끈을 놓지 말아요. 다 지난 뒤에 아 그랬어? 하지 말고."

"신경이야 쓰겠지만…."

한숨을 쉬며 희경은 천천히 차를 출발시켰다.

"작정하고 속이려 들면 별수 있어? 속이는 사람이 나쁜 거야. 속은 쪽을 탓하면 안 된다고 봐."

일리가 있기도 하고 없기도 한 말. 특히 누구처럼 기꺼이 속을 용의가 있는 경우엔 변변한 항변이 못 된다.

거기서 서우의 생각은 한 단계 비약했다. 속이는 사람이 나쁘다. 믿고 있다가 속은 사람은 죄가 없다. 희경은 과연 그 논거를 그 자신에게도 들이댈 수 있을까?

고요히 생각에 잠겨 말이 없어진 서우에게 그러고도 한동안 엄살을 늘어놓던 희경도 종래엔 잠잠해졌다.

이윽고 도착한 양평에 있는 저택. '월인재'라는 별칭으로 불리는 널따란 최씨 종가였다.

마당도 넓게, 집도 넓게 쓰고 싶다는 마나님 소원에 도심부와는 한참 동떨어진 곳에 너른 터를 구해 땅을 다지고 건물을 지어올린 게 거의 희경의 나이와 맞먹는다. 목숨 걸고 늦둥이 낳은 선물로 받은 집이라고 송여사가 농담하곤 하는 이유다. 실제로 송 여사 명의로 되어 있다는 월인재는 사는 동안 이런 용도, 저런 용도로 건물을 하나둘 지어 늘리다 보니 옛적 아흔아홉 칸짜리 최부잣집의 영화가 부럽지 않았다.

"먼저 온 손님들이 꽤 되나 봐요."

대문 안쪽 주차공간에 차를 세우고 내리면서 서우가 즐비하게 늘어선 차들을 훑어보았다.

"이번엔 팔각 녀석들도 꽤 왔거든. 저번 달에 어머니 희수였는데 못 찾아뵀다고 겸사겸사."

지난달 초였던 송 여사의 일흔일곱 번째 생신을 떠올리며 서우가 고개를 끄덕였다.

"언제 봐도 참 돈독들 해."

"질투 나?"

슥 얼굴을 들이밀며 희경이 장난꾸러기처럼 웃었다.

"안 해요, 그런 거."

"조금 해도 되는데."

놀림이 분명한 말에 서우가 살짝 흘겨보자 희경이 찡긋 윙크를 했다.

"하지만 걱정 마. 가장 돈독한 건 우리 공주님이니까. 아무렴, 아무리 친구가 좋아도 아내를 이길 수야 있나."

쪽 하고 그가 그녀의 뺨에 키스했다. 오늘은 한 걸음 더 나아가 입술에 또 한 번 키스를 하려는 것을 그만 서우가 비틀거리는 바람에 입가에 스치듯 하는 데 그쳤다.

"괜찮아? 접질리지 않았어?"

"음, 괜찮은 것 같아요."

서우는 구두를 내려다보며 발목을 요리조리 돌려보곤 다시 걸음을 뗐다. 희경이 자신을 잡으라며 팔을 내밀어 팔짱을 꼈다. 그는 이상한 낌새를 전혀 못 느낀 게 분명했다.

주차장 바닥에 깔린 굵은 파석에 굽이 빠진 척했지만 실은 그녀가 다가

오는 입술을 보고 저도 모르게 몸을 사렸다. 아니, '저도 모르게' 따위가 아니다. 알고 피했다. 돈독 운운하며 그녀에게 키스하려는 희경이 별안간 참을 수 없을 만큼 낯설었던 것이다.

'진짜 돈독한 여자는 따로 있으면서!'

뭐하는 여자인지, 어느 정도의 사이인지 알아낼 생각도, 계획도 없지만 희경의 등 뒤에서 어른대는 여자의 존재를 아주 잊은 건 아니었다. 우습게도 저번에 희경을 만났을 때보다 그 그림자가 더 진해진 듯한 느낌이다. 설마 무시하면 무시할수록 점점 더 존재가 살아나는 건 아니겠지.

도리질하는 관자놀이께에 엷게 땀이 돋았다. 어쩐지 속도 좀 메슥거려서 서우는 손등으로 입술을 눌렀다.

"왜 그래? 갑자기 기분이 안 좋아 보여."

"아, 아니에요. 음악 소릴 들으니까 줄리아 생각이 나서."

코앞으로 다가온 별채를 가리키며 하는 말에 희경이 몇 번이고 고개를 주억거렸다.

"우리 공주님은 정말 정이 깊다니까. 좋아하지 않을 수 없어."

"그 깊은 정, 오빠에게도 쏟을 테니까 말이죠?"

"나와 미래의 우리 아이들에게도! 요즘은 누군가에게 헌신하는 걸 바보 같다고 말하는 세상이잖아. 서우 넌 다르지. 하나를 받으면 둘, 셋을 주려고 애를 쓰는 사람, 정말 흔치 않아."

언젠가 자기 어머니를 닮아서 그녀가 좋다고 지나치듯 했던 말과 일맥상통하는 말 같았다.

어머니를 닮았다…. 그때는 가슴 뿌듯한 찬사로 여겼던 말이 문득 참 쓸쓸하게 느껴졌다. 요컨대 희경은 서우에게서 좋은 아내, 이상적인 어머니상을 찾는 것이다.

현모양처. 그 말 자체가 싫지는 않았다. 하지만 그 이전에 서우는 여자이고 싶었다. 짧은 한때라도 좋으니 여자로서 뜨겁게 사랑을 갈구당하고 싶다고 바란 것이 그녀의 과욕이었을까? 역시 그녀의 매력이 부족한 탓이었을까? 그래서 희경이….

혼탁하게 요동치는 생각들. 그러나 착잡한 상념에 매달릴 때가 아니었다. 별채에 들어서고 첫 손님과 마주한 서우는 어느새 최희경의 약혼자다운 밝은 미소를 짓고 있었다. 거의 다 아는 얼굴들이었다. 마주치는 사람마다 인사를 나누느라 한참을 발이 묶여 있다가 이윽고 2층 응접실에서 쉬고 있던 희경의 모친을 찾아뵈었다.

오늘따라 화장이 유난히 화사한 송 여사가 기운 내는 약이라며 귀한 공진단을 꺼내는 것을 본 희경이 질색하며 친구들에게 가봐야겠다고 도망쳤다. 남겨진 서우는 공진단에 이어 박하사탕을 양볼에 하나씩 넣고 빨면서 한동안 송 여사의 이야기 상대가 되었다. 전화로 미처 나누지 못한 근황을 교환하고, 화제는 함께 오지 못한 줄리아에게 흘러갔다.

"슬슬 큰 병에 걸리는 또래가 나오기 시작할 때지. 나만 해도 아직은 버틸 만하다고 생각했는데 덜컥 죽는 친구를 보고 얼마나 놀랐게. 그걸 시작으로 이어달리기라도 하듯이 픽픽 애들이 죽더구나. 예순 조금 넘어 치매가 시작돼서 여태 욕을 보며 사는 친구도 있고. 그 애가 그 시절에 대학까지 나온 별나게 똑똑했던 아이라 더 충격이 컸어."

송 여사의 한숨에 서우도 무겁게 고개를 주억거렸다. 노인에게 영감이 있는 건지, 어디서 들은 게 있는 건지 별안간 줄리아의 건강에 대해 묻기도 했다.

"저번에 U병원에서 누가 두 내외를 본 모양이야. 한 번도 아니고 몇 번이고 마주쳤다고 해서 그 병원 지인한테 무슨 일인지 알아볼 생각도 해봤단다. 뒤를 캐는 것 같아서 결국엔 하지 않았지. 역지사지, 아니겠니?"

품위를 지킨 송 여사 덕분에 서우도 의연히 놀란 가슴을 진정시킬 수 있었다. 언제까지고 감출 수만도 없는 일, 남을 통해 듣기 전에 직접 알려드릴 생각이었지만 실행에 옮기는 것은 미적미적했다. 곤혹스러운 건 둘째 치고 첫째는 줄리아가 딱했기 때문이다. 항상 깔끔했던 분이 남의 입에 동정의 대상으로 오르내리는 걸 안다면 얼마나 속이 상하실지.

물론 송 여사는 입 동정에 그치지 않고 무어라도 도움이 되는 걸 해주려고 마음 쓸 사람이었다. 서우가 걸리는 건 그녀의 아들, 희경이었다.

그는 타인의 아픔을 나눠 가질 수 있는 사람이 못됐다. 하다못해 감기몸살조차도 피해가는 사람에게 덜컥 알츠하이머라는 부담을 지워주면 어떻게 반응할까?

짐작은 가지만 실제로 그의 그런 모습을 보면 크게 실망하리라. 서우가 줄리아를 사랑하는 만큼 실망의 정도도 클 것이다. 그건 포용력으로 재단할 수 있는 문제가 아니었다. 아무리 서우가 희경을 사랑해도.

"참, 피서 계획은 여전하시니? 늘 가던 건데 덜렁 우리들끼리만 나갈 생각을 하니 아무래도 아쉬워서."

송 여사의 물음에 서우는 우울한 생각을 떨치고 대답했다.

"모처럼 고향에 돌아가시는 거니까요. 오랜만에 숲에 들어가 호수도 보고 코티지에서 두 분이 오붓하게 지낼 생각에 들떠 계세요."

"하여간 퍽들 다정도 하셔."

놀리듯이 웃고선 송 여사가 한숨을 쉬었다.

"좀 가까우면 들렸다 가시라고 말이라도 하고 싶은데 세부하고 핀란드라니, 이건 도리가 있나."

"가시기 전에 한 번 모시고 찾아뵐까요? 괜찮은 날짜 알려주시면 말씀드려 볼게요."

"응, 얼굴 본 지도 꽤 돼서 보고 싶은 것도 있고…. 왜 여행지에서만 할
수 있는 이야기란 것도 있잖니. 아쉽게 됐구나, 아쉽게 됐어."

별나게 아쉬워하는 모습에 사정을 말씀드릴 수 없는 서우는 죄송할 따
름이었다. 컨디션이 퍽 좋은 날에도 어느 순간을 경계로 아주 딴사람이 되
어버리곤 하는 줄리아에게 열흘 가까이 되는 가족여행은 무리였다. 최 교
수가 줄리아의 고향인 핀란드를 피서지로 삼은 것엔 그녀를 사람들 시선
에서 해방시켜주고픈 마음도 컸을 것이다.

"막내 너마저 따라간다고 하면 안 된다. 너까지 빠지면 휑해서 어째."

어김없는 송 여사의 다짐에 서우는 애써 웃음을 참았다. 송 여사 내외는
물론 자녀들을 모조리 동반하는 여행이다. 희경과 나이 차가 많이 나는 두
형과 누님은 하나같이 자식복이 많아서 일가가 모이면 이동할 때마다 한
바탕 소란이었다. 어딜 좀 갈라치면 15인승 승합차 두 대가 움직였고 이동
중에 누구 하나가 안 보여서 되돌아가는 건 일 축에도 들지 않았다.

그런데도 서우 한 사람이 빠지면 휑할 거란다. 그게 빈말도 아니고 진
심으로 하는 말씀이다. 3년 전 여름에 큰손녀가 임신 초기라서 함께 가지
못했을 때도 그 애가 없으니까 마음이 짠하다는 말씀을 여행 내내 달고
계셨다.

사람에게 더없이 살뜰하신 분. 그 넓은 가슴으로 가족이라면 잘났든 못
났든 차별하지 않고 두루두루 챙기시니 그만한 대가족이 누구 한 사람 엇
나가는 이 없이 화목했다. 가지 많은 나무에 바람 잘 날 없다는 말을 멋지
게 배반한 셈이다.

서우가 희경을 마음에 품게 된 데는 그런 점도 단단히 한몫했다. 외조부
모와 서우 셋만의 가정. 다정한 두 분 밑에서 서우는 안락하게 지냈지만 때

로는 사람 소리로 바글거리는 떠들썩함이 그리울 때가 있었다. 서우라도 애교가 많고 말하는 걸 즐기는 명랑한 성격이었다면 좋았겠지만, 타고난 천품을 아주 고칠 수는 없는 노릇. 최 교수와 서우는 줄리아의 쾌활함에 진정으로 크게 의지하며 살아왔다.

"오지 말라고 해도 따라갈 건데요? 이번엔 해변에서 멋지게 태닝할 계획도 세우고 있어요. 까맣게 태우고 머리도 노랗게 염색해서 제 인생 최대의 변신을 할까 생각 중이에요."

"에구머니, 꼭 그래야겠니?"

반년 내로 새색시가 될 며느릿감의 선언에 송 여사의 눈이 동그래졌다.

"생각만 하고 있어요, 생각만. 근데 결혼하면 정말 못할 것 같아서요. 저 여태까지 너무 모범생으로 살았더라고요."

"하기야⋯. 생전 엉뚱한 짓이라곤 모르는 아이였지. 희경이 저 애가 저래서 너라도 얌전한 걸 다행으로 여겼다만."

혀를 끌끌 차던 송 여사가 이내 빙그레 웃으면서 고개를 주억거렸다.

"하지만 하고 싶은 게 있으면 결혼 전에 해봐야지. 나도 옛날 일이지만 혼인 전에 윗마을에서 인물 제일 잘났던 동무 하나랑 야반도주를 한 적이 있단다."

"어머! 그래서요?"

"들 넘고 산을 넘어 발이 부르트도록 걷다가 그만 멧돼지를 만났지 뭐니? 글쎄 이놈이 나는 내팽개치고 뒤도 안 보고 도망가는 거야. 그 시절에 고등학생이랍시고 책만 끼고 살던 허연 말라깽이가 그렇게 발이 빠른 줄 그때 처음 알았구나."

"그분은 도망가고⋯ 어머니는요? 어머니는 어디 다치지 않으셨어요?"

"얼른 뛰어서 근처에 있던 제일 큰 나무를 탔지. 날다람쥐처럼 나무에 올라서 어지간한 애들 몸통만 한 가지에 매달려 있으려니 멧돼지도 몇 바퀴 돌다가 가버리더구나. 행여나 그 못난이가 돌아올까 밤새 거기 앉아 기다렸는데 와야 말이지. 결국 동트는 거 보고, 터벅터벅 걸어서 혼자 집에 돌아갔구나."

"그럼 그분은?"

"나중에 들으니까 산중에서 길을 잃었던 모양이야. 이틀인가 사흘을 헤매고 거지꼴로 집에 돌아왔다지 아마."

지금 생각해도 유쾌하다는 듯 송 여사가 껄껄 웃었다.

"그 뒤로 다시 만나지 않으셨고요?"

"며칠 뒤에 서신이랍시고 누이 편에 들려 보낸 걸 들춰보지도 않고 면전에서 쫙쫙 찢었단다. 내일이면 시집갈 사람한테 흰수작 말라고 을러메 줬지. 그러고서 시집온 데가 너도 알다시피 저 양반이야. 내 분복이 그런지 생활력 없는 서생인 건 저이도 마찬가지였지만, 적어도 저이는 멧돼지 앞에서 처자 손 내팽개치고 혼자 내뺄 용렬한 위인은 아니었지."

눈가에 깃든 웃음만큼이나 바깥양반 이야기를 하는 송 여사의 목소리가 따뜻했다.

"생각해보면 조상님이 멧돼지로 현신하셨나 싶기도 하고. 같은 고생길도 이쪽이 더 나으니 일로 가거라, 하시면서. 그래도 그 못난 사내랑 도망간 일이 후회스럽지는 않아. 그냥 꾹 참고 시집갔으면 인생의 힘든 고비 때마다 그 사내가 문뜩문뜩 떠오르지 않았겠니? 그런 반편인 줄도 모르고 말이야. 지금이야 우스개처럼 말하지만, 말도 마라, 애. 인물이 훤한 게 요즘에도 보기 드문 미남이었단다."

"어머니 이제 보니 남자 얼굴 좀 보셨네요."

"같은 값이면 다홍치마라고, 남자 인물은 인물 아니니? 아, 그리고 보니 희경이가 묘하게 그 남자를 닮았단다. 커갈수록 그 얼굴이며 목소리가 닮아가서 깜짝깜짝 놀랄 때가 있었구나."

"신기한 우연이네요. 혹시 촌수가 먼 친척은 아니셨어요?"

"그건 아니었다만, 모르지 또. 냇물 하나를 사이에 두고 아랫말, 윗말 했으니 먼 윗대에서 무슨 일이 있었을지. 아니면 만주로 갔던 그 사람이 진즉에 죽어서 내 새끼로 왔다거나…."

송 여사는 별안간 말끝을 흐리며 겸연쩍은 듯 웃었다.

"어린애 앞에서 참 별말을 다 한다, 내가. 기분 좋다고 아까 셰리주 한 잔 마신 게 취기가 도나? 노인이 주책이라고 흉보지 말렴."

"전혀요, 재미있게 들은 걸요."

"재미있어도 다른 데 옮기지는 말구. 우리 영감님도 모르는 이야기야. 저한테 시집오기 싫어서 도망쳤던 거 알면 저 사람, 야밤에 마당에 나가 훌쩍훌쩍 울지 몰라."

"호호호, 네. 무슨 말씀인지 알겠어요."

엄숙한 비밀맹세에 이어 송 여사가 서우의 두 손을 쥐고 토닥였다.

"어려워하지 말고 하고 싶은 건 하고 살라고 말하고 싶은 게 이리 길어졌구나. 언젠가 줄리아도 그러더구나. 너는 도무지 하고 싶은 거, 갖고 싶은 걸 말하는 법이 없다고."

"어…? 그런 말을 하셨어요? 이상하다. 이것저것 많이 말한 것 같은데?"

서우는 어리둥절한 나머지 혹 알츠하이머 진단이 나오기 전에 실수로 꺼낸 말이 아닌가 추측해본다. 그 무렵엔 줄리아의 묘한 언행에도 서우와 최 교수는 조금 이상하게만 여기고 넘어간 일들이 더러 있었다.

"물론 말을 안 했다는 건 아니야. 다만 말을 해도 그게 온전히 네 바람인 경우가 드물었다는 뜻이지. 늘 너보다는 주변 사람을 기쁘게 하는 게 우선이었지 않니?"

"그야… 좋아하는 사람들이 기뻐하면 저도 기쁘니까요."

"속 깊고 상냥한 아이답구나. 하지만 그렇게 계속 배려만 하면 널 지켜보는 사람들은 걱정스러워진단다. 이 아이가 정말 행복한 걸까, 하고. 줄리아는 네가 너무 일찍 철이 들었다고 하더구나. 내 보기에도 넌 요즘 애들 같지는 않아."

몰랐다. 줄리아나 어른들이 그런 생각을 하며 자신을 보고 있었는지. 금세 얼굴이 발갛게 달아올라 고개를 숙이는 서우를 송 여사가 지긋이 힘주어 토닥여주었다.

"가끔은 다 내려놓고 오롯이 너 하고 싶은 것도 하고 그러렴. 널 아끼는 사람들이라면 그런 너도 따뜻하게 지켜봐줄 테니까. 그렇게 네가 행복해지면 그들도 기쁘겠지. 얼마나 좋니. 누구 한 사람 자신을 억누를 필요도 없이."

그렇다고 서우가 억지로 싫은 걸 참아가며 환심을 사려 한 적은 없었지만, 송 여사가 말하는 의도는 확실히 이해했다. 때로는 계산 없이 자신의 욕망에 솔직하게 굴어도 외할아버지를, 줄리아를 기쁘게 해줄 수 있는 것이다.

돌이켜보면 진로를 결정할 때도 그랬다. 서우는 최 교수를 본받아 영문학자가 되려고 영문과에 들어갔지만 결국 역사에 강하게 끌리는 자신을 인정하고 복수전공 끝에 역사학도의 길을 걷고 있다. 최 교수는 실망하긴커녕 그녀의 새로운 꿈을 응원하고 관심을 갖고 지켜봐 주셨다. 더불어 역사책을 탐독하는 취미까지 생기셨고.

그래도 역시 영문학자가 되는 게 더 좋았을 텐데, 라고 요즘도 간혹 생각한다. 역사공부에 물려서가 아니라—역사는 파면 팔수록 재미있는 지구

상의 유일한 학문이다!—그편이 최 교수가 더 자랑스럽게 여기지 않았을
까 하는 끈질긴 미련 탓이다.

사랑받을 가치. 자격. 늘 그런 걸 의식하며 살아온 서우에게 네 존재 자
체만으로도 사랑받을 수 있다는 취지의 말은 이해는 갈망정 미덥지가 않
았다. 당장 지금도⋯,

"내려놓는 연습이 필요하겠는 걸요. 저 진짜 이러다 머리 염색하면 어머
니 훈화도 한몫한 줄 아세요."

서우가 웃으며 말하자 송 여사는 필요하면 얼마든지 자기 핑계를 대라
고 말했다.

"행여나 누가 뭐라 하거든 장래 시모 될 사람이 시켰다고 뻗대란 말이
지. 아주 괴팍한 할망구가 별걸 다 시킨다고 욕도 해도 돼."

"어우, 그래도 욕은 좀."

"해도 돼, 해도 돼. 욕먹으면 장수한다지 않니. 네 덕에 수명 좀 늘려보
자꾸나."

너무도 진지한 얼굴로 말씀하셔서 서우는 한참 즐겁게 웃었다. 일흔일곱
이라는 나이가 무색할 만큼 사고가 트인 이분이 서우는 전부터 참 좋았다.

슬슬 파티장으로 가볼까 하고 일어서서 서로 맵시를 살펴주고 나가는
데, 문득 유쾌한 노부인이 한마디 보탰다.

"덤으로, 멧돼지도 조심하고."

"멧돼지요? 아⋯ 네. 명심할게요."

주먹까지 쥐어 보이며 다부지게 맹세한 뒤 고개를 돌리는 서우의 눈가
에 살짝 그늘이 졌다. 매우 적절한 비유라는 생각이 혜성처럼 긴 꼬리를 늘
어뜨리며 뇌리를 스쳐 갔다.

사람이 모인 곳을 찾으면 희경을 찾을 수 있다. 더군다나 그가 파티의 주인공인 오늘은 그 원칙이 찬란하게 빛을 발하는 날이었다.

홀의 서쪽 구석, 올라앉을 수 있도록 깊게 판 창턱에 앉아서 그 앞에 둥그렇게 모여 있는 손님들에게 반짝거리는 눈으로 이야기하고 있는 희경은 어찌 보면 신흥종교의 교주처럼도 보였다. 저기 그가 무슨 말을 할 때마다 떠들썩한 웃음으로 반응하는 신도들을 보라.

"참 내 아들이지만 대단도 해."

혀를 내두르던 송 여사도 차남 내외에게 붙들려 뒤처지고 서우는 홀로 천천히 그쪽으로 나아갔다. 작년보다 한층 늘어난 손님 숫자가 실감이 났다. 그래도 대개는 눈에 익은 게 참 열심히 소개받았지 싶었다.

그러고 보면 희경과 둘만의 데이트를 해본 건 손에 꼽을 정도로 드물었다. 데이트 도중에 늘 누군가가 알은체해 오는 게 일상이었다. 유럽으로 신혼여행을 가도 크게 다를 것 같지는 않았다.

'할아버지처럼 핀란드로 가야 하나?'

작정하고 깊은 숲으로 들어가면 오로지 나무와 하늘, 호수와 더불어 지내며 호젓하게 몇 날 며칠을 보낼 수 있다고 하는 곳. 12월 초면 거긴 이미 한겨울이겠지만 그래도 바람이 심하지 않아서 못 견딜 정도로 춥지는 않다고 들었다. 추우면 추운 대로 코티지에 틀어박혀 둘이서 도란도란 이야기하는 재미도 있을 테고.

하지만 그건 어디까지나 서우의 로망. 숲과 호수밖에 없는 곳으로 떠나자는 말을 들은 희경의 표정이 벌써부터 상상이 갔다.

유행이라면 뭐든 한 번 맛봐야 성이 풀리는 사람이 글램핑 붐이 일 때는 단호하게 비켜갔다. 캠핑 같은 건 당연히 안중에도 없다. 저 화려한 사교계의 나비에게 자연은 멀리서 바라볼 때 의미가 있을 따름이었다.

희경이 좋아하는 것은 이런 공기. 안락한 공간에 음악이 흐르고, 멋지고 아름답게 차려입은 사람들과 떠들썩하게 웃고 즐기는…. 거기서 그는 늘 중심인물이고.

그런 면이 서우에게는 눈부셨던 동경의 포인트였기도 하다. 아직도 눈부시다. 그런데 전에는 품어본 적 없는 의문이 지금 홀연히 피어났다.

'내가 저 눈부신 풍경의 한 조각이 돼도 변함없이 이렇게 눈부실까?'

답은 이미 알고 있다. 서우는 지금도 최희경이란 사람의 마음을 채운 하나의 조각에 지나지 않았다. 희경의 안엔 자리를 나눠 가져야 할 사람의 숫자가 너무 많다. 부모, 형제, 친구….

아, 그리고 친구인지 섹스파트너인지 모를 여자도 있다.

별안간 온몸이, 특히 발이 뿌리라도 내린 것처럼 무거워져서 한 발짝도 더 가지 못하고 있는데,

"아, 왔다, 왔다! 어서 와. 언제쯤 올까 목 빼고 기다렸어."

그녀를 발견한 희경이 창턱에서 내려와 가벼운 뜀걸음으로 다가왔다. 기계적인 미소가 서우의 입가를 장식했다.

"나 기다린 거 맞아요? 오히려 내가 즐거운 시간을 방해한 것 같은데?"

"에이, 그냥 시시한 잡담 중이었어. 방해는 무슨."

희경은 싱글거리며 서우의 뺨을 장난스럽게 꼬집는 시늉을 했다. 화장을 뭉개지 않을 정도로 살짝살짝 뺨 언저리를 쓰다듬는 능숙한 손길 속에 그가 물었다.

"슬슬 춤추지 않을래? 음악이 한창인데도 다들 목석들처럼 서서 이야기만 하는 게 아무래도 내 눈치를 보는 모양이야. 내 생각엔 우리의 '탱고'를 기다리는 게 분명해."

"설마."

그렇게 대구하면서도 서우는 재빨리 주변을 한 바퀴 훑었다. 과연 삼삼오오 모여서 담소 중에도 이쪽을 흘깃거리는 눈들이 느껴졌다.

"내 말이 맞지? 역시 뭐든 계속하면 전통이 되나 봐."

희경은 싱글거렸지만 전통 운운하는 말에 서우는 명치가 지끈거리는 부담을 느꼈다.

서우는 때때로 거실에 모여 턴테이블을 켜고 춤을 추는 줄리아와 최 교수를 보고 자라서 춤에는 거부감이 없다. 자연스레 보고 익혀서 꽤 잘 추는 것도 맞다. 특히 탱고는 줄리아가 청출어람이라고 감탄했을 만큼 실력이 뛰어났다.

지금도 똑똑히 기억한다. 희경의 스물두 번째 생일파티가 열린 날, 줄리아의 부추김에 서우는 희경과 탱고를 췄다. 많은 사람들 앞에서 그렇게 주목을 받는 일, 평소라면 부끄러워서 못했겠지만, 짝사랑을 하고 있던 스물한 살의 서우는 용감했다. 희경의 눈길을 사로잡을 기회를 냉큼 붙잡아 그 어느 때보다 열정적으로 탱고를 췄다.

'이런 면이 있었네.'

춤이 끝나고 서우를 보는 희경의 눈엔 전에 없던 반짝임이 있었다. 그날 밤 그는 몇 번이고 서우에게 춤을 청했다. 그리고 집에 돌아와 잠들기 전까지 내내 그와 메시지를 주고받았다. 그 이틀 뒤에 서우는 생애 첫 데이트를 했다.

희경에게 가는 하나의 다리가 되어준 춤. 특히 탱고는 상징적인 의미도 있어 약혼 후 그의 생일 파티엔 첫 번째 춤으로 탱고를 택했다. 그래서 올해도 이런 주문이 들어온 거겠지만….

"어쩌죠, 오빠? 나 오늘은 춤 안 될 것 같은데."

"응? 무슨 소리야, 왜?"

놀라서 눈이 동그래진 희경을 서우도 당황스럽게 마주 보았다. 어쩐지 싫다, 라고 생각해버린 순간 즉흥적으로 말이 튀어나온 것이다. 당장 농담이라고 얼버무려야지 했으나 입을 연 순간 또 다짐과는 다른 엉뚱한 말이 나왔다.

"그게, 나 발목이 좀….."

"발목? 아, 혹시 아까 주차장에서 접질린 데가?"

그녀의 발을 내려다보는 희경의 정수리를 응시하며 서우는 입술을 깨물었다. 작정한 바는 아니었지만, 기왕 이렇게 된 거 수습하지 않기로 했다. 어찌 됐든 지금 그와 탱고는 추고 싶지 않은 게 자신의 본심이라고 인정하며.

"육안으론 잘 모르겠는데. 많이 욱신거려? 걷기 힘들 정도야?"

"조금 시큰거리는 정도예요. 못 참을 정도는 아닌데….."

"아니, 그런 걸 참으면 안 되지. 이리 와, 가서 치료하자."

당장 그녀의 팔을 잡고 본채로 데려가려는 희경을 서우가 만류했다.

"호스트가 손님을 버리고 어딜 간다는 거예요. 혼자 갈 수 있어요. 오빠가 괜히 걱정할까 봐 말이나 하고 가려고 온 거예요."

"봤는데 그냥 보내? 됐어, 잠깐 다녀오는 동안 기다리라고 하지 뭐."

"오빠가 그러면 사람들이 지레 큰일인 줄 알 거 아니에요. 그냥 여기 있어요. 얼른 치료하고 다시 올게요."

"진짜 다시 오는 거지?"

눈썹을 찡그리고 칭얼거리는 희경의 모습에 서우가 방긋 웃었다.

"왜요. 안 오고 어디로 도망갈 것 같아요?"

"괜히 배려한답시고 가버릴 수도 있잖아. 너라면 충분히 가능한 일이거든? 쓸데없이 사려 깊어서."

"그랬나?"

서우는 고개를 갸웃하고 이번엔 틀림없이 돌아올 거라고 안심시켰다.

"맛있는 거 먹으려고 쫄쫄 굶고 왔거든요? 가더라도 배나 채우고 갈게요."

"늦게 오면 음식도 동날지 몰라. 얼른 와야 해, 공주님."

쓰다듬어준 머리 위에 부드럽게 입술을 대어주는 상냥함. 어쩐지 가슴이 싸르르 울리는 느낌에 서우는 가만히 눈을 감았다 떴다.

아무것도 모른 채 이런 작은 접촉에도 사무치게 행복했던 예전으론 돌아갈 수 없겠지….

홀의 출입문을 나온 서우는 잠시 발을 멈추고 뒤를 돌아다보았다. 이제 그녀라는 선택지를 잃은 희경이 그 대안으로 택할 사람이 누굴지 궁금했다.

누구에게 첫 번째 춤을 청할까? 어떤 춤을 출까?

궁금증이 꼬리를 이었지만, 초조히 지켜보고 서 있는 꼴이 얼마나 우스울지 모르지는 않았다. 당장 좀 전만 해도 희경이 블랙 튜브톱 드레스를 입은 여자의 어깨에 손을 올리는 모습에 가슴이 철렁했다가 돌아보는 여자가 유지은임을 알고 안도한 것이다.

자존심. 아직까지 그것이 바닥을 찍은 적은 없었음을 상기하며 서우는 단호히 홀을 뒤로했다.

그러나 별채를 미처 나서기 전에 뒤뚱거리며 홀로 향해 오던 회장님과 마주쳤다. 희경의 부친, 최명환이다.

혼인할 당시 두 살 연하였던 꼬마 신랑은 다 자란 후에도 아내와 키가 고만고만했다. 젊은 시절만 해도 꼬챙이처럼 꼬장꼬장 마른 체구였다고 하는데, 지금은 그 모습이 상상이 안 갈 만큼 통통하게 살집이 올라 하얗게

214

센 머리와 더불어 서우에게 볼 때마다 모 치킨 브랜드의 입간판 할아버지를 연상시켰다. 우연찮게도 닭이 주력상품 중 하나인 식품 회사의 경영자이기도 하고.

"왜 벌써 나오니? 안에서 놀지 않고."

항상 그렇듯 웃는 낯으로 부드럽게 말을 걸어오셨다. 희경에게 한 거짓말을 적당히 추려 읊으면서 서우는 새삼스레 회장님의 얼굴을 살폈다. 약주를 좀 했는지 뺨이 발그레하게 물든 토실토실한 얼굴은 희경과 이렇다 하게 닮은 곳이 없다. 그렇다고 송 여사를 닮았다고 말하기도 좀. 가족들이 희경을 두고 유전자 조합의 대성공작이니 뭐니 괜히 말하는 게 아니었다.

그러던 차에 오늘 송 여사의 이야기를 듣고, 정말 그런 인연이라는 게 있을까 의아해하는 그녀에게 회장님이 지나가는 말처럼 물어왔다.

"형님은 슬슬 나갈 준비를 하고 계시지?"

"네, 아마 다음 주 정도에."

피서 이야기겠거니 하고 서우가 대답하자 회장님이 이마를 손수건으로 훔치며 말했다.

"맘 같아선 동행해서 집도 보고 싶다만, 형님 성격이 어지간하셔야지. 건축 쪽 잘 아는 친구를 가이드로 붙여준대도 끝내 사양이야. 형수님을 믿는 마음은 알겠지만 형수님이 한국에 나와서 산 세월을 생각해야지. 반올림하면 30년, 강산이 세 번 변할 세월이구먼."

늘 그렇듯이 뭔가 도와주려고 해도 받을 생각을 하지 않는 최 교수에게 보내는 푸념이었다.

이쪽은 어엿한 종가의 장손이고 저쪽은 촌수도 까마득한 분가의 한 사람일 뿐이지만 그런 것치고 둘 사이는 돈독했다. 거기엔 한때 이 둘이 장손

경합을 벌였다는 속사정이 존재한다.

묘하게도 종갓집만큼은 손이 귀해서 한 대에 많아야 한둘의 아들이 태어나는 게 고작이었는데, 이들 대에 이르러선 직계 손이 아주 끊어지고 말아 분가에서 양자를 들여 대를 잇게 되었다. 그때 물망에 오른 것이 지금의 최 회장과 최 교수였던 것. 종가에 불려온 두 아이를 일 년여를 두고 보며, 자질과 품성을 살펴 양자로 삼은 게 눈앞의 최 회장이다.

그런 인연 탓인가, 최 회장은 최 교수에 한해선 그 정이 각별했다. 문중에 일이 있어 모여도 최 교수에게 '형님, 형님' 하며 지극히 깍듯한 모습이 문중 어른들 눈에 거슬려 장손의 체통 운운, 야단도 곧잘 들었지만, 주위에서 무어라 하든 최 회장의 태도는 변함없었다. 나아가 부인은 물론 자녀들에게도 최 교수를 '숙부'라고 부르게 하며 깍듯이 모시게 했다.

그 바람에 최 교수가 경원하듯이 종가와 거리를 두는 것에 고심하는 모양새다. 그것이 워낙 철저해서 늘 최 회장은 서운해한다.

어린 서우의 눈에도 그런 회장님 심경이 더 이해가 갔지만, 오늘은 조금 오버하시는구나 하고 슬그머니 웃게 된다. 고작 피서로 여행 가는 건데 동행해서 집을 보고 싶다는 건 대체.

"도움 없이 두 분이서 해내고 싶으셨나 봐요. 저희 할아버지 그 꼿꼿한 자립심도 잘 아시면서."

"너무 잘 알아서 탈이지. 일단 그쪽 연 닿는 사람에게 후보지 몇 곳 살펴 달라고 했더니 다 고만고만하다더구나. 어떤 집을 고르든 서울살이처럼 편할 수야 없을 테고. 노인 둘이 새삼 그리로 가서 인생 3막을 시작하겠다는 용기가 부럽기도 하지만…."

인생 3막? 예사롭게 들리지 않는 말에 서우는 조심스레 마음에 걸리는 점을 확인했다.

"저희 할아버지가 그쪽에 집을 알아보셨다는 말씀이세요? 한동안 살 집을?"

"그야…."

이쪽을 바라보던 회장님이 고개를 갸우뚱했다.

"혹시 넌 몰랐니? 형님, 아예 뿌리를 파서 그쪽에 옮겨 심을 모양이던데. 여차하면 이민까지 고려해보는 눈치셨어."

순간 가슴이 철렁한 것을 서우는 가까스로 내색하지 않고 웃음으로 얼버무렸다.

"알긴 했는데, 아버님께 벌써 말씀하신 줄은 몰랐어요. 저희 할아버지, 일이든 뭐든 다 끝난 후에야 이런 일이 있었다고 터뜨리는 스타일이시잖아요."

"맞아, 조용히 와서는 폭탄을 터뜨리고 가지."

"그렇죠, 조용한 폭탄…. 호호호."

서우는 필사적으로 웃었다. 어서 가서 다리 치료를 하라는 회장님 말씀에 인사하고 돌아서서 걸어가는 동안에도 그 시멘트 모르타르를 발라 굳힌 듯한 웃음이 얼굴에서 떨어지질 않았다.

별채를 나오자, 본채고 뭐고 어디든 막힌 공간으로 다시 들어갈 엄두가 나지 않았다. 서우는 정말 다리라도 다친 사람처럼 휘청휘청 뒤뜰로 걸음을 옮겼다. 뜰 한편에 그녀가 좋아하는 예쁜 님프 조각상이 있는 분수대가 있다. 거기라면 지금의 어지러운 심사도 다스릴 수 있을 것 같았다.

하지만 분수대에는 선객이 있었다. 멍하니 걷다가 분수대에 거의 다 와서야 조각상을 올려다보고 있는 남자의 뒷모습을 보곤 아차 하며 발을 멈췄다. 다른 곳을 찾아볼 생각에 몸을 돌리는데 하필 그때 손에서 클러치가 흘러내렸다.

잔디가 깔린 부드러운 흙바닥임에도 불구하고 퉁, 퉁 소리를 내며 굴러간 클러치를 망연히 바라보다 뒤늦게 종종걸음치며 주우려 하는데,

"백서우?"

머리 위에서 나지막이 부르는 목소리가 있었다.

얼어붙은 채 고막에 닿은 어쩐지 익숙한 울림을 부정해보는 서우 앞에서 남자가 클러치를 주워 들었다. 그러곤 툭툭 먼지를 털면서 아직 꼼짝 않고 있는 그녀에게 물었다.

"여긴 어쩐 일이야? 한창 안에서 춤추고 있을 줄 알았는데."

주태승이다. 부정할 수 없는 현실 앞에서 서우는 가만히 숨을 고르고 도도하게 머리를 들었다.

"그러는 그쪽이야말로 여긴 웬일이에요? 아직 밀라노에 있을 줄 알았는데."

"왜는. 절친 생일이니까 왔지."

피식 웃는 태승의 얼굴이 달빛에 젖어 파리하게 빛났다. 짙은 네이비색 슈트에 받쳐 입은 노타이 블랙 셔츠. 딱히 차려입은 느낌 없이도 그는 패셔너블했다. 키와 덩치빨이라고 깎아내리기엔 그 안의 몸에 관해 너무 잘 알게 된 서우였다. 넝마를 주워 입어도 태가 날 사람이다. 굵은 선과 섬세한 디테일이 공존하는 그의 얼굴 또한….

"아직 오빠가 그쪽 절친이긴 한가 보죠? 공사다망하신 분께서 이렇게 허겁지겁 찾아오시고."

쓸데없는 것에 시선을 빼앗기는 자신이 못마땅해서 서우는 시비조로 말했다. 태승은 짙은 눈썹을 살짝 치켜들었을 뿐 거기에 대해선 별말 없이 중얼거렸다.

"그다지 서두른 것도 없어. 급한 불 끄니까 바로 짐짝 취급하기에 짐을

꾸렸지. 비행기 안에서 생각해 보니까 파티 시간도 맞출 수 있을 것 같고 해서 왔어. 이런 떠들썩한 분위기도 가끔은 성냥불 같고 좋잖아."

성냥불? 이상한 말을 한다고 생각하면서 서우는 태승의 눈길이 향하는 곳을 돌아보았다.

시선 끝에서 별채 창문에서 흘러나오는 불빛이 환했다. 그야말로 불야성. 그 눈부심에 새삼 숨이 막히는 기분이었다. 눈살을 찌푸리며 다시 고개를 돌리는 그녀에게 태승이 물었다.

"그래서, 너는 왜 여기 있는 거야? 피앙세와의 열정적인 탱고 때문에 몸에 열이라도 났어?"

으레 그도 그녀와 희경의 탱고를 예상했던 모양이다. 그 당연한 추측을 깨트리는 희열을 느끼며 서우가 대꾸했다.

"식힐 열 같은 거 없어요. 춤, 안 췄으니까."

"안 췄어? 왜?"

왜…. 아주 약간의 저항감을 느끼면서 서우는 세 번째로 같은 핑계를 입에 올렸다.

"아까 발목을 좀 접질렸어요."

"발목? 어쩌다?"

"차에서 내리다가 그랬네요."

빤히 그녀의 발목을 내려다보던 태승이 느닷없이 그녀를 번쩍 안아 드는 바람에 서우가 기겁을 했다.

"뭐, 뭐하는 거예요, 당신!"

태승은 너무도 쉽게 그녀를 덜렁 들어 올리더니 또 너무도 쉽게 분수대를 에워싼 대리석 받침 위에 사뿐히 앉혀놓았다. 서우는 자기 몸무게에 대해 심각한 혼란을 느끼다가, 양쪽 발등에 닿는 뜨거운 느낌에 퍼뜩 정신을 차렸다. 태승이 그녀의 발목을 하나씩 감싸 쥐고 올려다보며 물었다.

"어느 쪽?"

"…오른발이요."

서우는 잠시 머릿속이 하얘져서, 설정을 떠올리는 데 시간이 걸렸다. 별 낌새를 못 느꼈는지 태승은 양쪽 발목을 쥐고 비교하듯이 더듬더듬 쓸어 만졌다.

"딱히 이쪽이 더 부은 것 같지는 않은데."

"심하게 접질리진 않았어요. 하루 이틀 파스 좀 붙이면 낫겠죠."

"만지면 아파?"

단단한 손가락으로 가느다란 발목 여기저기를 살짝살짝 눌러본다. 아플 리야 없는데, 불쑥 등줄기를 타고 찌릿하며 한기 같은 게 들었다. 이건 애무가 아니라 단순 확인이라고 되뇌어봐도 오싹한 감각은 가라앉질 않았다.

"아파?"

대답이 없자 태승이 서우를 올려다보았다. 그 눈빛도, 질문도 그녀에게 반갑지 않은 기억을 불러일으켰다. *아파? 지금 너무 깊은가? 계속 움직여도 되겠어?*

비약적인 망상에 자신에 대한 환멸마저 느끼면서 서우는 짐짓 인상을 썼다.

"조금요, 그렇게 만지면 아픈 게 당연하잖아요."

쏘아붙이며 그의 손을 밀쳐내고 발목을 주물렀다. 태승이 그런 그녀의 손을 움켜잡았다.

"아픈 곳을 확인했으면 됐어. 자꾸 만졌다가 덧날라. 다쳤을 때 바로 뿌리는 파스 같은 거라도 쓸 것이지. 바보같이 참았나 보군."

"잠깐 그러다 말 줄 알았죠. 누구나 그 정도 오판은 하지 않나요? 그쪽은 그쪽 몸에 대해 그렇게 잘 알아요?"

바보 소리에 조금 울컥해서 안 해도 될 말까지 늘어놓았다. 주태승 한정으로 참을성의 최대치가 부쩍 낮아지는 걸 서우도 의식하고는 있었다.

"음, 그렇게 말하면 할 말이 없군."

어깨를 으쓱하며 태승이 깔끔하게 후퇴했다. 천천히 자리에서 일어난 그는 주머니에 손을 찌른 채 왠지 울적해 보이는 눈으로 물었다.

"그래도 탱고를 포기할 정도면 심각성을 인정한 거잖아. 왜 이리로 온 거야? 치료하려면 본채로 건너갔어야지."

서우는 졸졸졸 님프의 항아리에서 흘러내리는 물을 돌아보며 "그냥 좀 짜증이 나서."라고 얼버무렸다. 대충 내뱉은 말이지만 틀린 말은 아니었다. 애초에 복수정답이 가능한 문제였다.

"춤을 못 추게 된 것 때문에? 하긴, 그렇게 좋아하던 걸 못하게 됐으니 화도 나겠지. 그럴 바엔 조금 참아보지 그랬어. 너 참는 거 잘하잖아."

"네, 잘해요. 하지만 그 못지않게 춤추는 것도 잘하니까요."

도전적인 눈빛으로 쏘아보자 태승이 피식 웃었다.

"잘하는 거니까 어설프게 할 바엔 때려치웠다?"

"말하자면요."

"그럼 나도 그 안에 있어도 되는 건데 그랬군."

잠깐 무슨 의민지 몰라 되새겨본 끝에 서우는 한 가지 추론을 얻었다.

"그쪽도 홀에 있었군요. 나를 봤나요?"

"봤지. 홀에 들어서는 순간부터 왕자와 한 쌍이 될 때까지 쭉."

"왜 나왔는데요?"

"왜 묻지, 그런걸?"

말을 꺼낸 순간 우문임을 깨달았지만 주워 담기엔 늦었다. 뼈아픈 태승
의 반문에 최대한 심드렁하게 반응하는 게 서우의 최선이었다.

"그냥."

"그럼 나도 그냥이라고 해둘게."

자못 여유로운 목소리로 그가 말했다. 먼저 떠보려고 한 것도 잊고 서우
는 그런 태승이 얄미웠다. 하지만 도리 없이 시선을 분수대로 돌리며 다른
화제를 꺼내 들었다.

"저번에 물어보려다 말았는데, 이탈리아어는 또 언제 배웠어요?"

"대학에서 교양수업으로?"

"말도 안 돼."

어안이 벙벙해서 돌아보지 않을 수 없었다. 겨우 교양수업? 대학교에서
애들 장난 수준으로 하는 그 교양수업으로 언어를 마스터했다고?

"그쪽 어학 재능이 그렇게 뛰어나요? 아니, 뛰어난 것도 정도가 있지, 무
슨 교양수업 하나로…."

"허세 좀 부린 거야. 그렇게 놀란 고양이처럼 굴지 마."

유쾌한 듯 태승이 소리를 내어 웃었다. 서우는 무안해서 얼굴이 달아오
르는 걸 느끼며 쏘아붙였다.

"어디서 참 이상한 허세를 배우셨네요."

"근묵자흑近墨者黑이지. 누굴 보고 배웠겠어?"

의미심장한 말에 서우의 뇌리에 단박에 떠오르는 사람이 있었다. 최희
경. 싱거운 농담의 대가. 하지만 희경은 허세를 부려도 귀여운 반면 이쪽
은 전혀 귀엽지 않다.

"배울 걸 배워요. 그런 게 그쪽 이미지하고 어울린다고 생각해요?"

"그러게. 네 반응을 보니까 일찌감치 관둬야겠어. 찬바람이 쌩쌩 부는

군. 누구한테랑은 달리."

뜨끔해서 서우는 빠르게 눈을 깜박였다. 이성 이전의 본능적인 반응이라 어쩔 수 없다고 생각하면서도 태승에게는 별나게 매몰차게 군 것을 순순히 인정했다.

"미안해요. 나는 정말 어렵게 뗀 언어라 그쪽 말에 조금 질투가 났어요. 솔직히 난 요즘도 이탈리아어 어휘 공부를 꾸준히 하거든요. 영어도 그랬지만, 어학엔 별로 소질이 없어서."

그녀의 사과에 태승이 기분 상하지 않았다고 위로하듯 말했다.

"소질의 정도를 떠나 마스터의 경지까지 간 게 중요한 거지. 라틴어도 꽤 수준급으로 한다고 들었어. 그만하면 충분히 능력자면서 너무 겸손을 떠는군."

"겸손하지 않을 수 있나요? 눈앞에 진짜 능력자가 있는데."

태승이야말로 영어는 기본에 일어, 중국어, 프랑스어까지 섭렵한 케이스였다. 한국어까지 보태어 진짜배기 5개 국어 구사자라고 희경이 제 자랑인 양 떠벌리는 통에 알게 된 정보.

하지만 이탈리아어는 금시초문이다. 희경이 알았다면 언제고 한 번은 그녀의 귀에 들어왔을 거란 점에서 아마도 희경은 모르지 싶다.

"이건 희경 오빠도 모르는 것 같은데."

짐작이 맞았는지 태승이 느릿느릿 고개를 끄덕였다.

"교양수업을 들은 건 맞아. 그 뒤론 군대에 있을 때 독학한 거고. 그런 걸 일일이 떠벌릴 필요는 없잖아?"

"아아. 군대에서 말이죠."

이해와 동시에 감탄이 찾아왔다. 그녀의 경우는 어땠던가. 중세 이탈리아사에 최종 목표를 두었을 때부터 그녀의 숙적이 된 이탈리아어와 라틴어. 기초과정을 넘어가니 마냥 지지부진해지는 숙련도에 결국 다른 일은 전부 올스톱하고 1년간 어학에만 매달려 지냈다. 그제야 간신히 언어에 발목 잡혀 연구를 못할 지경은 면했다.

최소한의 선은 넘었다는 거지 썩 유창하다고 할 수준은 아니다. 그게 주위의 지원 속에 그녀가 전심전력을 기울인 결과였다. 반면 이 남자는 그걸 군대에서 했단다. 해군이 그렇게 녹록한 곳일 리도 없는데….

진짜 보통내기가 아니구나. 서우는 벌써 몇 번째로 해보는지 모를 생각을 담아 그를 빤히 쳐다보았다.

"지루해서 그랬어, 지루해서. 달리 할 게 있어야지."

쑥스러운지 괜히 손사래를 치며 태승이 딴청을 피웠다. 그거야말로 굉장히 거만하게 들리는 말인 걸 그가 알려나. 서우는 부러움에 겨워 한숨을 쉬었다.

"계기야 뭐가 됐든 훌륭하네요. 재능의 그릇이 확실히 한 수 위야. 그쪽 아버지가 뒤늦게나마 마음을 돌려먹을 만해요."

순수한 칭찬으로 한 말이었는데, 내뱉고서 그의 얼굴을 본 순간 실수였음을 깨달았다. 눈에 띌 정도로 그의 안색이 굳어진 것이다.

하지만 아주 잠시에 불과했다. 눈을 한 번 깜박일 정도의 짧은 사이에 그는 웃는 얼굴로 돌아왔다.

"칭찬으로 알아들을게."

부드럽지만 그 이상의 여지를 단호하게 거부하는 말. 서우도 무람없이 거기서 더 나아갈 생각은 없었다. 말실수를 만회할 만한 소재가 다급히 필요한 때였다.

그리고 있었다, 꽤 강렬하고 큰 게.

"홀에 들어갔으면 손님들도 대충 봤겠네요. 거기 그 여자도 있던가요?"

소재가 고갈된 코미디언이 최후의 수단으로 자학개그를 하는 듯한 심정이었지만 효과만큼은 확실했다. 흥미를 느꼈는지 태승의 눈이 반짝인 것이다.

"이제 누군지 궁금해졌어?"

"알고 싶을 뿐이에요. 저곳에 있는지 없는지."

"짐작 가는 사람이 생긴 건 아니고?"

"짐작? 그런 게 가능했으면 여태 그렇게 까맣게 모르고 살았을까요. 주변머리가 없다는 게 이런 거지 싶어요."

서우가 씁쓸히 푸념하자 태승이 그렇지만도 않을 거라고 중얼거렸다.

"신념의 문제지. 요정의 존재를 믿지 않는 사람은 바로 눈앞의 요정도 못 알아본다잖아. 너도 이젠 연적의 존재를 알고 있으니 제대로 살핀다면…."

"연적? 그렇게 불릴 정도의 존재예요? 단순히 섹스파트너가 아니라?"

흘려들을 수 없는 단어에 서우가 민감하게 반응했다. 태승은 잠시 침묵하고 표현을 정정했다.

"원한다면 파트너라고 부를게. 아무튼 그 파트너가 누군지는 상관없고, 이곳에 있는지 없는지는 알고 싶다는 거지?"

"그렇게 희한하다는 식으로 말하지 마요. 내 수용 한계치가 아직 그것밖에 안 되는 걸 어떡해요."

서우는 고개를 뒤로 젖혀 하늘을 올려다봤다. 어둑해진 밤하늘은 충충히 구름으로 뒤덮여 별도, 달도 보이지 않았다.

"하지만 그건 궁금해졌어요. 과연 그쪽이 극소수의 비밀 공유자인지 아니면 너나 할 것 없이 다 아는 걸 아는데 지나지 않는지."

"쉬운 말을 어렵게 하는군. 한마디로 최희경이 바람피우는 걸 나만 아는 건지 다른 놈팡이들도 아는 건지 궁금한 거잖아."

표현이 좀 그랬지만 정확한 지적이다. 서우가 침묵하려니 태승이 계속 말했다.

"듣고 싶은 대답이 앞쪽일 거 아냐. 나만 아는 거. 그럼 그렇다고 대답할게."

"사실은 뒤쪽이란 뜻인가요? 정말 나만 모르고 세상 사람들이 다 아는 블랙코미디예요?"

태연을 가장한 태도와 달리 질문하는 목소리가 서우 자신의 귀에도 너무 절박하게 울렸다. 되도록 그쪽으로 생각을 돌리지 않는 노력에도 불구하고 상처는 소리 없이 곪고 있었던 것이다.

툭 건드리자 물큰물큰 흘러내리는 누런 고름의 악취에 얼굴이 화끈해지고 뒷골이 띵하다. 표정 수습이 안 될 것 같아 문득 발목이 아픈 것처럼 고개를 숙여 쓰다듬는데, 태승이 여태껏 지키던 간격을 버리고 불쑥 다가왔다.

너무 가까워지는 거 아닌가, 하며 그를 올려다봤지만 태승은 그제라도 물러서는 대신 더욱 다가섰다. 뒤늦게 일어난 예감에 서우가 움찔했지만 피하고 말고 할 새도 없이 그가 그녀의 뒤통수를 당겨 자신의 품에 안았다. 그리고 그녀의 머리카락을 부드럽게 어루만지며 말했다.

"그따위 일에 그렇게 연연하지 마. 그럴 가치 없어. 눈물 한 방울도 아까워, 아깝고말고."

"…무슨 소릴 하는 거예요, 누가 눈물 따윌 흘린다고!"

서우는 나지막이 외치며 손을 들었지만 정작 그를 밀쳐내기에 앞서 거짓말처럼 팔에 힘이 빠졌다. 맥이 탁 풀려버렸다. 억지로 힘을 다시 내보려고 해도 가까스로 눈을 부릅뜬 게 고작이었다. 그 바람에 미처 모르고 있던 눈가의 이슬도 깨달았다.

'어째서…. 왜 하필 이 사람 앞에서….'

열없어하면 할수록 이슬은 점점 불어나 마침내는 방울로 맺혀 뺨을 적셨다. 너무 느닷없었다. 하물며 얼른 멈추지 못하는 건 더 이해가 안 됐다. 서우는 결코 눈물이 많은 편은 아니었다. 그런데도—.

"울지 말라니까 더 울기 있어? 정말 사사건건 신경 쓰이는 프린세스로군."

태승의 목소리에 쓴웃음이 배어났다. 가늘게 한숨도 쉰다. 그러면서도 그녀의 머리를 쓰다듬는 손길을 그치지 않았다.

바로 그 때문이었다. 그 손길. 그지없이 나긋나긋한 손길이 눈에 보이지 않는 올가미가 되어 그녀를, 그녀의 마음을 끊임없이 졸라매고 있었다. 거친 발로 마구 헤집고 다니며 우거진 가시넝쿨을 베어버리고 있었다.

"싫어, 이런 거 싫어…."

막연히 떼를 쓰며 우는 어린아이처럼 서우는 칭얼거렸다. 맥없이 도리질했다. 서럽도록 부드러운 올가미 안에서.

10
'S'

"윽…"

어둠이었다.

한 치 앞이 보이지 않는 암흑이었다.

말랑말랑한 메모리폼의 물컹한 감촉을 연상시키는 암흑에는 어린 동물의 유치 같은 작고 빼곡한 이가 있어서 안에 삼킨 그녀를 간질간질 깨물고 희롱하며 놀았다.

때로는 천근만근의 바위처럼 단단해져 뻐근하게 그녀를 짓눌러댔다. 숨이 막혀 허우적거리는 그녀를 자비 없이 몰아쳐댔다. 그러다가도 정말 숨이 넘어갈라치면 아슬아슬하게 물러나 다시 얄궂은 놀이를 시작했다.

감각은 희미하고 의식도 아득하게 멀었다. 어쩐지 남의 꿈에 들어와 잠든 이의 내밀한 심상을 훔쳐보는 듯한 느낌도 있다. 정말 그런 거라면 이제라도 정중히 사양하고 물러가고 싶지만 어디서 어떻게 벗어나야 하는 건지 알 수가 없다.

부질없이 버둥거려본다. 생각과 행동의 연결 사이에 흐르는 지독한 딜레이. 게다가 팔도 다리도 제 것이 아닌 것처럼 무뎌서 몸부림이라는 게 고작해야 미미한 꿈틀거림에 지나지 않았다.

반면 암흑의 반응은 빨랐다. 강했다. 덜컥 달려들어 목덜미부터 물어뜯으며 제물의 반란을 단박에 봉쇄한다.

암흑은 새삼 단단한 바위가 된다. 이글이글 불타오르는 용암이 된다. 금세 그녀의 살갗 위에선 용암으로부터 번진 불꽃이 뛰논다. 감각이 또렷했다면 절대로 못 견뎠을 뜨거운 열기….

지금도 숨이 막힌데 자꾸만 더 뜨거워진다. 좀 더, 조금만 더 의식 밑으로 숨어들었으면 좋겠다. 이대로 산 채로 불살라 먹히기 전에!

"…흐ㅇㅇ."

젖혀진 목을 바르르 떨며 서우는 불현듯 눈을 떴다. 엄습하는 환한 불빛에 정신없이 눈동자를 굴리는 짧은 동안, 눈이 빛에 익숙해지며 실제로는 미약한 스탠드 불빛임을 인지했다.

"헉, 헉…."

다음으로, 들척지근한 숨결에 섞여 뺨에 끼얹어지는 가쁜 숨소리에 고막이 깨어났다.

아직 얼얼하게만 느껴지는 머리를 살짝 틀어봄으로써 그녀를 내려다보고 있는 남자의 얼굴을 눈에 담는 데 성공했다. 엄밀히 말해서 보고 있지는 않았다. 남자는 지그시 눈을 감고 어떤 종류의 열락에 사로잡혀 있었다.

첫눈에 무심코, 열락 내지 황홀이라고 단정 지은 그런 야릇한 표정…. 그녀는 잠시 거기에 시선을 뺏겼다가 퍼뜩 등줄기를 타고 흐르는 찌릿한 느낌에 눈을 크게 떴다.

'아. 아아, 아….'

찰나의 어리둥절함은, 번개처럼 파고드는 현실 앞에 깨끗이 불살라졌다.

대신 살갗 위를 뛰노는 불꽃은 남았다. 꿈은 눈을 뜨는 순간 이미 빠르게 휘발되었지만, 현실은 꿈보다 훨씬 집요하게 서우를 탐식하고 있었음이다.

남자의 상반신이 들썩거릴 때마다 남자의 분신도 젖은 물소리를 내며 그녀 안을 들락날락했다. 언뜻 봐선 너무 쉬워 보이는 일련의 행동이 실은 상당한 힘을 쓰는 거라는 걸 안 후에도 여전히 쉬워 보였다. 질척거리는 물소리는 고도의 기만일 뿐, 속속들이 젖어든 후에도 그녀의 내부는 고집스레 뻑뻑했다.

그런 곳을 남자는 쉼 없이 들쑤셔댄다. 깊게 파고들 때마다 내장까지 뒤흔들릴 정도로 큰 물결이 온다. 쿡쿡 둔한 아픔이 일어나지만, 어찌어찌 참을 만하다. 남자를 모조리 삼키고 너무 아픈 나머지 이대로 꼭 죽어버리는 건 아닐까 두렵기까지 했던 처음에 비하면 이쯤은 간지러운 수준이다.

가까스로 첫 일을 치르고 확인해본 자리엔 핏자국이 조그맣게 있을 따름이었다. 그럼 그 아픔은 대체 뭐였을까. 지금도 이렇게 아픈 건 뭐고. 어쩐지 모든 게 자신을 기만하는 것 같아 노여움 반, 자포자기 반으로 계속 남자에게 덤볐던 첫 밤이 떠올랐다. 그렇게 몇 번이고 몸을 섞은 후에야 제대로 본 남자의 분신 앞에서, 그 그로테스크한 위용에 몸서리를 친 것까지도.

무지해서 용감했던 대가는 며칠간의 몸살로 치렀다. 그런데 남자의 요구에 어쩔 수 없이, 바닥난 용기나마 다시 끌어모아야 했다. 두 번째도 지독했다. 어쩌면 처음보다 더 지독했다. 뭘 좀 알아서 더. 그러다 또 엉뚱한 게 찾아와서 더.

어쨌든 평균을 내면 버겁고 고통스러운 게 압도적이다. 조만간 짧은 보충수업을 마치면 약간의 미혹은 미혹인 채로 남겨 놓을 셈이었다. 정신이 제대로 박힌 이상 남자와 다시 그럴 일은 없을 테니, 그렇게 되는 대로 덮어둬도 시간이 해결해줄 거라고 생각했다.

'하지만 오늘은 아니잖아. 오늘 이럴 필요는 없었어.'

멍하니 서우가 남자를 올려다보고 있자니 뒤늦게 쏟아지는 눈빛을 깨달은 듯 남자가 눈을 떴다. 그녀와 눈이 마주치자 남자는 살짝 놀란 눈빛을 하더니 이내 사르륵 웃었다.

'아아.'

물결치는 웃음에 휩싸인 남자의 눈이 너무 아름다운 나머지, 순간 서우는 뭔가에 머리를 얻어맞은 느낌이었다. 줄리아의 말을 듣고서야 유념해서 살펴본 눈이 아닌 게 아니라 퍽 고와서 놀랐었지만, 지금처럼 절실한 깨달음은 아니었다.

너무 예뻐서 사람을 홀리고도 남을 눈이란 건 이런 눈이 아닐까?

눈을 가리고 있던 불투명한 비늘이 떨어져나간 양 얼떨떨해서 바라보는 서우에게 남자는 아낌없이 담뿍 웃었다. 열기로 붉게 물든 눈매는 촉촉하게 젖어서 말할 수 없이 요염하다.

그 요염에 사로잡힌 그녀의 눈 속으로, 남자를 휘감은 열락의 즙이 뚝, 뚝 떨어졌다. 그리고 스르르 퍼져 나갔다.

오싹하며 목 뒤의 솜털이 곤두섰다. 그녀와 눈이 마주치고부터 남자는 움직임을 그쳤건만 뒤늦은 전율로 찌릿찌릿 살갗이 따끔거렸다.

남자는 아무것도 모르는 듯 슥 고개를 기울여 입을 맞췄다. 쪽, 하고 입술을 살짝 물었다 놓은 데 이어 속삭였다.

"용케 다시 깼네. 슬슬 단념하고 혼자 가려던 참인데."

쪽쪽 입술을 쪼아대는 장난 같은 입맞춤. 소프트한 키스는 어느덧 깊숙이 밀려들어와 툭툭 맥동하며 위협적으로 그르렁대는 남자의 분신 때문에 더 이채를 발했다.

그가 더없이 부드럽게 굴 때가 실은 주의가 필요한 순간임을 서우도 슬슬 체득해가는 중이다. 분명히 아까도 이렇게 나긋나긋 키스하면서 짐승처럼 박아대는 서슬에 그녀가 그만 이겨내지 못하고 깜박 정신을 놓은 것이다.

"당신 진짜….."

"응?"

이겨낼 수 없었다. 아파서. 힘들고, 버거워서….

"평소엔 멀쩡하면서 이럴 땐 좀 미친 것 같아. 설마 남자들이 다 이런 건 아니죠?"

그런 핑계를 대고 싶지만, 오로지 그게 전부는 아니었다. 숨만 쉬어도 욱신거릴 정도로 깊게 박힌 남자의 분신으로 인해 그녀는 생전 모르던 아픔을 배웠고, 또 한 가지, 난생처음 배우는….

"모르지, 그런 건. 다른 수컷들 밤일까지 내가 알 필요 있나?"

"수컷?"

저속한 단어에 눈살 찌푸리는 그녀를 남자는 웃음을 흩뿌리며 끌어안았다.

"수컷 맞잖아. 이렇게 적나라한….."

묵직하게 짓눌러오는 힘에 소리 없이 매트리스가 꺼져 든다. 이미 한계라고 생각했던 공간이, 느릿느릿 허리를 움직여 원을 그리는 남자를 따라 주름 잡히고 미끈하게 풀어지며 뜨겁게 물결쳤다. 그 바깥쪽, 아프도록 꽉 누르고 있는 치골 아래로 뭉근하게 맞비벼지는 살 속에선 자그마한 돌기가 노골적인 자극에 움찔거렸다.

다시금 위태로운 감각이 기지개를 켜며 눈뜨려 한다. 그녀는 가쁘게 호흡하며 그 반갑잖은 감각에서 물러나려 하지만 옥죄어 안은 남자의 팔은 그만한 여유를 내어주지 않았다. 간격을 만들 겸 등허리에 힘을 넣어 한껏 뻗대어보자 남자는 오히려 기쁜 듯이 그 잔등을 끌어안고 하염없이 쓸어 만졌다.

"자연다큐멘터리 흉내를 내자면… 힘센 우두머리 수컷이, 무리에서 가장 아름다운 암컷과 바야흐로 짝짓기를 하고 있습니다… 라는 내레이션이 어울리겠지?"

"…기막혀. 혹시 취했어요, 당신?"

남자답지 않은 농담에 실소를 하는 와중에도 감각은 왈칵왈칵 뻗쳐올라 거미줄처럼 뻗어 나갔다. 조금만 방심해도 신음하고 말 것 같다.

"아닐걸. 마신 거래야 샴페인 두 잔이 전분데 그 술이 여태 남아 있을까? 아니, 남아 있을지도 몰라. 화가 났을 때 마시는 술은 확실히 취하더라고."

돌연 움직임을 그친 남자가 그녀의 눈을 들여다보며 말했다.

"하지만 지금 날 움직이는 건 싸구려 알코올 같은 게 아니야. 나는 취해 있어. 그런 것 따위는 견줄 수도 없는 것에."

그게 무엇인지 말하지도, 물어볼 틈도 주지 않고 남자는 그녀의 입술을 훔쳤다. 촉촉하고, 섬세하면서도 애달픈 키스. 불과 얼마 전의 막무가내로 거칠기만 해서 입술을 온통 부르트게 하던 첫 키스에 비하면 얼마나 비약적인 발전인가!

그러나 근사한 키스는 그렇지 않아도 아슬아슬하던 그녀를 가파르게 막다른 길로 몰아갔다. 뒷걸음질할수록 폭이 좁아지는 길. 힐긋힐긋 뒤돌아보며 더는 물러서지 않으려고 안간힘을 써보지만 애써 그 자리에서 버틴 결과, 도리어 힘이 쑥 빠져 끝을 재촉했다.

'아아아—.'

서우는 바람에 버스럭거리는 가랑잎이라도 된 양 붕 떠오른 자신을 의식했다.

허벅지가 경련하며 부르르 떨리기 시작하더니 얼마 안 가 발가락 끝까지 제멋대로 움찔거렸다. 다리는 답답해서 그러는 양 버르적거릴 수라도 있지, 두 팔은 마치 남의 팔을 훔쳐온 것처럼 어찌할 바를 모르고 방황한다. 여기에도, 저기에도, 어디에 둬도 곤혹스러운 두 팔의 용처를 끝내 찾지 못한 채 그녀는 전신을 떨었다.

또 찾아왔다. 또 한 번 그녀를 둘러싼 세계가 요동치며….

"안 돼, 혼자 가지 마. 이번엔 꼭 함께 가는 거야."

번쩍 고개를 든 남자가 그녀의 두 팔을 들어 자신의 등을 휘감게 했다.

"껴안아. 더, 더 세게. 더!"

몽롱한 중에도 다그치는 소리에 흠칫 놀라 그녀는 교차한 손의 깍지를 끼워 꽉 그러잡았다. 씩 웃는 남자의 눈에 맺힌 열락의 빛이 또 한 방울 그녀를 적셨다.

다시 남자의 뜨거운 가슴이, 입술이 그녀를 덮어온다. 이어지는 거친 질주. 끝으로, 끝으로… 그 끝에서—

"…!"

모든 것이 눈부시게 흰 불꽃이 됐다.

새하얀 황홀.

그녀가 배운 또 하나의 것.


그러나 언제고 이성은 돌아온다. 죽을 만큼 노곤해졌음에도 불구하고 요의라는 복병에 쫓겨 눈을 뜬 서우는 칭칭 얼크러져 있는 태승의 품에서 어렵게 몸을 빼냈다.

"으읏."

몸을 일으켜 앉는데 아랫배가 욱신거려서 저도 모르게 큰 신음이 나왔다. 놀란 그녀가 입을 막으며 뒤를 돌아봤지만, 태승의 감긴 눈꺼풀엔 미동도 없었다. 다행이다. 그가 깨어나지 않는 것도, 그 또한 사람이라는 걸 확인하게 된 것도.

어쨌든 더욱 조심해서 욕실로 걸음을 옮겼다. 그 와중에 클러치는 챙겼지만 옷을 챙길 여유는 없었다. 때문에 세면대 거울에 발가벗은 채로 은색 클러치만 들고 있는 모습이 비치자 자신의 몸인데도 너무 퇴폐적인 나머지 흠칫했다.

심하게 흐트러진 머리카락과 발그레 열을 머금은 피부, 나른하게 풀려 있는 눈동자, 부풀어 오른 입술, 목덜미 아래로 옷으로 감춰질 만한 곳엔 온통 키스마크가…. 눈에 담기만 했는데 그 붉은 흔적이 만들어질 때의 감촉이 퍼뜩 떠오르는 것에 서우는 거세게 머리를 내저었다.

떨쳐내기 쉽지 않다. 하지만 약하게 튼 물에 세수하고 나자 머릿속이 좀 맑아졌다.

샤워를 하면 제대로 정신을 차릴 수 있겠지만, 서우는 더 화급한 용건에 쫓겨 클러치를 열었다. 혹시 몰라 챙겨 넣었던 피임약. 파티가 길어져 먹을 시간을 맞출 수 없을까 봐 챙긴 건데 결국 먹어야 하는 시간은 놓쳤다. 이미 서너 시간 가까이. 하지만 이제라도 안 먹는 것보단 낫다.

급한 대로 세면대 물로 약을 넘기면서 손에 쥔 마지막 한 알을 응시했다.

오로지 희경과 보낼 밤을 염두에 두고 복용하기 시작한 약이다. 목표는 어그러졌어도 그날 밤 태승과 함께 있었으니 제 할 바는 다 했다고 볼 수 있다. 이제 마지막 한 알까지 먹고 나면 월경이 시작될 것이다. 문제는 그 며칠 후, 월경이 끝났을 때. 또 한 팩을 다시 시작해야 하는 걸까?

굳이 먹을 이유를 찾자면, 태승에게 약속한 '보충' 건이 있겠지만….

"아니, 아니야. 그건 오늘로 충분해."

소리 내어 서우는 자신에게 다짐시켰다. 이 밤을 그것과 별개의 것으로 구분할 이유가 없다고 생각했다.

서우는 자신이 억지스럽다고 여기지 않았다. 약속한 바가 있었으니 태승의 팔에 이끌려 파티장을 떠난 것이다. 거부감 없이 그의 차에 몸을 싣고 아파트로 돌아와 그의 침대에 몸을 눕힌 것도 '약속'이라는 전제가 깔려 있었기 때문이다.

둘 사이에 그런 언급이 전혀 없었다는 점이 조금 걸리지만, 이제라도 말하면 태승은 알아들을 것이다. 어쩌면 이미 태승의 안에선 정확히 셈이 끝났을 수도 있다.

"기가 막히게 수학을 잘한댔으니까. 숫자를 가지고 논다고 그랬지 아마?"

다소 엉뚱할지언정 희경에게 들은 이야길 곱씹으며 자신에게 유리한 쪽으로 생각을 끌어갔다. 아무튼 약은 도로 클러치에 넣고 헝클어진 머리를 손으로 빗어 넘기며 욕실 안을 돌아보았다. 일단 샤워를…. 아, 눈에 들어온 욕조를 보자 목욕이 몹시 간절해졌다.

그렇다고 여기서 한가하게 목욕을 할 수는 없는 노릇이니 아예 떠나기로 마음먹었다. 집에는 파티 끝나고 나와서 선비네서 하룻밤 잘 거라고 알려둔 상태. 선비가 여행 간 동안 가끔 환기 좀 해달라고 부탁해서 종종 들러 왔으니 곧장 친구의 빌라로 향하는 것에 망설임은 없었다.

욕실을 나온 서우는 잠시 침대 쪽을 힐긋거리고 흩어진 옷을 주워들었다. 그가 여전히 잠든 걸 보았는데도 왠지 껄끄러워 구석으로 가서 침대를 등진 채 속옷을 꿰입었다. 그리고 막 슬립을 입으려고 하는데,

"벌써 가게?"

너무도 또렷한 질문이 등 뒤에서 들려왔다. 잠에 겨운 느낌이 전혀 없는 목소리에 서우는 저도 모르게 마른침을 삼켰다.

천천히 돌아보자 손으로 머리를 받치고 옆으로 누워 이쪽을 보고 있는 태승이 보였다. 과연, 잠기운과는 전혀 먼 쨍한 눈빛에 그녀는 슬립으로 앞을 가린 채 우물거렸다.

"내가 깨웠나 봐요. 조심했는데."

태승은 피식 웃고 손을 들어 서가의 시계를 가리켰다.

"겨우 새벽 2시 넘었어. 위험하니까 좀 더 있다 가."

"괜찮아요, 택시 불러서 가면 돼요."

"기사 노릇이라면 나도 해줄 수 있어. 와서 한숨 자. 날 밝는 거 봐서 깨워줄 테니까."

실랑이가 길어지는 게 싫어 서우는 잠자코 고개를 젓고 돌아서서 슬립을 입었다. 찰랑거리며 떨어져 내린 슬립의 맵시를 정돈하고 마지막으로 블랙 드레스로 손을 뻗는데 등 뒤에서 부스럭거리는 소리가 났다. 태승이 일어났음을 직감하며 서둘러 드레스에 머리를 넣었으나 미처 팔을 꿰입기도 전에 도로 머리 위로 드레스가 들려 올라갔다.

"뭐예요, 장난치지 마요."

태승은 서우에게서 드레스를 뺏은 것으로 모자라 손을 높이 치켜들어 그녀가 되찾지도 못하게 했다. 까치발을 하고 그녀가 종종거리며 한껏 손을 뻗어도 역부족. 그러느라 실오라기 하나 없이 버티고 선 태승의 몸에 자꾸만 부딪혔다.

"그만 줘요, 달라구요, 어서… 으읍."

별안간 태승이 그녀의 허리를 와락 당겨 안으며 입술마저 빼앗아갔다.

당장 벗어나려고 버둥거렸지만, 진득하게 미는 힘에 떠밀려 어느새 그녀는 아주 벽으로 내몰리고 말았다.

조심한다고 구석진 자리를 택한 것이 이제 보니 패착이었다. 으슥한 어둠 속에서 꼼짝 못하게 그라는 벽에 포위된 채로 쏟아지는 키스 세례에 응하노라니, 어느새 욕정이 슬그머니 머리를 디밀었다.

"응… 으응….."

매끈한 슬립 위로 엉덩이를 쓰다듬던 커다란 손이 어느새 안으로 들어와 허전한 등허리를 쓸어내렸다. 내처 뜨거운 손바닥으로 양쪽 허리를 콱 움켜쥐고 오르락내리락 거칠게 자극하는 서슬에 슬립이 한없이 말려 올라갔다. 꼿꼿이 선 유두가 브래지어에 쓸려 아팠지만 정작 그가 브래지어를 건드리자 그녀는 정신없이 그의 손을 아래로 밀어 내리기 바빴다.

"이러지 마요, 더는 안 해, 난 돌아갈…."

고개를 비틀어 간신히 몇 마디 중얼거렸지만 다 맺지도 못하고 그의 입술에 붙들렸다. 도망치는 걸 허락하지 않겠다는 듯 그녀의 뒤통수를 단단히 움켜쥐고 입맞춤하며 태승은 더욱 바싹 그녀에게 다가섰다.

한쪽 무릎을 그녀의 꽉 움츠린 다리 틈으로 밀어 넣으려는 그의 노력이 결국엔 성공했다. 그 약간의 공간은 이내 그의 몸이 버티고 설 만큼 넓어졌다. 엉겁결에 두 다리로 그를 옥죄는 듯한 모양새가 되어 그녀가 허둥거린 것도 잠시, 둔덕에 뜨겁게 밀어붙여지는 남자의 분신을 깨닫고 흠칫했다. 태승은 분신을 그녀의 허벅지 사이에 끼운 채 슬슬 톱질을 하듯이 비비기 시작했다.

'괜찮아, 이걸로 끝낸다면 차라리….'

이 정도 쯤은 못 견딜 것 없다고 순진하게도 자신했다. 그러나 그녀는 태승의 집요함을 간과했다. 거듭되는 키스 속에 느릿느릿, 끊임없이 계곡을 자극해오는 뜨거운 열기. 허울 좋은 방어막에 지나지 않았던 레이스 팬티도 부지불식간에 젖어들어 거의 살에 맞대고 비비는 것과 다를 바 없어졌다.

'아….'

또 한 번 왈칵 아래가 젖어드는 감각에 서우는 허리를 떨었다. 태승이 아주 살짝 입술을 떼며 중얼거린 건 그때였다.

"넣을까?"

마냥 놀리는 것처럼 들리는 말에, 서우가 매섭게 눈을 치떴다. 한바탕 원망을 퍼부어주려던 결심은 당장 그녀를 삼켜버릴 것처럼 맹렬한 그의 시선에 그만 무르춤해졌다. 입술을 몇 번이고 들썩였지만 무어라 할 말이 떠오르질 않았다. 심지어 방금 그가 무엇을 물었는지조차 잊고 그의 눈빛에 오소소 얼어붙었다.

서로가 숨죽인 채로 똑, 똑, 영원 같은 침묵이 고였다.

그러다 문득 태승이 가늘게 눈을 휘며 웃었다. 그가 다시 입맞춤했다. 다시 흠뻑 껴안았다. 그대로 번쩍 그녀를 안아 들어 침대로 데려가 굴리듯 눕혔다. 곧장 그녀에게 타오르며 다리를 벌리고 몸을 숙였다.

"앗, 아아웅…!"

거침없이 파고든 뜨거운 불덩이가 그녀 안에 단단히 자신의 형체를 아로새겼다. 빠른 만큼 우악스러웠기에 조금 잠잠해졌나 싶었던 삽입의 고통이 되우 생생해졌다. 그 바람에 또 속절없이 빠져들 뻔했던 황홀의 초입에서 정신이 번쩍 들었으니 다행이라면 다행이었다.

입술을 짓씹으며 괴로움에 헐떡이는 그녀를 태승이 거짓말처럼 부드럽게 보듬어 안고 귓가에 속삭였다.

"이렇게 일찍 떨쳐 일어난 걸 보니 양에 안 찼던 모양이야. 좀 더 녹초가 되게 해줄게, 그럼 푹 잘 수 있을 거야."

"누가…."

잔뜩 헐떡이며 흘러나온 목소리에 서우는 애써 목을 가다듬고 다시 말했다.

"누가 양이 안 찼다는 거예요, 양이 안 찬 건 그쪽이겠지! 도대체 당신, 지치지도 않아요?"

"음… 양이 안 찬 것도 맞고, 파김치가 되도록 지친 것과는 거리가 먼 것도 맞고. 다른 거 또 궁금한 건 없어?"

어쩐지 장난스러운 울림에 서우가 고개를 움직여 눈을 맞추었더니 아닌 게 아니라 태승이 천연스레 웃고 있었다. 여지없이 자욱한 요염의 빛에 홀리지 않으려고 바로 눈길을 돌리면서 그녀가 쏘아붙였다.

"궁금해서 물어본 게 아니란 것쯤 알잖아요! 이제 확실히 해두죠. 저번에 못다 한 거, 이걸로 다 보충한 거예요. 배보다 배꼽이 클 정도로 보상해 준 건 당신도 잘 알 테니까, 더는 딴말하지 말아요!"

"보충?"

한줄기 긴장이 태승의 몸에 흐르며 슥 그가 상체를 들었다. 얼굴에 쏟아지는 그의 시선을 그녀는 한사코 외면했지만, 갑자기 싸늘해진 공기의 흐름은 피부로 전해졌다.

"욕실에 틀어박혀 기껏 생각한 게 그거야? 백서우. 너무 군색스럽지 않아?"

덤덤한 조롱에 서우의 얼굴이 화끈 달아올랐다. 하지만 그녀에겐 다른 대처 방안이 없었다. 죽어도 떳떳한 척 버티는 수밖에는.

"뭐가 군색스럽다는 건지 모르겠네. 그쪽이야말로 무슨 착각을 하고 있는 거 아니에요? 내가 그 이유가 아니면 여기까지 따라왔겠냐고요. 아!"

획 턱을 붙잡아 돌리는 거친 손길에 서우가 눈살을 찌푸렸다. 억지로 돌아본 곳엔 냉랭한 가면 같아진 태승의 얼굴이 기다리고 있었다.

"누굴 바보 취급하려고 들어? 어울리지 않게 백치미를 뽐내는 짓은 관둬. 둘 다 재미없어."

"뭐라고 말하든 상관없어요. 핵심만 알아들으면 돼."

"무슨 핵심? 네가 뒤늦게 끼워 맞춘 억지 주장에 핵심이라고 할 게 있어?"

"억지는 당신이 부리고 있어요."

담담한 목소리로 날 선 말을 툭툭 던지는 그를, 그녀도 뒤늦게나마 흉내 내고 있었다. 언성을 높이는 자가 지는 게임이란 걸 깨달은 것이다. 불안하게도 태승은 이런 게임에 극히 익숙해 보였다.

"도리어 내게 뒤집어씌우시겠다? 전에도 생각했는데, 너 순발력이 의외로 나쁘구나. 준비할 시간이 부족하니까 온통 빈틈투성이야. 이렇게 가까이서 보니까 너무 잘 알겠어."

"멋대로 지껄여요. 그런다고 내 생각이 달라지나. 우리 거래는 이걸로 계산 끝이에요."

"천만에. 당혹스러워진 건 알겠는데, 그렇다고 그렇게 멋대로 본질을 호도해서야 쓰나."

나지막이 혀를 차며 태승이 그녀의 얼굴을 두 손으로 감싸 쥐었다. 싸늘함이 잠시 걷힌 자리에 어렴풋한 요염이 애달프게 드러났다.

"내가 널 유혹했어. 어쩐지 금세라도 무너질 것 같은 불안한 얼굴을 하고 있는 너를, 내가 도망치게 해주겠다고 꾀어냈어. 너는 잡아끄는 내 손을 뿌리치지 않았고. 이게 핵심이야."

"아니…."

반박하려는 그녀를 쉬이, 하고 제지하고 그가 말을 이었다.

"이 작은 머리를 가득 채운 일련의 불쾌한 일들을 잊으려고 내게 안긴 거 알아. 몸은 내 품에 있어도 마음은 자꾸 다른 곳에서 헤맨 것도 알고. 하지만 결국엔 온전히 나와 함께 있었어. 우린 함께 꽤 근사한 곳까지 다녀왔어. 그게, 요점이야."

도리질하고 싶어도 얼굴을 쥔 억센 손이 허락하질 않았다. 설사 자유로웠다고 해도 도리질을 할 수 있었을지, 서우는 자신이 없다. 이렇게까지 환히 들여다보고 있는 사람 앞에서 어설픈 거짓말을 늘어놓는 게 얼마만큼의 의미가 있을까?

"이제 와서 달아나기엔 늦었어. 기왕지사라면 차라리 뻔뻔해져. 그래도 돼. 나는 널, 결코 비난하지 않을 테니까."

그러니 얼마든지 민낯을 드러내도 좋다고 넌지시 암시하는 말. 가슴이 저미도록 포근한 말이었지만 태승에게 듣고픈 말은 아니었다.

서우는 말없이 지친 눈을 감고 한숨을 쉬었다.

한 번 발을 삐끗하여 경로를 이탈했을 뿐인데 되짚어 돌아가기가 좀체 여의치 않다. 호젓한 샛길엔 아직 그들 둘밖에 없다. 다행히도. 그리고 원래의 길은 고개를 돌리면 보이는 아주 가까이에 있다.

그러니 조금만 더 뻔뻔하게 굴까. 뭣하면 그의 말대로 유혹에 걸려들었다고 핑계 대며.

"나랑 한 번 더하고 싶다는 말을 참 길게도 하네요."

서우는 사르륵 눈꺼풀을 들어 올리고 새침하게 핀잔했다. 마주 보인 그의 눈동자가 찰랑 흔들리며 순간 몹시 괴로운 빛을 띠는 듯했으나 이내 특유의 오만한 미소에 삼켜졌다.

"들켜버렸나?"

고개를 갸웃하더니 태승도 슬쩍 힐책했다.

"그렇게 노골적으로 찌를 건 없잖아. 은근히 촌스럽단 말이야, 백서우?"

"이제 막 시작하는 사람한테 뭘 바라나요. 그쪽도 딱히 세련된 것 같지는 않은데."

"하하, 또 한 번 아픈 데를 찌르는군. 좋아, 피차에 촌스러운 사람들끼리… 경험치를 좀 더 쌓아볼까?"

나직이 소곤거리며 태승이 그녀의 몸을 덮어왔다. 부동의 주문이 깨어진 그의 분신도 천천히 그녀의 안을 헤집기 시작한다.

서우는 어떻든 더 편한 자세가 없을까 버석거리다가 마침내는 태승의 등을 끌어안았다. 아주 잠깐, 그녀의 손가락 아래에서 잘게 떨리던 그의 등이 다시금 힘차게 꿈틀거렸다.

바야흐로 그 어느 때보다 큰 너울이 다가오고 있었다.


결국 날이 환히 밝을 무렵에야 까무룩 잠이 든 두 사람이다. 여름 해는 일찍 뜬다지만 피차에 규칙적인 생활을 하며 일찍 깨 버릇하는 이들이 오전 11시가 다 되도록 미동도 없이 잠에 빠져 있었다.

이번에 먼저 깬 쪽은 태승. 슬슬 출출하지 않냐며 깨우는 손길을 서우는 칭얼대며 밀쳐냈다. 더 깨워보는 대신 태승이 조용히 빠져나간 침대에서 서우는 한동안 또 죽은 듯이 잤다.

얼마 후 태승이 주스 한 잔을 가져와 그녀를 깨웠다.

"이거라도 좀 마시고 다시 자든가 해. 오늘 아무 일정도 없는 건 맞아?"

"으음…."

비몽사몽으로 일어나 앉은 서우는 태승이 손에 쥐어준 주스 잔을 기계적으로 비워냈다. 무슨 맛인지도 모르고 한참을 마시다가 문득 컵 속을 들여다보며 느릿느릿 눈을 깜박였다.

"이거 우리 집 레시핀데?"

멍하니 태승에게 시선을 주자 그는 어깨를 으쓱할 따름이다. 서우는 고개를 갸웃하고 남은 주스를 마저 마시다가 역시 찜찜하다는 듯 태승을 보았다.

"아무래도 똑같은데. 이거 어디서 난 거예요?"

"어디서 나긴. 주방에서 방금 막 만들어 왔습니다만."

"…직접 만들었다고요?"

"믹서기에 재료 넣고 갈면 되는 거잖아. 직접 만드는 게 무슨 대수라고."

"하긴, 그쪽 요리학원도 다닌다고 했죠."

그렇게 납득해 보려고 해도 아무래도 늘 마시는 것과 너무 똑같아서 어리둥절해졌다. 위가 약한 최 교수를 위해 줄리아가 숱한 시행착오 끝에 만들었다는 양배추, 마 주스가 사실은 꽤 대중적인 레시피였던 걸까?

"뭐 뭐 넣었는지 말해줄 수 있어요?"

"양배추, 마, 아몬드, 호두, 그리고 우유와 꿀."

"정말 똑같네."

사람들 생각은 거기서 거기인가 하고 이해하려는 찰나 태승이 픽 웃으며 중얼거렸다.

"전에 희경이 통해서 들은 거야. 한동안 나도 위가 안 좋아서 고생했거든."

그 말은? 서우의 시선에 태승이 크게 고개를 끄덕였다.

"생각하시는 게 맞습니다, 프린세스. 유출된 그쪽 비법 레시피 덕을 톡톡히 보고 살았습니다. 어떻게, 이제라도 자수하고 죄를 청할까요?"

"뭐 그럴 것까지야…."

서우는 슬쩍 웃고 이 뜻밖의 우연을 이해했다. 언젠가 희경에게 그런 이야기를 했던 것도 같다. 희경이야 워낙에 소화기 계통이 튼튼한 체질이라 왜 그런 걸 묻느냐며 의아해한 기억이 어렴풋이 떠올랐다. 그랬구나. 희경이 그 정보를 태승에게 준 거구나.

"효과 보고도 꾸준히 먹는 거예요?"

"몇 달 끊을 때도 있는데 여름엔 되도록 아침 대용으로 챙겨 먹고 있어. 똑같은 걸 먹어도 혼자 탈이 나는 사람 있잖아. 내가 그래."

"알죠, 그거."

동병상련의 한숨을 내쉬고 서우는 마지막 찌꺼기까지 깨끗이 비워냈다. 기분 좋은 포만감에 눈을 감고 재차 나른하게 한숨을 토해내는데 불쑥 뭔가가 입술을 건드리는 바람에 화들짝 눈을 떴다. 태승은 그녀가 눈을 뜨거나 말거나 엄지손가락으로 그녀의 입술 언저리를 천천히 훔쳐냈다.

"그러고 보니 그 일 기억나? 여름방학 직전이었을 거야, 아마. 점심 급식으로 새우볶음밥이 나온 날이었는데."

고등학교 때 이야기를 하는 건가? 서우가 말의 내용보다도 그의 느릿느릿한 엄지손가락에 신경이 팔려 있자니 그가 계속해서 말했다.

"5교시 즈음에 복통이 꽤 심해서 결국 보건실에 갔거든. 반 애들은 다 멀쩡한 거 보고 또 나만 유난이구나 하고 내심 질려서 찾아간 곳에 동지가 둘 있었어. 그중 하나가 너였지."

그랬다고 하는데 얼른 떠오르는 게 없다. 태승은 마침내 엄지를 떼나 싶더니 그 손을 아무렇지 않게 제 입으로 가져갔다. 서우는 휘둥그레진 눈으로 그가 쪽 엄지를 빠는 모습을 지켜보았다.

"기억 안 나? 너 왜 그 심한 곱슬머리 친구랑 있었는데."

"선비? 아, 기억났다!"

또 서우 혼자만 유별나게 복통이라고 지청구 들을까 봐—이제 와 생각해보면 그런 걸로 핀잔을 주던 고등학교 보건 선생님에게 문제가 있었다—멀쩡한데도 저도 아프다고 보건실까지 따라와 줬던 선비. 그 선비가 얼마 후 보건실을 찾은 다른 환자를 보고 "오오, 부실한 위장 동지가 나타났다, 백설!" 하며 호들갑을 떨던 게 어제 일처럼 생생했다.

그 덕분에 보건 선생님은 물론 눈앞에 있는 이 남자의 따가운 눈총을 받았던 것도.

"그때도 참 무시무시하게 쏘아봤죠, 당신."

"내가?"

"발뺌하지 말아요. 내 친구가 기 센 걸론 남한테 뒤질 애가 아닌데 그쪽 눈빛 보고 꿀 먹은 벙어리가 됐었거든요?"

"음. 확실히, 네 친구가 기는 세 보이긴 하더라. 그 친구 2학기부터 남자고등학교에 다닐 거라지? 요즘 세상엔 없는 열혈교사가 되는 거 아닌지 몰라."

인정하는 게 그거예요? 본인의 행동은? 응?

눈빛으로 지그시 압박하자니 그가 잠자코 그녀의 손에서 빈 컵을 가져가며 말했다.

"그냥 쳐다봤지 쏘아본 건 아니야."

"그냥?"

서우는 어이없어하며 반문했다.

"당신은 사람을 태워 죽일 것처럼 노려보는 걸 '그냥' 쳐다본 거라고 표현해요?"

태승은 피식 웃고 천천히 몸을 돌렸다.

"예기치 않은 기습을 당하면 누구라도 조금은 날카로워지는 거 아니겠어?"

침실 문으로 걸어가는 그의 뒷모습을 보며 서우는 눈살을 찌푸렸다. 그때 그 보건실의 어디에 기습이라고 부를 만한 요소가 있는지? 태승이 괜히 군색하니까 억지를 쓴다고 생각했다.

"느긋한 거 보니까 오늘 별다른 일정 없는 모양인데. 더 잘래? 아니면 나가서 뭐라도 먹을까."

문간에 선 채 뒤를 돌아보며 그가 물었다. 서우는 침실 안을 둘러보다 전자시계에 눈을 멈추었다.

별다른 일정 없음—이라기보다 일부러 일정을 비워둔 날이었다. 예년 같았다면 회경의 생일파티 다음 날은 전날 실컷 춤을 춘 여파가 어떤 식으로든 나타났을 것이다. 그만큼 평소의 자신을 내려놓고 달렸으니까.

그런데 올해는 춤은 고사하고 발을 접질렸다는 핑계로 도망치듯 빠져나왔다. 그리고 엉뚱한 남자와 베드 인한 결과, 이튿날 오전 약간의 근육통과 나른한 피로를 느끼고 있다.

"그만 갈게요. 욕실 좀 빌린 후에."

"데려다줄 테니까 가는 길에 뭐라도 먹자."

"주스도 마셨고, 생각 없어요."

"생각이 없으면 의지로 먹어. 간밤에 소모한 열량 보충하려면 주스 한 잔 가지곤 안 돼."

어떤 얼굴로 저런 말을 하나 서우가 흘겨보았다. 눈이 마주치자 후회했다. 그의 눈에 어른거리는 관능의 빛을 알아챈 것이다. 별안간 그녀는 침대 시트로 가슴께를 가리고 앉아 있는 자신의 방만한 자세가 참을 수 없이 부끄러웠다.

"다이어트한 셈 치든 뭘 먹든, 내가 알아서 할 테니까 그만 나가줘요. 씻어야겠어요."

"여전히 가차없군, 나한텐."

그렇게 한마디 투덜거리고 태승이 문을 닫고 나갔다. 서우는 머리를 내저으며 시트로 몸을 휘감고 침대에서 내려섰다. 침대 맞은편 안락의자에 모여 있는 속옷가지와 드레스. 태승이 정리한 게 분명한 옷가지를 보노라니 나오는 건 한숨이었다.

속옷만 챙겨서 욕실로 가려다 드레스를 살핀 건 순전히 구김을 확인하려는 의도였다. 다리미가 필요하다면 미리 말해놓을 셈이었는데 뜻하지 않게 옆 솔기가 상당히 터진 것을 발견하고 서우는 깜짝 놀랐다. 한눈에 봐도 그녀의 어설픈 바느질 솜씨로 어찌해 볼 수준이 아니었다.

"큰일이네."

당장에 입고 나가야 할 옷이 이 모양이다. 머릿속으로 이런저런 방법을 생각해봤지만 모두 다 우스꽝스럽고 말이 안 된다. 결국엔 태승의 셔츠를 한 장 빌려서 재킷처럼 걸치는 쪽으로 기울었으나….

도무지 입이 떨어질 것 같지 않아서 망설임을 거듭한 끝에 침실 문을 살짝 열고 태승을 불렀다. 이야기를 들은 그는 뜻밖의 해결책을 내놓았다.

"요 앞 상점가에 가서 입을 만한 걸 사올게. 너도 오가면서 봤지? 의류매장이 쭉 늘어서 있잖아. 서두르면 15분도 안 걸릴 거야."

"그래 주면 나야 고맙지만… 괜찮겠어요? 여자 옷 처음 사는 거면 어색할 텐데."

"디피된 거 달라고 할 건데 뭐."

"그럼 봐서 간단한 티셔츠랑 반바지 같은 걸로 부탁해요."

"바지도 입어?"

태승의 엉뚱한 물음에 서우는 잠시 말을 잊었다.

"왜요, 나도 다리가 둘 달린 사람인데. 혹시 여태 몰랐다면 보여줘요?"

"그게 아니라… 바지 입은 건 한 번도 못 봐서."

서우의 동그래졌던 눈이 잠시 후 그럴 수도 있겠군 하는 수긍의 빛을 띠었다. 태승과 그녀가 마주하는 곳엔 으레 희경도 있었을 테니.

희경 앞에서라면 그녀는 치마를 입었다. 여성스러운 걸 좋아하는 그의 취향에 맞추기 위해 자연스럽게 굳어진 습관이었다. 게다가 저번엔 그토록 치렁치렁한 잠옷까지 보여줬으니 천생 공주과라고 생각하는 것도 무리가 아니었다.

"바지 입어요. 아주 잘 입으니까 괜한 걱정 말고 다녀오세요."

"알았어. 일단 염두에 둘 테니 씻고 있어."

서둘러 멀어져가는 태승의 뒷모습을 보고 서우도 욕실에 들어갔다. 그리고 뜨거운 물줄기에 몸을 맡긴 찰나, 정작 중요한 걸 깜박했다는 생각이 났다.

"옷 치수 모를 텐데."

허둥지둥 욕실 문을 열고 태승을 불렀으나 이미 떠나버린 후. 급한 대로 휴대전화를 찾아 그에게 전화를 걸었다. 그러나 불길하게도 그녀의 전화를 기다린 듯 아파트 어딘가에서 오르골 소리가 흘러나왔다.

소리를 따라간 서우는 결국 주방 식탁에 놓인 태승의 휴대전화를 발견했다. 그냥 전화기를 놓고 갔구나 하고 말았을 것을, 눈에 들어온 휴대전화 액정이 묘하게 시선을 끌어 전화를 끊지 않고 지켜보았다.

새하얀 눈밭으로 보이는 곳에 점점이 떨어진 붉은 피 같은 장미꽃잎 몇 장. 'S'라고 입력된 이름과 결부된 이미지였다.

비교가 됐다. 서우의 휴대전화에 입력된 그는 '주태승'이란 이름으로 존재할 뿐 사진도 무엇도 없기에 더욱더.

"의외로 감성적인 구석이 있네, 이 남자."

그쯤 생각하고 전화를 끊은 후 욕실로 돌아갔다. 씻는 동안 치수도 모를 옷을 사러 간 태승에 대한 걱정보다 언뜻 본 휴대전화 속 이미지가 빈번히 떠올랐다.

그리고 S. 서우의 이니셜을 따서 S라면 다른 사람들은 어떤 식으로 저장하는 건지 모를 노릇이다. 남이야 어떤 방법을 동원하든 무슨 상관이냐 싶지만, 서우는 뭔가에 한 번 꽂히면 직성이 풀릴 때까지 파고드는 버릇이 있었다.

이리저리 궁리한 끝에 전화목록을 몰래 슬쩍 볼 방법이 없나 하는 주제까지 흘러갔을 무렵 욕실문을 노크하는 소리가 났다.

"벌써 다녀왔어요?"

드라이어를 끄면서 서우가 문을 향해 묻자 태승의 대답이 들려왔다.

"벌써는. 20분 넘게 걸렸는걸. 문고리에 쇼핑백 걸어놓을게. 보고 마음에 안 들면 말해."

"치수도 모르는데 용케…."

문을 열고 내다보자 그새 태승은 자취를 감춘 후였다. 별안간 내외를 하나 어리둥절하며 쇼핑백을 챙기고 문을 닫았다. 이윽고 옷을 꺼내봤는데.

"어머?"

크림색 칼라에 짙은 자줏빛 바탕색이 고급스러운 셔츠웨이스트 스타일의 민소매 원피스였다. 서우가 여름이면 자주 입는 폴로 원피스와 길이감도 비슷하고 벨트 포인트도 엇비슷했다. 다만 이쪽이 브랜드로는 윗길. 더욱이 눈에 설지 않은 게 최근에 디스플레이 된 신상품을 어디선가 봤지 싶다.

"백화점."

떠올랐다. 희경과 드레스 고르러 간 백화점에서 같은 스타일의 색깔만 다른 옷을 보았다. 그때도 예쁘다고 생각했지만 가격을 보고 내심 웃었지 아마. 세일 전의 여자 옷이란 때때로 헛웃음이 나올 정도로 비싸다.

이래서야 그녀가 말한 티셔츠에 반바지에서 나가도 한참을 나갔다. 그렇다고 비싸니까 바꿔오라는 것도 좀 우스꽝스러워서 일단 걸쳐는 보았다.

치수를 보고 예상했듯 그녀에게 꼭 맞는 원피스였다. 깔끔한 핏에 그녀의 피부색에 맞춘 듯 잘 어울리는 빛깔. 그렇다, 서우는 완연한 핑크보다는 이렇게 톤이 확 다운된 자주색이 잘 맞았다.

"…예쁘다."

가격을 생각하면 살짝 두통이 날 것 같지만 그마저도 예쁜 옷을 물끄러미 바라보고 있자 싹 날아갔다. 이렇게라도 내 손에 들어올 옷이었다고 생각하자! 다행히 용돈 계좌의 잔고는 꽤 두둑한 편이다.

욕실에서 나온 서우가 클러치에서 꺼낸 립글로스를 바르고 있는데 태승이 돌아왔다. 그는 잠시 발을 멈추고 그녀를 바라보다 물었다.

"입었네. 잘 맞아?"

"보다시피?"

그녀가 장난스럽게 한 바퀴 빙글 돌아 보이자 태승의 눈이 살짝 가늘어졌다.

"눈썰미 좋네요, 그쪽. 치수도 말 안 해줬는데 척척. 색은 어떻게 골랐어요? 아, 혹시 마네킹이 입은 거 그대로 벗겨왔어요?"

"대충 말하니까 점원이 잘 골라주던데?"

"그 점원 센스가 대단하네."

서우는 가볍게 웃고 거울을 보며 살짝 입술을 오므렸다 뗐다. 옷에 맞춰서 립글로스를 여러 번 덧바른 입술이 자주색에 꽤 흡사해졌다.

"태그가 없던데, 영수증이라도 있으면 줘요. 계좌 알려주면 이체해 줄게요."

클러치에 화장품을 챙겨 넣으며 말했지만 돌아오는 대답이 없다. 서우가 돌아보자 태승은 팔짱을 낀 채 그녀를 보고 있었다. 무언가 다른 생각에 빠진 듯 나른한 시선에 그녀가 휙휙 손을 흔들어 보았다.

"나 보고 있어요?"

"보고 있지 그럼."

"방금 내가 한 말은 듣고?"

"무슨 말? 영수증?"

다 듣고 있었네, 하고 픽 웃으며 서우는 쇼핑백에 블랙 드레스를 개켜 넣었다. 쇼핑백을 손목에 걸고 클러치를 드는 것으로 나갈 준비 끝. 서우는 여전히 장승처럼 서 있는 태승을 돌아보았다.

"영수증 안 줘요?"

"안 챙겼어."

"와, 현명한 소비습관이다."

대놓고 빈정거리고 서우는 카드 쓴 내역이라도 확인하고 알려달라고 부탁했다. "그럼 나 가요."하고 돌아서자 그제야 태승이 곁으로 오며 잠깐 앉아보라고 말했다.

"옷 사는 김에 파스도 사왔어. 발목에 붙이라고."

"아."

까맣게 잊고 있었던 주제 앞에서 서우는 멀뚱멀뚱 눈을 깜박이며 발목을 내려다보았다. 그러니까 아프다고 한 게… 오른발이었지?

일단 안락의자에 앉아 태승이 꺼내 든 파스를 건네받으려고 손을 내밀었지만, 그는 그녀의 손을 깨끗이 무시하고 오른편에 한쪽 무릎을 꿇고 앉왔다.

"내가 할 테니까 줘요. 뭘 굳이."

가볍게 발목을 쥐는 태승의 손길에 뭘 하려는지 깨달은 서우가 당황해서 내뱉었다. 돌아온 건 가만있어 보라는 부드러운 명령이다.

"여기였지? 어때? 어제하고 비교하면?"

"한결 나아진 것 같아요. 그다지 심하게 접질린 거 아니었대도 그러네."

"발목이든 손목이든 우습게 봤다간 큰코다칠 수 있어. 모자란 것보단 지나친 게 나아."

그녀의 떨떠름한 대꾸에도 태승은 파스 두 장을 꼼꼼히 붙여주었다. 서우는 그의 정수리를 말끄러미 쳐다보며 묘한 감상에 젖었다.

지난밤 태승의 집으로 와서 격정적인 첫 섹스 후에—피차에 씻을 염도 못 내고 침대로 돌진하다시피 했다. 드레스가 찢어진 것도 어찌 보면 당연했다—태승은 그녀의 다리부터 살폈다. 혹시 아픈 게 더 도지지 않았는지 안절부절못하는 모습에 저도 모르게 서우는 웃기도 했다. 그때도 샤워를 마치고서 그가 진통소염 효과가 있는 로션을 발라주었는데.

"이제 보니 꽤 섬세하네요, 그쪽. 혹시 환자 간호해본 적 있어요?"

남은 파스를 챙겨서 일어나던 태승이 그녀의 질문에 쓴웃음을 지었다.

"외할머니 손에서 커서. 허리디스크에 무릎도 안 좋으셨던 분이라 파스를 달고 사셨지."

"그 세대의 여자분들에겐 거의 고질병인 거 같아요."

이해한다는 뜻으로 고개를 끄덕이고 서우는 다시 뭔가 물으려다 직전에 입을 다물었다. 거기서 더 파고들 이유가 없다. 없고말고.

서우는 짧게 감사 인사를 하고 의자에서 일어났다. 정말 가야 할 때였다.

"데려다줄게."

"그거라면 사양한다고 이미 말했는데, 나."

"겸사겸사 점심도 먹고."

복도를 걸어가며 서우는 잠자코 도리질을 했다. 태승은 쉬 단념하지 않았다.

"어차피 점심은 먹어야 할 거 아냐. 혼자 먹는 것보단 둘이…."

"그렇게 둘이서 밥까지 먹으면 정말 뭐라도 된 것 같잖아요, 우리가."

그녀의 말에 태승이 주춤했다. 아랑곳하지 않고 서우는 현관까지 걸어갔다. 슬리퍼를 벗고 막 구두로 갈아 신으려는데 뒤따라온 태승이 그녀의 팔을 잡았다.

"걱정하지 마. 네가 아무것도 아니라고 하면 아무것도 아닌 거야. 착각 같은 거 안 해."

표정을 읽을 수 없는 얼굴로 태승이 말했다. 서우가 그래도 회의적인 눈빛을 짓자니 그가 엷게 웃었다.

"고작 밥 한 끼 같이 하는데 뭐 그리 거창한 의미 부여가 필요해? 정말 생각 참 많은 여자네."

그 말에 일어난 약간의 반발이 서우를 충동질했다.

생각이 많다. 그것은 서우가 자신에게 품은 불만 중 하나였다. 일찍이 희경으로부터 '또 생각 중인 꼬맹이' 어쩌고 하는 식으로 놀림을 당하면서부터 자각한 씁쓸한 개성이랄지.

누구나 그 정도 생각은 하고 사는 줄 알았는데, 주위를 돌아보니 꼭 그런 것만도 아니었다. 차라리 별생각 없이 즉흥적으로 사는 사람이 더 환영받는 세계란 것도 깨우쳤다. 하지만 그 앎이 이미 굳어진 사고방식을 고쳐놓지는 못했다.

여전히 서우의 피는 느리고 조심스럽게 끓었다.

그런 그녀에게 있어 태승의 존재는 단연 파격이었다. 그런데 이제 그 파격의 인물마저 그녀더러 생각이 많다고 힐난하고 있다.

'역시 내가 문제인가? 내가 너무 고루하고 쓸데없는 걱정을 사서 하는 거야?'

클러치를 고쳐 쥐며 서우는 새 옷답게 빳빳한 감이 살아 있는 자주색 치맛자락을 내려다보았다. 다시 고개를 들 때 그녀의 마음은 바뀌어 있었다.

"좋아요. 까짓 밥 한 끼, 먹죠. 먹기로 해요."

정작 태승은 그렇게 같이 먹자고 권해놓고 그녀의 태도 변화에 멀거니 눈만 깜박이며 서 있었다. 서우가 "안 가요?" 하고 재촉하자 그제야 고개를 끄덕이며 차키를 가져오겠다고 뛰어갔다. 그가 현관 중문에서 바라보이는 복도를 돌고 얼마 안 되어 뭔가 묵직한 게 넘어지는 듯한 소리가 나서 서우가 눈을 깜박였다.

"저기, 괜찮아요? 혹시 넘어진 거 아니에요?"

"…괜찮아!"

대답하기까지 약간 뜸을 들인 것 같은 건 그녀의 기분 탓일까? 아무튼 잠자코 구두를 신고 기다리자니 태승이 상기된 얼굴로 돌아왔다. 그녀에 앞서 도어록을 해제하고 문을 열어주는 태승의 손에 못 보던 반창고가 눈에 띄었다.

"그거 아까도 있었어요?"

밖으로 나가면서 묻자 태승이 현관문을 닫으며 힐긋 손을 내려다보았다. 오른손 엄지에서 손바닥으로 이어지는 살집에 붙어 있는 정사각형의 큼지막한 반창고.

"차키 집어 들다가 좀 긁혔어."

"차키를요?"

그녀의 의심스러운 눈초리에 태승은 거듭 차키에 긁혔다고 주장했다. 그러고서 재빨리 엘리베이터 앞으로 가서 버튼을 누르는 그의 뒷모습을 서우가 빤히 보며 중얼거렸다.

"어떻게 집으면 차키에 손이 긁히지? 시뮬레이션이 안 되네 난."

24층에서 내려오기 시작한 숫자에 시선을 둔 채 태승이 말했다.

"열쇠가 얼마나 위험한 물건인지 모르는구나? 어떤 영화에선 열쇠로 사람도 죽였어."

"에이, 그건 영화데? 그런 식으로 치면 위험해서 연필은 어떻게 잡아요."

그러자 태승이 슥 그녀를 돌아보았다.

"<존 윅>?"

"네, 그 개 애호가요."

서우가 싱긋 웃으며 말하자 태승의 입술도 부드럽게 호를 그렸다. 그가 다시 엘리베이터를 확인하며 중얼거렸다.

"그거 희경이 취향은 아닌데."

말이라고. 영화 시작부터 끝까지 피와 죽음이 난무하는 영화는 희경에겐 숫제 정신고문일 것이다.

"내 취향이에요. 그렇게 아무 생각 없이 때려 부수는 영화 좋아해요. 평소에 워~낙 생각이 많은 탓인가."

"반동심리? 나쁘지 않네."

그가 빙그레 웃는 게 반질반질한 엘리베이터 문에 비쳤다. 서우는 그런 그의 얼굴과 손의 반창고를 번갈아 바라보고 은색 클러치에 시선을 모았다. 모난 귀퉁이를 만지작거리고 있자니 태승이 불쑥 말했다.

"나도 그런 거 좋아해. 보면 확실히 스트레스 해소도 되고. 혹시 이번에 나온 그 영화는 봤어? 크리스 햄스워스가…."

그의 말은 도중에 엘리베이터 문이 열리면서 끊어졌다. 정확히는 그 안에 타고 있는 사람으로 인해 끊어졌다.

"어?"

느긋하게 엘리베이터 벽에 기대어 휴대폰을 보고 있던 자세 그대로 눈길만 앞으로 던졌던 희경의 입에서 맨 처음 나온 한마디였다.

"어어?"

엘리베이터 바깥에 나란히 서 있는 친구와 약혼녀를 재차 확인하며 나온 두 번째 말도 크게 다르지 않았다.

"이게 대체…."

희경이 제대로 말을 꺼내려는 순간 엘리베이터 문이 스르륵 닫히기 시작했다. 얼른 열림 버튼을 누르며 그가 바깥의 둘을 향해 말했다.

"뭐해, 얼른 타!"

그 말에 서우에 이어 태승도 엘리베이터 안으로 발을 내디뎠다. 희경이 버튼에서 손을 떼자 문이 스르륵 닫혔다.

이내 세 사람을 태운 엘리베이터가 하강하기 시작했다.

## 11
## 교착 상태

사람은 바짝 긴장하면 머릿속이 하얘진다는 말을 서우는 새삼 실감했다. 긴장한 게 머릿속뿐일까, 어느새 땀이 배어났는지 등허리를 타고 기분 나쁜 식은땀이 흘렀다.

"아, 잠깐. 엉겁결에 타라고 했는데 혹시 올라가려던 거 아니야, 둘 다?"

아무 영문도 모를 희경은 유쾌하게 꽃밭에서 거닐고 있었다.

"서우 넌 맞지? 나한테 오려던 길일 거 아냐."

서우는 잠자코 미소 지은 채 고개를 끄덕이며 손에 쥔 쇼핑백을 더 꽉 그러쥐었다. 옷을 갈아입은 게 천우신조가 따로 없었다. 간밤의 드레스 차림으로 여기서 희경을 마주쳤다면 어떤 상황이 벌어졌을까….

"나 기분 풀어주려고 왔구나. 연락도 없이 깜짝 이벤트라니, 신선하긴 한걸?"

싱글거리며 희경이 서우의 어깨를 꽉 끌어안았다. 그대로 희경은 태승을 쳐다보며 너는 어떻게 된 거냐고 물었다.

"둘이 어떻게 같이 있지? 의외의 조합이라 상상도 안 가네."

피가 가시는 기분으로 서우는 태승을 쳐다보았다. 그녀의 머릿속은 여전히 새하얘서 임기응변이라 할 만한 게 떠오르지 않았다. 태승은 좀 다르 길 바랄 뿐이었다.

힐긋 그녀와 마주친 태승의 눈이 가늘게 휘어졌다. 웃음? 의미 불명에 움켜쥔 손바닥이 축축해졌다.

태승이 천천히 희경에게 시선을 돌렸다.

"안 그래도 별일이 다 있구나 하던 참이야."

"응?"

"엘리베이터 앞에서 잠시 딴생각을 한다는 게, 내려가는 게 아니라 올라 가는 버튼을 눌렀나 봐. 그러고도 모르고 한참을 서 있는데 덜컥 이쪽이 내 리는 거 있지. 나 보더니 멍해져서 층수 확인하고 나는 나대로 버튼 잘못 누른 거 알고."

"아하, 알겠다. 서우 너도 딴생각하다가 문 열리니까 무심코 내린 거네."

희경의 확인에 서우는 작게 고개를 주억거렸다. 어색하게 웃으며 태승 을 곁눈질하고선 그녀도 주섬주섬 말을 꺼냈다.

"올라가는 건데 중간에 문이 열릴 줄 알았겠어요. 으레 27층이겠거니 하 고…."

"그럴 만하지. 태승이 너, 왜 우리 공주님을 놀라게 하고 그러냐."

장난스레 희경이 태승의 어깨를 툭 치는 동안 서우는 내심 안도하며 숨 을 돌렸다. 긴장이 풀린 탓인가 진땀을 흘린 등줄기로부터 으쓱 한기가 퍼 져 저도 모르게 몸이 살짝 떨렸다.

"자리 좀."

느닷없이 태승이 그렇게 말하며 그녀의 옆으로 와서 설 땐 심장이 튀어나 올 것처럼 놀랐다. 심지어 그는 그녀의 팔에 손을 대며 살짝 옆으로 밀기까 지 했다. 의아스레 쳐다보는 희경에게 태승이 턱짓으로 서우를 가리켰다.

"에어컨 바람이 추운 모양이야."

"응? 아, 진짜! 우리 공주님 팔에 닭살 돋았어. 말을 하지."

호들갑스럽게 그녀의 팔을 문지르며 챙겨주는 희경의 품 안에서 서우는 머리 위쪽의 송풍구를 쳐다보았다. 에어컨 바람이 바로 흘러나오는 자리였구나. 몰랐다. 그저 긴장했던 게 풀려서 그런 줄 알았다.

"어때? 좀 괜찮아? 아직도 추워?"

"괜찮아요."

등 뒤에서 거의 껴안듯이 선 희경으로부터 서우가 떨어져 서려고 했지만, 희경은 더 담뿍 그녀를 품에 안으며 새롱거렸다.

"신경 쓰지 마. 쟨 이런 거 봐도 눈 하나 꿈쩍 안 해. 공연히 목석 신부님이시겠어."

뭘 모르는 소리는 누가 하는 건지. 태승은 더 이상 신부님 같은 게 아니다. 하물며 목석이라니. 그가? 불과 몇 시간 전까지 그를 머금고 있던 몸속 깊은 곳이 저릿하게 아려오는 감각에 서우는 다리를 꼬며 가벼이 몸을 떨었다.

"어? 우리 서우 아직도 몸을 떠네. 많이 추워? 얼른 여기서 나가야겠다."

오해한 희경이 더 당당하게 그녀를 폭 끌어안는 것에 서우는 쓴웃음을 지었다. 외면하고 있어도 신경은 태승에게 쏠렸다. 정작 태승은 골똘히 휴대폰을 들여다볼 뿐 그들에겐 관심도 없어 보였다.

"점심 먹었어? 나 늦잠 자서 브런치 먹으려고 막 나가던 길이거든. 우리 공주님도 점심은 아직이지?"

"네, 아직."

"잘 됐다. 같이 가서 먹자. 샌드위치 괜찮지? 향샌 예약해놨어."

〈향샌〉이라면 희경이 곧잘 가는 카페테리아로 독일식 호밀빵에 수제

햄을 넣어 만든 샌드위치가 특히 맛있다. 아파트와 서우의 집을 잇는 노선상에 있어 희경을 통해 알게 된 뒤 그녀도 지나는 길에 종종 들러 포장해가곤 했다.

가겠다는 뜻으로 고개를 끄덕이면서도 혼자 가면서 예약까지 했나 의아해했다. 의문은 곧 풀렸다.

"지은이랑 세린이도 운동하고 그리로 오기로 했어."

역시 그런 자리구나 하고 서우가 생각하는 동안 희경은 태승에게 말끝을 돌렸다.

"너는 어디 가던 길이야? 이 시간에."

"그냥⋯."

태승의 대답은 지하 2층에 다다라 엘리베이터 문이 열리는 바람에 잠시 끊어졌다. 밖으로 나오기 바쁘게 희경이 재차 태승의 목적지를 물었다.

"가볍게 요기하고 운동이나 갈까 했어. 좀 나른해서."

"조금 나른해서? 서우야, 이 녀석 이거 기만이다. 얘 은근 운동중독이야. 허벅지가 돌, 아니 숫제 바위야, 바위. 쓸데도 없는 자식이 말이야."

희경의 야유에 서우는 머쓱하게 웃고 시선을 내리깔았다. 어떤 의미인지 어쩌면 희경보다 그녀가 더 잘 알지 않을까. 괜스레 목덜미가 화끈거려오는 통에 허전한 목덜미를 쓰다듬는 척 문질렀다.

"어쨌든 요기라면 밥 먹으러 나가던 참이었다는 거지? 보나마나 혼밥일 테고?"

희경의 물음에 태승은 잠자코 짙은 눈썹을 들썩였다. 희경이 잘됐다는 듯 손뼉을 쳤다.

"그럼 같이 가자. 거기 샌드위치가 보기엔 별것 없어도 먹고 나면 꽤 든든해. 아, 서우 네가 말했었나? 먹으면 건강해질 것 같다고?"

서우가 고개를 끄덕이자 태승이 회의적인 반응을 보였다.

"맛없다는 말을 돌려 말한 거 아냐? 보통 건강하고 맛이 같이 노는 경우 드물잖아."

"그게 꼭 그렇지도 않더라고? 안 그래?"

희경이 서우의 의견을 구했다. 서우는 자연스레 이쪽으로 향한 태승의 시선을 마주하며 희경의 말에 힘을 실어줬다.

"재료 자체가 신선하고 정직하다는 느낌이에요. 별다른 기교 없이도 맛이 풍성한 게…. 여러 말 필요 없고 직접 먹어보면 자연히 느낄 거예요."

본의 아니게 같이 식사하러 가자고 그를 꾀어내는 입장이 되어버렸다. 그 공교로운 입장 역전에 우스꽝스러운 기분이 드는 것을 꾹꾹 누르자니 새삼 뺨이 화끈거렸다. 그렇게 봐서 그런가 태승도 희미하게 웃는 것 같고.

"느낌은 알겠어."

태승이 희경을 보며 말했다.

"그런데 굳이 나까지 낄 필요 있나? 네 여사친들로도 충분히 서우 씨는 버거울 판에."

"…어? 서우야, 버거워? 버거울 것 같아?"

희경이 눈이 동그래져서 그녀에게 물었다. 그 천진한 눈동자에 그럴 리가 없는데? 라고 적혀 있는 게 너무 환히 들여다보였다. 이렇게나 유리 같은 사람이다.

"버겁긴요."

그렇기에 원하는 답으로 비위를 맞춰주는 건 간단했다.

간단한 줄 알았다. 철저히 뒤통수를 맞기 전까지.

그리고 깨달은 건, 사람은 누구나 여러 개의 가면을 가지고 있다는 것.

희경도 그녀와 다를 바 없는 한낱 사람이었던 것이다.

"솔직하게 말해도 돼. 이 녀석 은근히 사람 꿰뚫어 보는데 뭐 있는데 아주 없는 소릴 할 리도 없고. 나도 괜히 나 생각한답시고 네가 억지로 싫은 거 참고 그러는 거 싫어. 진짜 버겁고 그런 거 아니야?"

서우가 익숙하게 보아온 상냥하고 멋진 오빠, 라는 희경의 페르소나가 어울리지 않게 심각한 눈빛을 띠고 있다. 여기에서 정말로 솔직해질 만큼 그녀는 어리석지 않다. 희경이 좋아하는 백서우는 매사에 차분하고 의연한 '숙녀'여야 하니까.

서우는 희경의 손을 지그시 잡으며 도닥거렸다.

"오빠가 좋아하는 사람들이잖아요. 난 그 속에서 즐겁게 이야기하는 오빠 보는 거 좋아해요. 버거울 게 뭐가 있겠어요?"

"역시 내 공주님! 말도 참 예쁘게 하지."

희경은 함박웃음을 지으며 그녀의 손을 들어 손등에 쪽쪽 입을 맞췄다. 그리곤 도끼눈을 하고 태승에게 투덜거렸다.

"너 괜히 네가 버거워서 우리 공주님 핑계를 댄 거지? 야, 걔들이 널 잡아먹냐? 아, 또 뭐 좀 잡아먹으면 어때서."

은근슬쩍 흘리는 뒷말에 서우는 일전에 만났던 세린을 떠올렸다. 여전히 그녀는 태승에게 호감을 품고 있을까?

"아무튼 가, 가는 거야! 너 어제 얼굴만 슬쩍 비치고 도망간 벌이야. 아 참, 서우야, 발은 괜찮아?"

뒤늦게 그녀의 발목을 확인하는 희경을 따라 서우도 고개를 숙였다. 긴 말 필요 없이, 발목에 칭칭 감겨진 살색의 파스면 충분했다.

"병원은 다녀왔어? 의사가 뭐래?"

어제 홀에서 나온 뒤 다리가 아프다는 핑계로 희경의 얼굴도 보지 않고 떠나버렸던 몸이다. 너무 대수롭지 않은 척하는 것도 곤란했다.

"뻔하게 하는 소리 있잖아요. 며칠간 안정하라고."

"그것뿐이야? 약은? 주사는?"

"약만 이틀 치 받았어요. 그래도 안 좋으면 주사는 그때 맞기로 하고."

"에이, 아픈 티를 좀 팍팍 냈어야지. 그런 일에는 엄살 부려도 된다고 말을 해도 그런다. 어제 그러고 갈 정도면 엄청 많이 아팠을 거면서."

"그래도 자고 일어났더니 한결 나아졌어요."

"안심하지 말고 조심해. 아무튼 이 다리를 하고도 나부터 보러 오고. 말도 없이 가버렸다고 삐쳐서 투덜댄 내가 너무 미안하잖아!"

불평하는 말과 달리 서우를 보는 희경의 눈에선 꿀이 뚝뚝 떨어졌다. 한 술 더 떠 가만히 있는 태승에게 자랑까지 했다.

"야, 주태승. 남자건 여자건 좋은 사람은 일찌감치 품절되기 마련이거든? 너도 슬슬 여자에 관심 좀 가져봐. 그래 봤자 우리 공주님처럼 예쁘고, 똑똑하고, 우아하고, 하여튼 세상 혼자 사는 것 같은 여자는 드물겠지만."

덕분에 민망해진 얼굴을 가리며 서우가 한숨을 쉬자니 태승이 선선히 대답하는 소리가 들려왔다.

"그러게. 나도 슬슬 정신을 좀 차려야겠어."

"오옷? 오늘 해가 서쪽에서 떴나? 만날 말해도 소귀에 경 읽기더니."

자기가 부추겨놓고도 눈이 동그래져서 놀라는 희경에게 태승은 밥 먹으러 오늘 안에 가는 거 맞냐고 심드렁하게 물었다.

"여기서 먼 데면 난 그냥 이 근처에서 적당히 해결하고."

"아냐, 아냐. 차로 10분이면 가."

"그럼 출발해. 뒤따라갈게."

그렇게 해서 희경의 파란 차가 먼저 주차장을 나가고 태승의 SUV가 꼬리를 물었다. 그리고 아파트 근처의 교차로에서 첫 신호대기에 걸렸을 때 서우의 클러치가 부드럽게 진동했다. 클러치를 열고 휴대폰을 확인해보는 옆에서 희경이 "누구?" 하고 물었다. 서우는 고개를 흔들었다.

"스팸이에요."

아아, 하고 희경은 다시 전면 유리창 너머를 응시하며 차 안에 흐르는 음악 소리에 맞춰 허밍을 했다. 휴대폰을 클러치에 넣고 고개를 드는 서우의 뇌리에 방금 본 메시지가 어른거렸다.

[거짓말쟁이.]

그 의미보다도 그런 걸 보낸 태승의 의도가 궁금해서, 조심스레 마른침을 삼키는 서우였다.


약속 시간보다 20분 남짓 오버돼서 지은과 세린도 합류했다. 먼저 도착한 셋은 이미 식사를 시작한 후였다.

"니들 진짜 번번이 이렇게 늦기야? 하마터면 우리끼리 다 먹고 일어설 뻔했어."

"쏘리! 이번엔 진짜 제시간에 맞춰오려고 했다고."

희경의 불평에 지은이 생글거리며 대답했다.

"맞춰오려고 했는데 또 뭐가 문제였어?"

"여기 예정에 없던 VIP들?"

지은은 서우와 태승을 한 번씩 쳐다본 데 이어 세린의 어깨를 툭 두드렸다.

"우리야 뭐 별꼴을 다 본 사이지만 여기 두 분한테까지는 아니잖아. 후줄근한 트레이닝복 차림으로 등장하는 건 예의가 아니지."

세린도 고개를 끄덕이며 최소한의 예의라고 맞장구쳤다. 최소한의 예의치고는 속눈썹까지 완벽하게 붙인 풀메이크업이 빛났다. 오히려 서우가 민낯에 가까운 얼굴이 신경 쓰여 움츠러드는 것을 지은이 건너다보고 말했다.

"어머, 서우 씨 얼굴 말간 것 좀 봐. 얼굴만 봐선 우리가 아니라 서우 씨가 요가하고 온 것 같다. 그치?"

"깐 달걀같이 매끈매끈해서 부러워. 아, 나 에그 샌드위치도 하나 추가할래."

세린이 손을 들어 종업원을 부르는 사이 지은이 앞접시의 샐러드를 뒤적거리며 서우에게 피부 관리 비법이 따로 있느냐고 물었다.

"별거 없어요. 팩을 종종 하는 정도?"

"팩이야 기본이고. 핀란드인 할머니가 전수해준 비법 같은 거 없어요? 있으면 아끼지 말고 좀 털어놔 봐요."

줄리아 이야기에 서우도 언뜻 떠오르는 게 있었다.

"사우나를 꾸준히 하는 것도 있겠네요. 집에 욕실 확장공사를 해서 만든 사우나실이 있거든요. 핀란드에선 사우나실 없는 집이 드물대요."

"아, 사우나 원조가 핀란드라고 해서 의아했던 기억나요. 사우나로 노폐물을 빼는 거구나. 일리가 있네."

"일리가 있지. 어지간하면 집에 손대는 거 아니라고 관망하던 우리 엄마도 디스크 도지고선 당장 들여놨는걸. 덩달아 피부까지 좋아져서 이젠 사우나 마니아가 다 됐어."

희경이 끼어들며 보장하는 말에 지은은 우스꽝스러운 눈초리를 했다.

"근데 네 피부는 왜 그래?"

"내 피부가 뭐! 피부과 안 다니는 것만도 양반인데 왜."

중고등학교는 물론 대학교 초년생까지 여드름 때문에 피부과 신세깨나진 희경이 입술을 삐쭉였다. 흉터는 거의 남지 않았지만 몇 군데 자세히 들여다보면 패인 자국이 있긴 했다.

"차라리 다니지 그래? 깐 달걀 같은 피앙세 보면서 자극 좀 받고. 그러고보니 태승 씨 피부도 엄청 좋네. 원래 이렇게 광채가 나는 얼굴이었나?"

갸웃하며 바라보는 지은을 따라 세린의 시선도 얼른 태승의 얼굴에 못박혔다. 희경이 보는 둥 마는 둥 태승을 일별하고 데퉁스럽게 말했다.

"운동중독인 녀석하고 비교하면 곤란하지. 노폐물이 쌓일 틈도 없이 땀으로 흘려보내는걸."

"그래? 몸이 좋은 건 한눈에 봐도 알겠고. 정말로 운동을 중독 수준으로해요?"

지은이 흥미를 보이며 묻자 태승은 입 안에 든 걸 우물거려 삼킨 후 대답했다.

"그럴 때도 있었는데 지금은 그 정도는 아니에요. 시간도 없고."

"그래서 얼마나?"

"운동이라고 딱 마음먹고 하는 건 30분 정도?"

거기서 강력한 희경의 태클이 들어갔다.

"속지 마. 기만술이야. 이 녀석 아파트에 운동하는 방 만들어놓고 틈만나면 들어간다고. 지 말론 쉬는 거래, 그게."

"그래서 대충 얼마나 쉰다는 건데?"

세린이 답답하다는 듯 묻자 희경이 눈알을 굴리며 계산했다.

"어림잡아 4대1 비율이니까… 최소한 두 시간은 깔고 가는 거지. 말 그대로 미니멈이야, 미니멈. 이 녀석 뭐에 꽂혀서 책만 들입다 팔 땐 집 밖으로 며칠이고 나오질 않거든."

"머리 좋은 사람이 근성까지 있다는 소리네. 허튼 데 한눈 안 팔고. 진짜 뭐가 돼도 되겠어."

태승을 보는 세린의 눈이 반짝반짝한 게 바야흐로 핑크렌즈가 한층 진해진 모양이었다. 시원하게 망고주스를 들이켠 지은은 희경을 핀잔했다.

"절친이 이렇게 전도유망한데, 희경이 넌 뭐 느끼는 거 없니? 언제까지 설렁설렁 머리만 믿고 살래?"

"뭘 모르는 소리 하시네. 사람마다 지향점도 다르고 특기도 다른 법이야. 나는 세상 속에서 사람들이랑 부대끼면서 몸으로 매니지먼트의 감을 파악하는데 시간을 투자하는 거고. 사업가를 학자와 같은 범주에 넣고 보면 쓰나."

"하여간 말은 청산유수야. 서우 씨, 이렇게 약삭빠른 녀석 어디가 미더워서 약혼까지 했어요?"

막 주스 잔을 들던 서우가 질문을 받고 찬찬히 희경을 쳐다보았다. 싱긋 웃으며 기대의 눈빛을 감추지 않는 희경의 모습에 그녀도 살포시 웃고 입을 열었다.

"희경 오빠, 낙천적이잖아요. 매사에 자신만만하고 밝고. 유쾌함으로 자신을 비롯해 주변까지 밝히는 재능, 흔치 않아요. 아니, 몹시 드물죠."

"유쾌한 기질도 재능인가?"

지은이 고개를 갸우뚱하며 빈 컵을 뱅글뱅글 돌렸다. 희경이 포크를 치켜들며 "우리 공주님이 재능이라고 하면 재능인 겁니다!"라고 선언하는 바람에 테이블에 잠시 실소가 퍼졌다.

"딴에는 그러네요. 우울증으로 안으로 곪아가거나 괴팍한 심술로 남 괴롭히는 사람에 비하면 얼마나 복 받은 재능이야? 우리 팔각도 그러고 보면 얘 재능에 기반해서 꾸려왔지 싶네. 안 그래?"

지은이 세린을 돌아보며 묻자 샌드위치를 베어 문 채로 세린이 고개를 끄덕거렸다. 대충 우물거리며 바삐 씹어 삼킨 뒤 명실상부한 구심점이라고 콕 집어 지적하기도 했다.

"우리 같은 친목 모임은 결국 구심점이 누구냐에 따라 그 수명이 결정되는 것 같아. 중고등학교 때도 어울려 다니는 애들은 곧잘 있었는데 지금껏 인연이 닿는 애는 거의 없어. 대학도 그래. 동아리였던 애들끼리 만나는 모임이 있긴 한데 뭐가 영 어정쩡한 게 이러다 저절로 흐지부지되지 싶어. 팔각만 아직도 팔팔한 청춘이야."

한탄 반 개탄 반으로 말한 세린이 주스 잔을 들어 불쑥 희경 쪽으로 내밀었다.

"회장도 총무도 싫댔으니 명예 감투를 줄게. 너를 '유쾌한 광대'로 임명하노라."

"빛 좋은 개살구 같은 명예직이야 언제든 환영이죠."

희경이 장단을 맞추며 세린의 잔에 쨍 자기 잔을 가져다 대자 구경하던 지은이 새침하게 찬물을 끼얹었다.

"어머, 회장. 직권남용 아닌가요? 여기 이 부회장에게 한마디 상의도 없이."

"상의는 무슨. 독재자로 군림하겠다고 경고했는데도 날 회장으로 뽑았으면서. 독재할 거야, 독재, 독재! 어떻게 생각하시죠, 유쾌한 광대님?"

"사람은 자신의 행동에 책임을 져야죠. 저는 기쁜 마음으로 홍 회장님의 종신독재를 희망합니다."

"역시, 팔각의 구심점다운 안목이십니다. 호호호."

정답게 두 번째 건배를 하고 점잔을 떨며 주스를 마시는 세린과 희경은, 그야말로 죽이 척척 맞았다. 자신은 이러한 야합을 용납하지 않을 거라며 단호하게 선을 긋는 지은조차도 한 편의 콩트 속에서 완벽한 제 역할을 하고 있었다.

그리고 그러한 콩트는 어느덧 국외자로 밀려난 두 명의 관객으로 인해 완성됐다. 서우는 언뜻 마주친 태승의 눈에서 동조의 빛을 읽고, 그것이 더 쓸쓸해서 짐짓 미소했다.

'나야 별 상관없지만, 너는 어때? 이렇게 겉도는 거 아무렇지도 않아?'

'생각하기 나름이에요. 희경 오빠가 즐거우면 나도 즐겁고.'

'그렇게 생각하고 싶은 게 아니라?'

'무슨 차이가 있죠? 생각 역시 의지에 매인 건 마찬가지예요. 자꾸 해 버릇하면 그쪽으로 흘러가죠.'

'눈물겹군. 이 정도로 갸륵해야, 유쾌한 광대의 약혼자 자격이 있는 모양이야.'

'멋대로 생각해요. 그쪽이 뭐라 생각하든, 그거야말로 나는 상관없으니까.'

뻣뻣한 눈싸움은 서우의 외면으로 끝이 났다. 기분 탓만이 아니라 실제로 입 안에 쓴맛이 감도는 것 같아 얼른 마신 주스가 얼음이 많이 녹은 탓에 영 밍밍했다. 더불어 샌드위치의 건강한 맛도 오늘은 썩 달갑지 않다.

아주 맵거나, 아주 달거나. 뭐라도 좋으니 극단으로 치닫는 강한 맛이 간절한 순간이었다.


"이제 어디로 가세요? 다시 아파트로?"

디저트도 거의 먹어갈 무렵 조급해졌는지 세린이 대놓고 태승에게 물었다.

"아뇨, 모처럼 스쿼시라도 할까 하고⋯."

"오, 스쿼시! 나도 그거 잘하는데. 기왕 만난 김에 한 게임 같이 어때요?"

"여기 오기 전에 요가하고 왔다고 하지 않았나요?"

"에이, 그거야 몸 푸는 수준이었고요. 나름 운동 좀 해요, 저. 그렇게 안 보여요?"

세린이 보란 듯이 상체를 테이블 앞으로 내밀며 하는 말에 옆에 앉은 서우도 슬쩍 눈길을 던졌다. 자세가 자세인지라 탄탄한 몸보다 먼저 눈에 들어오는 풍만한 가슴에 얼마간 눈길이 멈추었다가 흠칫하고 서벗 그릇을 노려봤지만 말이다.

"오늘은 좀 격하게 하고 싶어서. 세린 씨 실력 검증은 다음 기회가 좋겠네요."

"아… 네, 그래요. 다음 기회. 약속했어요."

덤덤한 태승의 말은 결과적으론 거절이었지만 아주 철벽을 치는 것과는 미묘하게 달랐다. 그러한 여지를 보고 세린도 얼른 약속 운운했고.

"내친김에 날까지 잡아야 약속이지, 다음 기회가 언제 있을 줄 알고."

기회는 이때다 하고 어시스트에 들어가는 희경이다. 심지어 거기에 서우까지 끌어들였다.

"우리 서우도 스쿼시라면 짱짱한데. 아니다, 그럴 게 아니라 우리 팀 짜서 복식으로 테니스 칠까? 세린아, 그리고 보니 너희 집에 테니스 코트 있지?"

"있지! 아, 근데 다음 주부터 비 소식 있지 않았어? 모이려면 이번 주말이어야겠네."

"주말 좋다, 기왕이면 토요일?"

"토요일 콜. 태승 씨, 토요일 괜찮아요?"

태승은 된다 안 된다 말하는 대신 희경에게 한마디 했다.

"너 뭐 잊고 있는 거 없어?"

"응? 내가 뭘?"

천진한 반문에 태승이 짧게 한숨을 내쉬고 말했다.

"서우 씨 발 말이야."

"발…. 아, 맞다. 우리 공주 발목!"

희경이 펄쩍 뛸 듯이 놀라며 울상을 짓는 바람에 서우가 얼른 달래야 했다.

"주말까진 괜찮아질 거예요. 안 되면 응원이라도 할 테니까."

"여기, 대타 가능한 깍두기 하나 있어요!"

지은이 번쩍 손을 들며 하는 말에 가볍게 테이블에 웃음이 일었다. 그렇게 엉겁결에 테니스 게임 약속이 잡히고 슬슬 일어나려는데 지은에게 전화가 걸려왔다.

"왜 그래? 무슨 전환데 그래?"

잠깐 일어나서 전화를 받고 온 지은의 얼굴이 표나게 딱딱했다. 희경이 묻자 지은은 "병원." 하고 짧게 대답했다. 세린과 희경 사이에 언뜻 눈빛이 오가는 걸 보고 서우는 세 사람만 아는 무슨 일이 있다는 걸 알아챘다.

"차는 어디 있는데?"

"나 차 안 가지고 나왔어. 어제 접촉사고가 난 바람에 공장 들어갔거든."

"사고 났었어?"

"좀 긁힌 정도야. 별거 아냐."

세린의 대답에 희경이 살짝 입술을 깨물곤 이내 서우를 돌아보며 양해를 구했다.

"미안, 서우야. 얼른 지은이 좀 데려다주고 갈 테니까 아파트에 가 있을래?"

"난 택시 타고 가면 돼. 나 말고 네 공주님이나 신경 써. 나 먼저 갈게. 갈게요."

지은이 부쩍 까칠하게 말하며 덜컹 자리에서 일어났다. 가방끈을 어깨에 걸치기 무섭게 휙 돌아서서 걸어가는 그녀를 희경이 안타깝게 바라보다 서우에게 얼른 말했다.

"전화할게. 아파트로 가 있어, 응?"

미처 서우가 대답할 틈도 주지 않고 희경은 바삐 지은을 좇아나갔다. 어수선해진 테이블을 의식한 듯 세린이 계산서를 치켜들며 "My treat!(내가 쏠게!)"하고 외쳤다. 곧장 카운터로 향하는 세린을 보며 남은 둘도 천천히 일어났다.

태승이 목소리를 낮춰 물었다.

"무슨 일인지 전혀 몰라?"

"몰라요. 생각나는 게 없는데."

"희경이 말대로 아파트로 곧장 가?"

서우는 잠시 생각해보고 도리질을 했다.

"그럼 어디로?"

"알아서 갈 테니까 그쪽은 세린 씨나 신경 써요."

왠지 쌀쌀맞게 나온 말에 제가 말해놓고도 서우는 내심 놀랐다. 어찌 보면 방금 그러고 나간 지은과 자신의 모습이 겹쳐 보이기도 했다. 묘한 생각이었다. 하지만 그 묘한 생각은 별안간 태승이 그녀의 손목을 거머쥐는 바람에 산산이 흩어졌다.

"뭐예요?"

놀라서 돌아보는 그녀를 태승은 옆에 있는 어른 키만 한 커피나무 화분 뒤로 이끌었다.

"데려다주겠다고 했잖아. 목적지를 말해."

"안 그래도 된다고요. 이 손 놔요."

행여 세린에게 이 이상한 광경을 보일까 서우가 힐긋거리는데 한층 목덜미가 서늘해질 만한 말이 들려왔다.

"손은 놓고 대신 키스할까?"

방금 뭘 들은 건지 귀를 의심하며 그를 돌아보았다. 태승이 씩 웃으며 말했다.

"이젠 목적지 말해줄래?"

허풍 섞인 위협, 이라고 보기엔 웃지 않는 두 눈이 야릇하게 반짝이고 있었다. 서우는 더 이상의 실랑이 대신 바로 목적지를 말하는 쪽을 택했다.

"친구네 빌라로 갈 거예요."

집에 해놓은 거짓말에 진실을 희석할 겸.

"교대 부근? 그 쪽도 쓸 만한 스쿼시센터가 있지."

그렇게 말하고선 무슨 일이 있었냐는 듯 손을 놓고 걸어가는 태승의 등을 서우가 뚫어져라 쳐다보았다.

뒤늦게 카운터 쪽으로 나갔을 땐 둘이 무슨 이야기 중이었는지 세린이 이를 환히 드러내고 웃고 있었다. 그늘이라곤 찾아볼 수 없는 밝은 웃음에 마주선 태승의 사늘한 인상마저 부드러운 빛으로 녹어졌다. 홍세린. 희경과 같은 부류구나, 서우는 생각했다.

"세린 씬 압구정으로 간대요. 가는 길이니까 내려주고 가죠."

곁에 온 서우를 보고 태승이 말했다. 마치 허락을 구하는 듯한 뉘앙스에 서우는 저도 모르게 세린의 눈치를 보며 웃었다.

"그러세요. 저도 얻어 타는 처진데요 뭘."

"교대 근처 간다면서요? 그 근처 어디 놀 데 없나. 그냥 들어가자니 섭섭하네."

세린은 노골적으로 태승과 좀 더 같이 있고 싶다는 어필을 했다. 주차된 태승의 차로 가는 중에도 미묘한 계산이 오갔다. 서우는 메시지를 확인하는 척하며 자연스레 걸음을 늦춰 세린이 냉큼 조수석을 선점하게끔 했다.

"내가 먼저 내릴 테니까 이쪽 탈게요."

세린의 말에 서우는 생긋 웃고 뒷좌석에 올랐다.

"세린 씨, 벨트. 벨트 매요, 서우 씨도."

태승이 일일이 두 사람의 벨트를 확인하고 차를 출발시키는데 세린이 불쑥 말했다.

"근데 둘은 전혀 말을 안 놓네요. 역시 친구 와이프가 될 사람이라 어렵나? 그래도 고등학교 선후배 사이인데."

"내가 다가가기 쉬운 캐릭터는 아니라서."

태승의 대꾸에 세린이 "첫인상은 좀!" 하며 웃었다.

"사람이 왠지 울적해선, 무던히 날카롭고 까칠해 보였다고 해야 하나? 아, 이런 말 미안한데 태승 씨 예전엔 좀 그랬어요. 구한말의 시인 분위기 같은 거!"

너무도 찰떡같은 비유에 서우는 그만 풋 하고 웃음이 터져 나오려는 걸 꼭 깨물었다. 그 소리가 들렸던지 세린이 귀신같이 돌아보며 "맞죠, 그죠?" 하고 동의를 구했다.

"세상 고뇌 다 짊어진 방황하는 젊은 영혼이랄까…. 희경이 컬렉션은 그 범위가 넓기도 하다고 감탄한 게 엊그제 같은데 몇 년 만에 다시 보니 느낌이 그때하고는 사뭇 달라져서 깜짝 놀랐어요."

"사뭇 소리 들을 정도로 변한 게 있나?"

태승은 미심쩍어했지만 세린이 거듭 다르다고 강조했다.

"언뜻 봐선 여전히 다가가기 힘든 냉미남이거든요? 하지만 체격이 좋아진 것만큼이나 다소 느긋해진 것도 있고 또… 무엇보다 시린 공기가 많이 사라진 거?"

시린 공기. 들은 순간 어떤 느낌인지 알 것 같았다. 서우는 힐긋 태승의 뒷모습을 본 데 이어 세린에게도 눈길을 던졌다. 제법 통찰력이 있는 게 마냥 가벼운 사람은 아닌 것 같다.

태승은 생각에 잠긴 건지 별말이 없다. 세린은 공백이 뻘쭘했던지 재빨리 웃음을 터뜨리며 좋은 뜻으로 한 말이라고 눙쳤다.

"그냥 옆에서 보니까 둘이 너무 예의 차리는 것 같아서 괜히 오지랖 좀 부렸어요. 내가 서우 씨였다면 대번에 오빠, 오빠하고 치근거렸을 텐데. 나 아무나 오빠라고 부르지 않거든요? 태승 씨, 오해하지 마요."

"오해 안 해요. 음, 오빠는 무리겠지만… 말을 놓는 정도는 안 되려나?"

"어머, 그래도 돼요? 그럴까, 우리?"

태승이 툭 던진 말을 세린이 냉큼 받아먹는 순발력이 눈부실 정도였다. 내처 뒤돌아보며 서우를 챙기는 것도 잊지 않는 살뜰함도 있었고.

"어때요, 서우 씨? 이참에 서우 씨도 언니 오빠 하나씩 분양받는 거? 나 친해지면 꽤 쓸데 많은 사람인데."

하지만 서우로선 차마 엄두가 나지 않는 스피드였다. 서우는 정중하게, 하지만 들뜬 분위기를 깨지 않을 정도로 상냥하게 선을 그었다.

"저는 조금만 생각해보고요. 제가 성격이 썩 애교스럽지가 못해요."

"아깝다, 얼렁뚱땅 기품 있는 여동생 하나 생길 판이었는데!"

"애초에 노렸던 게 그거 아냐?"

"어머, 들켰어?"

태승의 딴죽에 세린은 멋지게 걸려 넘어지는 센스까지 선보였다. 어느새 화기애애해진 차 안 분위기에 서우는 내심 혀를 내둘렀다.

사람 한 명의 존재가 이렇게 크구나. 아니, 세린의 존재가 그만큼 크다고 해야 할까? 어쩌면 희경에게 선견지명이 있었다고 해야겠다. 앞에 앉은 두 사람은 의외로 잘 어울리는 한 쌍이 될 것 같았다.

그리고 슬슬 교대 부근에 접어들 즈음.

"아, 여기 ○한방병원 있는 데네."

서우는 차창 밖을 보며 문득 혼잣말처럼 중얼거렸다. 세린이 "○한방병원?" 하고 내다보는 것에 맞춰 서우가 말했다.

"접질렀다고 했더니 할아버지가 거기 가서 침 맞으라고 하더라고요. 이쪽 온 김에 들렀다 갈까 봐요."

"오, 실력이 좋은 덴가 보다. 난 침은 아직 안 맞아봐서. 그거 많이 아프죠?"

"잠깐 아프고 빨리 낫기만 한다면야?"

서우는 생긋 웃고 태승에게 근처에 적당히 세워달라고 부탁했다. 룸미러에 비친 태승의 눈이 일순 싸하게 굳어졌다.

'이렇게 나온다는 거지?'

'그러니 누가 억지를 부리래요?'

눈싸움은 찰나에 지나지 않았다. 서우는 이미 내릴 준비를 하고 있었고 세린이라는 버젓한 관객도 확보하고 있었다.

"고맙습니다. 그럼 다음에 또 봬요."

"주말에 봐요!"

서우가 차에서 내린 뒤에도, 세린은 차창 밖으로 머리를 내밀며 손 흔들어 인사했다. 처음으로 태승과 둘만의 공간을 확보한 탓인지 웃는 얼굴이 그 어느 때보다 환해 보였다.

'잘했어, 백서우. 저 둘이 커플이 된다면 자그마한 수훈 하나쯤은 세운 셈이야.'

애초에 핑계를 대고 도중에 내릴 계획이었지만, 이제 거기에 눈치껏 빠져줬다는 명목도 하나 보탤 수 있게 되었다. 그럼에도 돌아서는 발걸음이 살짝 무거운 건, 역시 마지막에 본 태승의 눈빛이 걸리는 까닭.

"됐어. 더는 휘둘리지 않을 거야."

소리 내어 중얼거리고 서우는 보폭을 늘려 성큼성큼 걸어갔다.


주인 없는 빌라에 들어선 서우는 당장에 환기부터 했다. 확실히 다녀갈 때가 되긴 됐는지 베란다 창문 위에 걸린 틸란드시아가 회색빛을 띠고 시들시들했다. 베란다에 받아뒀던 물에 목마른 화초를 담가놓은 뒤 침실로 쓰는 안방과 서고이자 창고인 작은 방, 욕실 등을 둘러보았다.

친구 선비의 전 재산이나 다름없는 17평짜리 작은 빌라는 모두 무사했다. 서우는 이 사실을 베란다에서 목욕 중인 틸란드시아를 찍은 사진과 함께 짧은 글로 보고했다.

[집은 무사하지만 주인의 긴 부재에 슬슬 당혹스러워하는 분위기야. 그래도 기왕 간 거 원 없이 즐기다 와. 꼬질꼬질한 사진이라도 한 장 더 기회 봐서 보내주렴, 친구야.]

네팔. 전에 없이 친구가 멀리 있다고 실감하며 서우는 멍하니 틸란드시아를 들여다보았다.

대학을 다니면서도 투잡에 쓰리잡까지 아르바이트라면 신물 나게 했던 친구가 본격적으로 사회에 나가기에 앞서 자신에게 주는 선물이라며 선택한 여행길이었다.

대학을 졸업하는 데만 6년 반이 걸렸고, 시작도 비록 출산휴가 들어가는 선생님의 땜빵용 계약직일지언정 선비라면 뭘 해도 해내고야 말 것이다. 몸도 마음도 단단하기가 차돌 같은 배울 것 많은 친구였다.

"한데 나는…."

서우는 한숨을 폭 쉬며 일어나 작은 거실 한편의 패브릭 소파에 앉았다. 잠시 후 아예 쿠션을 돋워 모로 기대 누웠다.

주위가 고적해지자 속 시끄러운 일이 머리를 들고 일어났다. 희경의 일도 일이지만, 지금 서우를 우울하게 하는 건 외조부모의 일이었다. 정확히는 파티장에서 최 회장에게 들은 이야기.

기분전환을 위해 핀란드로 여행 갈 계획을 하시는 줄만 알았지, 아예 집을 사서 눌러살 심산이신 줄은 몰랐다. 하지만 그것을 전제로 두고 보니 별안간 최 교수가 서우의 결혼 문제를 치켜든 것도 이해가 갔다. 못해도 올여름 안으로, 라는 최 교수의 재촉에 저쪽 집에서 부랴부랴 날을 받아 12월 초가 크게 길하니 그때로 날을 잡자고 회답했을 때 최 교수가 눈에 띄게 유감스러워해서 조금 의아쩍어한 기억이 있다.

그때는 단순히 줄리아의 상태가 우려스러워 그러겠거니 했다. 작년 초가을 줄리아가 알츠하이머 진단을 받고부터 꾸준히 약물치료를 병행하며 악화되지 않도록 최선을 다했지만, 허물어지는 경사의 정도가 조금씩 조금씩 가팔라지는 것만큼은 누구도 막을 수가 없었다.

기쁜 자리에 줄리아가 없는 것은 상상할 수도 없다. 하지만 남들에게 동정받는 딱한 처지가 되어 존재하는 것도 결코 바라지 않았다. 하물며 남의 말 들먹이기 좋아하는 사람들에게 조강지처 죽게 한 벌이라는 둥 모진 소리 듣는다면—

"할아버지도 이런 심정이시겠지."

한숨을 쉬며 가만히 이마께에 팔을 얹었다. 오래도록 익숙하게 살아온 세계를 뒤로하고 떠날 결심을 하기까지, 그 고충을 어렴풋이 이해했다. 그곳이 그토록 먼 핀란드라는 것도 이해했다. 줄리아가 할아버지를 위해 단념한 많은 것들. 이제라도 할아버지가 그것을 되찾아주려 하는 것이 부질없는 일이라고는 생각하지 않았다. 더없이 아름다운 일이다.

그러나 아름답다고 생각하는 마음도, 쓸쓸한 심정을 이겨내지는 못했다. 그런 결단을 내리기에 앞서 서우에게도 한 번쯤 물어봐주실 수는 없었던 걸까.

'우리는 여차저차해서 핀란드에 가려고 하는데 너는 어떻게 하겠니?'

그 당장에는 당혹스러웠겠지만, 의논 상대로 삼아주셨다는 것만큼은 기뻤을 것이다.

묻지 않으신 건, 어차피 서우의 대답은 정해져 있다고 여기신 때문이겠지. 그녀가 이제 막 여름을 맞이하는 젊은 나무인 까닭에.

이해한다. 이해는 하지만, 서운했다.

서운한 나머지 눈물마저 났다.

"다 버리고 따라갈 수 있는데, 나도. 나도….."

소파의 등을 향해 돌아누우며 서우는 둥글게 몸을 말았다. 솟구치는 눈물을 손바닥으로 누른 채 입술을 깨물어 흐느낌을 참는 모습이 마치 어린아이 같다.

그랬다. 거기에 있는 건 이미 열세 살의 서우였다.


집 앞에서 쓰레기를 챙겨 나오던 도우미 아주머니와 먼저 마주쳤다. 오늘은 못 보고 가나 보다 했다며 반갑게 웃던 아주머니는 잠시 후 살짝 이마를 찡그리며 말했다.

"그런데 오늘은 파란 날이네요."

"네…."

서우의 미간에도 금세 수심이 서렸다. 파란 날. 그들끼리 주고받는 암호로 줄리아의 상태와 관련이 있었다.

집 안으로 들어가자 누군가 서툴게 피아노를 뚱땅거리는 소리가 났다. 얼른 거실로 향한 서우가 문가에 서서 목을 빼고 들여다보니 피아노 앞에 앉은 줄리아와 그 옆에 서 있는 최 교수가 보였다. 줄리아는 짧은 머리카락을 애써 높다랗게 포니테일로 묶은 게 눈에 띈다. 저 머리야말로 더없이 명확한 신호였다.

"Oh, susanna, oh, don't you cry for me. For I come…."

뚱땅뚱땅 엉터리 반주에 맞춰 노래를 부르던 줄리아가 서우를 발견하곤 눈을 크게 떴다.

"So lovely girl…! Tedd, Tedd, Look! Who's that girl?"

최 교수의 옷자락을 흔들며 천진하게 그녀가 누구냐고 묻는다. 매번 조금씩 방식은 달라도 결국 같은 질문이었다. 테드, 저기 있는 저 사랑스러운 여자아이, 누구죠?

"Is she your daughter, Seolhee?"

혹시 당신 딸 설희인가요?

이럴 때 서우는 몇 번인가 설희 행세도 해봤다. 하지만 그건 좋은 생각이 아닌 것 같다고 최 교수가 말한 후론 더 이상 엄마의 대역을 하지 않았다. 대신 그녀는 다가가 자신을 소개한다.

"I'm Sophia. Seolhee is my friend."

설희가 아니라 설희의 친구 소피아라고 해도 줄리아는 크게 실망하지 않는다. 대신 조심스럽게 기대를 품고 묻는다.

"Do you know Seolhee well? Will she like me? I wanna be friends with her."

열렬한 눈빛으로 설희와 친해지고 싶다고 말하는 줄리아는, 이십 대 초반의 젊은 날에 멈추어져 있다. 지구 반대편이나 다름없는 먼 동양의 나라에서 찾아온 신비로운 남자와 사랑에 빠진 애젊은 줄리아. 그 사랑 때문에 15년이 넘는 시간을 홀로 고독 속에 남겨질 줄 모르는 줄리아. 기다림 끝에 재회한 연인의 딸이 제 엄마를 잡아먹은 악마라고 증오에 차서 저주할 일은 꿈에도 모르는, 줄리아.

줄리아는 나이 먹어 할머니가 되어도 사랑스러운 사람이지만, 이때의 줄리아는 덧없는 나머지 눈물이 날 만큼 사랑스러웠다. 그래서일까, 이 파란 날이면 최 교수의 눈가를 물들인 발그레한 빛이 떠나질 않았다.

이토록 눈물이 많은 외할머지라니. 줄리아의 병이 아니었다면 평생 몰랐을 연약한 면이지만 바로 그 점 때문에 서우는 더 최 교수를 친근하게 느낄 수 있었다.

그들은 평생의 짝이었지만, 만나야 할 단계가 조금 어긋나는 바람에 먼 길을 돌아가야 했다. 그 와중에 결코 지워지지 않는 상처도 얻었다. 그런 까닭에 서우는 그들에게 있어 상처의 증명이자 속죄의 방편이었다.

서우가 다른 노래를 청해서 줄리아가 신나게 피아노를 두드리는 모습을 지켜보며, 슬쩍 최 교수에게 물었다.

"내내 저러셨어요?"

"오전엔 괜찮았단다. 점심에 한숨 자고 일어나면서부터…."

옅은 한탄은 줄리아가 이쪽을 바라보는 순간 씻은 듯이 가시고 자상한 웃음만이 남았다. 그러한 변모에서 서우는 할아버지의 진심과 고심苦心을 절절히 깨닫는다.

평생 공부하고 배움을 나누어주는 걸 즐기셨던, 교수가 천직인 분이 은퇴까지 하시면서 줄리아에게 모든 기력을 쏟고 있는 것이다. 지치고 힘든 순간이 없다면 거짓말일 텐데 언제 한 번 싫은 내색을 하는 걸 본 적이 없다. 온 마음을 기울여, 덤덤히 사랑하는 아내를 보살피고 있다. 줄리아가 그에게 그러했듯, 온전한 헌신으로.

"Tedd, come, come! Let's dance."

흥에 겨워하며 줄리아가 손짓하자 최 교수는 그쪽으로 가면서 서우에게 눈짓했다. 서우는 재빨리 턴테이블 앞으로 가서 레코드를 훑어보고는 듀크 엘링턴의 레코드를 골라 들었다. 이내 실내에 흐르는 경쾌한 스윙 재즈 속에서 노부부가 두 손을 맞잡고 춤추기 시작했다.

한들한들 나이를 잊은 가벼운 몸짓이, 어쩐지 서우는 눈물겹다. 지금 이 순간만큼은 최 교수도 줄리아와 함께 세월을 거슬러 올라간 듯이, 가장 아름다운 시절을 다시 한번 살고 있다….

그 풍경 속에 아무 의미 없는—어쩌면 방해에 불과한—관객이 되었음을 깨닫고 서우는 조용히 자리에서 물러났다. 마당으로 나가자 사방의 후텁지근한 공기가 그녀를 에워쌌지만 이미 가슴속에 터져나갈 곳 없는 불덩이를 안고 있는 서우에겐 차라리 조금 쌀쌀하게 느껴졌다.

실제로 그녀는 드러난 양팔을 쓰다듬으며 가늘게 숨을 몰아쉬었다. 빌라에서 나서며 세웠던 계획이 무너진 자리엔 뻥 뚫린 구멍만이 남았다. 그 허전한 공동을 들여다보며 서우는 낙심한다.

어리광이라니. 투정이라니. 잘도 그렇게 꾀바른 욕심을 냈구나.

하물며 두 분의 애달픈 행복을 질투했다. 거기에 그녀가 있을 곳이 없다는 당연한 사실 때문에.

번듯하게 길러주신 두 분에게 품은 고마운 마음을, 순간의 실수로 진흙

투성이 발로 짓밟아버린 듯한 기분에 서우는 울상을 지었다. 사람은 힘들 때야말로 진정한 역량이 나온다는데 지금 자신의 모습은 그지없이 실망스러웠다. 그나마 다행인 건 최 교수에게 서운한 말을 꺼내기 전에 정신을 차린 정도일까.

"괜찮아, 나는."

제 머릿속에서 바벨탑이 무너지고 만리장성이 허물어지는 것이 대수인가? 절제하여 바깥으로 내보내지만 않으면 아무도 모른다.

절제, 혹은 기만. 그 무엇이라도 좋다. 서우는 허리를 꼿꼿이 세우고 두 분의 의젓한 외손녀 노릇에 충실할 것이다. 스스로에게 실망할지언정 두 분이 그녀로 인해 실망하는 일만큼은, 없도록.

"괜찮아. 잘할 수 있어."

미소를 머금고 되풀이하는 암시. 그 공허함에서 눈을 돌리듯 별채로 향하는 걸음에 힘을 넣어 본다. 커다랗게 팔다리를 흔들며 씩씩한 듯이 굴면 마음도 얼마쯤은 정말 씩씩해진다. 언젠가 줄리아가 어린 서우의 손을 꼭 쥐고 들려주던 충고는 여전히 유효했다.

더 나아가 바삐 움직이면 마음이 한가로울 틈이 없다는 것도 써먹었다. 발목 부상이라는 핑계 때문에 이번엔 그 수단으로 활자를 선택했다.

서우는 욕심껏 사두고 읽지는 않은 책을 모조리 꺼내 쌓아놓고 의욕적으로 정복해 나갔다.


"틀어박혀서 책만 본다며? 나가자, 드라이브시켜줄게."

이틀 후, 오후 느지막이 찾아온 희경이 나가자고 꾀는 것을 서우는 책에 눈을 둔 채 일언지하에 거절했다.

"나중에요. 책 좀 더 보고."

"활자의 바다에 빠져 죽을 셈이야? 너 잠은 제대로 잤어? 눈 밑에 다크서 클 생긴 건 알아?"

"화장을 안 해서 그래요."

"내가 너 1, 2년 봐? 화장 안 한 얼굴이랑 잠 설친 얼굴도 구분 못 할까 봐?"

"열대야니까 잠도 좀 설치고 그러는 거죠."

"설친 정도가 아니라 아예 안 잔 얼굴이라서 하는 말이야."

"오빠는 오버가 심해요. 아무럼 내가 잠도 안 자고 책을 읽고 있을까."

상식으로 공격하니 희경도 두 손을 들었다. 사실 그의 짐작대로 잠도 안 자고 독서 중인 입장이지만, 카페인 덕에 아직 말똥말똥한 시선을 그에게 던지며 서우는 짐짓 언짢아했다.

"읽을 책이 많아서 와도 상대 못 해준다고 했죠, 내가? 약속 없이 무작정 온 건 오빠니까 무정하다 하지 말고 가요. 괜히 저녁 먹겠다고 본채 가서 눌러앉지도 말고요. 말했다시피 줄리아가 여름 감기에 걸렸어요."

"줄리아는 어째 내가 올 때마다 아픈 것 같아."

시들하게 말한 희경이 냉대에 질려 일어나는가 싶더니 다시 그녀가 앉아 있는 의자 팔걸이에 엉덩이 걸치며 다짐했다.

"주말에 테니스 치기로 한 건 안 잊었지? 세린이가 토요일 오전 11시 어떠냐고 하던데, 괜찮아?"

"11시?"

까맣게 잊고 있었던 것과 별개로 서우는 조금 이른 시간에 고개를 갸웃했다.

"가볍게 한 게임 하고 점심도 먹자고 그러네. 거하게 대접할 모양이야, 세린이가."

"멤버는 그때 말한 그대로예요?"

"그럼! 구경꾼은 안 불렀어. 잘했지?"

뭐든 크게 일 벌이기 좋아하는 기질을 자제했다는 게 자랑스러운 듯 희경이 생글거렸다. 서우는 빙그레 웃고 책으로 시선을 떨어뜨리며 말했다.

"그럼 나는…."

"안 돼! 너 빠지면 그게 무슨 재미야, 팥 없는 찐빵에 크림 없는 케이크 잖아. 안 돼, 절대 안 돼."

서우는 운을 뗐을 뿐인데 희경이 질색을 하며 두 팔로 크게 엑스 자를 그렸다. 속내를 들킨 건 둘째 치고 그의 호들갑이 우스워서 소리 내어 웃었 다.

"아무래도 난 구경꾼밖에 못 할 것 같은데, 그래도 꼭 있어야겠어요?"

"말이라고 해? 우리 공주님이 아니면 난 누구에게 승리를 바치느냐 말이 야."

없어도 잘만 해낼 거 아는데, 그럼에도 불구하고 듣기 좋은 말이었다. 하물며 반짝반짝한 눈에 온통 그녀를 담고 열의를 보이는 모습엔 그만 가 슴마저 뭉클해지는 것이다.

"알았어요, 오빠. 오빠가 얼마나 멋지게 이기는지 보기 위해서라도 꼭 갈게요."

"바로 그거지. 우리 공주님은 같은 말도 참 예쁘게 해."

고개를 기울여 그녀의 이마에 뽀뽀하는 희경의 입술이 참 따뜻했다. 그 따뜻한 입술이 다른 여자에게, 다른 의미로 쓰인다는 것이 떠올랐지만 서 우는 가만히 눈을 감았다 뜨며 그 사실을 옆으로 흘려보냈다.

회피. 덮어두고 열지 않는다. 오직 눈앞의 일, 당장 그 자리에서 판가름 날 수 있는 일만 부딪혀 해결한다. 깊이와 부피가 필요한 생각은 적당한 때가 올 때까지 연기한다.

　다시 말해, 도망치고 있다.

　이날 밤도 열대야였다.

## 12
## 모이다

"아, 이렇게 더운 날 테니스라니. 다들 기운들이 뻗쳐. 안 그래요, 서우 씨?"

약속의 토요일. 세린의 저택 테니스코트엔 예정된 멤버 외에 한 사람이 더 있었다.

이한준, 국내 3대 주류로 꼽히는 W양조 오너의 손자로 팔각의 멤버이다. 아무 언질도 없이 덜렁 한준을 데리고 나타난 지은은 "짝이 안 맞잖아." 한마디로 다른 이의 불만을 잠재웠다.

면면이 아는 얼굴인 것도 있고 해서 그럭저럭 한데 어울려 코트로 나가고 불과 10분이나 지났을까, 한준의 입에서 푸념 같은 말이 흘러나왔다.

"보기는 좋은데 확실히 덥긴 덥네요."

서우는 파라솔 너머의 코트를 응시하며 선선히 대답했다. 가만히 있어도 땀이 나는 날씨. 11시 즈음해서 체감 기온은 32도가 넘어갔다.

"실내스포츠도 할 만한 게 널렸는데 하필 테니스래. 지은이한테 두 번이나 진짜냐고 물어봤다니까요."

"저번에 골프도 하러 가시지 않았나요?"

"골프하고 테니스하고 같나요. 그리고 그땐 날도 이 정도는 아니었어요. 아, 진짜 바람 한 점이 안 부네."

설레설레 고개를 젓는 한준을 서우가 힐긋 쳐다보았다. 일부러 태닝을 한답시고 그늘도 피해 선베드에 앉아선 휴대용선풍기를 얼굴에 이리저리 쐬는 모습이 우스꽝스럽다. 더 이상 태닝이 필요 없을 것 같은 한준의 구릿빛 팔에서 꿈틀거리는 검은 용 문신이 거창해서 더더욱.

"그래도 기왕 오신 거니까 즐겁게 보시면 좋죠. 다들 꽤 치는 것 같은데."

"어차피 애들 놀음이에요. 저기, 세린이 하는 것 좀 봐요. 어지간한 프로 뺨칠 녀석이 못 하는 척 내숭은."

딱 반 뼘만 더 뻗었어도 받아칠 수 있는 공을 놓치고 세린이 발을 동동 구르며 태승을 돌아보았다. 혀를 빼물고 미안해하는 그 표정에 태승이 괜찮다는 듯 손을 들어 보이자, 세린이 생긋 웃고는 다시 돌아서 자세를 잡았다. 그리고 몇 번 합을 주고받은 끝에 보란 듯이 절묘한 곳에 공을 꽂아 넣었다. 깔끔한 득점에 환호성을 울리며 태승과 하이파이브를 하는 세린의 활기가 눈부실 정도였다.

"그렇게 잘하나 봐요, 세린 씨가?"

하지만 한준의 프로 운운하는 말을 듣고 보니 조금 더 엄격한 눈을 하게 된다. 입이 싸서 곧잘 빈축을 사면서도 없는 말은 안 하는 남자였다.

"중학교 때 대회를 쓸고 다녔던 녀석이에요. 팔꿈치 부상 때문에 그만뒀다지만 이 정도 게임? 엎드려 헤엄치기죠."

"그건 몰랐네요."

희경이 대수롭지 않게 말해서 위화감을 못 느꼈을 뿐, 생각해보면 집에 따로 테니스코트가 있다는 것부터가 범상치 않았다. 상식적인 부유함의 척도에서 테니스코트는 아무래도 예외적인 항목. 대회를 휩쓸고 다녔을 만큼 실력이 출중한 외동딸이 있는 경우는 충분히 그 예외에 해당할 것이다.

어찌 됐든, 우연에 지나지 않았던 그 식사 자리를 희경이 알차게 써먹었구나 싶어서 감탄이 나왔다. 즉흥적인 발상이었는지, 기회는 이때다 하고 둘이서 밀고 당긴 계획이었는지는 몰라도.

"희경이가 말 안 했어요? 뭐지, 기억을 못 할 리도 없고. 아, 하긴 기억이 흐릿할 수도 있다. 그 무렵이면 쟤가 질풍노도의 시기를 아주 정통으로 겪을 때라."

낄낄거리는 한준을 서우가 말끄러미 쳐다보았다. 한준이 선글라스 너머로 그녀를 보며 히쭉 웃었다.

"서우 씬 모르죠? 희경이 흑역사."

서우가 고개를 젓자 한준의 웃음이 더 능글맞아졌다.

"그럼 계속 모른 채 살아요. 알면 괜히 기분만 나쁘고. 다들 나더러 입 싼 놈이라고 흉보는 거 아는데 나도 지킬 건 지킨다 이거죠."

말을 꺼내지나 말던가, 괜한 불쏘시개 거리를 던져놓고 거들먹거리는 모습이 가관이었다.

"나는 좀 자야겠어요. 기운 모아놨다가 이따 수영할 때 써먹어야지."

휴대용선풍기며 바닥까지 비운 컵을 내려놓고 한준이 선베드에 엎드려 누웠다. 오일을 발라 번들거리는 황동색 등을 보며 서우는 눈살을 찌푸렸다. 수영? 집 구경할 때 본 야외 풀을 떠올렸지만 설마 하고 고개를 저었다. 그런 이야긴 전혀 들은 바 없다. 아마 이 남자 별도의 계획이겠거니 하고 그녀는 다시 코트에 주의를 돌렸다.

세 게임을 한 결과, 2대 1로 세린 팀의 승리였다. 첫판은 희경과 지은 팀이 따냈고, 두 번째 판은 접전 끝에 세린과 태승이 가져갔다. 세 번째 판?

보란 듯한 압승에 지켜보던 서우는 몰래 쓴웃음을 짓기도 했다. 사정을 알고 보니 세린이 다른 세 사람을 능숙하게 가지고 노는 게 보였던 것이다.

그중 둘은 알고도 장기말이 되어준 거니까 패스. 과연 태승은 어떨까? 저 남자가 돌아가는 분위기에 휩쓸리기만 했을지, 아니면 뭐라도 미심쩍은 눈치를 챘을지 서우는 궁금했다.

"와, 너무 더워서 당분간 야외경기는 무리겠다. 이러다 꼭 더위 먹겠어. 나 다리 후들거리는 것 좀 봐!"

파라솔 아래로 온 희경이 미네랄음료 한 병을 꼬박 비우고선 치를 떨며 말했다. 지은이 그런 그의 다리를 툭툭 발로 차며 운동 부족이라고 놀려댔다.

"같이 뛰었어도 이쪽은 멀쩡한데 너는 꼴이 그게 뭐니?"

"땀으로 목욕한 수달 같아!"

세린마저 한소리 하며 놀림에 동참했다. 희경이 울상을 지으며 손에 쥔 페트병으로 태승을 가리켰다.

"비교 항목이 잘못됐잖아. 딱 봐도 체급이 다른데. 내 주 종목은 민첩, 순발력. 애 주 종목은 근지구력. 오케이?"

그러면서 태승의 머리를 겨냥하고 던진 빈병을 태승이 각다귀라도 쳐내는 양 툭 손등으로 친 것이 곧장 돌아와 희경의 안면을 강타했다. "아쿠!" 하고 우스꽝스러운 소리에 이어 코를 감싸 쥐고 고개를 숙이는 희경 때문에 다음 순간 테이블 위에 폭소가 터졌다.

"야, 누가 민첩, 순발력이라고?"

지은은 배를 끌어안고 웃느라 숨이 막힐 지경이었다. 하물며 잠시 후 고개를 든 희경의 코 한쪽에서 주르륵 흘러내리는 피를 보고선 너무 웃다가 의자째 뒤로 넘어갈 뻔했다.

"오빠, 이거."

서우가 얼른 물에 적셔 건넨 손수건으로 코를 틀어막으며 희경이 자리에서 일어났다. 세린도 웃느라 눈물이 날 지경이었지만 호스티스로서의 사명감을 잊지 않았는지 희경을 부축해 집 안으로 향했다. 서우도 따라가려는 것을 희경이 손을 저어 만류했다.

"금방 올게, 여기 있어."

파랗게 질려 비틀거리면서도 애써 웃는 모습에 서우는 무르춤하게 멈춰섰다.

"꼴에 그래도 폼 잡는 것 봐. 내가 가서 보고 올게요, 서우 씨. 태승 씨도 그런 얼굴 할 것 없어요. 저 바보 저러는 거 한두 번 보나."

깔깔거리며 지은이 두 사람을 뒤따라간 자리엔 서우와 태승, 그리고 이 북새통에도 코를 골며 자고 있는 한준이 남았다. 어색한 풍경에 생뚱맞은 한준의 존재가 뜻밖의 완충재 노릇을 하고 있었다.

"…미안해."

"그쪽이 뭐가 미안해요."

태승의 사과에 서우는 멀뚱히 눈알을 굴리며 다시 자리에 앉았다. 놀란 가슴을 잠재울 겸 얼음을 듬뿍 담아놓은 유리병의 레모네이드를 따라 마셨지만, 입에 머금기 무섭게 애초에 맛만 보고 안 마신 이유가 되살아났다. 컵을 저만치 밀어놓으며 어렵사리 입에 든 걸 삼키는데 태승의 다소 맥 빠진 변명이 들려왔다.

"나도 모르게 손에 힘이 들어갔나 봐."

"우연이었잖아요. 어디 죽어봐라 하고 후려친 것도 아니고. 애초에 오빠가 병을…. 풋."

돌이켜본 광경에 그제야 웃음이 나오는 서우였다. 손등으로 입을 누르고 웃음을 눌러보지만 참 절묘한 광경인 건 인정하지 않을 수 없다.

"재밌어, 진짜. 둘이 짜고 해도 그러기 쉽지 않겠다."

"너까지 웃으면….""

태승의 찌푸린 눈살이 슬그머니 펴지더니 이내 그의 입가에도 미소가 번졌다. 마침내는 이마를 짚고 황당하다는 듯 웃었다.

"하필 그렇게 정통으로 맞다니. 눈으로 보면서도 이게 무슨 일인가 했어."

"그러게요. 그쪽 당황해서 멍하니 얼어 있는 모습, 웃겼어요."

"그 상황에 나까지 볼 정신이 있었나?"

"원래 그럴 땐 시야가 확 넓어지는 법이에요. 후후."

"일리가 있네."

고개를 끄덕이며 태승도 가까이의 의자에 걸터앉았다.

"피도 핀데, 저 녀석이라면 꼼짝없이 기절할까 봐 긴장했어."

"그러게요. 안에 들어가서 정말 기절하는 거 아닌지 몰라."

"별로 걱정 안 하네?"

"피도 별로 안 났고. 차라리 한숨 자는 편이 오빠한텐 나을 거예요."

"달관의 경지구나."

태승이 피식 웃으며 한숨 돌리려는 듯 음료가 든 컵으로 손을 뻗었다. 서우는 퍼뜩 눈을 깜박이며 그 컵에 시선을 주었다. 저건 분명 방금 전에 그녀가 마시던….

테이블 위에 놓인 그녀의 손이 움찔했지만 이미 태승은 컵에 입을 대어 버린 후다. 이제 와서 내가 마시던 거니 뭐니 하는 게 더 번거로워 차라리 서우는 모른 체했다. 하지만,

"읔, 맛없어."

293

당장 쏟아낸 태승의 불평에 귀가 솔깃해서 고개를 주억거렸다.

"뭘 넣은 거지? 왜 식초 맛이 나?"

"아, 맞아요. 식초를 넣었을지도 모르겠네요."

"레모네이드에? 아, 식초를 넣은 시점에서 이미 레모네이드는 아니겠군."

"모르죠, 이 집 요리사의 비법일지도?"

"비법은 이런 데 써먹는 말이 아니지. 너희 집에서 마신 레모네이드. 그런 게 비법이야."

서우는 눈을 동그랗게 떴다가 아, 그날, 하고 수긍했다. 일전에 바래다주러 왔다가 저녁식사를 함께 한 날, 태승은 줄리아의 특제 레모네이드는 물론 서우가 만든 연어수프를 세 번이나 다시 청해서 먹는 등 대식가의 면모를 보였더랬다.

"다음에 오면 비법 가르쳐주신다고 했는데."

"그냥 하신 말씀이에요. 지금쯤 그쪽 얼굴도 잊었을걸요."

"내 인상이 그렇게 흐리진 않은데?"

태승은 미심쩍어했지만 서우는 잠자코 눈썹을 치켜올릴 따름이다. 역시 아까 희경을 따라갈 걸 그랬나 하며 본채를 쳐다보던 그녀는 옆에서 잔뜩 인상을 쓰며 레모네이드를 마저 들이켜는 태승 때문에 덩달아 미간을 찡그렸다.

"맛없다면서 그걸 왜 다 마시지?"

"아깝잖아."

"그럼 이 많은 것도 다 마실래요?"

한 컵을 비웠어도 여전히 그득한 유리병을 가리키자 태승이 픽 웃었다.

"기왕에 따른 거니까 마신 거야."

자기가 따른 것도 아니면서, 라는 말이 튀어나오려는 걸 서우는 목구멍에서 꿀꺽 삼켰다.

서우는 새삼 찬찬히 테이블 위를 훑어보았다. 동이 난 음료 페트병이며 생수병들이 늘어선 외에 컵을 사용한 사람은 그녀까지 포함해 네 명. 급하게 일어서느라 컵이 반 이상 채워져 있는 것도 둘이나 됐다.

기억을 되살려 소란 전까지 태승이 앉아 있던 자리도 구별해냈다. 그는 생수 한 병을 거의 비웠을 뿐 컵은 쓰지 않았다. 다시 말해, 착각의 여지가 없었다.

괜히 예민하게 생각하는 거 아닐까? 자의식과잉을 경계하며 서우는 손에 쥔 빈 컵을 들여다보고 있는 태승을 쳐다보았다. 시선을 느낀 듯 태승도 눈길을 들어 그녀를 마주 보았다.

이어지는 지긋한 응시.

부신 듯 가늘게 뜨였던 태승의 눈이 천천히 벌어지며, 홀연 그윽한 검은 눈동자 속에 숨었던 빛 송아리가 툭 터졌다. 스멀스멀, 숫제 사람을 잡아먹을 것 같은 강렬한 요염이 거미줄처럼 그녀에게 뻗쳐왔다.

'안 돼. 안 돼….'

눈을 피해야 한다는 생각만 간절할 뿐, 몸은 일종의 마비에 걸린 것처럼 꼼짝도 하지 않았다. 일없이 숨만 차오르며 머릿속마저 아뜩해지고 있다.

하다 하다 그녀가 가위에서 깨는 방법까지 생각해내려 애쓸 때, 별안간 옆에서 "커헉!" 하며 누군가 심하게 사레들린 소리를 냈다. 화들짝 놀라 저절로 그리로 고개가 돌아갔고, 이내 저도 모르게 안도의 한숨을 토했다. 침을 잘못 삼켰던지 자다 말고 심하게 기침하느라 바쁜 한준이 그렇게 고마워 보일 수가 없었다.

얼른 일어나서 괜찮은지 살펴보는 서우 옆으로 태승도 다가와 한준이 일어나 앉는 걸 거들었다. 기침이 좀 진정되자 마실 걸 찾는 한준에게 서우가 레모네이드를 듬뿍 따라 준 것도 순수한 호의의 소산이었다. 한준은 두어 모금 달게 마시나 싶더니 갑자기 정신이 들었는지,

"…이거 뭐예요? 사람이 마실 수 있는 거 맞아요?"

오만상을 쓰며 컵 안의 내용물을 확인했다. 그 머리 위에서 피식 웃던 서우와 태승의 눈이 마주쳤다. 서우는 이번에야말로 재빨리 눈길을 거두었지만, 짓궂은 웃음마저도 퍽 잘 어울리는 예쁜 눈의 잔상까지는 떨칠 수 없었다.

'괜한 걸 알아버려선.'

그런 후회와 함께 그녀는 순간 줄리아에게도 강한 유감을 갖는 것이었다.


운동으로 땀 흘린 이들이 샤워하고 다시 모인 얼마 후, 식당으로 자리를 옮겼다. 전복을 넣은 영양솥밥을 시작으로 신선로에 구절판 등의 궁중요리가 8인용 식탁이 좁을 지경으로 즐비한 모습에 서우는 내심 놀랐지만 다른 팔각 멤버들에겐 놀랍지도 않은 모양이었다.

"너 또 어머니 잠도 안 재우시고 혹사시켰구나, 응?"

"아니야, 이번엔 그러지 말라고 극구 말렸어. 근데도 엄마가… 어휴."

지은이 놀리고 세린이 대답하는 소릴 들으니 이 많은 음식을 장만한 게 세린의 모친인 듯했다. 손님 대접 좋아하는 건 줄리아도 만만치 않지만 이 댁 안주인에겐 몇 수 접고 들어가야겠다.

보이는 것만큼이나 정갈하고 맛도 좋은 음식에 여느 때의 식사량을 너끈히 상회할 정도로 먹고 있을 때 슬쩍 세린의 모친이 식당에 얼굴을 비추

기도 했다. 오동통한 얼굴에 반달 같은 눈매가 인상적인 수더분한 부인이 음식이 입에 맞는지 모르겠다고 걱정스레 물어오는 모습엔 제아무리 강퍅한 사람이라도 무장해제시킬 법한 푸근함이 흘러넘쳤다. 낯가림이 꽤 있는 편인 서우도 스스럼없이 부인의 음식을 칭찬했을 정도였다.

"아이참 엄마는, 그렇게 나오지 말라니까는…. 나 초등학생 아니라고 몇 번을 말해. 내가 못 살아 진짜."

얼굴이 빨개진 세린이 얼른 엄마 허리를 끌어안아 들다시피 해서 사라져버리는 모습에서도 모녀의 끈끈한 정이 읽혔다.

"아주머니 인상이 참 좋으세요."

서우가 희경에게만 들릴 정도로 속닥거리자 그가 웃으면서 예전부터 저런 분이었다고 맞장구쳤다.

"우리 엄마한테서 장부 기질을 빼면 저런 느낌일까 싶어. 아이들에게 끔찍하고, 음식은 거의 명인 수준이셔. D펄프가 망해도 어머니가 한식당 차리면 얼마든지 재기할 거라고 우리들끼리 농담 삼아 말들 해."

"복도 많지, 홍세린. 근데 이런 말 하면 우리가 놀리는 줄만 안다니까? 내 생각엔 세상에서 제일 중요한 게 엄마복 같은데. 서우 씬 그렇게 생각 안 해요?"

지은의 물음에 서우는 빠르게 눈을 깜박거리다 고개를 끄덕였다.

"아무래도, 그렇겠죠. 기왕이면…."

"기왕이면이 아니라 정말 그래요!"

역설하며 지은이 테이블을 탕 내리치는 서슬에 서우의 눈이 동그래졌다.

"태어나느냐 마느냐의 결정권도 솔직히 엄마에게 매여 있죠. 모체의 기질이 태아에게 미치는 영향은 말할 것도 없고. 생긴 게 누구를 닮았냐는 사실 별문제도 아닌데 사람들이 뭘 모른다니까요."

푸우 하고 한숨을 내쉬는 지은을 대신해 희경이 절절매며 변명했다.

"얘가 아버지 닮았다는 게 콤플렉스라 이래."

"그분 굉장한 미남이시지 않나요? 지은 씨도 보기 드문 미인이고."

서우의 순진한 의문에 엉뚱한 곳에서 대답이 날아왔다.

"딱 빛 좋은 개살구라 문제죠. 머리까지 탁했어야 하는데 그건 또 잘도 비켜 갔네? 중학교 들어가니까 노력으로 커버하는 데에도 한계가 와서 도피성 유학까지 가고. 그 뒤론 들어왔다 나갔다 들어왔다 나갔다. 괜히 방랑벽만 생겨서 집에서 반은 내놓은 자식이니."

한준이 천연덕스레 지껄이는 소리에 희경은 눈살을 찌푸렸지만 지은은 깔깔대며 웃었다.

"아, 저렇게 살 떨리게 옳은 소릴 해대서 내가 한준일 사랑한다니까."

"사랑 두 번만 했다간 뼈가 다 부서지겠다."

희경이 투덜대며 식탁 밑으로 한준의 다리를 걷어찼다.

"말 좀 가려서 해라, 이한준. 네가 그래서 우리 말곤 친구가 없는 거 아냐, 모르냐."

"내가 없는 소릴 지어내는 것도 아니고 사실만 말하잖아? 팩트가 두려워서 지레 도망치는 좀팽이 녀석들은 나도 관심 없다 이거야. 지은이 봐. 사람이 저 정도 배포는 있어야지."

"저건 배포가 아니라 체념이라고 하는 거야. 유지은, 너 진짜 그렇게 데려올 사람이 없었어?"

급기야 희경이 지은에게 짜증을 내자 지은이 빙글거리며 웃었다.

"왜, 난 한준이 재밌더라. 별안간 무슨 소릴 할지 모르니 두근두근 기대되잖아."

"기대? 악취미다, 악취미."

질렸다는 듯 희경이 눈알을 굴리건 말건 한준은 씩씩하게 너비아니 한 점을 해치우고 말했다.

"그렇게 종잡을 수 없는 성격이 좋아죽던 때도 있었으면서. 개구리 올챙 이 적 생각 못한다는 말이 괜히 있는 게 아니라니까."

"야, 너…."

흠칫 놀란 희경이 서우의 눈치를 보더니 너비아니를 되는대로 집어서 한준의 입에 욱여넣었다.

"이 자식이 오디주 한 잔에 취했나. 너는 그냥 내내 먹어라, 먹기만 해. 응?"

빤히 옆에서 상황을 보고 있었으니 서우도 희경이 뭔가 한준의 말을 막으려 한다는 것쯤은 눈치챘다. 그 내용은 직전에 한준이 한 말을 토대 로 추측해봄 직하다. 종잡을 수 없는 성격…. 역시 유지은을 두고 하는 말인가?

슥 서우가 건너다보는 눈길에 지은이 쓴웃음을 지으며 희경을 나무랐 다.

"어이어이, 너 그러는 게 더 수상하다는 걸 왜 몰라. 서우 씨가 말똥말똥 날 쳐다보는 것 좀 보라고. 눈에 힘이 팍 들어갔어."

"아니 난 그다지…."

이렇다 할 생각이 있었던 건 아니라고 변명하려는 서우의 말허리를 자 르며 희경이 치고 들어왔다.

"옛날이야기야, 옛날이야기. 철없을 땐 참 별것 아닌 이유로 사람이 좋 아지고 싫어지고 그러잖아."

"…그래서 둘이 사귀었다는 거예요?"

"노우! 사귄 적은 없어. 우리가 사귄 건 아니잖아. 안 그래?"

"그런 말 한 적은 없지. 그냥 시시한 썸이었어요, 서우 씨. 둘 다 *꼬꼬마* 애기 때."

찡긋하며 지은이 윙크를 던졌다. 그리곤 이야기의 흐름을 서우에게 돌렸다.

"서우 씨도 그런 썸은 꽤 타보지 않았어요? 어쩌면 유치원 때 이미 결혼을 약속한 남자친구가 있었던 거 아냐?"

"네 기준으로 서우를 판단하면 안 되지. 우리 공주님, 내가 첫사랑이랬어. 그치? 그치?"

희경이 정색을 하고 지은의 찔러보기를 쳐낸 뒤 서우를 들여다보며 대답을 보챘다. 서우의 대답에 앞서 지은이 그걸 또 순진하게 믿냐고 야유했다.

"말은 당연히 그렇게 하는 거지. 하다못해 돌싱도 말은 그렇게 한다더라. 그건 사랑이 아니었어. 나는 사랑이 뭔지 몰랐던 거야. 네가 내 진짜 첫사랑이야, 운운. 알고도 속아주는 척해야지 뭘 그런 걸 새삼 묻고 그러냐, 센스 없게."

"으…. 나 졸지에 촌스러운 마초가 된 건가?"

희경이 한탄하는 것을 말끄러미 지켜보던 서우가 이윽고 살짝 고개를 저었다.

"괜찮아요, 오빠. 순진해서 나한테 속아 넘어간 것도 아니니까 얼마든지 말해줄게요. 오빠가 내 첫사랑이에요. 그건 세상이 두 쪽 나도 틀림없는 진실이야. 어떤 분 표현을 빌자면 팩트지, 팩트."

"야호! 들었지? 두 귀 똑바로 열고 들었지? 글쎄, 우리 서우는 여느 여자들하고는 다르다니까. 평균적인 잣대를 들이대면 안 된단 말이지."

희경이 의기양양하게 거들먹거리는 모습에 지은이 언짢은 표정으로 입술을 비쭉거렸다.

"나 참 아주 대단한 트로피 하나 잡으셨어, 응? 서우 씨, 그렇게 안 봤는데 실망이에요. 어쩌다 희경이 같은 애가 첫사랑이래?"

"왜요, 오빠 멋있는데."

"겉모습에 빠졌구나! 하긴 남자 얼굴도 중요하긴 해요. 나도 이놈 저놈 만나보고 깨달은 건데 성격이 더러워도 얼굴이 받쳐주면 그 더러운 성격도 웬만큼 보정된달까? 두 번 화낼 거 얼굴 보고 한 번만 화내게 되는 그런 게 있어."

공감한다는 듯 고개를 주억거린데 이어 지은은 단호하게 "But!" 하고 조건을 달았다.

"그건 어디까지나 연애 한정이고. 결혼은 다른 문제지 싶은데. 서우 씨 공부 욕심 많잖아요. 근데 저 야심이라곤 약에 쓸래도 없는 한량을, 남편으로 데리고 살 수 있겠어요?"

"야, 그렇게 말하니까 꼭 내가 펑펑 놀면서 여자 등쳐먹고 사는 건달같이 느껴지잖아."

희경의 불만 섞인 태클에 지은이 사실 좀 그렇지 않냐고 말해서 희경의 입이 떡 벌어졌다.

"너 용돈 펑크 나면 어머니가 몰래 메꿔주곤 했잖아. 그것도 부족하면 형수님들한테 용돈 타 쓰고. 요즘엔 안 그래?"

"요즘엔… 안 그래."

어쩐지 우물쭈물하는 희경을 보며 지은이 대뜸 넘겨짚었다.

"어머니가 따로 카드라도 챙겨줬나 보지?"

희경은 딴청을 피우며 대답을 피했다. 서우는 잠자코 쓴웃음을 지으며 오랜 친구의 촉에 감탄했다. 지은의 촉은 비단 희경이 아니라 서우에게도 미쳤음이다.

"서우 씨도 잘 아는 눈치네. 혹시 이 철없는 녀석이 결혼하면 180도 달라질 거라고 기대하는 거예요?"

"야, 유지은. 이러다 나 뼛속까지 멍들겠다. 테니스 진 게 그렇게 분했냐, 날 못 잡아먹어 안달이게? 네 실력도 뭐 별거 없더만."

희경이 우는 소리를 하건 말건 지은은 서우를 빤히 쳐다보며 대답을 기다리는 얼굴이었다. 서우는 그녀의 대답을 들을 또 한 사람을 의식하며 천천히 입을 열었다.

"달라지지… 않아도 된다고 생각했어요. 다정다감하고 풍류 좋아하는 면, 그런 것까지 통틀어서 좋아한 거니까. 현실적인 능력은 내가 키우면 되는 거고. 누가 됐든 더 능숙한 쪽이 가장이 돼서 다른 쪽을 서포트해주면 되는 거 아니겠어요? 그런 면에서 자신 없지 않으니까."

"오오…."

뭔가 다시 봤다는 눈빛으로 지은이 팔짱을 꼈다.

"사근사근한 목소리로 묵직하게 한 방 던지는데? 최희경, 네 약혼자 이제 보니 꽤 야심가다?"

"우리 엄마가 서우라면 끔뻑 죽는다고 했잖아. 될성부른 나무라고 일찍부터 점찍어 놨었다고."

희경의 대꾸는 서우에게도 금시초문이었지만 구태여 내색하진 않았다. 지은이 일찍이라면 언제를 말하느냐고 묻는 말에 희경이 서우가 중학교 교복 입고 우리 집 드나들 때부터라고 답하는 말도 멀거니 남의 이야기처럼 들렸다. 좀 전부터 서우의 주의는 대각선으로 오른편에 앉아 있는 태승에게로 조금씩 새어나가고 있었다.

식탁에서 오가는 대화에도 끼지 않고 묵묵히 식사를 하던 그가 지금은 젓가락으로 밥알을 하나하나 헤아리는 수준으로 늑장을 부리고 있었다. 무슨 생각에 그리 골똘한지 물어볼 수도 없고, 괜스레 답답해서 서우는 마른침을 삼켰다.

이렇게 사람이 많은데도 불구하고 그라는 존재가 손톱 밑에 박힌 가시처럼 잊을 만하면 가칠가칠하게 신경을 건드리는 것은 도무지 인력으로 어쩔 수가 없다. 말을 해도, 안 해도.

애초에 자꾸만 얼굴 볼 일이 생기는 게 문제다. 고등학교를 졸업한 뒤로 이렇게 빈번하게 본 때가 있었던가? 그녀가 유학을 가고 그가 군대에 가고 하면서 한 3년 정도는 얼굴 보는 게 그야말로 연례행사 수준이었는데.

'이번 달 일진이 나빴던 거야. 다음 달에는….'

다시 원래대로 돌아갈 거란 예상은 차마 잊히지도 않는 한 가지 장애에 걸려 전복됐다. 아직도, 그에게 갚아야 할 빚이 있었다.

'한 번 더.'

그 일을 8월까지 가져가는 게 마뜩치 않아 서우는 남아 있는 7월의 나날들을 헤아려보았다. 아직 달거리가 끝나지 않았다. 과연 31일 안에 그 일을… 해치울 수 있을까?

"I'm back!"

그때 세린이 높다랗게 자신의 복귀를 알리며 식당에 돌아왔다.

"뭐야, 니들 아직도 먹자판이야? 그러다 물 들어가면 가라앉는다. 이한준, 네 얘기하는 거야. 너 다이어트 안 해?"

"하고 있어! 오늘은 치팅데이라고."

한창 갈비찜을 들고 뜯다가 세린에게 등짝을 찰지게 맞은 한준의 볼멘소리에 세린이 핑계가 좋다며 웃었다. 그리고 태승의 옆자리로 돌아가 턱을 괴며 태승에게 말을 거는 세린을 서우가 멀뚱히 응시했다. 꽤 오래 자릴 비운다 싶더니 옷을 갈아입고 오느라 그랬던 모양이다.

탄탄한 몸매를 돋보이게 하는 블랙 비키니에 하늘거리는 하얀 시폰 로브. 당장 어딘가의 해변에 데려다놔야 할 듯한 복장을 보고도 아무도 이상하게 여기지 않았다. 뿐더러 약속이라도 한 듯 식사를 마무리하는 분위기가 되었다. 자리를 옮겨서 차 좀 마시고 풀로 나가자는 말이 나왔을 때 서우의 어리둥절함은 극에 이르렀다.

"오빠? 잠깐 저 좀 봐요."

식당을 나가는 기회를 봐서 서우는 희경을 슬쩍 잡아당겨 뒤에 처졌다. 풀이라니 무슨 이야기냐고 묻자 희경이 눈을 동그랗게 뜨며 "몰랐어? 오늘 주제가 풀파티잖아." 한다.

"금시초문이거든요?"

"그럴 리가. 내가 틀림없이 전화로…."

순간 덜컥 짚이는 게 생긴 서우가 희경의 말허리를 자르며 물었다.

"혹시 줄리아랑 통화했어요? 그때 말한 거예요?"

"아니. 그러고 보니 줄리아랑 통화한 지 오래됐네. 미안, 여기 나가서 꼭 할게. 그럴 게 아니라 저녁에 찾아뵐까?"

아닌가? 서우는 눈을 깜박이며 오늘은 줄리아가 봉사활동 가는 날이라고 둘러댔다. 자기가 아는 사람 중에 줄리아가 제일 바쁘다며 투덜거린 희경이 이내 씩 웃으며 말했다.

"실은 내가 일부러 숨겼어. 수영복 한 벌 선물해주고 싶어서."

"말하고 사러 갔어도 될 걸 왜…."

"같이 갔으면 절대 네 입에서 산다는 말 안 나왔을 테니까. 이게 좀, 전위적이라서."

"설마 비키니?"

"에이, 그렇게 껑충 비약한 건 아니고."

그나마 다행인가 싶었지만 여전히 문제의 소지가 있었다.

"그래도 미리 말을 해줬어야죠. 오늘은 나 물에 못 들어가요."

"왜? 아… 혹시 그거?"

뒤늦게 희경도 난감한 얼굴을 하곤 머리를 긁적였다.

"복병이 숨어 있었네. 근데 주기가 바뀐 거야? 아직 하려면 날짜가 좀 남은 줄 알았는데. 봐."

희경이 휴대폰으로 뭔가를 찾더니 서우의 눈앞에 들이밀었다. 무슨 스케줄러 같은 화면을 멀뚱히 처다보던 서우는 그게 생리주기 어플임을 깨닫고 얼굴을 붉혔다. 정작 그녀도 안 쓰는 걸 희경이 왜 쓰고 있담!

"뭐, 뭐예요, 왜 이런 걸 가지고 있는 거야."

당황해서 말까지 짧아진 서우 앞에서 희경이 으쓱거렸다.

"약혼녀를 위해 이 정도는 기본이지."

"변태."

서우가 슬쩍 외면하며 중얼거리는 말에 희경이 포르르 떨었다.

"변태 아냐! 엄마가 이런 게 있다고 챙기라고 했단 말이야. 너 생리통 심하니까 말 안 해도 알아서 챙기라고. 남자도 이런 거 알아야 한다고 엄마가, 엄마가…."

풀이 죽어선 흐물흐물 주저앉는 희경을 서우는 여전히 열이 난 얼굴로 처다보다가 결국 곁에 앉아 사과했다.

"변태라고 해서 미안해요. 조금 민망해서 그랬어요."

"민망해하지 마. 여자의 생리는 아름다운 거야. …라고 엄마가 그랬어."

그 실체를 보면 얼굴이 희노래져서 지금처럼 주저앉을 사람이 말만은

제법 그럴싸하게 한다. 그래도 도망가지 않는 게 어디냐. 칭찬할 건 칭찬
해야지.

"잘 배웠네요. 어머니도 잘 가르치셨고. 근데 이 어플이란 거 맹신하지
마요. 그 주기라는 게 칼로 잰 듯이 정확할 수는 없어요."

"그러게. 완전히 틀렸어."

희경이 입술을 비쭉거리며 어플을 삭제하더니 걱정스레 그녀를 보았다.

"혹시 오늘 빠지겠다고 한 것도 그래서였어? 지금도 많이 아픈 거 참는
거야?"

서우는 엷게 웃으며 도리질했다.

"어제까진 좀 그랬는데 오늘은 괜찮아요."

사실이 그랬다. 그녀는 이틀 정도는 생리통이 심한 편인데 저번 달과 이
번 달은 꽤 평화롭게 지나갔다. 피임약의 효과라고 본다. 피임약으로 생리
주기를 바꾼 것도 영향이 있을지는 모르겠으나.

"그래도 당장 물에 들어가는 건 무리예요. 이해하죠?"

"당연하지. 미안해, 놀라게 해주려다 난처하게 만들었네."

희경의 진지한 사과에 서우의 웃음이 좀 더 깊어졌다. 그녀는 희경의 찰
랑찰랑한 머리칼을 쓰다듬으며 위로했다.

"아쉬워서 어떡해요, 오빠? 기껏 전위적인 수영복까지 샀는데."

"오늘만 날인가. 수영복이야 다음에도 입을 수 있고. 아니, 무조건 입어
준다고 약속부터 해줘."

그가 정색하고 부탁하는 말에 서우도 짐짓 심각해졌다.

"대체 어떤 걸 샀기에 이러는 거지. 아무래도 불안해서 약속은 못 하겠
네요."

"안 돼, 그러지 말고 입어주라, 입는다고 약속해. 응? 응?"

급기야 희경이 떼를 쓰기 시작했는데 남의 집 복도에서 아예 드러누울 기세였다. 서우의 손목을 단단히 붙잡고 있는 통에 버리고 갈 수도 없다.

"못났다, 참. 창피하니까 그만 일어나요. 이러다 누가 보면 어쩌려고."

"나는 창피하지 않아. 사나이가 칼을 뽑았으면 무라도 썰어야지."

"고작 수영복이 칼까지 뽑을 일이에요?"

서우가 어이없어해도 희경은 올여름 최대 목표라는 둥 뜻을 굽힐 생각이 조금도 없어 보였다. 이렇게 조르는데 눈 딱 감고 그러겠다고 할까도 했지만 정말 이상한 걸 산 거면 어쩌나 걱정이다.

"입어보긴 할게요. 하지만 그거 입고 사람들 앞에 나서느냐 마느냐는 내가 결정할 거예요."

"나한테 보여주는 것도?"

"오빠만 보는 거라면…."

어름거리고 있자니 그새 다른 방법을 찾아낸 희경이 눈을 빛내며 물었다.

"그럼 차라리 풀빌라 빌려서 놀러 갈까?"

"풀빌라?"

"요컨대 나만 보면 되는 거잖아. 더 완벽한 프라이버시 보호를 원한다면 자쿠지가 있는 호텔 룸도 괜찮을 거고. 아니면 스케일 키워서 개인 해변 있는 외국으로 날아갈까?"

"알았어요, 오빠, 무슨 뜻인지."

그야말로 비약한 스케일에 서우가 얼른 손을 들어 제지했다. 그리고 너무 나간 희경을 제자리로 끌어왔다.

"꿈의 나래를 펼치기 전에 그 전위적인 수영복부터 보면 안 될까요? 얼마나 무시무시한 건지 점점 궁금해져서."

"그래! 자, 나 일으켜 세워줘."

천연덕스레 어리광을 부리는 희경을 살짝 흘겨보면서 서우는 희경이 내민 손을 움켜잡았다. 힘을 주어 당기자 희경은 잠시 맞잡아 당기며 장난을 치다가 쑤욱 딸려 일어났다. 바로 선 순간 그녀보다 한 뼘은 더 커진 그가 대뜸 그녀를 폭 감싸 안았다.

"우리 공주님, 이런 데서 떠들썩하게 노는 것보다 조용한 음악 틀어놓고 책 보는 걸 더 좋아하는데. 나 때문에 고생이 많다, 그치?"

"별로 고생이라고 생각 안 해요. 책 보는 것만큼 오빠랑 같이 있는 것도 좋아하니까."

"황송하네. 근데 나랑 같이 있는 게 아주 쪼오끔 더 좋지는 않고?"

서우의 등을 부드럽게 쓰다듬으며 묻는 말에 그녀가 미소했다. 이거야말로 전형적인 '답정녀'구나 싶어서.

사랑을 듬뿍 받고 자라서 그런가? 희경은 어중간한 애정에는 눈 하나 꿈쩍하지 않았다. 넘쳐흐를 만큼 줘야 한다. 문제는 희경의 기준으로 가득 채우는 게, 여느 사람의 기준을 훌쩍 상회한다는 것.

"당연히 오빠랑 있는 게 더 좋죠. 하지만 내가 아무것도 안 하고 오빠만 졸졸 따라다니면 오빠가 금세 질려 할 테니까. 안 그래요?"

"음. 아무것도 안 하고 나만 졸졸 따라다니는 서우…. 어쩐지 좋다. 꼭 한 번은 보고 싶어."

희경이 슥 고개를 들어 서우를 들여다보며 물었다.

"우리 진짜 어디로 훌쩍 여행 갈까? 어디 섬 같은 데서 한 며칠 둘이서만 지내는 거, 어때?"

은근한 반짝임으로 희경의 눈동자가 들뜬 게 느껴졌다. 제안의 행간에 숨은 섹슈얼한 암시를 지금의 서우는 읽을 수 있었다.

당혹스럽다기보다는 안타까웠다. 서로의 미묘하게 어긋난 타이밍에 대한 안타까움. 하여 이제 서우 안에는 마땅히 있어야 할 두근거림 대신 메마른 한숨만이 버석거렸다.

"오빠는 몰라도 나는 핑계 댈 말이 없는걸요."

비장한 결심은 피렌체에 다녀오겠다며 둘러댄 말로 바닥이 났다. 그 실패를 기념하듯 환불하지 않은 파리행 비행기표 두 장이 그녀의 책상 서랍 깊숙한 곳에서 잠들어 있고.

"왜 핑계를 대. 나랑 여행 간다고 하면 되지. 말하기 어려우면 내가 말해줄게. 우리 곧 결혼할 거 세상이 다 아는데 뭘."

"곧 결혼할 건데 고새를 못 기다리느냐고 하면?"

"피 끓는 청춘이라 그런다고 하지 뭐."

희경은 씩 웃고 이내 나른하게 한숨 쉬며 서우의 이마에 입술을 댔다.

"이게 좀 우습다? 흘러간 몇 년보다 남은 몇 달이 더 까마득하게 길어 보이는 게 참…. 우리 공주님은 그런 생각 안 해봤어? 전혀?"

약간의 원망마저 묻어나오는 질문에 서우는 억울한 기분이 들었다. 생각만 한 게 아니라 아예 행동에 옮긴 게 누군데, 당신이 그런 말을 하다니.

"나도—."

막 서우가 대답하려 하는데 나지막한 헛기침 소리가 그들의 주의를 흩뜨렸다. 희경이 누군가를 향해 "왜?" 하고 묻는 소리에 서우는 적잖이 민망해서 어깨를 움츠렸다. 환한 대낮에 남의 집에서 끌어안고 선 모습을 들키다니.

"안에 뭘 두고 나왔어."

더욱이 헛기침의 주인이 태승임을 깨닫고는 가슴이 불안스레 요동을 쳤다. 하필이면 가장 나쁜 패였다.

"뭘 또 칠칠찮게 흘리고 다니냐, 천하의 주태승이."

"너야말로 애정행각은 장소 좀 봐가면서 하지?"

"이 정도 가지고 무슨 애정행각이래. 진짜 애정행각을 못 봤구만, 자식이."

뻔뻔하게 대답하는 희경 옆으로 태승이 지나쳐가는 기척을 느꼈다. 저도 모르게 서우가 희경의 가슴에 바짝 얼굴을 묻는 것을, 희경이 귀엽다는 듯 웃으며 등을 토닥거렸다.

"부끄러워할 것 없어. 어디 가서 떠들 녀석은 아니야. 다른 애들한테 걸렸으면 오징어포 신세를 못 면했겠지만."

"그만 가요, 얼른⋯."

희경을 재촉해서 자리를 떠나는데 뒤늦게 한줄기 한기가 서우의 뒷덜미를 깨물었다. 태승이 보고 있다. 틀림없이. 서우는 저도 모르게 뒤돌아볼 뻔한 것을 겨우 참았다.

왜 이런 기분을 느껴야 할까.

도무지 모를 일에 언짢음만 더해 가는, 악순환의 고리. 곁에 선 희경을 올려다보는 서우의 눈빛이 불안스레 흔들렸다.


응접실에 마지막으로 합류한 태승은 급한 용건이 생겼다며 차만 마시고 일어났다. 집까지 모신 손님이니 배웅한다는 명목으로 세린도 함께 자리를 떴다. 이후 화제는 자연히 저 두 사람의 일로 흘러갔다.

"난 잘 모르겠는데? 딱히 세린이한테 마음이 있는 것 같지도 않아. 하는 거 보면 오히려 딴 데 얼이 빠진 놈 같은데."

제삼자 입장에서 어떻게 봤냐는 물음에 한준은 가차없이 평했다. 희경이 미간을 찡그렸다.

"테니스 할 땐 제법 쿵짝이 잘 맞던데 말이야. 그 뒤로 좀 시들하긴 했어. 우리가 너무 노골적으로 미는 분위기였나?"

"분위기 파악이야 진작에 하지 않았을까? 자기도 딱히 싫지 않으니까 응한 거고."

지은의 말에도 희경은 고개를 끄떡거렸다.

"딱히 싫지는 않았는데… 대놓고 압박이 들어오니까 좀 성가셔졌나? 방금도 왠지 핑계 대고 피하는 것 같지 않았어?"

한준은 거기까진 모르겠다는 얼굴이었고 지은은 팔짱을 낀 채 조금 생각해보다가 대답했다.

"주태승이야 네가 가장 잘 아니까 뭐. 흥, 이래서 모솔이 귀찮다니까? 탄력받고 한창 부대껴야 확 연기가 일든가 말든가 할 텐데 이건 뭐 다급한 게 없으니."

한준이 그건 아니라는 듯 끼어들었다.

"그게 딱히 모솔이라서겠냐? 마음이 있다 해도 딱 그 정도란 거지. 남자는 진짜 반하면 물불 안 가리고 덤벼들게 돼 있어."

"아아, 네가 유부녀 과외선생님한테 덤벼들었던 것처럼 말이지?"

"야, 화살이 왜 그리로 날아가!"

한준이 덥석 집어던진 쿠션을 가볍게 피하고 홍차를 마시며 지은이 서우에게 물었다.

"서우 씬 어떻게 봤어요? 저 둘, 가능성 있어 보여요?"

"모르겠어요, 전 그런 건 통….

"케미는 있어! 둘이 서 있으면 그림이 된다니까?"

희경의 주장에 지은이 한심하다는 눈초리를 던졌다.

"그림이야 누구랑도 될걸? 남성호르몬 뚝뚝 떨어지는 킹카 옆에 누굴 세운들."

"태승이가 그 정돈가?"

"그 정도야. 너희들한테는 없는 '날것' 느낌이 있어. 세린이가 그 냄새를 맡고 눈이 뒤집힌 거 아니겠니."

도매금으로 싸잡힌 두 남자 사이에 시선이 오갔다. 희경이 그래도 승복 못 하겠다는 듯 "날것?" 하고 반문했다.

"그걸 왜 전에는 모르고 지금 와서 야단이래?"

한준도 시비조로 투덜거렸다. 지은이 어깨를 으쓱했다.

"전에는 잘 안 보였으니까? 애들 말로 포텐 터진다고 하잖아. 주태승이 지금 딱 그래. 나도 올여름 들어서 다시 봤는걸."

"허어, 세린이 아니었으면 네가 찍을 뻔했던 거 아냐?"

"어쩌면?"

지은은 흔쾌히 인정한 뒤 차를 한 모금 넘기고 말했다.

"매력 있긴 한데, 선뜻 손 내밀긴 좀 그런 타입? 한 번 푹 빠지면 독점욕 장난 아닐 것 같아."

"놀다 버리기 힘들 것 같다는 소리네. 잘못하다 들개한테 콱 물릴까 봐."

"꼭 말을 해도."

툭툭 뼈 때리는 말만 골라 하는 한준을 지은이 흘겨보았다. 한준은 혀를 빼물고 유치하게 반응하다가 희경이 던진 쿠션에 안면을 강타당했다.

"내 친구다, 인마. 말 좀 곱게 해. 들개가 뭐냐, 들개가."

"흥, 내가 말을 곱게 안 한 건 또 뭐야? 들개더러 들개라고 한 게."

"야, 이한준."

희경이 인상을 썼지만 한준은 한술 더 떴다.

"진짜 험한 말 좀 해줘? 요컨대 잘 빠진 종마는 맞는데 서출인 게 찜찜해서 저 갖긴 싫다는 거 아냐. 세린이 밀어주는 건 어차피 이 집엔 데릴사위도 필요하겠다, 저 종마한테도 비빌 언덕쯤 되겠다 싶은 계산속 아니냐고. 왜? 그런 생각 전혀 안 해봤다고?"

희경은 고개를 살래살래 저으며 지은에게 얘 대체 술을 얼마나 마신 거냐고 물었다.

"몰라, 치팅데이 어쩌고 하더니."

"나 안 취했거든? 사람 이상하게 몰고 가지 마라."

한준이 핏대를 세우며 주장하거나 말거나 희경은 지은을 핀잔할 따름이었다.

"진짜 데려올 사람이 그렇게 없던?"

"쟤가 제일 먼저 전화를 받았단 말이야. 알았어, 대타 부르면 되잖아."

"누구 부를 건데? 이번엔 나한테 검사 맡아."

희경이 지은의 옆으로 옮겨 앉아 머리를 맞대고 휴대폰을 들여다보는 가운데 한준은 아무도 들어주지 않는 볼멘소리를 주절주절 늘어놓고 있다. 미지근한 커피와 함께 서우는 이 어수선한 광경을 찬찬히 눈에 담았다.

들개, 서출, 종마, 비빌 언덕, 독점욕…. 머릿속에선 그런 단어가 뫼비우스의 띠처럼 맴을 돌았다.


샤워를 마치고 나온 서우는 테이블 위로 허리를 굽혀 노트북을 펼치다 옆에 놓인 휴대폰에 파란 불빛이 깜박이는 걸 보았다.

희경이 바래다주고 간 지 얼마 안 됐는데 그새 메시지를 보냈을까? 갸웃하며 확인한 창엔,

[아직도 보람 없는 재능기부 중이야?]

그런 메시지가 떠 있었다. 서우는 무심코 시각부터 확인했다. 밤 9시 5분을 막 넘긴 시각. 메시지는 15분 전에 온 것이었다.

잠자코 휴대폰을 내려놓고, 노트북을 들여다보며 오디오북을 재생한 뒤 화장대 앞에 앉았다. 성우가 들려주는 『제인 에어』에 귀 기울이며 크림을 바르고 긴 머리를 정성스레 빗어나가길 한참. 짤막한 알람과 함께 휴대폰이 진동했다.

[메시지는 확인한 것 같은데 대답은 없네. 대답을 받아보려면 내가 어떡해야 할까. 최희경으로 다시 태어나는 거 말곤 답이 없나?]

서우는 가볍게 한숨을 쉬고 메시지를 적었다.

[취했어요?]

[다짜고짜 예리하네. 내 글에서 술 냄새나?]

별것 아닌 그 말이 어쩐지 우스워서 서우는 입술을 깨물었다.

[진짜 취했나 보네. 이 시간에?]

[아니, 그거랑은 다른 의미야. 실은 내 앞에 술잔이 있긴 하지만 마시진 않았어. 자릿세 개념으로 시켜놓고 구경만 하고 있을 뿐이야.]

"마시지도 않을 거면서 술집엔 왜 가지?"

고개를 갸웃한 서우에게 다른 가능성이 떠올랐다.

[다른 일행이 있는 건 아니고요?]

[없어. 혼자야. 마침내, 혼자가 됐어.]

마침내, 라는 말이 눈에 밟힌다. 감당하기 힘든 누군가와 좀 전까지 함께 있었던 느낌? 대인관계로 스트레스받는 거하곤 거리가 멀어 보이는 인물인지라 그게 누구일까 궁금하기도 했다.

[자유가 고팠던 것 같은데 좀 더 만끽하지 그래요?]

[자유보다는 술친구가 더 고픈데.]

[그럼 그런 사람을 찾아요. 엉뚱한 사람에게 메시지 같은 거 할 게 아니라.]

[왜 엉뚱하다고 생각해?]

[엉뚱하지 않으면요? 언제부터 우리가 같이 술 마시는 친구가 됐죠?]

[불카누스의 대장간이 걸린 그 바에서부터?]

시답잖은 소리라고 서우는 코웃음을 쳤다. 그리고 그런 기분을 냉정한 언어로 직조해냈다.

[억지라는 건 그쪽이 더 잘 알죠? 답은 이쯤 할게요. 그만 책을 봐야 해서. 다른 술친구를 찾아내도록 해요.]

[역시 그럴싸한 미끼가 없으면 안 되는구나.]

서우는 눈살을 찌푸리고 거기엔 따로 대답하지 않았다. 또 한 번 상대의 메시지로 휴대폰이 울었다.

[술친구 해주면 네가 원하는 걸 들어줄게.]

본격적으로 미끼를 걸 참인가? 그래도 자신이 원하는 거라니, 솔깃하긴 했다.

[한 번 더 하기로 한 거, 이걸로 제한한다면 올래?]

서우는 나직이 신음하며 자리에서 일어났다. 오디오북을 끄고 돌아와 다시 메시지를 확인했지만, 먹음직스러운 미끼만 걸어놓고 상대는 말이 없다.

일 초 일 초 흘러가는 시간 속에 이 정도 했는데 네가 안 물고 배겨? 라고 느긋하게 기다리는 저쪽의 의도가 읽히는 듯했다. 어쩐지 약이 오르지만.

[거기 어디예요?]

놓치기엔 너무 탐스러운 미끼였다.

# 13
## 상냥한 밤

문이 열리고, 그녀가 들어왔다.

우연인지 의도한 것인지 그가 사준 적자주색 원피스를 입은 모습에 태 승의 심장이 강하게 고동쳤다.

안을 한 바퀴 둘러보던 그녀가 그를 발견하고 곧 그리로 걸어왔다. 우아 한 걸음걸이에 새삼스레 시선을 뺏기고 만다. 늘씬한 키와 가느다란 뼈대, 부드럽게 물결치는 긴 머리카락의 조화. 무엇보다도 말간 얼굴을 채운 단 호한 표정이 저 가늘디가는 몸에 기백이란 걸 덧씌우고 있다.

그녀는 태승의 맞은편에 앉으며 연보라색 우산을 옆에 세워두었다.

"늦어서 미안해요. 얼마쯤 왔는데 비가 와서 되돌아갔다 오느라."

"비가 많이 오나?"

앞으로 내어 느슨하게 묶은 머리칼이 살짝 젖은 듯해서 묻자 그녀는 고 개를 저으며 머리끈을 가볍게 잡아당겼다.

"잠깐 오다 말았어요. 소나기였나 봐요."

머리끈에서 해방된 머리카락을 살살 흔들어 흐트러뜨리곤 손가락으로 부드럽게 두어 번 빗어 넘겼다. 확 풍기는 달큼한 샴푸내음에 태승은 급히 물컵을 입으로 가져갔다.

"집 근처에 이런 데가 있는 줄 몰랐네. 밖에서 본 것보다 안이 넓고."

그녀가 주위를 쓸어보며 가볍게 품평을 하곤 태승을 쳐다보았다.

"이 근처에서 볼 일이 있었나 봐요? 술 마시려고 일부러 여기까지 온 건 아닐 테고."

이쪽의 속내를 다 꿰뚫어볼 것 같은 맑은 눈. 태승은 시험당하는 자의 무기력함에 사로잡혀 가벼운 좌절과 동시에 그것을 뒤덮고도 남을 오기로 충만해졌다.

"일부러 온 거라면?"

"시간이 남아도나 봐요. 난 길에다 시간 버리는 게 제일 아깝던데."

도도하게 대꾸하며 그녀는 테이블 끄트머리에 있는 메뉴판을 가져와 들춰보았다. 딱히 눈에 들어오는 게 없었던지 그의 앞에 놓인 잔을 쳐다보며 "마티니?" 하고 물었다. 태승은 올리브 꼭지를 건드리며 고개를 끄덕였다. 슥 손을 뻗은 그녀가 그의 잔을 가져가 살짝 입술을 축였다.

"목말랐었나? 얼음이 다 녹았는데도 제법 맛있네요. 난 드라이 마티니로 할까 봐요."

잠깐의 정적을 깨고 태승이 벨을 누르자 웨이터가 응대를 위해 다가왔다. 그녀는 엷은 미소를 띠고 웨이터를 올려다보며 말했다.

"드라이 마티니, 가니쉬로 올리브 말고 레몬 껍질 써서 가능할까요? 네, 그렇게 부탁드려요. 아, 그리고 마티니도 한 잔 더 주세요."

웨이터가 떠나고, 그녀가 밍밍해진 마티니를 조금씩 들이켜는 모습을 태승은 물끄러미 바라보았다. 어쩐지 눈으로 보는 데도 현실감이 없는 광경이었다.

"왜 그렇게 봐요? 어차피 안 마시던 거 버리느니 마시는 건데."

쏘아붙이는 말에 태승이 느릿느릿 중얼거렸다.

"마실 거였어. 너 오면."

"누구라도 마시면 됐지 뭐. 새로 한 잔 시켰으니까 그거 오면 마셔요. 부족하면 몇 잔이라도 더 마시고. 이건 기꺼이 내가 낼 테니까."

"기꺼이? 하하, 꽤 기분이 좋은 모양이네."

맥없는 웃음을 흘리는 태승을 그녀가 잔 너머로 빤히 쳐다보았다.

"그러는 그쪽은 퍽 우울해 보이고요. 반나절 사이에 무슨 일이 있었기에."

"궁금해? 진심으로?"

태승이 묻자 그녀는 입을 다물고 천천히 눈을 깜박거렸다. 능숙한 거짓말쟁이 같다가도 이렇게 한 번씩 노골적으로 솔직해지는 여자였다.

"아니잖아. 관심도 없으면서 그런 거 묻지 마."

"궁금한 건 맞아요. 하지만 어떤 앎에는 '책임'이 동반된다는 걸 되새겨 봤죠."

"결국 책임질 생각이 없다는 말이네. 이해해."

피식 웃고 태승은 컵을 들어 물을 들이켰다. 컵을 내려놓자 작은 얼음조각 하나가 남아서 달그락거리는 소리가 하릴없이 쓸쓸했다.

"어쩔 수 없잖아요. 우린 원래도 친구가 아니었고 앞으로도 친구가 될 일은 없을 테니까."

그녀는 덤덤히 말하고 가니쉬인 올리브를 이 끝으로 살짝 베어 물었다. 금세 얼굴을 찡그려서 뱉어내나 했는데, 올리브를 마저 입에 넣고 굴리며 깨물어 먹었다.

"마땅찮으면 먹지 말지, 왜."

"맛이 없을 뿐이지 상한 건 아니라서."

"참 쓸데없는데 고지식해."

"입에 넣는 음식에 성실한 건 생명체의 기본이랬어요. 뭐든 감사히 먹고, 허투루 낭비하지 않고."

"누가 한 말인데?"

"줄리아요."

그녀의 눈에 따스한 반짝임이 깃들었다.

"말만 이렇게 하지 도저히 안 되는 건 나도 패스하지만요."

"이를테면 청어같이?"

그의 대꾸에 빙긋 웃으며 이쪽을 보는 눈에 예의 따스함이 물결쳤다. 다시금 갈증을 느끼며 태승이 컵에 손을 뻗었지만 남은 얼음덩어리 하나가 애처롭게 그를 올려다볼 따름이다.

때마침 웨이터가 주문한 메뉴를 가져왔다. 그녀가 드라이 마티니 잔을 들어 태승 쪽으로 내밀며 "자, 한 잔 하시죠?" 하고 부추겼다. 태승은 생각은 잠시 내려놓고 이 상황에 순순히 어울리기로 했다.

쨍하고 유리가 맞부딪히는 청아한 소리. 그 여음을 즐기듯이 잔을 바라보다 입으로 가져갔다.

"으음."

먼저 술을 삼킨 그녀가 기분 좋게 흘리는 비음을 가녀쉬 삼아 태승도 마티니를 들이켰다. 목을 타고 넘어 들어간 술은 썼지만 혀끝에 아릿할 정도의 단맛이 남았다.

마티니가 이런 맛이었나? 의아해하며 조금 더 들이켠 술. 삼키지 않고 입에 머금고 혀로 굴리는데 눈앞에서 그녀가 나긋이 입술을 훔쳤다. 자그마한 혀가 반짝거리는 코랄빛의 입술을 천천히 훑어간다….

"시원하니까 훨씬 낫네."

그녀는 흡족한 듯 잔을 기울여 반 이상을 비우고, 태승에게 눈길을 주었다.

"어때요, 술맛 좀 나요?"

꿀꺽 입에 머금고 있던 술을 넘기고 태승이 중얼거렸다.

"독주에 산호를 녹인 듯한 맛이야."

"산호? 준보석으로 쓰는 그 산호말이에요? 그걸 먹을 수 있어요?"

"먹으려 든다면야 먹지 않을까? 진주도 녹여 먹는다는데."

"진주는 문헌에서 봤지만."

그녀는 고개를 갸웃하며 자신의 잔과 그의 잔을 번갈아 보곤 다시 술을 한 모금 머금었다. 입속에서 굴리며 곰곰이 맛을 보고 꿀꺽 삼킨데 이어, 재차 갸우뚱했다.

"산호는 못 먹지 싶은데. 먹는 물고기도 있나?"

호기심에 약한 저런 면도 그녀를 아우른 매력의 하나였다. 적어도 태승에겐 그랬다. 그리고 언젠가 그녀에게 태승 자체가 그 호기심의 대상이 되는 날을 꿈꾸기도 했는데….

정작 그 단계에 가까워지자 그녀는 '책임'이라는 말로 선을 긋고 더는 다가오지 않는다. 이유야 어찌 됐건 몇 번이고 몸을 섞어 전에 없이 가까워진 지금도, 그녀에게 있어 그는, 바운더리 바깥의 인물인 것이다.

그 경계를 허물 욕심에 불쑥불쑥 태승의 뇌리를 스쳐가는 생각들을 볼라치면 그녀 안에서 작동하는 보호기제가 아주 훌륭하다고 칭찬해야 할 것이다. 생각만 하고 실행하지 않으면 무슨 상관이냐고들 하지만, 생각이 지나치면 미치기도 하는 게 사람이다.

당장 오늘만 해도 그는 아주 아슬아슬한 데까지 몰렸다. 그녀를 자신의 것인 양 당당하게 끌어안고 있는 희경을 보았을 때, 태승의 안에서 일렁거린 건 핏빛의 살의, 그 하나에 지나지 않았다. 희경이 꽤 오래 알고 지낸 친구라는 사실은 그 순간 태승에겐 무의미했다.

살의를 억누른 건 희경의 품에 기대어 있는 그녀를 향한 강렬한 의식이었다. 그래서는 안 돼. 그래서는 저 여자를 온전히 내 것으로 삼을 수 없어.

한발 물러나, 자신의 조바심에 혀를 찼다. 길게 봐야 할 게임. 남들은 게임 오버라고 말할 상황에서부터 시작될 게임에 대비하던 마음은 온데간데없이, 노심초사하며 발정난 개처럼 그녀 주위를 맴도는 자신을 비웃었다.

그는 자신의 믿음만큼 단단하지도, 여물지도 않았다. 너무 이르게 당겨진 불에, 착각 같은 건 하지 않는다고 오만하게 버티던 얄팍한 허울에서 깨어보니 이미 사방이 불구덩이였다.

당장 지금도 테이블 아래에선 아찔한 향기에 홀려 깨어난 눈먼 짐승이 벗어날 길만을 호시탐탐 노리고 있었다. 이해할 수 없다고 그르렁거리고 있었다.

어설프게 둘 사이를 막고 있는 테이블 따위 간단히 뛰어넘어가 그녀를 밀어뜨리고 짓누를 수 있을 텐데. 저 화사한 색채의 옷 아래 감싸인 눈이 시릴 듯한 흰 다리를 넓게 벌리고, 갓 영글어 한 겹 이슬이 내린 작은 꽃 속에 짐승을 파묻어 온 세상이 새빨갛게 타오르다, 마침내는 새하얗게 폭발할 때까지 박아 흔들 수도 있을 텐데. 그 황홀, 세상에 둘도 없는 아득한 열락을 이미 알면서 무엇을 망설이느냐, 짐승은 묻고 또 묻는 것이다.

'기다려.'

그는 짐승과 더불어 자신에게도 거듭 주문한다.

'기다려. 때가 아니야.'

온전히 몰두한다 해도 아직 그녀가 너무 멀다. 세상이 무어라고 한들 사람 사이에 존재하는 엄연한 격차. 태승은 조금 더 올라서야 하고, 그녀는 조금 더 추락해야 한다.

"세린 씨하곤 어떻게 좀 잘돼 가요?"

문득 들려온 물음에 태승은 멍하니 눈을 깜박거렸다. 홍세린? 그 여자 이야기가 여기서 왜 나오지?

"진전이 있는 거 아니었어요? 오늘도 보니까 살뜰히 챙기던데. 다들 꽤 기대하고 있어요. 힘 좀 내봐요."

둥글게 휘어진 눈에 웃음을 담고 그녀는 드라이 마티니를 쭈욱 들이켰다. 가느다란 목이 술을 삼키느라 가볍게 요동치는 모습을 보며 태승은 턱 맥이 풀렸다.

"어떻게 힘을 내야 할까? 기대만 하지 말고 좀 가르쳐주지 그래."

"그런 걸 가르쳐달라고 해도…."

"희경이랑 사귀잖아. 그 녀석 어떤 점이 좋았다, 그런 게 있을 거 아냐."

"있지만 그게 그쪽에게도 통하진 않겠죠. 만약 그랬다면 세린 씨도 그쪽이 아니라 희경 오빠에게 반했게요?"

"반했어?"

"네?"

"최희경한테 반했냐고."

그녀는 정말 이상한 소릴 다 듣겠다는 듯 그를 쳐다보다가 빈 잔을 들어 올렸다. 입을 대기 전에야 잔이 빈 걸 확인하고 내려놓은 대신 넓은 부리를 따라 손가락을 미끄러뜨리며 말했다.

"반했으니까 약혼까지 했죠. 솔직히 내가 먼저 희경 오빠한테 마음이 있었어요. 오빠가 그런 건 말 안 해요?"

"피차에 여자 얘기 같은 거, 그렇게 시시콜콜 하지 않아."

다소 어폐가 있는 대답이다. 수다쟁이답게 희경은 다른 여자에 관련한 이야기는 술술 잘만 했다. 그러나 서우에 한해선 예외적. 희경은 서우가 눈앞에 없을 때도 그녀에 대해선 정중했다. 미래의 신부에게 어떠한 성역을 내어준 듯이.

그것이 태승은 견딜 수 없이 싫은 동시에 깊게 공감했다. 정말 소중한 건 한갓 가십처럼 쉽게 떠들 수 없는 거니까.

"그래요? 그건 다행이긴 한데…."

그녀는 갸웃이 턱을 괴며 잠시 생각에 잠겨 있었다. 그러다 문득 손을 들어 웨이터를 호출했다. 드라이 마티니 한 잔 더. 내친김에 태승도 남은 술을 비우고 한 잔을 추가했다.

"시시콜콜 말하진 않아도, 섹파 이야기 정도는 하는 건가 봐요. 그런 게 남자들 우정인가?"

그녀의 자조어린 웃음을 바라보다 태승이 중얼거렸다.

"너랑 그런 사이가 되기 전에도 희경이, 여자라면 꾸준히 있었어. 지켜봤다면 너도 잘 알겠지. 그게 다 플라토닉한 게 아니란 것쯤은."

"대충은, 알죠."

한숨을 쉬며 그녀는 테이블 위에 생긴 물방울로 원을 그렸다. 그 가느다란 손가락의 움직임에 시선을 빼앗긴 채 태승이 말했다.

"몰랐다면 모를까, 한창나이의 남자가 이미 눈뜬 걸 몇 년 동안 참고 사는 건 어려운 일이야. 너는 너무 무턱대고 희경일 믿었어."

"그래요, 내가 무지했어요. 나는 블라인드였으니까…."

그리고 이제는 눈을 떴다. 그로 인해. 그는 그녀로 인해.

별안간 테이블을 장악하는 침묵 속에 태승은 처음으로 그녀를 안던 밤을 떠올렸다. 무던히 긴장해 있던 희고 가느다란 몸에 마침내 완연히 몸을 포갠 순간, 그녀의 눈꼬리를 타고 흘러내리던 창백한 눈물 한 방울을 떠올렸다.

그녀만큼이나, 어쩌면 그녀보다 더 얼얼하여 정신이 없는 중에도 그 감로를 탐욕스레 핥아먹었다. 짜고 신, 어쩌면 쓰기까지 한 눈물이었지만, 그럼에도 불구하고 달았다. 다시없을 것을 제 안에 녹여냈다는 자각과 함께 태승에게선 그보다 더 큰, 훨씬 진한 무언가가 출렁, 그녀에게로 흘러갔다.

그는 그녀를 정복하지 않았다. 그녀가 그를 정복했다. 그녀는 눈물 한 방울로 그를 올올이 사로잡았다.

'하물며 너는 의식조차 못 하면서.'

태승은 누그러질 기미가 없는 짐승의 몸부림에 팔짱을 끼고 다리를 바꿔 꼬았다. 그녀도 낙서를 그만둔 대신 손가락을 티슈로 닦으며 자세를 고쳐 앉았다. 와중에 테이블 아래에서 언뜻 둘의 구두가 부딪쳤다. 둘은 어느 쪽이 먼저랄 것 없이 조금씩 물러났다.

"세린 씨랑 잘해 봐요."

그녀는 또 그렇게 아무래도 좋을 여자 이야기를 꺼냈다.

"그 사람 소문은 무성해도 은근히 순정파래요. 아니 대놓고 순정파라고 해야겠네요. 오빠한테 들으니까 일단 사귀게 되면 너무 헌신하다가 차이곤 했다나 봐요. 정이 깊다는 소리죠. 외로운 사람에겐 그렇게 깊은 정을 줄 수 있는 사람이 어울려요."

"외로운 사람? 내가?"

태승의 반문에 그녀는 실언을 깨달은 듯 입술을 깨물었다. 그녀는 고개를 살짝 젓다가 뺨에 손을 대며 얼마쯤 말을 골랐다.

"사람은 누구나 외로우니까. 꼬집어 그쪽만 그렇다는 게 아니라."

"너도 그래? 희경이가 있어도?"

"누군가를 좋아해서 더 외로울 수도 있는 거예요. 거기까진 아직 모르나 보죠?"

아니. 알아.

너는 짐작도 못 할 만큼 절실하게, 알아.

태승은 대답 대신 희미하게 웃기만 했다. 그녀는 약간 얼굴을 찡그리더니 다시금 고쳐 앉으며 멀리 바텐더 쪽을 돌아보았다.

"손이 느리네요, 저 사람. 주문한 거 나오면 바로 다음 잔 주문하든가 해야지."

"그렇게 급하게 마시게?"

"취하고 싶은 거 아니었어요?"

"내가 그런 말을 했나?"

"꼭 말로 해야 아나요? 나같이 변변찮은 술친구까지 필요할 정도면 말 다한 거지."

"듣고 보니 그럴지도."

태승은 씁쓸하게 웃고 분위기를 바꿀 요량으로 짐짓 밝게 물었다.

"술은 잘해? 희경이한테 그런 이야긴 못 들었는데."

그녀가 생긋 웃으며 턱끝을 살짝 쳐들었다.

"친구가 말술도 마시는 주당이에요. 그런데 나 그 애랑 마시면서 취한 적이 없어요. 설명은 이 정도쯤?"

"말술을 마시는 주당을 이긴다는 말이지? 이거 좀 무섭네."

"그쪽은요?"

"취하도록 마셔본 적이 없어서…. 일전에 희경이가 제조한 폭탄주? 그거

다섯 잔 마시고 혀가 살짝 굳는 경험은 했지만."

"오, 그건 좀 센 편인데. 어디 오늘 그때 기록 경신해 봐요. 내가 잘 지켜 봐줄 테니까."

"취하라고 비는 거야? 그러다 내가 몸도 못 가누면 어쩌려고."

"대리기사 불러서 웃돈 얹어서 차까지 호송하고, 잘 가라고 손 흔들어 줄게요. 아, 말이 나온 김에 차는 어디에 뒀어요?"

그녀가 진지하단 걸 깨닫고 태승은 그만 웃음을 터뜨렸다. 그리고 그도 장난기를 섞어 그녀의 질문에 성실하게 대답했다.

"차는 여기서 세 블록 건너에 있는 D호텔 주차장에 있어. 사정이 생겨서 거기서 며칠 묵을 거거든."

"집 놔두고 호텔? 윗집에서 무슨 공사라도 해요?"

거기엔 대답하지 않고 태승은 자, 이래도 내가 취하게 둘 셈이냐고 물었다. 그녀가 으음, 하며 고민하는 동안 손이 느린 바텐더가 만든 술이 도착했다. 내친김에 태승은 위스키를 병째로 주문했다. "괜찮겠어?"라고 묻자 그녀는 주저 없이 오케이 사인을 만들었다.

"이렇게 하겠어요."

드라이 마티니를 무슨 음료 마시듯 달게 홀짝거리고 그녀가 말했다.

"모범택시를 불러서 기사님 도움을 받아 그쪽을 호텔까지 데려다줄게요. 그리고 난 그 택시로 집까지 돌아오는 거죠. 어때요, 완벽하죠?"

태승은 엄지를 들며 "완벽해. 인정."하고 말했다. 그러자 그녀가 이를 드러내며 배시시 웃었다.

머릿속이 지이잉 굳어질 것만 같은 무방비한 미소에 태승은 급히 마티니를 들이부었다. 물처럼 들이켠데 이어 올리브까지 입에 넣었지만 떨떠름한 올리브 맛도 덜그럭거리는 가슴을 진정시키지는 못했다.

여태 보여준 적 없는 환한 웃음. 질척거리는 함정에서 발을 빼게 되어 그렇게 홀가분한 걸까?

오늘 밤 그녀는 확실히 얼마쯤 들떠 있다. 그리고 이유야 무엇이 됐건 태승은 그 웃음이 기쁘고, 눈부시고…. 아무려나 성냥불에 비친 환상보다는 조금 더 낫다고, 생각하는 것이었다.

하여 그는 취했다. 그녀의 완벽한 계획이 실현되는 걸 거들기 위해 부지런히 쏟아부은 술은 태승을 찰랑찰랑 흔들리는 가상의 보트 위로 던져 넣었다.

"어머, 성가셔."

술이 오르면서 웃음이 많아진 그녀는 말은 그렇게 하면서도 자꾸만 킥킥대며 기사를 도와 그를 택시 뒷좌석에 밀어 넣었다.

"죄송해요, 기사님. 친구가 많이 취했어요. 요금은 더 신경 써 드릴게요."

택시기사에게 양해를 구하는 그녀를 태승은 몽롱한 눈에 힘을 넣어 응시했다. 친구. 그냥 해보는 말이겠지만 울림이 좋았다.

"백서우, 진짜로 우리 친구 할래?"

그녀가 그를 돌아보곤 키득키득 웃었다.

"친구 하자고 하면 못 할 줄 알고? 하지만 나 그러면 본격적으로 맞먹을 건데 그래도 괜찮겠어요? 존대도 안 할 거야. 친구니까!"

"안 해도 돼. 반말해, 반말. 태승이라고 막 불러."

"진짜? 근데 에이, 그건 좀 아니다."

"내가 괜찮다는데 왜. 자, 이제부터 우리는 친구."

반듯하게 내뻗은 손이 이상하게 오르락내리락 물결을 쳤다. 그녀는 그 손을 잡을 듯 말 듯 손을 뻗다가 이내 도로 거둬들이며 고개를 저었다.

"지금은 안 돼. 우리 할아버지가 술 마시고 중요한 결정 같은 거 하는 거 아니랬어요."

"그거야 취했을 때의 이야기고. 너 안 취했잖아."

"나는 안 취했지만, 그래도 내일 아침에 일어나보면 그게 아닐지 몰라요."

진지하게 말하는 그녀의 얼굴이 몇 초를 못 가고 웃음으로 흐드러졌다.

"신중해야지, 뭐든. 그래도 기왕 말 나온 거, 일회성 이벤트로 해보는 것도 나쁘진 않을 것 같은데. 어때요, 내 생각이?"

"그러니까… 타임 세일 같은 거? 지금 이 시간부터 앞으로 30분 동안만 반값, 뭐 그런 거?"

"빙고."

그녀가 장난스럽게 고개를 연방 끄덕거렸다.

"그래서 반값 세일, 아니 오늘 이 시간부로 친구. 하지만 내일이면 백지화되는 거예요. 이해했죠?"

"이해했어."

태승도 고개를 주억거리고 손바닥을 위로 해서 손을 내밀었다.

"잘 부탁해, 하루살이 친구."

"하루살이도 많이 봐준 것 같은데. 아무튼, 우리는 친구."

찰싹 그의 손바닥에 부딪혀오는 작은 손을 보며 태승은 실없이 비쭉비쭉 웃었다. 영양가 없는 새롱거림일망정 이 순간만큼은 무한정 기쁘고 즐겁다. 뭐니 뭐니 해도 그녀가 자꾸 웃는다. 태승은 비로소 천금을 주고 웃음을 산다는 말을 이해할 수 있을 것 같다.

세 블록밖에 떨어지지 않은 거리다 보니 택시는 금세 호텔 앞에 이르렀다. 아쉬운 마음에 뭉그적거리는 그에게 그녀가 혼자 갈 수 있겠느냐고 물었다.

"일단 내려볼게."

도어를 열고 한 발 내딛은 태승은 끄응 하고 일어서다가 앞으로 고꾸라질 것처럼 비틀거렸다. 그녀가 혀를 차면서 얼른 따라 내렸다.

"이 친구 술이 너무 약하네. 허우대가 아까워."

"어허, 네가 지나치게 강한 거야."

"조금 그렇긴 해?"

그녀는 히들히들 웃는 중에도 능숙하게 그를 부축해서 걷게 했다. 택시 기사에겐 친구만 방에 넣어주고 올 테니 기다려달라는 말도 잊지 않았다. 선불을 두둑하게 받아 놓은 기사가 흔쾌히 오케이하고 차를 좀 앞으로 빼는 것을 뒤로하고 둘은 호텔 안으로 들어갔다.

"몇 층이야, 친구?"

"어… 몇 층이더라."

얼른 대답하려니 생각이 안 난다. 그녀가 취하니까 답이 없다고 흥을 보며 카드키 있으면 내놓으라고 말했다.

"카드키라면 여기, 어, 없네. 지갑에 넣었나?"

태승이 뒷주머니에 넣어둔 지갑도 못 찾고 헛손질을 하자 그녀가 주변을 둘러보더니 가까이에 있던 로비의 소파로 그를 데려가 앉혔다. 태승은 지갑을 꺼냈지만 반지갑을 펼치다 말고 손이 미끄러져 지갑을 바닥에 떨어뜨렸다.

"나 손이 이상해. 택시에서 기름이 묻었나?"

뚫어져라 두 손을 들여다보는 옆에서 그녀가 그럴 리가 있냐고 야유했다.

"얼뜨기가 따로 없네. 그래도 주사치곤 귀여우니까 봐준다."

툭툭 그의 머리를 두드린데 이어 그녀가 허리를 숙여 그가 떨어뜨린 지갑을 주웠다. 지갑을 펼친 그녀가 어떤 게 키냐고 물어서 태승이 눈을 부릅뜨고 지갑 안쪽을 응시했다.

"이것도 아니고, 이것도 아니고, 이것도⋯. 이상하다, 아까 받아서 빼기 쉬운 곳에 둔다고 내가, 아, 이쪽이다."

몇 장이나 되는 카드를 늘어놓은 끝에 카드키를 찾아냈다. 그것을 의기양양하게 그녀에게 내밀었으나 정작 그녀의 시선은 그에게 머물러 있지 않았다.

"친구야, 뭘 그렇게 열심히⋯."

웃음이 싹 가셔서 창백한 석고상 같아진 그녀의 얼굴이 향한 쪽. 시선을 따라 나른하게 고개를 돌린 태승은 흔들거리는 시야에 초점을 맞추느라 눈에 힘을 주었다.

그리고 다음 순간 거의 정수리까지 찰랑거리던 술이 단박에 확 깨는 광경과 마주했다. 돌아볼 때와는 비교도 안 되는 속도로 그녀를 처다본 태승이 꿀꺽 마른침을 삼켰다.

그녀는, 서우는 무섭도록 창백한 중에도 눈빛만이 활활 타오르고 있었다.

"서우야, 그러다⋯ 들키겠어."

태승의 말에 그녀의 눈길이 천천히 그에게 향했다.

"들키다뇨?"

타오르는 눈빛이 어색할 정도로 고요하고 담백한 음성.

"설마 저 둘이 그렇고 그런 사이라고 말하려는 건 아니죠?"

희미한 웃음이 그녀의 얼굴에 떠올랐다. 살랑살랑 고개를 내젓기까지 했다.

"취해서 뭘 착각했나 본데 다시 봐요. 오빠 옆에 있는 사람, 유지은이에요. 어서, 다시 보라니까요?"

태승은 순순히 시키는 대로 했다. 프런트에 기대서서 직원과 이야기를 하는 남녀가 눈에 들어왔다. 남자는 여자의 허리를, 여자는 남자의 허리를 끌어안은 전형적인 커플의 행태. 특히 여자는 남자에게 체중을 거의 내맡김으로써 깊은 신뢰를 드러내고 있다.

남자가 키를 받아들고 둘은 프런트를 뒤로했다. 여자가 남자를 올려다보며 뭔가 보채듯 하는 말에 남자가 여자의 허리를 간질여서, 자지러지게 웃게 만들었다. 그 웃음소리가 너무 크다 싶었던지 쉿, 하고 남자가 입술 앞에 검지를 세웠다. 그러나 그 자신도 얼마 못 가 웃어버린다.

화사하고 자신만만한 웃음, 최희경의 웃음이다. 그 곁을 차지한 여자는 의심의 여지없는 유지은이고 말이다.

엘리베이터 앞으로 가서 안으로 모습을 감출 때까지 둘은 서로에게 정신이 팔려 주변을 전혀 살피지 않았다. 어떻게 저렇게 둔할 수가 있는지, 태승은 믿을 수가 없었다.

"둘만의 세계에 빠져 있네요. 그렇죠?"

그녀도 같은 것을 느꼈는지 덤덤히 물어왔다. 그 덤덤함에 태승은 더 정신을 바짝 차렸다. 설마 방금 광경을 보고도 상황을 인지 못한 건 아닐 테고….

천천히 돌아보자 그녀는 호텔 로비를 한 바퀴 둘러보고 있었다. 어느덧 거짓말처럼 잔잔해진 눈으로.

"호텔치고는 좀 작지 않나. 과장 좀 보태서 여기서 넘어지면 프런트에 코가 닿겠어요."

태승은 그런 걸 곱씹어서 뭐할 거냐고 말하려다 참았다. 그녀의 시선은 엘리베이터에 가서 멈추었다.

"저 사람이었군요."

물기라곤 찾아볼 수 없는 모래 정원을 연상케 하는 목소리로 그녀가, 마침내 확언을 했다. 그리고 문득 생각난 것처럼 물었다.

"저 사람뿐인가요? 혹시 또 다른 누가…?"

태승은 쓰게 웃으며 고개를 저었다.

"얼마나 오래된 관계인지, 아는 거 있어요?"

"알면? 여태 누군지 알고 싶어 하지도 않더니, 이제 눈앞에서 보니까 이것저것 궁금해지나?"

"아뇨. 그냥, 확인할 게 있어서."

그녀가 풍기는 스산할 정도의 고요가 마음에 들지 않았다. 지금에 비하면 희경의 외도를 알고 제 감정을 가누지 못해 금세 폭발할 듯, 부서질 듯 불안하기 짝이 없던 모습이 차라리 인간적이었다. 분명 방금 전에도 온몸을 태울 것처럼 맹렬한 눈빛을 지었다. 그것이 이토록 쉽게 가라앉을 수는….

'아.'

태승은 무심코 가방을 움켜쥔 그녀의 손을 보고 지그시 응시했다. 하얀 뼈마디가 드러나도록 손잡이를 꼭 쥔 두 손이 잘게 떨리고 있었다. 그의 시선을 깨달은 그녀가 두 손을 포개며 떨림을 누르려 했지만 여의치 않은 모양이었다. 덜덜덜, 오히려 더 심하게 떨리기 시작했다.

"나도 참, 촌스럽네요."

머쓱하게 웃는 얼굴이 가슴 아팠다.

"자연스러운 거야. 희경일 정말 좋아하잖아."

"맞아요. 좋아해요, 저 사람이 가진 모든 걸."

위로하려고 던진 말이 부메랑이 되어 태승의 가슴에 박혀 든다. 환호작약해도 모자랄 순간에 위선을 떤 벌일까? 하지만 마음이 아픈 것도 사실인데. 그것이 최희경 때문이라고 해도 그녀가 고통스러워하는 건 그 또한 쓰리고 아렸다.

"그러니까 차라리 모르고 지나가길 바랐는데…."

나지막이 중얼거리며 그녀가 고개를 떨구었다.

침묵은 결국 덮고 지나가기 위한 포석이었구나. 희경의 비밀도, 나와 그런 일을 한 것도 모두 덮고, 아무 일도 없었던 것처럼 너는 떨치고 가려 했어.

쓰디쓴 맛이 도는 침을 삼키며 태승은 그녀의 가녀린 어깨를 애절하게 바라보았다.

"우는 거야?"

"울긴요. 누가 죽은 것도 아닌데."

천천히 고개를 들어 그를 똑바로 응시하는 눈이 과연 깨끗했다. 가슴 속에 회오리가 치고 있을 텐데. 그런데도 저리 단단할 수 있는 건 그에겐 더 이상 빈틈을 주지 않겠다는 뜻이리라.

억지로 열려고 든다면 못할 것도 없다. 어쩌면 그래 주길 바랄지도 모른다.

그러나 태승은 나서지 않기로 했다. 한 발, 아니 두 발은 물러서야 하는 때. 그의 교활한 이성은 이 순간을 자신에게 유리하게 끌고 가라 속삭였다. 백서우는 지금, 철저히 고독해야 한다고.

단정한 자세를 흐트러뜨리지 않으며 그녀가 물었다.

"술은 꽤 깬 것 같은데, 방까지 혼자 갈 수 있겠어요?"

"아마도."

어디 한 번 보자는 듯이 태승이 소파에서 일어났다. 옆으로 걸어 나오는데 아주 살짝 어지럼증이 돌다가 그마저도 그쳤다. 태승은 두 손을 펼치며 슬쩍 웃었다.

"멀쩡하니까 버리고 가도 되겠어."

"난 사람 함부로 안 버려요. 농담으로라도 그런 말은 하지 마요."

"어, 그래. 주의할게."

그의 대답에 그녀는 조금 멍한 눈을 하고 고개를 끄덕거렸다. 이윽고 자리에서 일어난 그녀가 그만 쉬라는 말을 남기고 걸음을 옮겼다.

로비를 가로질러가는 자주색 작약 같은 뒷모습. 의연했던 정면과 달리 거기엔 짙은 피로와 다소간의 위태로움이 묻어났다. 그 가녀린 인영이 못내 쓸쓸하게 느껴지는 건 과연 누구의 기분일까. 그녀? 아니면 그?

다음 순간 퍼뜩 태승의 얼굴이 굳어졌다. 어쩐지 방금, 하고 생각하는 동시에 그녀에게로 달려가고 있었다.

"…!"

그리고 무사히, 쓰러질 뻔한 그녀를 팔 안에 받아냈다.

"서우야?"

부르는 소리에도 미동도 없이 그녀의 머리가 축 늘어졌다. 태승은 다시한번 부르려다가, 이를 악물며 그녀를 와락 끌어안았다.

멀쩡하긴 뭐가, 멀쩡해. 충격으로 쓰러지기 일보직전까지 간 것도 몰라보고. 눈뜬장님이라고 자신을 저주하며 부서져라 그녀를 옥죄어 안았다.

훌쩍 그녀를 안아 들고 걸음을 옮기는 태승에겐 '적정거리' 같은 건 더이상 안중에도 없었다.


두어 시간 후 서우는 눈을 떴다. 누운 그대로 멍하니 주위를 둘러보며 의아해하는 것을 지켜보다가 "병원이야."라고 말하자 놀라서 침상 발치에 있는 태승을 바라보았다.

"…병원이요?"

잠긴 목소리는 물론 부스스 몸을 일으키며 맵시를 고치는 손길도 아름답다. 자다 깬 얼굴조차 저리 말갛게 빛나는데, 무언들 안 그렇겠냐마는.

태승은 고개를 끄덕이며 차단 커튼을 약간 젖혀 응급실 내부를 보여주었다. 그녀는 두 손으로 머리를 쓸어넘기며 여전히 잘 모르겠다는 얼굴을 했다.

"기절했어, 로비에서. 기억 안 나?"

"그냥 숨이 좀 막힌다 싶었는데…."

얼떨떨한 듯 중얼거리던 그녀가 지그시 바라보는 태승의 시선에 한두 마디 변명을 늘어놓았다.

"기립성빈혈이었나 봐요. 원래 그런 게 좀 있었어요. 최근엔 거의 없었던 일인데."

묵묵히 태승이 고개를 끄덕였다. 그녀는 다소 어색해하며 병상 여기저기를 돌아보다가 지금 시각을 궁금해했다.

"새벽 1시 반? 벌써 그렇게 됐나요."

"집에 전화해야 하나 고민했는데 심각한 건 아닌 거 같아서 안 했어."

"다행이네요. 공연히 놀라시기만 하지. 두 분 다 통잠을 주무시는데 중간에 깨면 다시 못 자고 설치시거든요. 자는 스타일도 닮은 게 천생부부랄까."

빙그레 웃고 그녀는 팔에 맞고 있던 링거를 올려다보았다. 마침 거의 다 맞아갈 즈음이라 태승이 호출 버튼을 눌렀다. 얼마 안 있어 병상 옆으로 온 간호사가 익숙하게 바늘을 빼고 링거를 수거해갔다. 팔꿈치 안쪽에 남은

둥그런 밴드를 들여다보며 그녀가 씁쓸하게 말했다.

"그냥 로비에 잠시 뉘어놨어도 됐을 텐데. 병원에 옮긴다 어쩐다, 고생했겠네요."

"별로."

태승은 어깨를 으쓱하며 시선을 떨어뜨렸다. 마음이 조마조마하긴 했어도 고생이라는 생각은 전혀 하지 않았다. 일련의 과정을 거치고 병상에 누운 그녀와 커튼 안쪽에 남겨졌을 땐, 오히려 조금 기뻤다, 라고 말하면 그녀는 어떤 표정을 할까.

"이젠 어지러운 건 없고? 나가기 전에 잘 생각해봐."

"생각해야 할 정도 아니에요. 나 건강해요. 작년 초가을에 건강검진도 받았어요."

"건강검진? 벌써 그런 걸 왜?"

한쪽에 치워두었던 구두를 꺼내다 말고 태승이 그녀를 올려다보았다. 그녀가 오해하지 말라며 손을 내저었다.

"가족건강검진이라고 정정할게요. 셋이 다 함께 했어요. 나는 뭐 줄리아도 거들 겸."

"건강검진을 거들고 말고 할 게 있나?"

그녀는 살짝 미간을 찡그렸다가 이내 장난스럽게 말했다.

"우리 줄리아가 혼자서는 병원도 못 가는 겁쟁이거든요. 전혀 그렇게 안 보이죠?"

"그래서 셋이 사이좋게 건강검진을 하러 간 거야? 정말로 사이가 돈독한 가족이구나."

부러움에 겨운 감정을 슬쩍 누르며 중얼거리자 그녀가 방긋 웃었다.

"내가 두 분을 좀 사랑하죠."

희경이도 꼭 그만큼? 출렁거리며 일어난 물음표를 다행히 입 밖으로 내지 않을 만한 지각은 있었다.

구두에 발을 꿰어 신고 일어나는 그녀의 팔을 잡아주자 그녀가 힐긋 쳐다보며 고맙다고 인사했다. 치맛자락을 당겨서 펴고 손가방을 팔에 꿰고 걷는 그녀의 바로 옆을 태승은 거의 붙어 서다시피 해서 걸었다. 문득 멈춰 서더니 수납을 어디서 해야 하는지 궁금해하는 그녀를, 그런 건 신경 쓸 것 없다고 팔을 잡아 데리고 나왔다.

"신경 쓰이니까 병원비 쓴 것도 같이 계좌랑 해서 보내줘요. 이 옷만 해도 그렇게 말을 했는데 들은 척도 안 하고 말이야."

"아하, 그게 못마땅해서 오늘 기를 쓰고 술값을 계산한 거였나?"

"빚지고는 못 사는 사람인데 빚을 졌으니 속이 편하겠어요?"

"그럼 이번에도 귓등으로 흘려야겠네. 한동안 속 좀 시끄러우라고."

"왜 그런 못된 생각을 하는데요?"

"음. 친구 하기로 해놓고 언제 그랬냐는 듯 시치미 떼는 게 얄미워서?"

큰길로 나가며 그런 말을 도란도란 주고받았다. 택시를 호출하기 전에 운 좋게 빈 택시를 만나서 올라탔다. 서우의 집 근처를 말하고 차가 주행하는 동안엔 둘 다 휴대폰을 확인하거나 하며 별달리 말을 하지 않았다.

휴대폰이 손을 떠난 후에도 마찬가지. 무릎에 얹은 가방을 내려다보며 뭔가 생각에 잠긴 그녀를 태승은 곁눈으로 바라보고 차창 쪽으로 고개를 돌렸다. 축제가 끝나고 하릴없이 집으로 돌아가는 듯한 허무가 차가운 손으로 그의 어깨를 움켜잡았다. 아마도 기절할 정도로 괴로웠던 순간을 곱씹고 있을 그녀를 옆에 두고도 제 자신의 쓸쓸함을 먼저 생각하는 에고가 또한 가슴에 깊은 고랑을 팠다.

택시는 밤거리를 씽씽 달려 안타까울 정도로 빨리 목적지에 다다랐다.

태승은 거기가 골목 어귀란 점을 핑계로 집 앞까지 바래다주겠다며 함께 택시에서 내렸다. 그녀는 딱히 사양하지 않은 걸 넘어 그에게 빙그레 미소까지 보냈다.

"보면 은근히 매너가 좋아. 연애하면 잘하겠어요, 당신. 어지간하면 이번 기회에 한 번 해봐요."

약간 경사가 있는 길을 걸으며 그녀가 말했다. 태승은 그 '어지간하다'란 말에 대해서 생각했다.

"외적인 조건이 나쁘지 않으니 어지간한 수준은 된다 이건가."

"그쪽 마음이 어지간하게 있다면 그러란 거죠. 세린 씨 조건이야 퍽 준수하다고 해야겠죠? D펄프의 외동딸. 성격도 싹싹한 것 같고 인물도 받쳐주니까 데릴사위 자리 노리는 사람도 적잖이 있을 거예요."

"그 차례가 나한테까지 오겠어?"

그녀가 눈을 동그랗게 뜨고 돌아보는 걸 의식하며 태승은 자조적으로 중얼거렸다.

"J유통의 여자관계 문란하기로 소문난 늙다리 회장의 서자. 어머니는 그 집안에서 도우미로 부리던 조선족 여자. 남세스러워서 사윗감으로 어디 내세우기나 하겠냐고."

"주 회장님 소문이야 그렇다 치고…."

민감한 소재는 우아하게 외면하며 그녀가 입을 열었다.

"주 회장님 자식이라고 찾아오는 사람이 한둘이 아닌 걸로 알고 있어요. 아무도 정식 인정은 못 받았고요. 당신만 빼고. 호부견자虎父犬子라고, 업계에선 늙은 호랑이가 아무리 키워도 탐탁지 않은 자식들에게 진절머리가 나서 바깥에서 호랑이 새끼를 들여왔다고 한다죠?"

"아아, 너 같은 사람도 뜬소문에 그렇게 귀를 기울이나 보네."

태승의 한탄에 그녀가 쓴웃음을 지었다.

"미안해요. 흘려들으려고 해도 그런 가십성 이야기는 뇌리에 깊게 박히더라고요."

"해본 말이야. 나도 별수 없이 누군가를 보면 가십부터 떠올려. 그것이 편견이 되지 않도록 주의를 기울이는 게 고작이야."

"주의를 한다는 자체가 훌륭하죠. 그조차 못하는 사람이 태반인 판에. 이렇게 말하는 나도 어떨 땐 주의고 뭐고 할 겨를 없이 가십에 휩쓸리는 걸요. 아직 수양이 모자라서."

"나도 그렇거든? 피차 동지네, 동지."

짐짓 너스레를 떨자 그녀가 돌아보며 피식 웃었다.

"친해지면 은근히 애교스러워지는 타입이네요, 당신. 더러 웃을 줄도 알고."

"사람이니까 웃을 줄 알지. 날 어떤 인간으로 생각한 거야?"

"그야, 내가 보면 늘 화난 듯한 인상이라…. 오빠도 당신 성격이 좀 까다로워서 사람을 가리는 편이라고 하고. 아마도 난 당신 기준에 '싫은 사람' 쪽인가 보다 했죠. 나 싫어하는 사람을, 나라고 호의적으로 생각했겠어요?"

어느새 서우의 집 대문이 눈에 들어오는 지점이었다. 태승이 문득 걸음을 멈춘 건, 오늘 밤 이것만큼은 그녀의 오해를 풀어주고 싶다는 초조함에서였다.

"싫어한 게 아니야. 그럴 이유가 없는데, 내가 왜 널 싫어하겠어?"

"뭐 이유 없이 싫은 사람도 있는 거니까."

그녀도 걸음을 멈추고 담담히 대답했다. 어쩌면 조금 재미있어하는 눈을 하고 있는 것도 같았다.

"아무렴 그렇게 편협하게⋯."

"기호嗜好 같은 거 아니겠어요? 아무래도 상성이 안 맞는 사람, 나는 있던
데."

태승은 한숨을 쉬며 때꾼해진 눈두덩을 비벼 눌렀다.

"그런 거라면 나도 한 다스도 넘게 댈 수 있지만 너는 아니야. 그런 식으
로 생각하고 바라본 적, 한 번도 없어."

사뭇 어이가 없어서 태승은 웃음마저 나왔다.

"정말로 널 싫어했다면, 어떻게 안을 생각을 했겠어."

"그거야 남자는⋯."

그녀의 대답은 말끄러미 바라보는 그의 시선을 만나 가뭇없이 흩어졌
다. 언젠가도 이 비슷한 이야기를 했었다. 태승은 그때보다 더 분명히 자
신의 소신을 밝혔다.

"욕정에 눈이 머는 것도 순서가 있어. 적어도 나한텐 상대가 누구냐가
중요해. 유일하게, 중요한 한 가지야."

그녀는 크게 뜬 눈을 깜박거리는 일도 없이 태승을 응시했다. 그러다 퍼
뜩 생각난 게 있는 것처럼 고개를 돌리고 걸음을 옮겼다.

멍하니 그 모습을 보다가 따라잡기 위해 발을 떼는 태승은 묘한 탈력감
에 눈앞이 어찔했다. 너무 노골적이었을까? 오해받기 싫다는 이유로 지나
치게 앞서 가버렸나? 주워 담을 수 없는 말의 린치에 눈 깜짝할 새에 몇 방
얻어맞은 기분이었다.

꽃이 만발한 장미 울타리 앞에 이르러, 그녀가 빙글 그를 돌아보았다.
굳어진 표정을 의식하고 억지로 미소 비슷한 것을 지어보는 태승에게 그
녀가 말했다.

"들어갈래요?"

태승은 제 귀를 의심했다. 금세 밖으로 쏟아질 것처럼 흐드러진 붉은 꽃이 향기로 그를 홀리기라도 한 걸까?

놀랍게도 얼마간 기다린 그녀가, 다시 물었다.

"들어갈래요? 말 그대로 재워만 줄 건데 그래도 괜찮다면…."

"좋아."

태승은 그녀의 마음이 변하기 전에 서둘러 대답했다. 또 한 번의 어부지리여도 상관없었다. 불시에 몸이 달아오르며 전신에 전기가 흐르는 것처럼 짜르르 했다.

그녀는 소리 없이 대문을 열어 울타리 안으로 그를 들였다. 구두 소리를 염려한 듯 포석 옆의 잔디를 밟는 그녀를 따라 태승도 꼭 그 발자국 위를 따라갔다. 가로등 불빛이 비쳐 들어올 뿐 정적에 잠긴 주택 안마당이 유난히 파랗게 보이는 것을 눈에 담으며 그는 마른침을 삼켰다.

"괜찮겠어? 내가 여기서 잔 거, 조부모님이 아시면 곤란해지는 거 아냐?"

별채의 현관을 앞에 두고 태승은 한 가닥 불안을 입에 담았다. 혹시 그녀가 잊고 있다면 깨우쳐 주는 것이 최소한의 도리라고 생각했다. 그녀는 태연히 문을 열면서 대답했다.

"여긴 독립적인 내 공간이라서 기별 없이 들어오시진 않아요. 오전에 두 분이 근처 공원에 산책 가는 시간만 맞춰서 나간다면 마주칠 일도 없을 거고요."

"완전범죄로군."

등 뒤에서 희미하게 찰칵 하고 닫히는 문소리에 태승은 떨리는 손을 꽉 주먹 쥐었다. 그리곤 신을 벗고 현관 등의 불빛이 미치지 않는 어둠 속으로 녹아드는 그녀를 급히 따라갔다.

2층의 침실에 들어간 그녀는 커튼부터 꼼꼼히 치고서야 방 불을 켰다.

에어컨을 켠 후 그녀가 문간에서 어정쩡하게 서 있는 태승에게 먼저 씻겠다고 말했다.

"손님부터 챙겨야 하는 거 알지만 꿉꿉한 게 한계니까 이해해줘요."

"나는 괜찮아. 기다릴게."

"적당히 아무 데나 앉아요."

가볍게 방 안을 손짓해 보이고 그녀는 갈아입을 옷을 챙겨 방에 딸린 욕실로 들어갔다.

주춤거리며 방에 들어선 태승은 바지에 손을 문지르며 천천히 안을 둘러보았다. 들이마시는 공기에 달콤한 꽃향기 같은 게 난다고 언뜻 생각했는데 과연 침대 머리맡 가까이에 있는 크림색 콘솔 위에 분홍 장미가 꽂힌 화병이 있었다.

꽃보다도 화병 앞에 놓인 사진 액자가 그의 주의를 끌었다.

나란히 늘어선 세 개의 사진 액자. 조부모님과 함께 찍은 중앙의 사진 옆으로 왼편엔 희경과 찍은 사진, 오른편엔 친구 선비와 같이 찍은 사진을 두었다.

양옆의 사진은 지금과 거의 비슷한데 가운데 사진 속 서우는 유난히 앳된 것이 갓 중학교에 입학한 무렵 같았다. 관록의 차이라고 해야 할지 양옆 사진에 비해 웃는 모습이 한참이나 어색하고 긴장돼 보였다. 게다가 한창 성장기였는지 앙상하다 싶을 정도로 여윈 것이 자그마한 얼굴에서 두 눈만 커다랗게 불거져 보였다.

그 탓에 정말 겁이 많아 보이는 이 사진이 태승은 너무도 탐이 났다. 가져갈 수는 없겠고, 아쉬운 대로 휴대폰을 꺼내 최대한 실물에 가깝게 찍는 걸로 만족했다. 하지만 액자 유리 탓에 빛이 반사되어 결과물이 신통찮다. 태승은 욕실 쪽을 힐긋 쳐다보고 액자에서 사진을 꺼냈다.

"응?"

와중에 사진과 받침판자 사이에 끼워져 있던 작은 종잇조각 같은 게 팔랑팔랑 떨어졌다. 허리를 굽혀 주워든 조각을 별생각 없이 바라본 그의 눈이 살짝 벌어졌다.

서우의 증명사진이다!

방금 본 사진과 비교해보니 입고 있는 옷의 디테일이나 머리 스타일 같은 게 똑같았다. 아마 사진관에 가서 사진을 찍는 김에 증명사진도 몇 장 뽑았던 것 같다.

그 작은 사진을 물끄러미 쳐다보던 태승이 다시금 욕실에 시선을 던지며 지갑을 빼 들었다. 지갑 안쪽에 증명사진을 넣고 도로 주머니로 돌려보내는 동작이 물 흐르듯 자연스럽다.

사진을 원래대로 액자에 끼워 넣는 태승의 뺨에 약간의 홍조가 돌았지만 불안한 기분과는 거리가 멀었다. 오로지 뜻밖의 선물에 들떴을 뿐.

하지만 액자를 돌려놓다가 왼편 액자의 희경과 눈이 마주치자 경계심이 번쩍 들었다. 낮부터 여러 가지 일이 있었지만, 결과만 봐선 썩 좋은 날은 아니었다. 서우를 다시 만나고부터 왠지 행운이 그에게 친한 체를 하고 있었지만, 이 변덕의 화신을 덜컥 믿을 만큼 어수룩하지는 않았다.

액자를 뒤로한 태승은 조금 비틀거리며 걸어가 화장대 앞의 등 없는 의자에 앉았다. 거푸 마른세수를 하며 머리를 식히자고 되뇌었다.

하지만 그가 찾는 평상심은 자꾸 눈에 들어오는 화장대 위의 물건들 때문에 흐트러지기 일쑤였다. 오래도록 마음에 둔 여자의 침실에 혼자 남겨진 27세의 남자란 건 놀이공원에 처음 간 유치원생이나 매한가지였다.

"이러다 실수하겠어. 십중팔구."

감싸 쥔 머리를 숙인 채 태승은 아예 눈을 감았다. 실수를 막을 수 있는 방법은 딱 하나였다. 이곳을 벗어나는 것. 다시금 '적정거리'라는 주제가 그의 머릿속을 장악했다.

이윽고 욕실 문이 열리는 소리가 났다. 태승은 곧장 고개를 들며 생각해 뒀던 말을 꺼냈다.

"나는 그만….”

나는 그만 돌아가는 게 낫겠어. 완성되지 못한 말이 그의 뇌리에서 새하얗게 흩어졌다.

일전에 보았던 치렁치렁한 드레스 같은 잠옷을 입은 서우가 눈앞에 서 있었다. 둥글게 틀어 올린 머리가 느슨한 덩어리가 되어 흘러내리는 가운데 매끈하게 물 냄새가 날 것 같은 상기된 얼굴 속에서 가늘어진 눈이 그를 응시했다.

"뭐라고요? 잘못 들었어요.”

슬리퍼 없이 자박자박 걸어온 그녀가 화장대 위에 있는 파란 안경케이스를 열더니 알이 큼지막한 뿔테 안경을 쓰고 그를 돌아보았다.

"안에서 렌즈를 빼버렸더니…. 나는 눈이 침침해지면 다른 감각도 둔해지거든요.”

"아, 그래. 그렇구나.”

"그래서 방금 뭐라고 했어요?”

"그게, 목이 좀 마르다고.”

급조한 핑계였지만 술을 꽤 많이 마신 후였으니 충분히 통했다. 그녀가 얼른 아래층에 다녀오겠다는 걸, 씻고 있을 테니까 천천히 하라고 말했다.

"칫솔 새것 세면대에 꺼내놨어요. 그나저나 갈아입을 옷이 없어서 곤란하겠네요. 셔츠는 그대로 입는다 치고 바지가…. 아, 정원일 할 때 입는 고무줄바지 있는데 한 번 입어볼래요?”

"그게 나한테 맞겠어?"

"어쩌면? 몸뻬라고 알죠? 꼭 그렇게 생겼거든요."

태승의 우려에도 불구하고 밑져야 본전이라며 그녀가 문제의 바지를 찾아주고 방을 나갔다. 별수 없이 그걸 들고 욕실로 들어간 그는 향기를 잔뜩 머금은 축축한 공기에 그만 아찔해졌다. 서우의 살 냄새와는 다르지만, 그녀가 두르고 다니는 향기임엔 분명했다. 그것만으로도 강렬한 자극인지라 샤워하는 내내 뭔가에 쫓기는 기분이었다.

이윽고 물기를 훔치고 그녀가 부러 찾아준 바지를 입어봤다. 일단 다리가 들어가긴 했는데….

머쓱한 얼굴로 욕실에서 나가니 화장대 앞 의자에 앉아 책을 보던 서우가 고개를 들었다. 그의 꼴을 보고도 아무렇지 않은가 했던 얼굴이 잠시 후 조금씩 일그러지기 시작했다.

"역시 갈아입어야겠어."

다시 욕실로 들어갈 태세인 태승을 그녀가 손을 뻗어 말렸다.

"미안해요. 내가 상상도 못한 핏이 나와서. 그 옷이 레깅스가 될 거라곤…."

차마 눈을 마주치지 못하겠는지 아예 외면하고 그녀가 웃었다. 웃을 만큼 웃고 돌아보더니 또 얼른 입술을 깨문다. 태승은 반은 자포자기의 심정으로 허리에 손을 얹고 그녀에게 등을 보였다.

"기왕 구경하는 거 뒤태도 보여줄까?"

정면에서 보니 레깅스, 뒷모습이라고 뭐 다를 리 없다. 그녀는 급기야 두 손에 얼굴을 묻고 흐느끼는 것처럼 웃었다.

"사람 웃기지 마요. 이러다 잠이 확 달아나겠어."

꿀 약간 탄 물이라고 그에게 머그잔을 건네면서도 눈길은 딴 곳에 두기 바쁘다. 태승은 머그잔 가득한 물을 달게 들이켰다. 몸의 갈증은 잡혔고 이제 그 안쪽이 문제였다.

"그래서 내가 잘 곳은 어디야?"

이제라도 그녀가 물러나고 싶으면 물러나게끔. 서우에게 철저히 칼자루를 맡기겠다는 결심이었다.

그녀는 피식 웃고 천천히 손을 치켜들었다. 손가락 끝이 방문을 가리킬 것처럼 움직이더니, 이내 바닥을 가볍게 쓸고 한 곳을 가리키며 멈췄다. 그 끝에 있는 것은 더블침대. 틀림없는 그녀의 침대였다.

"잠만 자는 거예요. 친구끼리 잘 때처럼 담백하게 잠만."

"친구랑 한 침대를 써 본 적이 없어서."

"그럼 오늘 해봐요. 알겠지, 친구야?"

침대를 가리키던 손이 부드럽게 펼쳐지며 그의 앞에 내밀어졌다. 바라는 대로 태승은 악수하듯 가볍게 움켜쥐었다. 그대로 힘을 주어 그녀가 의자에서 일어나게 만들었다.

불을 끄고, 빛의 잔상이 아주 사라지기 전에 침대에 올랐다. 베개가 너무 낮지 않느냐고 그녀가 물었다. 괜찮다고 대답하고 태승은 베개를 반으로 접어 베며 옆으로 돌아누웠다.

본의는 아니었지만 그녀에게 등을 돌린 자세. 퀸과 더블의 차이, 크게 못 느꼈는데 나란히 누워 보니까 알게 됐다. 더블은 말 그대로 두 사람이 잘 수 있는 최소한의 공간이었다.

"역시 낮은 거 맞네. 당신, 베개 꽤 높이 베더라."

"옆으로 자는 버릇이 있어서."

"그랬나? 그랬던 것도, 같고."

등 뒤에서 말하는데도 귓전에 입술을 대고 말하는 것처럼 가깝게 들렸다. 가깝다. 너무 가깝다. 이래서야 잠은 글렀다고 생각하며 태승은 슬쩍 떠보았다.

"잘 수 있겠어? 공연히 나 때문에 답답할 것 같은데."

"…이미 잠들고 있어요. 술 한잔한 날은 원래 베개에 머리만 대면 자는데, 아함."

가느다란 하품 소리가 나더니 기다려도 좀처럼 뒷말이 없다. 설마 하며 뒤를 돌아본 태승은 어느새 그녀의 숨소리가 고르고 나직해진 걸 확인하고 어이없어했다.

"남자를 너무 믿는 거 아냐?"

당장이라도 덮칠 듯 상체를 기울이며 중얼거렸지만 감긴 눈엔 미동도 없었다. 눈에 익은 어둠 속에서 흐릿하게 빛나는 그녀의 잠든 얼굴을 보고 있자니 짐짓 해본 시늉이 불시에 욕정으로 돌변하고 말았다.

다 관두고라도 이마에 살짝 입술을 대는 정도는 괜찮지 않을까? 자그마한 욕심이 못내 유혹적으로 그를 뒤흔들었다.

무던히도 갈등한 끝에 아무것도 하지 않고 도로 누웠다. 다시 베개를 접어 돌아누웠다. 이번엔 그녀를 보는 방향으로.

긴긴밤, 이 정도 즐거움은 누려도 될 것이다. 어차피 잠은, 오지 않을 테니까.

…라고 자신한 게 무색하게 스르륵 태승의 눈도 감겨들었다.

긴 하루의 끝에 찾아온 한없이 상냥한 밤이었다.

# 14
# 도미노1

불현듯 희미한 알람 소리를 들은 것 같아서 서우는 눈을 떴다. 어쩐지 눈꺼풀이 묵직하고 머릿속도 헝클어진 실타래 같은 게 컨디션 난조의 조짐인가 하다가 홀연 간밤의 술자리가 기억났다.

'과음했어.'

지나고 보니 확실히 알겠다. 푸석하게 부은 눈두덩을 손으로 꾹꾹 누르고 있자니 가까이에서 메시지 도착을 알리는 전자음이 났다. 손을 뻗어 협탁 위의 휴대폰을 가져왔다.

[일어났지? 벌써 아침 먹었니?]

[아침 아직이면 건너와서 먹으렴. 줄리아가 달걀을 잔뜩 삶아버렸구나.]

최 교수가 보낸 두 개의 메시지 사이엔 2분 간격이 있다. 조식을 함께 들지 않겠느냐는 권유에 빙그레 웃기부터 했다.

서우가 별채로 짐을 옮기고서부터 저녁식사는 몰라도 아침은 그녀의 자율에 맡긴 지 꽤 됐다. 오늘처럼 본채로 건너오라고 말하는 건 예외적인 경우. 맛있는 별식이 있거나 처치 곤란으로 음식이 많을 때인데, 오늘은 후자가 확실하다.

[전 차가운 달걀도 좋아하니까 세 개만 따로 남겨두시겠어요? 컨디션이 좀 별로라 오늘은 늦잠 좀 자려고요.]

그녀가 답을 보내고 얼마 후 최 교수의 메시지가 왔다.

[그러니? 그럼 더 자야지. 달걀은 걱정 말렴. 세 개가 아니라 열 개도 넘게 남겨두마.]

[제가 먹는 데까지 먹고 이따가 달걀 샌드위치라도 만들어 넣어두든가 할게요. 무리하게 드시려고 애쓰지 마세요.]

[졸지에 우리 집에 부활절이 찾아왔구나.]

난감한 상황을 재치 있게 눙치시는 말에 서우는 익살스러운 이모티콘을 보내는 것으로 할아버지를 위로했다. 아프게 된 뒤로 줄리아는 음식을 만들면서도 종종 실수를 했는데 달걀을 몽땅 삶은 것쯤은 귀여운 편이었다.

그렇게 메시지창을 닫으려던 그녀의 손가락이 잠시 액정 위에서 맴돌다 또 다른 메시지를 불러냈다.

[막 3차 마치고 들어갈 참이야.]

[많이 안 취했지만 기분은 엄청 좋아. 달이 보름달에 가까워진 거 알아?]

[구름 사이로 보이는데 굉장히 예뻐. 우리 공주님이랑 같이 봤으면 더 예뻤을 텐데.]

[안녕, 달링. 잘 자. 네 꿈속에 저 달이 비추면 좋겠다.]

지난밤에 택시 안에서 뒤늦게 확인한 희경의 메시지였다. 수신 시각을 보면 그가 호텔에 들어가기 얼마 전에 보낸 걸로 짐작됐다. 이동하는 차 안에서 문득 차창 너머로 보이는 달을 보고 감성에 차올라 보냈을지도 모른다.

시인의 어휘엔 모자랄지언정 시인의 감성만큼은 차고 넘치게 가진 남자였다, 희경은. 문과를 나온 서우에게 오히려 부족한 그런 면이 또한 다분히 매력적이었다. 옛 시에서나 다정을 병이라고 했지 요즘 같은 세상엔 퍽 아름다운 자질이라고 그녀는 내심 선망하기도 했다.

그러나 옛사람이 그토록 한탄하던 다정이라는 병은 서우에게도 남의 이야기가 아니었다. 다정한 그녀의 약혼자는 이토록 촉촉한 메시지를 보내고 다른 여자를 안으러 호텔에 갔다. 어쩌면 이 메시지를 보낼 때도 곁에 있었으리라. 심지어 함께 메시지를 들여다보며 웃었을 수도 있다.

택시 안에서, 서우는 제 안에 결코 그 뿌리를 도려낼 수 없는 의심이 싹을 틔운 걸 절감했다. 아무 일도 없었던 것처럼 덮고 간다는 건 결국 그 싹과의 공존을 의미한다는 것도.

지금도 이렇게 아프게 도드라진 작은 싹이 시간이 흐르면 과연 얼마나 커질까. 그리고 그 악취 나는 나무를 가슴에 키우면서 자신은 과연 멀쩡하게 살아갈 수 있을까.

멍하니 생각해봤지만 도저히 가늠이 되지 않았다. 배배 비틀어질 수도, 전혀 아무렇지 않은 양 살아갈 수도 있다. 희경을 좋아하니까. 하지만 그만큼 그녀는 타산적이기도 하니까.

'타산….'

얇게 서리가 내린 땅과 비슷한 질감의 단어를 입안에서 굴리며 서우는 휴대폰을 협탁에 놓고 바로 누웠다. 여전히 뻑뻑한 눈으로 잠시 천장을 올려다보다가 이윽고 천천히 제 왼편을 확인했다.

세상모르게 잠든 태승의 얼굴이 거기에 있다. 이게 정말 주태승인가 거듭 보아도 의아할 정도로 천진한 얼굴로 고르게, 가늘게 숨을 내뿜고 있다. 베개는 온데간데없이 팔을 괴고 자는 게 불편할 법도 한데 표정은 한없이 평화로웠다.

이렇게 다 큰 남자가 자는 모습은 하룻강아지나 다름없다는 점. 그 갭이 서우는 싫지 않았다.

"이럴 게 아니라 사진으로라도 남겨야 하나?"

혼잣말에 그치지 않고 정말 휴대폰으로 손을 뻗다가 말랑말랑한 케이스에 손가락 끝이 닿는 순간 그건 아니지, 하고 단념했다. 그래서야 명백한 도촬이다.

설령 찍는다 해도 휴대전화 갤러리 저 어딘가의 한 조각으로 존재하다가 언젠가 맘먹고 정리할 때 먼지처럼 쓸려갈 게 분명했다. 찍는 순간의 만족, 그 이상의 어떤 의의도 없는….

차라리 이대로 조금 더 눈에 담고 볼 일이다. 기억하려는 게 아니라, 다시 보기 어려울 생경한 표정을 충분히 보고 싶을 따름이다. 원래 자신은 호기심이 많다고, 아무도 묻지 않은 변명까지 달아가면서.

'머리숱 진짜 많다. 눈썹도 그렇고.'

자면서 비비댔는지 더부룩하게 흩어진 사자 갈기 같은 머리카락을 보며 서우는 쿡 웃었다. 사극에 등장하는 다혈질 장수의 시그니처를 연상시키는 성깔 있어 보이는 짙은 눈썹도 사자가 잠들어 있으니 진기한 구경거리에 지나지 않았다.

그러고 보니 이 눈썹은 만져본 일이 없다. 머리야 뭐 이럭저럭하는 사이에 수차례 만져봤고. 저 굵은 머리카락이 생각 외로 감촉이 좋았는데, 눈썹도 그럴까?

'흐음?'

조심스럽게 뻗은 손으로 태승의 눈썹을 조금 쥐어봤다. 엄지와 검지 사이에 넣고 살살 비벼본 감촉은 머리카락과는 좀 달랐다. 제법 뻣뻣하다. 심한 정도는 아니고… 머리카락과 더 아래쪽에 있는 체모의 중간 수준?

어머, 나 뭐래. 서우는 더럭 떠올린 무언가에 그만 얼굴을 붉혔다. 다리

털같이 만만한 것을 두고 하필이면 묘한 걸 떠올렸다. 머릿속에서 지우려고 하면 할수록 자꾸 쓸려서 따가웠다거나, 머리숱이 많은 게 그쪽과도 영향이 있나 보다 하는 생각 따위가 쏙쏙 일어났다.

"아아아, 좀!"

저도 모르게 큰소리를 내며 도리질을 하고선 제풀에 놀라 태승을 쳐다보았다. 설마 이걸로 깨진 않겠지…? 하며 조마조마하게 보는데 거짓말처럼 그의 눈꺼풀이 위로 들렸다.

눈은 이미 마주쳐버렸고, 시치미를 떼며 고개를 돌리기는 늦은 상황. 서우가 살짝 입술을 감쳐물며 빠르게 눈을 깜박거리는데 가늘게 뜨인 태승의 눈은 거의 깜박일 생각을 안 했다.

어쩐지 조금 몽롱해 보이는 것 같기도? 혹시 잠이 덜 깬 건가 그녀가 의문을 품은 찰나 태승의 입가에 배시시 웃음이 피어났다.

"안녕, 자기."

자기?!

서우의 머릿속에 급격한 과부하가 걸렸다. 자기? 방금 그가 자기라고 한 건가? 그럴 리가. 뭔가 비슷한 단어를 잘못 들은 게 분명했다, 주태승이 그녀를 자기라고 부르는 일은 절대 있을 수가….

"우리 자기, 기분은 좀 좋아졌어?"

있구나. 목소리가 좀 잠겨 있긴 해도, 잘못 듣는 게 불가능할 정도로 분명한 '자기'였다.

"무서운 꿈 꿨다고 울고 그러니까 예쁜 눈이 붓잖아."

뻗어온 손이 서우의 뺨을 쓸어 만졌다. 엄지손가락으로 눈두덩을 가볍게 비벼주는 몸짓이 그렇게 부드러울 수가 없다. 거기에 그만 사르륵 풀어지려는 입가를 서우는 의지로 다잡았다.

무서운 꿈을 꿨다고 울고 그런 적 없다. 간밤에 얼마쯤 취했던 건 맞지만 필름이 끊겨서 있는 기억을 못 할 정도는 결코 아니었다. 서우가 틀림없다면 착각을 하는 건 태승이라는 말이 된다.

술이 덜 깼거나 잠에 취한 게 분명하다. 그래서 그 점을 지적해주려는데 태승이 그녀의 뒤통수를 당겨 그의 품으로 데려갔다.

"그래도 아름다워."

부드럽게 껴안고서 그녀의 이마에 입을 맞췄다. 연달아 한 번 더, 이어서 콧등에도 쪽. 그리고 그녀의 두 눈을 다사로운 눈길로 들여다보며 속삭였다.

"꿈에서도 보고 싶었어, 이 고운 얼굴."

다가오는 태승의 입술을 서우는 눈을 빤히 뜨고 맞이했다. 나긋하게 포개어진 따스한 입술은 좀체 그 자리를 떠나지 않고 아주 살짝살짝 위치를 바꾸어가며 거푸 그녀를 희롱했다. 기분 좋은 포근함마저 느껴지는 키스에 그만 그녀도 나른한 기운에 침식되어 갔다. 몸을 빼야 한다는 생각은 조금씩 뒤로 밀리다가 마침내 그녀도 스르륵 눈을 감고 말았다.

열어준 입술 사이로 태승이 혀를 밀어 넣어 그녀를 휘감았다. 어깨에서 힘을 뺀 아이들 장난 같은 소프트한 키스도 하염없이 반복되자 충분히 그 맛이 진해졌다. 어느샌가 농염한 공기가 그들의 턱밑까지 차올라 있었다.

그러다 문득 태승이 그녀를 밀어뜨리고 위에 타올랐어도 놀라서 허둥거릴 마음은 들지 않았다. 긴 잠옷 자락을 걷어 올리며 그의 커다란 손이 그녀의 허벅지를 쓰다듬자 매끈한 실크 같은 살결 위로 작은 전율이 흘렀다.

"할까, 자기?"

그의 나직한 물음에 서우는 목을 울리며 신음했다. 태승의 꿈에서 벗어날 기회는 지금뿐이다. 그러나 그런 생각 이전에 그녀가 떠올린 건 잠들기 전 샤워하면서 확인한 몸이었다.

외출 전에 바꿨던 생리대가 새것처럼 깨끗했었지. 보통 일주일을 꼬박 채워야 끝나던 생리가 딱 나흘 만에 끝이 난 것에 새삼 놀라워하며 피임약의 필요성에 추를 하나 더했는데….

지금은 이런저런 생각도 다 치우고, 그저 할 수 있다는 사실에 서우는 고개를 끄덕였다.

해도 돼. 해요, 어서. 자신도 영문을 모를 만큼 갑작스럽게 솟구쳐 오른 욕정의 해일에 휘말려 서우는 다리를 열어 태승이 자리를 잡는 것을 거들었다.

별달리 전희랄 것도 없었다. 그저 또 한 번의 긴 키스로 아득함을 맛보다가 불시에 밀려드는 남성으로 인해 오소소 몸을 떨었다.

"응, 으응, 아…."

입구에서 약간의 저항감이 있었을 뿐, 한 번 머리를 들이미는데 성공하자 그다음은 쑤욱 파고들어 왔다. 전에 없이 쉬웠던 삽입으로 얼떨떨해진 그녀 안에서 그가 한층 더 크게 부푸는 게 느껴졌다.

"흐으…."

금세 허벅지가 저릿저릿할 정도로 굵어진 남성에 서우는 입술을 벌리고 숨을 몰아쉬었다. 세상에, 남자의 물건이란 건 연기도 하는 건가? 믿기지 않는 눈빛으로 태승을 쳐다보자 그는 나른한 웃음을 흘리며 그녀의 뺨에 입을 맞췄다.

"너무 좋아."

담뿍 웃고 그녀를 끌어안고서 만족에 겨운 한숨을 토했다.

"이렇게 기분 좋은 곳이 또 있을까? 없겠지, 없을 거야."

느슨하게 풀어진 목소리로 그녀의 귓가를 간질이며 그는 뭉근하게 허리를 밀어붙여왔다. 뿌리 끝까지 전부 그녀 안에 묻을 때까지.

'아아, 지금.'

약간의 미진함마저 완벽하게 채워지는 순간을 그녀의 몸이 먼저 알고, 입구가 희미하게 경련했다. 그에게도 같은 게 전해진 걸까, 뜨겁게 몰아쉬는 숨소리가 아찔한 신음으로 물들었다.

"으음… 벌써, 이러면 안 되는데."

헐떡이며 고개를 든 그가 원망하듯, 투정하듯 그녀를 탓했다.

"하여간 만끽할 시간을 안 준다니까. 날 강하게 키우려는 마음은 충분히 알겠어."

이걸 뭐라고 해석해야 할까. 서우는 멍하니 올려다보며 숨을 고르기 바쁜데, 그는 금세 방싯방싯 웃음을 흘리며 머리 옆으로 끌어올린 그녀의 양손에 깍지를 끼워 꽉 움켜잡았다.

그대로 눈을 마주한 채로 천천히 그가 허리를 들썩이기 시작했다. 새침데기 아이를 어르듯이 살살, 하염없이 느릿느릿 반복되는 동작에 마침내는 이쪽이 감질이 나서 몇 번이고 애꿎은 입술을 물어뜯었다.

부족했던 전희가 더는 아쉽지 않을 만큼 절절이 무르녹은 안쪽이 더 강한 자극을 바라며 욱신거렸다. 그런데 평소라면 이미 거칠게 달려들어 펌프질에 여념이 없을 남자가 아직도 뭐에 홀린 듯 몽롱한 웃음을 머금고 슬렁슬렁 그녀를 안달 나게 할 뿐이었다.

또 한 번 왈칵 안쪽이 뜨거워지는 감각에 서우는 가벼이 진저리쳤다. 미끈미끈하게 젖은 습곡은 더 이상 예열을 필요로 하지 않았다. 필요한 건 세찬 포옹, 그녀를 한 마리 짐승으로 탈바꿈시켜 줄 압도적인 힘이었다.

어느새 서우는 서툰 요분질로 태승을 도발하고 있었다. 혀로 입술을 핥고 강하게 그를 응시하며 눈빛으로도 유혹했다. 그러나 그녀의 그런 적극적인 어필에도 이 남자, 나른하게 웃으며 고개를 기울여 가볍게 입술을 훔치는 게 고작이었다. 이 정도면 잠에 취한 게 아니라 최면에 걸린 수준이지 정말!

서우는 깊게 호흡을 고른 후, 깍지 하나를 풀어 태승의 머리를 확 제게로 끌어당겼다. 그리고 어리둥절하게 그녀를 바라보는 눈에 대고 또박또박 말했다.

"이거 꿈 아니니까 그만 눈 떠요, 주태승 씨. 난 당신 꿈속의 연인 따위가 아니야. 내가 누군지 똑똑히 봐요, 당장."

그녀를 보며 깜박거리는 눈엔 의아한 빛이 몽글거렸다.

"누구긴, 너는… 서우. 서우잖아. 백서우…."

몇 번이고 그녀의 이름을 되뇌는 목소리가 조금씩 무거워지나 싶더니 이윽고 그의 눈을 채우고 있던 취기의 안개가 싹 걷히는 순간이 왔다. 백일몽에서 깨어나 별안간 창백하게 굳어지는 남자의 얼굴을 서우는 빠짐없이 눈에 담았다.

태승은 고개를 들어 주위를 훑어보곤 다시 서우를 보았다. 무섭게 굳어진 눈은 거의 경악에 가까운 감정으로 얼룩져 있었다. 심지어 그녀에게서 얼른 몸을 일으켜 일어나려는 것을 그녀가 늦지 않게 팔을 잡았다.

"내, 내가 혹시 자는 너를 덮친 건가…?"

더듬거리며 그가 묻는 말에 서우는 다소 우스꽝스러운 기분이 들었다. 정신을 차렸기로서니 여태 있었던 일도 모른단 말이야? '자기'라고 그녀를 부른 것도?

"덮쳤어요."

왠지 조금 심술을 부리고 싶어졌다. 하지만 태승의 얼굴이 정말로 창백해지는 걸 보니 길게 끌 생각은 싹 사라졌다.

"하지만 난 깨어 있었으니까 안심해요."

"아…."

"나도 싫지 않아서 응한 거니까 이제라도 제대로 해요. 엉뚱한 사람 대신으로 여겨지는 거 싫어."

"엉뚱한 사람?"

그가 멍하니 묻는 말에 서우가 피식 웃었다.

"환상의 여인이라 해야 하나? 당신 꿈속에서 멋진 여자랑 연애 중이었나 봐요. 날 보고…."

자기, 라는 말은 어쩐지 혀끝에서 걸려 쉬 나오지 않았다. 서우는 고개를 저어서 별것 아니란 듯이 넘겨 버렸다.

"싱거운 이야기는 이쯤 해요. 목전의 상황에 집중할래요? 아니면 이젠 날 안는 거에는 흥미가 없나?"

그 말에 반쯤 시들어졌던 그의 남성이 다시 성을 내며 딱딱해졌다. 계곡으로 바짝 밀어붙이는 열기가 어쩌면 한층 더 가열해진 것도 같았다.

"흥미가 없겠어? 기회가 없는 거지. 나랑은 더 이상 하고 싶어 하지 않는 줄 알았어. 그래서 어젯밤 술자리에도 흔쾌히 나온 거 아닌가?"

"어제야 뭐…."

서우는 순순히 인정했다. 그리고 지금 지펴진 욕망에 대해서도 솔직히 고백했다.

"하지만 지금 기분은 하고 싶은 걸요. 몸이 원한다는 말, 실감하는 중이에요."

태승은 한동안 말없이 서우를 응시했다. 그러다 어느 순간 허물어지듯 그녀에게로 몸을 실으며 중얼거렸다.

"나도, 원해. …너무 원해서 조금 무서울 정도야."

"아무래도 남녀의 차이겠죠? 남자 성욕이야 여자 성욕보다는 더 강하다고들 하니까."

어쩐지 그의 목소리가 지나치게 절박해서, 서우는 일부러 더 가볍게 말했다.

"그러니까 이제라도 적당한 상대를 찾아봐요. 단순한 욕망 해소 말고, 진짜 사랑을 나누는 일이 되면 얼마나 근사하겠어요. 정말로…."

말하는 그녀조차 그 근사함을 선망하며 달뜬 한숨을 내쉬었다. 반대급부로, 희경이 아닌 태승과 이런 사이가 되어버린 자신의 일이 지독하게 쓸쓸하게 다가왔다.

'너무 많이 어긋났나?'

불현듯 그런 생각이 피어올라 섬뜩해지는 것을 꽉 옥죄어오는 태승의 팔 때문에 헤어 나올 수 있었다. 세찬 포옹. 그의 팔에 잔뜩 힘이 들어가다 못해 자칫 으스러뜨릴 것만 같다. 서우가 숨이 막힌다고 호소하자 약간 힘을 풀긴 했지만 대신 그녀의 목덜미를 잘근잘근 씹어 먹을 듯이 키스를 해왔다. 그리고 아래에선,

"하웃!"

벼락처럼 그가 그녀를 꿰뚫었다. 단박에 가장 깊은 곳까지 점령한 맥동치는 남성은, 서우가 바라던 폭력적인 에너지 그 자체였다. 그리고 이번엔 감질나게 하는 일 없이, 점령지에서 곧장 날뛰기 시작했다.

"훗, 으, 으응…."

질펀한 살 부딪는 소리가 침실을 채워가는 가운데 악문 잇새로 흘리는 그녀의 신음이 공기를 더욱 농밀하게 물들여갔다.

태승은 말없이 그녀를 안고, 또 안았다.

발가벗은 나신이 온통 땀으로 번들거릴 지경이 되어서도 정신없이 허리를 흔들어대는 태승을 보며 서우는 새삼 한 조각 불안을 품었다.

하지 않으면 모를까, 시작하면 절도를 모르는 짐승처럼 돌변하는 이 남자. 종마니 뭐니 하는 경멸 어린 표현하며, 독점욕 운운…. 무책임하게 지껄여대던 타인의 말이 실은 매우 실제에 근접한 건지도 모르겠다.

최악에 가까운 패를 집은 게 아닐까? 어떤 종류의 게임이든 운이 결부되는 것에는 영 약했던 그녀의 내력에 또 하나, 일치하는 표본을 보태는 것은 아닌지.

"…으으음."

문득 움직임을 그친 태승이 굵은 신음과 함께 엉덩이를 간헐적으로 떨었다. 서우도 깊게 틀어박힌 그의 분신이 뿜어낼 투명한 비말을 떠올리며 신음을 깨물었다. 그런 상상에도 몸은 혹 절정으로 치달아 가슴께가 온통 장미처럼 피어나는 것이었다.

태승의 열기에 찬 눈은 그것을 놓치지 않고 홍조 위에 얼굴을 묻었다. 턱없이 민감해진 살갗을 집요하게 지분거리다 마침내는 유륜째로 젖무덤을 덥석 베어 물며 희롱하기 시작했다. 아플 정도로 탐욕스레 빨아들이며 잘근잘근 이를 세운다.

그만 견디지 못한 서우가 그의 머리를 두 손으로 감싸 쥐고 위로 끌어올렸다. 차라리 입술에, 라고 눈빛으로 호소하는 그녀를 바라보며 태승이 희미하게 웃었다.

"먼저 해줘."

섹스 중에 그가 무언가 부탁한 건 처음이었다. 어려운 일도 아니기에 서우는 고개를 살짝 들어 올려 그의 입술에 키스했다.

"한 번 더."

역시나 아무렇지 않게 입술을 살짝 물었다 놓았다.

"더."

이번엔 바로 움직이지 않고 그를 빤히 쳐다보았다. 새카만 눈이 열기로 붉게 일렁이는 것을 보고 있자니 괜스레 심장이 두근거려 그녀가 먼저 시선을 피하고 말았다.

"버릇되면 곤란해요."

"버릇…. 이미 늦었어."

홋 하고 그는 한 번 소리 내어 웃고 그녀에게 입술을 겹쳤다. 오래지 않아 다시금 젖은 물소리로 침대 위가 아득해졌다.

〈2권에서 계속〉